恋に焦がれる獣達 4

双子の熊の恋愛事情

The beasts who yearn for love

茶柱一号《ちゃばしらいちごう》

Illustrator むにお

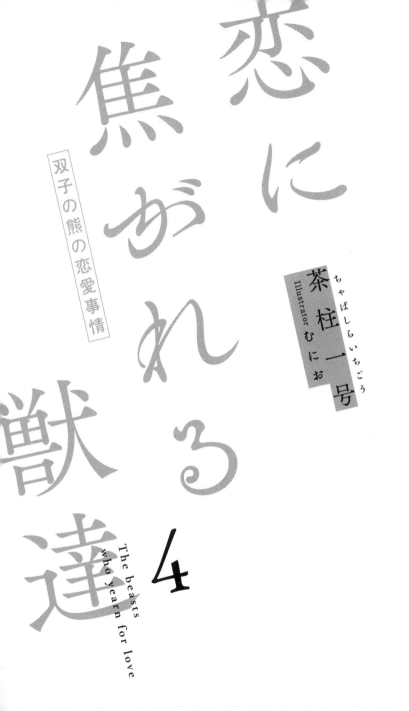

この物語はフィクションであり、
実際の人物・団体・事件等とは、一切関係ありません。

恋に焦がれる獣達

リョダン
キャタルトンの都から北、
グネアとの境界の高い山脈近くにある町。
鉱山の町であり、荒くれ者が多い。
変わり者のエルフが診療所を開いていることで有名。
ベッセ
ワイアット村
キャタルトンの都から西、熱帯雨林のような
森を抜けた先にある村。
過去にある事件で消失したが、
生き残りにより再建された。
ウィルフレドとランドルフが暮らしている。
熱帯雨林
死の砂漠
キャタルトン
大陸の東に位置し、猫族の王族が統治をしていた国。
かつては貧富の差が激しく、
奴隷を用いた経済活動が盛んで、チカもその犠牲となった。
革命後は、ヒト族の青年が王となり、
国内外との国交も回復している。
街道1
いる。
ニライ
過去のキャタルトン王制時代においても
独自の自治を保っていた色街。
裏の世界の縮図のような町でありながら、
『頭目』の存在により非常に安定した治安を保っていた。
ヘレニアの森
キャタルトンとレオニダスの間に存在する
数多の魔獣が跋扈する森。
キャタルトンから逃れたヒト族の隠れ里が
奥地には存在していた。
温泉地帯

異世界
フェーネヴァルト

二つの月が存在し、獣人を中心とした
数多の種族が存在する世界。
男性しかおらず、アニマとアニムスという
第二の性を持つ人々が生活をしている。

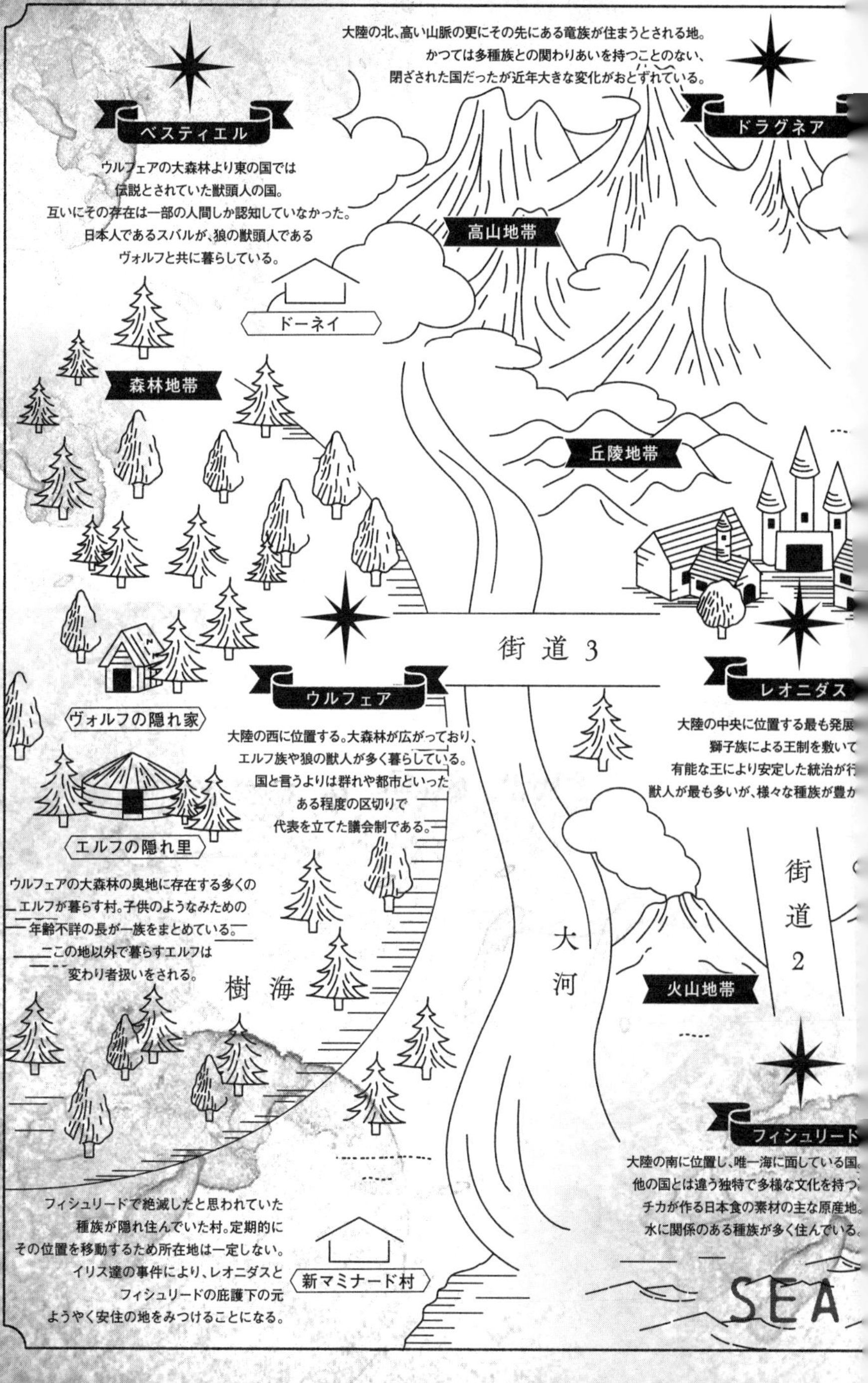

大陸の北、高い山脈の更にその先にある竜族が住まうとされる地。
かつては多種族との関わりあいを持つことのない、
閉ざされた国だったが近年大きな変化がおとずれている。
ドラグネア
ベスティエル
ウルフェアの大森林より東の国では
伝説とされていた獣頭人の国。
互いにその存在は一部の人間しか認知していなかった。
日本人であるスバルが、狼の獣頭人である
ヴォルフと共に暮らしている。
高山地帯
ドーネイ
森林地帯
丘陵地帯
街道3
ウルフェア
大陸の西に位置する。大森林が広がっており、
エルフ族や狼の獣人が多く暮らしている。
国と言うよりは群れや都市といった
ある程度の区切りで
代表を立てた議会制である。
レオニダス
大陸の中央に位置する最も発展
獅子族による王制を敷いて
有能な王により安定した統治が行
獣人が最も多いが、様々な種族が豊か
ヴォルフの隠れ家
エルフの隠れ里
ウルフェアの大森林の奥地に存在する多くの
エルフが暮らす村。子供のようなみための
年齢不詳の長が一族をまとめている。
この地以外で暮らすエルフは
変わり者扱いをされる。
街道2
大河
樹海
火山地帯
フィシュリード
大陸の南に位置し、唯一海に面している国。
他の国とは違う独特で多様な文化を持つ。
チカが作る日本食の素材の主な原産地。
水に関係のある種族が多く住んでいる。
フィシュリードで絶滅したと思われていた
種族が隠れ住んでいた村。定期的に
その位置を移動するため所在地は一定しない。
イリス達の事件により、レオニダスと
フィシュリードの庇護下の元
ようやく安住の地をみつけることになる。
新マミナード村
SEA

家系図

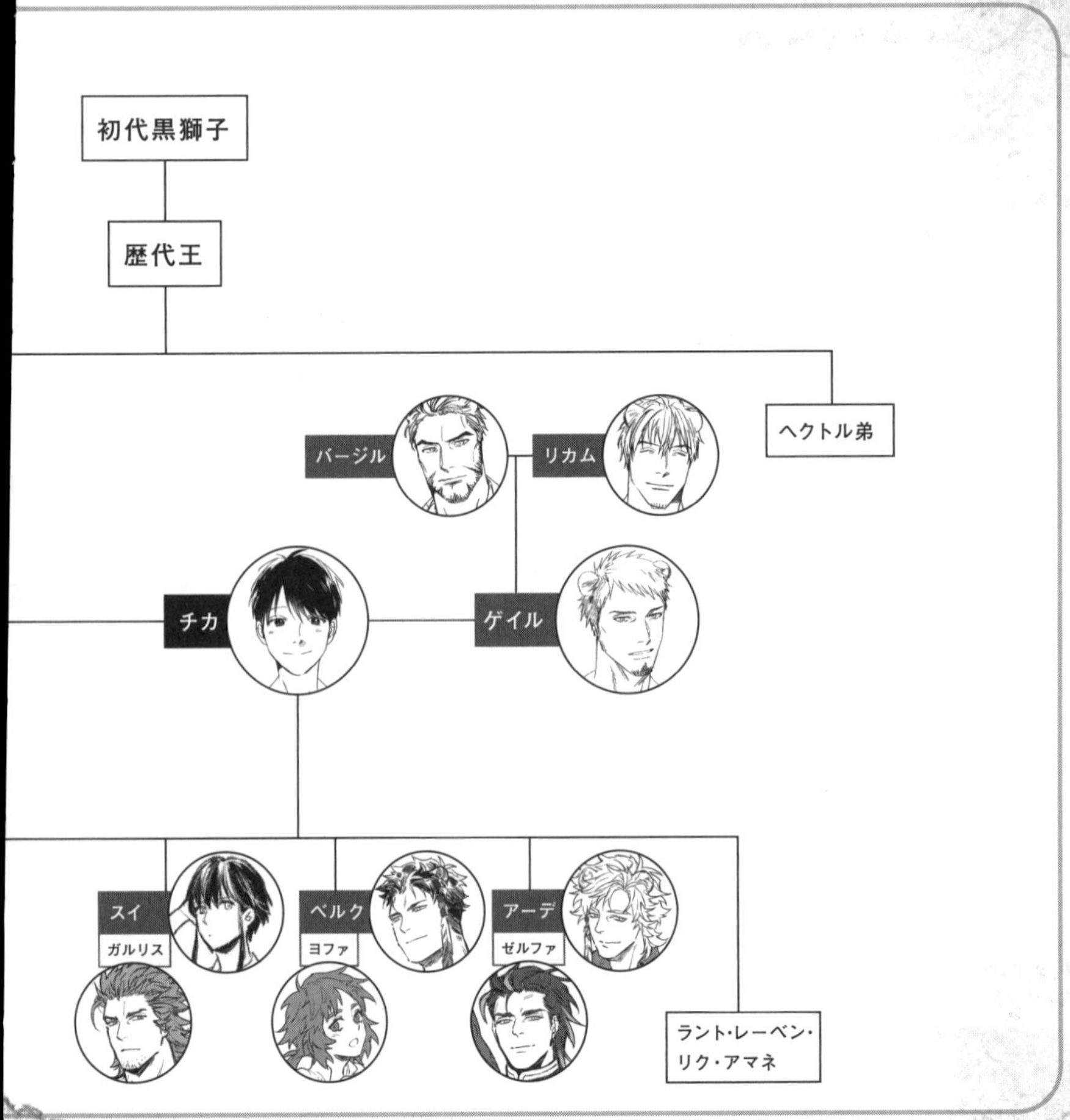

キャラクターイラスト：むにお／松基　羊

レオニダス

初代黒獅子

レオニダスの初代国王、始祖と呼ばれる。
黒髪のヒト族と運命的な出会いの末に結ばれ、親友の熊族も
同じヒト族と愛を紡ぎ、三人は手をとりあって共に
レオニダスという国の基盤を作り上げた。

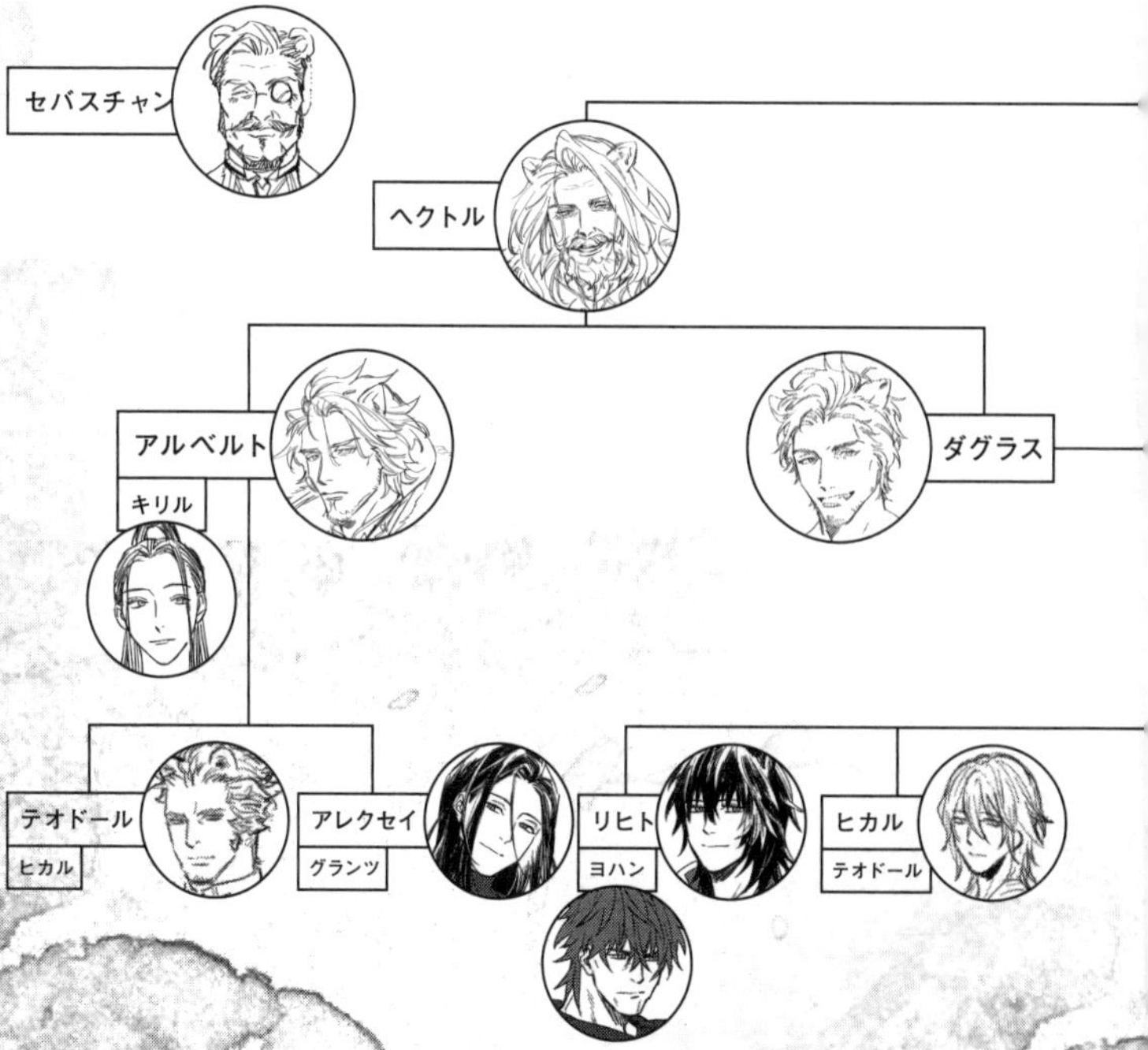

BEASTS GIVING LOVE CHARACTERS

主要人物紹介

森羅 親之（チカ）

現代日本では熟練の外科医。黒い髪、黒の瞳。この世界ではアニムスとされる。精神はそのままに、少年の姿で召喚されてダグラス、ゲイルと愛し合うようになり、今では幸せな家庭を築いている。確かな医療の知識と技術、それを元にした奇跡のような治癒術と、医療だけにとどまらない幅広い知識の持ち主。

名前：シンラ　チカユキ
年齢：18（身体年齢）
種族：ヒト族（アニムス体）
伴侶：ゲイル・ヴァン・フォレスター、ダグラス・フォン・レオニダス
居住地：レオニダス
RANK：F
生命力：F
魔力：SSS
筋力：F
耐久力：F
敏捷性：F
知性：SSS
所持スキル：治癒術
強化魔術　医学知識
医師免許　調理　家事
動物マッサージ
称号：異世界からの迷い子
至上の癒し手
知識の伝導者
モフモフを愛し愛される者
地上に降臨せし麗しき天使
深き森の加護を受けし者
蒼き海の加護を受けし者
状態：魂の誓約

ダグラス

チカの伴侶で獅子族のアニマ。くすんだ金髪に茶色の瞳。レオニダスの王族であるが継承権は放棄し、レオニダスのギルドで支部長を務めている。飄々とした雰囲気の人たらしだが全て計算の上の行動が多い。チカと出会う前は来る者拒まず去る者追わずでアニマ、アニムス関係なく自由な恋愛を楽しんでいた。素早さを活かした戦い方を好み、双剣を扱う。ゲイルよりも更に攻めに特化した武人。

名前:ダグラス・フォン・レオニダス
年齢:40
種族:獅子族(アニマ体)
居住地:レオニダス
RANK:S
生命力:A
魔力:B
筋力:S
耐久力:B
敏捷性:SS
知性:B

所持スキル:
格闘術　双剣術　短剣術
弓術　投擲術
サバイバル術　騎乗術
精霊術(地、水、光)
交渉術　帝王学
王族の心得
称号:獅子の王族
凄烈なる戦い手
狂乱の戦鬼
状態:魂の誓約

ゲイル

チカの伴侶で熊族のアニマ。焦げ茶の髪、翡翠色の瞳。ギルドではダグラスの補佐官を務めており、ダグラスの護衛騎士でもある。本来なら主従の関係だがその実体は、互いを尊重し合い深い絆で結ばれた親友。寡黙で無骨、強面だがその本質は紳士的で穏やか。大剣を武器に扱うが、剣技と精霊術を組み合わせた独特な戦闘スタイルを持つ優れた武人。

名前:ゲイル・ヴァン・フォレスター
年齢:38
種族:熊族(アニマ体)
居住地:レオニダス
RANK:S
生命力:S
魔力:C
筋力:SS
耐久力:A
敏捷性:A
知性:B

所持スキル:
格闘術　大剣術　剣術
槍術　弓術　鞭術
サバイバル術　騎乗術
精霊術(風、火)
騎士の心得　尋問術
称号:護衛騎士
堅固なる護り手
狂乱の戦鬼
状態:魂の誓約

ベルク　ゼルファ　アーデ

ベルク

熊族のアニマ。黒い髪、翡翠色の瞳。ヨファの『番』。ゲイルとチカの間に生まれた双子。性格も容姿も若い頃のゲイルにそっくりで、その強面を崩す事は滅多に無い。成長後は騎士となる。ヨファに対しては熊族らしい執着心を発揮する。

ゼルファ

鷹族のアニマ。濃緑色に銀のメッシュが入る髪、空色の瞳。精鋭揃いの辺境討伐部隊の隊長で、紳士的かつ知性的な騎士。武力での戦いに向いていないはずの鳥の獣人でありながら、大型種の獣人を圧倒する強さを持つのには、ある理由が…。

アーデ

熊族のアニムス。焦げ茶の髪、黒い瞳。ゲイルとチカの間に生まれた双子だが、その容姿はダグラスによく似ている。性格は温厚で人当たりもよい。成長後はチカと同じ外科医になる。熊族には珍しいアニムスであることにコンプレックスを持つ。

ガルリス

竜族のアニマ。赤銅色の髪、朱色の瞳。スイの誕生時に関わりを持ち、彼を自分の『半身』とした。実年齢は100歳を超える。考えるより先に体が動く。ただ、決して頭が悪いわけではなく、物事の本質などを鋭く見抜く。スイを自覚を持って溺愛中。

スイ

ヒト族のアニムス。黒い髪、翡翠色の瞳。ガルリスの『半身』。ゲイルとチカの子。チカの奇跡的な治癒術と容姿、天才的な知性を受け継いだ自由人。成長後は医師となるが、臨床の場ではなく研究活動に力を入れる。

ヨファ

ヒト族のアニムス。茶色の髪、灰色の瞳。ベルクの『番』。趣味も特技も料理で、『チカが愛情こめて握りましたおにぎり屋』で立派な料理人を目指して働いている。夢は自分の店を持ち、自分が作ったワショクを多くの人に食べてもらうこと。

introduction

ここは獣人達の世界『フェーネヴァルト』。
獅子族を王とし、繁栄を続けるレオニダス。
過去を断ち切り、未来へと歩み始めたキャタルトン。
希少種である竜族が住むといわれるドラグネア。
広大な樹海と自然を愛する者たちが住むウルフェア。
海の種族が多く住む南のフィシュリード。
雄しかいないこの世界では第二の性である
『アニマ』と『アニムス』が恋をし、子を得る。

そんな世界で、
現代日本からやってきたチカユキを母に、
最強の熊族の騎士、獅子族の王弟を父に持つ子ら。
これは、そんな彼ら、子ども達が紡ぐ恋物語――…。

悩める熊と気高き翼

第一章

自宅のベッドの上。カーテン越しにもわかる外から差し込む光で目覚めたのは既に昼も過ぎたころ。

そもそも眠りについたのは空が白々と明け始めたころなのでまぁ睡眠時間としてはよくとれたほう。緊急手術を深夜にこなし、澄んだ空気と朝早い小鳥の鳴き声が響く中、疲れ切った身体を寝台に埋めたところで俺の記憶は途切れている。

まだ身体が怠いのは、昨夜夕食を食べ損ねたせいか。今日は遅出なので急ぐ必要はなかったが、身体が空腹を訴えていた。


「なんか美味《うま》いもの、食べたいな……」


家の中を探せばきっと母さんが作り置きしたものが何かあるはずだが、それすらも億劫《おっくう》で。俺が向かったのは、数多《あまた》の種族が行き交うレオニダスきっての大通り、その名もアーデ通り。

俺の名と同じなのはたまたまではなく、俺達が生まれた時にその名が変えられたといういわく付き。そんな諸々も併《あわ》せて、通りの名前が刻まれた看板からはいつも視線を外してしまう。

あのベルクですら同じ気持ちをベルク通りに対して感じているというのだからお察しだ。まぁ、我が家の兄弟達はもれなくヘクトル爺ちゃんの重すぎる孫への愛を（被害と呼ぶには爺ちゃんに申し訳ないが）何らかの形で受けているので諦めるしかないのだ。

というわけで極力この道を使うのは避けたいところなのだが、この街に住む以上、レオニダスきっての大通りであるこの界隈に一切立ち寄らずにいられるわけがない。

実際、人気のある店やちょっとした高級店はそのほとんどがアーデ通りとベルク通りを中心に存在している。

その中の一つが空腹を満たすための目的地であり、足繁く通っている俺のお気に入りの店だった。

角を曲がって現れた小さな看板、そのそばにある重厚な木製の扉を押して中へと足を進めれば、店内は昼食時の喧噪《けんそう》も落ち着いた時間だからか、穏やかな午後の一時といった雰囲気だ。

「いらっしゃい。お、アーデ先生か」
「こんにちは。ちょっと遅いけど、今日も日替わりでお願いできるかな？」
「なーに、昼ごろだと戦争みたいなもんだからな。これぐらいに来てもらったほうがありがたいぐらいだ」
「頼むよ、いつもの席でいいかな？」
「ああ、あいてる席ならどこでも構わんよ。すぐに準備するから待っててくれ」

厨房の奥から顔を出した猪《いのしし》族の店主と言葉を交わし、ちょうど空いた席の片付けをしている給仕係である鷺《さぎ》族のルクスに軽く手を挙げて応《こた》え、俺はそのまま窓際のお気に入りの席へと腰を下ろした。

この店を気に入っているのはもちろん料理が美味《おい》しいというのもあるが、何よりも店主の性格が強面《こわもて》でひげ面《づら》、そんな猪族の顔つきを裏切るように穏やかで落ち着いているからだ。そんな店主だからか、この店を訪れる常連もまた落ち着いた人達ばかり。

自分は別としても、とにかくその容姿や知名度の高さでどこに行っても目立ってしまう家族と過ごすうちにいつしかこういう場所を好むようになってしまった。

それにこのお気に入りの席からは大通りの様子がよく見える。ちょうど窓の外にある木から伸びた枝葉が外からの視線も強い日差しも防いでくれるのだ。

俺はこの席で店主の作る美味しい料理を味わいながら、大通りを行く様々な人達を眺めるのが好きだった。

もっとも俺としてはただの趣味の一環でぼんやりと眺めているつもりなのだが、ルクス曰《いわ》くその視線は何か獲物を狙っているようにしか見えないらしい。

実際、珍しい種族の獣人を見つけたら、無意識にその姿が消えるまで首を伸ばして見続けてしまったりするので強くは否定できない。

この『観察』が癖のようになったのはいつごろからだろうか。幼いころはそんなことはなかったはずだ。母さんと同じ外科医を目指すと決めたあたりから俺の『観察』癖は始まったのかもしれない。

今では外科医という職業柄、『観察』はほぼ無意識下の趣味のようなものになってしまっている。

そして今も、俺は獣人ではない、だがヒト族でもなさそうな特別な特徴が見当たらない道行く人物を強い視線で観察していたらしい。

「痛っ」

ポコンと軽い音を立てた頭に手を伸ばせば、ダグラス父さんとよく似た柔らかい癖っ毛が指に触れる。そばでは俺の頭が音を立てた原因であるお盆を手に持って、ルクスが呆《あき》れたように俺を見下ろしていた。

「せんせ、だめだよそんなに人様にあからさまな視線を向けちゃ。いくら外からは見えづらいからって、そんな風に凝視してたら気付かれちゃうって。せんせって有名人のお父さんそっくりなんだから、逆にせんせが困ることになるよ」

「一応気をつけてるんだけどね。そんなにあからさまだったかな……」

そう答えつつ、通りを望む窓へと目を向けた。そこに、焦げ茶の癖毛と垂れた黒色の瞳が特徴といえば特徴の俺の顔が映り込む。頭を動かせば、髪の毛の先に結《ゆ》わえた双子のベルクとおそろいの羽根飾りが揺れていた。

そんな俺の様子に一旦そばを離れたルクスが今度はお盆に料理をのせてやってきた。

「はい、お待たせ。今日の日替わり、ベスティエル産のタケノコを使った炊き込みラヒシュと白身魚の煮物。それからタケノコ入りのおミソ汁もすぐに持ってくるね。アーデせんせ、この組み合わせ好きでしょ」

「ああ、いいね。それにしてもタケノコ料理なんて、珍しい。前々から不思議に思ってたけど何かベスティエルに伝手《つて》でもあるのかい？」

タケノコの産地であるベスティエルは西の山奥、そうそう気軽に行商人が行ける場所ではない。そもそも、タケノコ自体がいたみやすいものだと母さんから聞いていた。

まぁうちは特別な伝手があるようでよく食卓にのぼっていたんだが。

「仕入れはマスターの仕事だから僕に聞かれてもわかんない」

そうつぶやくとルクスは少しぎこちない動きで首を

かしげた。

「まだ動きづらいかい？」

その様子につい言葉が零《こぼ》れた。

鷺族であるルクスの背には一対の白い翼があるが、その左翼は古傷のせいで動きが悪い。それが首の神経にも影響を与えているから首も羽も動きがぎこちない。ついそれが気になってしまうのは、俺がその痛ましい怪我を診《み》たからで、ルクスが俺をせんせと呼ぶのもその名残りからだ。

「あー、まだちょっとだけね。だいぶよくなっているけど、こうひねるとつっぱる感じ。でも、せんせがいろいろ教えてくれたリハビリっての？　あれをやってると少しずつよくなってるのが自分でもわかるぐらい」

「よくなっているということは、ルクスが頑張っている証拠だ。同じことを日々続けるというのは案外難しいものだからね」

「まあね。でも、結局は自分のことだし。怪我してすぐのころは、翼をたたむのも首や腕を動かすのも大変だったのを思い出すと頑張らないとなって。痛くて思い通りに動かせなくて本当に辛かったよ。でも、こうやって動かせるようになってきてることがうれしいんだ。ほんとせんせのおかげだよ」

ルクスは純粋に感謝の気持ちを伝えてくれるが面と向かって言われると面映《おもは》ゆい。

何せ、あのころの俺はまだまだ駆け出し医師といって間違いない存在で。今思えばもっとルクスにしてやれることがあったんじゃないか、俺の処置は本当に最善だったのかと迷いがないわけではなかった。

だが、それでも全力を尽くしたことは確かだ。

母さんに相談したこともある。だが、母さんですら医師にとってそれは一生向き合っていかなければならない課題なのだと語っていた。その真剣な表情が今も脳裏に焼きついている。

「それよりせんせ、冷めないうちに食べて」

「そうだな、せっかくのタケノコ料理だからな」

そんな俺を促すルクスの言葉に、次の料理を運んできた店主の声が重なった。

「最近空路を使って行商をしている商人がいるらしい。まだ始めたばかりのようだがな」

「ああ、だからうちの店も最近妙にベスティエルやフィシユリード産の食材を使った料理が増えたんだ。それならそうと早く教えてよ、マスター」

店主の言葉にルクスが初耳だとばかりに返す。その間にテーブルの上に店主が運んできた残りの料理が並べられていく。

「言ったつもりになっていた。すまん」

そう言って戻っていく店主の大柄な身体にふと視線が引き寄せられる。太い骨格にしっかりとついた筋肉、重そうな身体つきなのにあの店主は意外に身軽だということを俺は知っている。

人の骨格と筋肉、その動きを観察する癖はできるだけ抑えるようにはしているつもりなのだが、それを知っていてとがめない人達だとついつい気が緩む。

だが人の姿と獣の姿、その骨や筋肉はいったいどう変化していくのか、医師として気になってしまう。何より、人体構造と獣体構造の把握は実際の治療にも関係があるからだ。

知識欲はスイ兄さんほどではないと思っていたが、それでも俺のこれはスイ兄さん曰く、自分と同じぐらい十分マニアックらしい。

そんなことはないよな？　とベルクに問うても返ってきたのは無言の肯定だった。

つらつらと思い出しながら、茶碗を手に取り、皿へと箸を伸ばす。

白身魚の煮物は甘めの濃い味付けでソイソの香りが食欲を刺激して、タケノコの炊き込みラヒシュもタケノコの歯ごたえとラヒシュに染み込んだ旨味がたまらない。

まぁ、このワショクと呼ばれる文化をこの世界に広めたのがうちの母さんとセバスチャンだと思うといつも不思議な気持ちになってしまう。

「はい、これはおまけ」

実家で母さんが作るものとはまた違う、店主の技巧がきめ細やかに施された絶品料理を堪能していると、ルクスが小皿を持ってきてくれた。

「これは、クラッケ？」

「そっ、せんせが好きなクラッケの照り焼きだよ。今回は仕入れが少ないからこれだけだけどね」

「ああ、両親が好きだからよく食卓にのぼるんだ。だけど、父達は昔本場で食べたことがあると聞いてうらやましいと今でも思ってるよ」

「本場ってフィシュリードだよね。確かにちょっと行ってくるねって行ける国じゃあないよね。でも、まあせんせのお父さん達だったら行ったことあるかもね」

うんうんと納得しているルクスに俺も自然と頷《うなず》き返す。

「俺達がまだ生まれる前の話だよ。だけど、その話はよく聞いたし、兄さんのお古だったけどあっちの民族衣装を俺達も着せられたのはよく覚えてるな。母のルーツにも繋がる品でずいぶんと思い入れがあるようだったから」

兄さん達が着て、俺達も着たそれを、母さんが大事に今もしまっているのは知っている。その昔、両親三人で行ったフィシュリードへの旅行はとてもいい思い出だと母さんはよく語っていた。

ああ、そういえば今も両親はそろって温泉旅行に行っているはず。

ようやくとれた母さんの長期休暇に父さん達がずいぶん喜んでたっけ、だからそれに合わせて兄弟で温泉旅行をプレゼントしたわけだけど感極まった母さんが泣いてしまってわりと大変な事態になってしまったことを思い出す。

きっと楽しんでくれているはず。いや、父さん達が母さんを楽しませないわけがない。俺達も一緒にと誘われたけど、たまには夫婦水入らずでと送り出したのだから。

父さん達の母さんへの世間から見ればちょっとやりすぎな溺愛が存分に発揮されているころだろう……と思わず遠い目をして空を見た。

蒼天に白雲、レンス鳥がのどかにその翼を広げている。

「ああ、今日もいい天気だ」

なんて、つい意味もなくつぶやくのは若干の現実逃避が入ってしまったからか。

子どものころはあれが普通だと思っていた家の中での両親達の仲の良さ。だけどそれが普通ではないのだと、世間の常識を遙かに超えていることを知った時の衝撃は、いまだに俺達兄弟間では笑い話にもならず、今の俺のような目をして遠くを眺めるのが普通だった。

いや、ヒカル兄さんはしっかり両親に感化されて同類と化しているから別として。

そういえば、俺はともかくベルクはどうなんだろうか……。朴念仁《ぼくねんじん》にして無骨、若いころのゲイル父さんそっくりの俺の双子の兄弟。熊族は種族の性質として伴侶への執着が獣人の中でもずば抜けて強い。今のベルクを見てるととても想像ができないが、ベルクもゲイル父さんみたいに誰かを愛する日が来るのだろうか……。

まぁ同じ熊族でもアニムスである俺には関係のないことなんだけれども……。

「どうしたの、アーデせんせ？」

妙な方向へと思考が向かいそうになった俺を引き戻したのはルクスだった。

「いや、なんでもない。それより、さすが店長の料理は一味違うな。母が作るのも十分美味しいとは思うけどやはりプロの腕にかかると一味も二味も違うなぁ」

少し慌てたのもあってごまかしがてら料理を褒めたが不自然ではないだろう。本心だからだ。

「マスターが作る料理は本当になんでも美味しいよねー。あのふっとい腕と指でこんな繊細な料理が作れるんだって驚くもん」

そんなルクスの言葉が聞こえたのか厨房のほうから調理器具を落としたような盛大な音がした。腕の太さや指の太さは料理とあまり関係もない気がするがまぁそういう天然さもルクスのいいところだろう。
「そういえば、アーデせんせのお母さんってあのチカユキさんだよね。いろんな料理を知っていて、それ以上にこの世界に医術をもたらした救世主っ！」
「ああ、今ルクスが言ったことは間違ってはないんだけどね。言われてるけど本人がそれをどう思っているかは……。あと、俺も息子としてその二つ名で母が呼ばれるのはちょっとだけ恥ずかしい」

苦笑しながら、いまだに面と向かって救世主だの奇跡の人だのと言われては赤面して逃げそうになる母さんを思い出す。

異世界から来た母さんは、この世界では考えられないような奇跡的な治癒術の力と医術に関する知識を持っていた。

そして、母さんは自分が持っていた技術と知識を余すことなくこの世界に広めることに力を尽くすことを決心する。その努力が実を結び始め、今は少しずつ医術を治めた医師という存在が世界へと広がりつつあるところ。

母さんの世界では医師になるのだけで十数年間に及ぶ勉強をした上で、現場で十年近く働いてようやく一人前と呼ばれるほどに厳しいものだったらしいから時間がかかるのはしょうがない。

俺も医師の一人として、日々頑張っているところだけど、それは母さんがどれだけ偉大な存在なのかを思い知らされる日々でもある。それに、俺の二人の兄も弟の俺から見ても優秀な医師だ。

今は国王の伴侶となってしまったが患者の気持ちに寄り添って、誰よりも丁寧な診察に定評のあった内科を専門としていたヒカル兄さん。病理医として診察や直接的な治療よりも治療法や病気の根本原因の研究の道を選んだスイ兄さん。

だからというわけではないが俺は母さんと同じ、外科医という道を選んだ。

医師は誰しも命を救うために日々働いているが、外科医はもっとも患者の命というものに近い存在だと母さんを見て感じたからだ。

正直外科医と名乗っていてもいまだ、兄達に追いつけている気はしない。

二人とも外科が専門ではないにもかかわらず、今の俺より遥かに優れた技術と知識を持っている。

年の差、経験の差と言われてしまえばそれまでなのだが、外科を専門と決めた以上、俺はそんな兄達を追い越して外科医としての母さんに少しでも近付きたい。


そんなことを考えながら、俺は視界の片隅に入ってきた通りを歩く牛族らしき人を見つめていた。

見るのは骨格と腕や足の動き。気になるのはその左足の動きだ。

多分足首を痛めてかばっている。そのために体の軸がずれていて、不自然な動きが気になった。

どうしたら、どうすれば治るだろう、どういう手術をどういう治療を選択すれば治りが早くなるだろう、と。

医師として自らの持つ技術と知識にある程度の自信はある。

それで十分だと、よくやっていると自分を認めてはいても、それでも俺の頭は気がつけば考えてるんだ。

俺の手で治すより、母さんやスイ兄さんの力を使ったら早く治るのに……と。

それが現実的ではないということはわかってる。母さんの治癒術は、ダグラス父さんの腕を再生すらしたがそれは己の命を削るような行為だったと。

母さん達の治癒術は万能だが、全ての人にその恩恵を与えることはできない。

母さんやスイ兄さんにも力がある故の悩みがあることも知っている。

特に自己犠牲の塊《かたまり》みたいな母さんにとっては、目の前で消えゆく命に対して自分の力を行使できないのは辛いことだろう。

だからこそ俺は、医術で二人に追いつかなければならないのだ……。

少し暗い思考に陥っているのに気がついたのか、ルクスが俺を見つめた。


「せんせはチカユキさんのこと、言われるのあんまり好きじゃなかった？　ごめんね」

「いや、そうじゃないんだ。ただ、偉大な親を持つと子どもは苦労するなと最近しみじみ感じていてね」

「そういうもんなの？　うちの両親は普通だからよくわかんないや。あっ、でもアーデせんせのお父さん達って、本当に渋くてかっこいいもんねえ。まさにアニマって感じで。たまにせんせと一緒に来るベルクさんもかっこいいし、あっもちろんせんせもかっこいいけど」

そんな言葉をかけながら、俺を見て笑う。もっともその薄水色の瞳に浮かぶのは悪意のない揶揄《やゆ》混じりのもので、俺はその意図を察してため息をついた。

「俺がかっこよくてもどうしようもないだろ」

俺はゲイル父さんの子だから熊族だが、耳と尻尾を除けばこの外見は獅子族のダグラス父さんの若いころにうり二つだと言われている。アニマとしての魅力にあふれたダグラス父さんの顔のつくりは、それを受け継いだのがアニムスの俺でも有効なようで、そういう意味で俺に声をかけてくるのはアニムスばかり。

同じ熊族であるゲイル父さんや鍛錬《たんれん》を欠かさないベルクに比べれば若干細身だが、それでも小柄で華奢《きゃしゃ》な体格が多いアニムスからしてみれば、この体格はアニマに見えてしまうらしい。

俺自身アニムス同士の恋愛に抵抗がなくとも、相手がそうであるとは限らない。

熊族でたくましく、ダグラス父さんに似た顔のアニ・・マの俺に彼らは用があるのだから……。

そんな風にしてやんわりといろいろな気持ちを込めた断り文句を何度伝えたことか。

仕事をし始めてからはだいぶ落ち着いたが学生時代を思い出せばうんざりする。

ルクスも最初はそういう意味で俺のことを気にしていたみたいだが、今では気のいい友人の一人。

……俺がアニムスであることはどうしようもない事実。

だが、その事実が俺にとってはひどく重荷に感じられることがある。

だからこそ、ベルクとは違った方向で俺は恋愛に対する興味が薄いのだろう。

いや、あえてそういう色事から目を背けているのかもしれない。

「そんなことないよ～、アーデせんせみたいなかっこいいアニムスがいいっていうアニマだって絶対いると思うんだけどなー」

「残念ながら今のところそんな都合のいい相手には出会えてないな。俺に好意を抱いてくれるのはかっこいいアニマに憧れるアニムスの皆さんだけだ」


思わず出た自嘲《じちょう》めいた言葉をクラッケの照り焼きと共に飲み込み、視線を逸《そ》らす。

熊族は獣人の中でも大柄な体格の者、そして獣性が強い者が多く、種族としてもアニムスが生まれる確率はとんでもなく低い。

実際、ベルクはゲイル父さんそっくりでその獣性の強さや身体つき、獣人としての強さも含めてその全てがある意味理想的なアニマなのだ。

それをうらやましいと思ったことがないと言えば嘘になるけど、それでも今は……。

「それに、そういう色事っていうのかな、誰かとどうこうっていうのは俺はいいんだ。元々そういう願望が薄い質《たち》みたいでね。今の俺には医師としてやらなければならないこと、学ぶことが山積みでね。仕事が恋人さ」

口にした言葉は確かな本音で、俺は自然と目の前にあったルクスの翼に触れた。

外傷は治っても、治し切れなかった翼と脊髄を繋ぐ神経系。それはルクスの翼や首の動きに後遺症として残ったまま。リハビリを続けても治り切ることはないだろう。俺はいつかそれを俺の手で元の状態に治してやりたい。


「相変わらず真面目だよね、アーデせんせは」

返ってきた穏やかな笑い声に笑みを返し、肩をすくめる。


「俺は医師として当然のことを言ってるだけさ。もっと技術を身につけたい、もっと知識をって俺達のような医師は皆思ってる」

「まあ僕も同感かな、僕なんてアニムスなのに魔力が少ないから子どもを望むことも難しいんだよねぇ。それなのに、この見た目だけに惹かれてあとは突っ込めればいいなんてアニマを相手にするより、今は自分がやりたいことをやっていたいかな」

俺が触れた翼をかろうじて動かしたルクスが屈託なく笑った。

ぎこちなく、それでも前よりはよくなった動きを見せられて安堵する。だけど俺は、ルクスが昔のことをまだ引きずっているのを知っている、まだ本当は大型種のアニマが怖いのだということを。

昔、ルクスに横恋慕した獅子族のアニマが一向になびかないルクスに腹を立てて、無理やりことに及ぼうとした。それに必死に抵抗したルクスだったがその最中、大型種の獣人の圧倒的な力で翼を痛めつけられ、大怪我を負った。結局、強姦そのものは未遂に終わり、ルクスはすぐに病院に運ばれたが、翼は折れてズタズタになっていたのだ。

それこそ救助があともう少し遅ければちぎれていただろう。

そんなルクスが運ばれたのは、王立医務局が運営する病院。

今俺が働いている場所だった。


「まあ僕が誰か伴侶にするとしたら、そうだなあ。やっぱりアーデせんせみたいな人がいいなぁって思うよ。アーデせんせは僕みたいなのは好みじゃない？」

「そればっかりだな、ルクスは」

いつもの言葉に笑い返した時、厨房から派手な音がして、遅い昼食を取りに来ていた常連客達皆がそっちへと振り返る。

「ちょっと何事っ？　大丈夫っ」

慌ててルクスが厨房へと入っていくその背を見送る。

「気をつけてくださいねー。マスターらしくないですよ」

「ああ、すまない。ちょっとな」

どうやら店主が厨房内でいろいろとひっくり返してしまったようだ。

その片付けが終わって二人が出てきたのをぼんやり眺めていると、店主はなぜか少し落ち込んでいるように見えた。そんな店主に客達の励ましの言葉が続いている。

「店主、まあまあ……ご愁傷様だねえ、いろいろ考えることもあるだろうが、まあ頑張りなさいな」

「そうそう、当たって砕けろって言うけどさ、まだ砕けてないんだろ？　だったらまだ脈はあるさ」

そんな常連客達の言葉に、ルクスが口を尖らせて厨房の惨状をみんなに知らせる。

「えっ、砕けてましたよ。もうせっかくの美味しそうなタルトンが床で木っ端みじんでしたもん」

そのルクスに、客達が引きつった笑顔を見せているがどうしたんだろうか。それに店主も厳《いか》つく張っているはずの肩が落ちて、なんとも言えない顔で憤慨《ふんがい》しているルクスを見ている。

「タルトンって中身の橙色《だいだいいろ》の実の部分は柔らかいのに緑のゴツゴツした皮はすっごく硬いんですよ？　あんなの僕だったら全力で叩きつけても割れないっていうのに、マスターってば本当馬鹿力なんだから」

ルクスはルクスで店主に向かって、食材がもったいないとその小言は尽きない。

「本当にすまない、つい力が入りすぎてしまってな」

「何をどうしたらそうなるのかがわかんないですけど、まあさすがタルトンというか、賄《まかな》いで使うぐらいはなんとかなりそうでよかったですねー」

落ち込んだ店主の様子にルクスも言いすぎたと思ったのか、向ける視線が柔らかくなる。

元々ルクスは穏やかな性格だから、店主を心配している気持ちのほうが強かったはず。

店主もそんなルクスのことがわかっているから、怒られても向けるまなざしはとても優しい。

「そうだな、砕いてしまったタルトンは賄いに使うとして、今日の夜はタルトンでグラタンでも作ろうか」

「えっグラタン!?　マスターの作るグラタン大好物だ

からうれしいです。本当に大好きなんですよ。この後のお仕事も頑張れそうっ」

「おお、好きか……そうか、好きか」

ルクスが機嫌を直したからか、店主もいつもの様子を取り戻したみたいだ。

うれしそうに頷き、客達に騒がせたことを謝った後、厨房へと戻っていった。ルクスも足取りは軽く、美しい純白の翼も心なしか踊っているよう。

そんな姿を客みんなで微笑ましく見つめていたが、その時点になってようやく気づく。

ああそういうことなのか、店主はルクスのことを……。

この店に通い始めてどれぐらいになる？　ベルクじゃあるまいし、自分の鈍感さが嫌になる。

それがわかれば、店主にはずいぶんと悪いことをしてきてしまった気もする。

ルクスとは友人とはいえ、その距離感を今後は見誤らないようにしなければ。あとはルクスの気持ち次第だとは思うが、大型種が苦手な彼が猪族の店主の店であえて働いていることを考えれば、そこは俺の出る幕ではないだろう。

ここに幸せなアニマとアニムスが誕生するかもしれない。

それはとてもめでたいことだなと。

そう考えながら、俺はふと自分の中に湧いた感情に慌てて蓋をする。

その感情の名は、嫉妬《しっと》や羨望《せんぼう》……という類いのものなのだろう。

幸せそうな二人を見てそんな感情が湧いてくる自分が嫌になる。


「何考えてんだろうな、俺は」

自嘲めいた言葉が口から勝手に零れる。

アニムスである自分。そんな俺は彼らのようには決してなれないというのに……。

馬鹿なことを考えたと、考えそのものを振り払うように頭を振れば、羽根飾りが頬へとあたる。その飾りをつまみ、目の前で灯《あか》りにかざしてみた。

青緑の羽毛を束ねて一つにした飾り。

バージル爺ちゃんからもらったこれは魔除けも兼ね

たお守り。

いつかの誕生日にベルクとそろいで贈られたそれは、ベルクと共に常に身につけているせいなのか、重ねた年月のせいなのか多少傷んできているように見えた。

そろそろ一度専門家に見てもらわなければダメかもしれない。その時はベルクのも一緒に……。

そんなことを考えながら、俺は窓の外へと再び視線を走らせた。

第二章

重厚でありながら、機能美を兼ね備えたレオニダス王城。

その姿を横目で見ながら、俺は王城の外壁に添う形で建つ建物の通用口へと入った。

ここが俺の所属するレオニダス王立医務局が運営する病院であり、俺の勤務先だ。

王立医務局の本部は王城内の政務区にあるが、実際に患者を診るのは医務局所属の医療班。ようは俺のような医師やその仲間達。

病院長は医療班のトップが務めている。医療従事者が働きやすい環境を作り、患者のための医療という理念を持ったとても尊敬できる人だ。

そういう人が院長だからか、病院内の医師や医療従事者の関係も非常にいいと俺は感じている。

そんなことを考えながら職員専用の通路と外来を結ぶ廊下を歩いていると、よく見知った兎族の看護師に出くわした。


「アーデ先生、こんにちは。今日は遅出なんですね」

「やあ、こんにちは。そう、昨日は急患対応で大変だったから遅出でよかったよ。外来はどうだった?」


看護師の言葉に俺は笑顔を返す。

頭を下げた拍子にふわふわとまとまりのない焦げ茶の髪が頬にかかり手で払う。顔立ちどころか髪質までダグラス父さんと同じで、癖のある髪はそろそろ切りどきだろうか、それとも後ろでくくるのも手か。そんなことを考えているのが顔に出てしまっていたのか、目の前の彼はカルテで口元を隠しながら肩を震わせる。

「はい、正直目が回るぐらい忙しかったですけどいつものことですし。それにだいぶ落ち着いてきました。なので、僕も一旦片付けに入っているんです」

「そうなのか。お疲れ様」

「僕達よりアーデ先生のほうが大変じゃないですか？　アーデ先生の外来はいつもとんでもない数の患者さんがやってきますし、アーデ先生の診察は評判ですから」

「えっ、そんなことはないだろう……外来は外科より内科のほうが遙かに――」

「あっ、呼ばれちゃった。それじゃ先生、また後で」


忙しないながらも笑顔を絶やさない彼の姿を見送りながら、すれ違う同僚と挨拶《あいさつ》を交わす。

この病院はレオニダスではもっとも設備が整った施設であり、医療従事者の人数も多い。

けっして医師の数は十分とはいえないのだが……それでもここ以上の医療を受けられる場所はないだろう。

そのせいか、王侯貴族から一般市民までどんな人でも診るこの病院は患者の数も多く、他国からも患者がやってくるほどだ。

そんな病院で俺は一人の外科医として働けることをうれしく思っている。

今日の俺はほぼ夜勤に近い遅出の勤務。

病院内はどこか落ち着いた空気が漂い始めている。

更衣室で白衣を羽織り、医局へと向かえば先輩医師が新人の医師二人にベルク通りとアーデ通りの存在をおもしろエピソードとして話している場面に遭遇してしまう。


「仕事に必要なことを教えてあげてくださいよ、先輩」

「いやあ、一応ここで働くとなったら教えとくべきだろうと思ってな」

「あっおつかれさまです！　アーデ先生」

「今日もよろしくお願いします！」

俺を見つけた新人二人がきらきらと目を輝かせて、挨拶する勢いに若干のけ反りつつ、俺は苦笑ぎみに返した。

先日から研修に来ている彼らは、俺にずいぶんと懐いてくれていて、その視線が眩《まぶ》しすぎる。今も俺の一挙手一投足を見逃さないとばかりに追ってくる視線をヒシヒシと感じているほどだ。

医師として尊敬してくれるのはありがたいが、どことなく気恥ずかしさもある。

「ほらほら、お前ら落ち着けって、アーデ先生は逃げないから。アーデ先生、昨日は大変だったみたいだが、少しはゆっくりできたか？」

新人の二人をなだめながら、俺へと視線を向けてきた先輩が、俺の顔を見上げてきた。

「ゆっくり……とまでは言えないですが、美味しい物を食べてきたのでずいぶんマシですよ」

「お前は若干仕事中毒なところがあるからな。まぁ、根を詰めすぎるんじゃねぇぞ。お前達も仕事の仕方はしっかりとアーデ先生を見習っていいが、息の抜き方は俺を見習えよ」

それに答える室内に響いた新人二人のいい返事に俺も、冗談のつもりだったろう先輩も苦笑を浮かべるしかない。

今日の俺の勤務は夕方から明け方まで。

特記事項も新たな入院患者もいないとなれば、新人を交えての申し送りも簡単に終わってしまった。

「じゃ、あとは頼むぞ。アーデせんせっ！　俺は今日これからデートで忙しくてな！」

「はいはい、それじゃお疲れ様でした。お忙しい方は、どうぞ速やかにお帰りください」

「なんだつれないな、まっそれじゃあな。ほんと無理するんじゃねーぞ」

わざわざ俺の名前を呼ぶあたり、先輩はまだ面白がってるな……。俺もわざとそれに乗っかったが、さっさと帰らせておかないと、実のところ面倒見のいい先輩が帰るタイミングを失してしまうからだ。

日も落ちて他の日勤の職員達が帰ってしまえば、医局に残るのは俺と新人二人。この二人は先月学校を卒業して免許をとったばかりで、まだこれからいろいろ学ばないといけない子達。

遅出の看護師達は既に病棟で仕事を始めているころだろうし、内科を主に担当する医師達は、診察室でカルテの整理をしていることが多く、医局に姿を見せることは少ない。

本来であれば俺が一人で新人二人を指導すること自体無理があるのだが、慢性的な人手不足……いや、医師不足なのだからしょうがない。

初めての夜勤研修とあって少し緊張気味のようで、緊張を解いてもらおうと雑談を交えながら彼らへの指導を始めた。

兎族の新人には受け持ち患者のカルテの分析と治療方針についての分析を、もう一人の猫族の新人には自分の受け持ち患者の回診への同行指示を出したその時。

室内に断続的で甲高い、ビビビビビッという音が響き渡る。

「あっ、緊急連絡です！」

僅《わず》かに驚いた様子を見せながら、兎族の新人が若干うわずった声を上げた。

俺は部屋の外へと踏み出しかけた足を戻して、急いで音を立てる通信装置へと向かう。

この甲高い音を発しているのは、レオニダス城内に張り巡らされた緊急用の通信機。これが鳴るということは、急ぎ対応するべき事態が起きていることを意味する。

魔法具であるこの通信機は、非常に高価な上に同じ区画内ぐらいの短距離でしか通信を行うことができないためあまり普及していない。

ただ、一刻一秒を争う事態になることが多いここの通信機には病院内だけでなく、外部からも通信ができるように特殊な魔術と魔石、そして妖精族による技術でまさに魔改造が施されている。

母さんはこれを個人が携帯できるようにするのが夢らしいがさすがにそれはいつになるのか見当もつかない。

緊張感を持ちながらその装置に手をかけ、受信部から相手の用件を聞く。想像通りの緊急事態だ。俺は必要最低限の会話を終えて、通信を切った。

「騎士団からの応援要請だ。魔獣討伐の最中に重傷を負った騎士がピュートンで運ばれてくる。騎士団本部に常駐している医師だけでは手に負えないらしい。君はこのことを他の夜勤の担当者に伝えて、特に内科の医師にこちらの患者の情報をしっかりと渡すこと。君は俺と一緒に来てくれ。念のため緊急用の医療器具も持っていくから準備を」

振り返って新人二人に伝えれば、彼らはその場で立ちすくんでいた。

「ぼーっとしている暇はないよ。新人だといっても、君達が医師であることに変わりはない。さあ、自分がするべきことを早くやるんだ。そしてここからは自分の判断で動くこと。いいね？」

「あっ、そっそうですね。すぐに他の先生や看護師に伝えてきます。アーデ先生の患者の振り分けもお願いしてきます！」

「俺の受け持ちに重篤な患者はいないけど、容態の変化にだけは注意をお願いしておいてくれ」

「アーデ先生、荷物は……これですねっ！」

「ああ、そうだ、それを持ってついてきて。君も、あとは任せたよ」

「「はいっ！」」

緊急用の医療器具はいつでも持ち出せるように一式がこの詰め所にも準備してある。あとは現場に向かうだけ。

連絡に走る新人の後ろ姿を見送って、同時に俺は猫族の新人と共に走り出した。通信相手が伝えてきた場所。

騎士団本部の奥にある、怪我人を乗せたピュートンが降り立つその場所へと。

騎士団本部はレオニダス城内でも北側にあり、表玄関や病院のある南側からはかなり遠い。

ましてや飛行する魔獣の中でも唯一人が飼い馴らすことができたピュートンの飼育所となれば、訓練場のほうだから更に奥になる。俺達は最短距離になる城の外周壁沿いを走ることにした。障害物がない分、そこが一番早いのだ。

一般患者を受け入れるのを優先したための立地とはいえ、なんでこんなに遠いんだと全力で駆けながら奥歯を噛み締めてしまう。

「アーデ先生、魔獣討伐で重傷ということは……」

新人が不安そうにつぶやく。

「辺境討伐部隊の騎士だろうな。ピュートンで輸送の必要があるほどの重傷。覚悟はしておいたほうがいい」

その言葉に、駆けながらも新人の身体が硬直するのがわかった。

大丈夫、誰だって最初はそんなものだ。俺だって、偉そうなことを言っているが患者を診るまではいつだって恐怖に近いものを感じている。

しかし、辺境討伐部隊といえば騎士団の中でも精鋭中の精鋭を集めた部隊のはず。

双子のベルクの所属している部隊でもあり、以前はリヒト兄さんが所属していた部隊でもある。

身内びいきかもしれないが二人とも本当に優秀な騎士なのだ。

特にベルクはゲイル父さんから受け継いだ剣技の才と愚直なまでの鍛錬で、その実力はダグラス父さんやバージル爺ちゃん達の折紙付き。

だからこそ、王都から遠方の村や町が点在する辺境へと赴き魔獣を退治するという危険な任務を遂行する部隊に配属されている。

そんな、精鋭が重傷を負うなんて、いったいどんな魔獣が出たんだろうか。

屈強な騎士を傷つける魔獣の存在に怯えにも似た震えを感じる。

俺はいまだ緊張でこわばった顔をしている新人に対して自分を鼓舞する意味も込めて声をかけた。

「魔獣によって受けた外傷だ。普段病院で診る患者とは違うんだと覚悟しておくこと。出血はもちろんだが、場合によっては部位の欠損や内臓まで傷口が達している可能性もある。だが、自分が医師であることを忘れるんじゃないぞ。患者本人や周りに決して自分の不安を感じさせず、見せないこと」

「はいっ!」

いい返事を背後に聞きながら、俺も頷く。

それは、自分自身に言い聞かせる意味もあった。

「あ、あれじゃないですかっ?」

「ああそうだろうな。今、着いたところか」

まさに目的としていた場所に何人かの騎士が集まっているのがわかる。その中心には、薄闇の中でも見える一体のピュートンと何かを抱えて騎乗している人物の姿。

背に大きな翼が見えた。騎士団には珍しい翼を持つ獣人の彼が、俺に気付いて声を張り上げた。

「医師が来たようだ。皆、道を空けろっ！」

よく通る声だった。低く、けれどはっきりとあたりに響き渡り、素早く音を立てて周囲にいた騎士達が道を空ける。

ピュートン用の木で組まれた発着台は狭い。他の人達が下りてくれたおかげで今まで見えなかった彼の全身が俺の視界に入る。

ピュートンの背から彼が自身の翼を広げてふわりと飛ぶように降り立った。その姿がひどく印象的で俺の目に焼きつく。

更に驚くのはその体躯《たいく》。今まで出会った鳥類の獣人の誰よりも大きくたくましい。照明に照らされ鮮明に浮かび上がる見事な羽根の独特な紋様は鷹族のものだったか。

そんな濃灰褐色の翼を持つ彼は、その腕に布に包まれた何かを抱いていた。白いはずの布が半分以上黒に近い色に染まっている。

騎士団でも上級位以上の人間だけに許された黒に金飾りの騎士服を身に纏い、濃緑色の髪を風になびかせながら翼を持つその獣人は俺を呼んだ。

「君は……。いや、君は表の病院の先生か？」

「はいっ、連絡を受けて駆けつけました。患者はどこに？」

高さがあるところからなのに、その身体へ着地の衝撃があったようには見えない。

そうして目の前の騎士は、その腕に抱えた包みをまっすぐ差し出してきた。

「患者はここだ」

抱えていた包みは確かに彼の二本の腕に支えられている。

いくら彼が鍛えられた騎士だといっても同じ騎士をこうも軽々と抱き、支えられるものなのだろうか……。

「ああ、大丈夫だ。風の精霊術の応用で私は物の重さをある程度調節できるんだ。それに持ち上げるのも風の精霊が手伝ってくれている」

よく見れば確かに彼の腕の周りには風の流れがあるように感じられる。

そのせいだろうか、血の匂いに混じってどこからか僅かに花のような香りもしていることにふと気付く。

だが近付いた分、布の黒っぽい模様が血だということを脳が改めて認識し、俺の身体に緊張が走った。それに翼を持つ彼の腕も真っ赤に染まっているのだ。

視線を上げれば、頭一つ分は高い位置にあった瞳と俺のそれが交わる。

騎士らしく、精悍《せいかん》な顔立ちの中で一際目を引く青い、透き通るような空の色をした瞳が俺を映している。

「そのままその状態で支えられますか？　できればあまり、患者を動かしたくないんです」

「ああ、問題はない。まずは診てやってくれ、グレルル討伐中に爪で右足に傷を受けた」

グレルルとは凶暴で討伐隊が組まれるほどに危険な大型魔獣だ。その爪は革鎧《かわよろい》程度では防げず、時には金属の鎧を切り裂くことすらあるという。

俺は目の前の騎士が抱きかかえたままの患者をくるむ、血が染み込んだ布を新人と共に丁寧に剝《は》ぎ取った。

布の下から姿を見せたのはきっと力自慢のベルクですら、長時間今のような体勢で抱きかかえるのは難しいと思えるほどに大柄な獅子族の獣人だった。

胸や腰などは金属の鎧を着けているが、腰当てと右の脛《すね》当てがなくなっている。

「包帯を外すよ。手伝って」

更に上、そけい部近くで止血帯が巻かれているのを確認してから、俺は新人に声をかけ、真っ赤に——いや、既にどす黒く変色した包帯を共に外していった。

屈強な獅子族の意識はなく、四肢は力なく伸びたままだ。普段なら持ち上げるのも苦労する重い足は、風の精霊術の力に助けられて軽々と持ち上がる。それを手伝う見習いの彼は、その出血の多さに驚いているのか、僅かに手が震えている。

だが、すぐにその顔は医師のものへと戻った。

俺が伝えていたことを思い出したのだろう。この子は大丈夫だ。

包帯が外れ、傷口にかぶせられた布をそっと外す。

だが、意外にもそこから現在進行形で流れ出る血は多くない。包帯を取り、患部からの大出血を止める準備をしていた俺は若干拍子抜けした。布に染み込んでいた血は止血がなされる前のものだったのだろう。

これはそけい部での止血がしっかりとされている証《あかし》だ。

「止血はいつ……誰が？」

思わず聞いてしまったほどに、実に見事な止血だ。

「運んでいる最中に私が止血をし直した。出血が止まらず、危ないと思ったんだ」

そんな俺のつぶやきに答えたのは、患者を支えてくれている翼を風になびかせている彼。新人が差し出す治療器具を手に処置を施す俺の手元を見ながら淡々と状況報告をしてくれた。

「グレルルにやられたのは午後の戦闘中。爪でやられた時に吹き飛ばされて全身を強打。その時に意識も失った。怪我をしてすぐに衛生兵が圧迫で止血、その後縛って止血。輸送中にそれがずれたのか出血量が増えて私が再度止血をしたんだが問題はなかっただろうか？」

彼の説明は簡潔でありながら必要な情報が入っていてわかりやすい。

怪我の程度はかなりひどい。大腿部から膝上まで深い裂傷が走り、ぱっくりと割れた肉の中からは血管すら見えている。爪の先が動脈をかすめたのか、裂けているように見えた。

「適切な処置です。輸送中に止血をやり直していなければ出血が多すぎて間に合わなかったかもしれません。素晴らしい判断でした」

だが手術が一刻も早く必要な状態であることは確かだ。それに止血をした時間を考えても早く血流を回復させてやらないと末端が壊死《えし》を起こしてしまう。

俺は手早く大腿部ごと再度患部の固定を行い、新人を騎士団本部内にある医務室へと準備に向かわせる。騎士団付きの医師が来ていないということは、別の患者に手を取られているからだろう。

「担架を――いや、もしかしてこのままこの人を運ぶことができますか？　騎士団の医務室で治療を行いたいんです」

新人への指示と同時に、一番近い設備のあるところへと患者の搬送を頼む。何かあった時のために自分の手は空けておきたい。

「もちろんだ、任せてくれ。私は怪我人を運ぶのに慣れているからな。完全に浮かせることはできないが、担架で振動を与えるよりはこのほうがいいだろう」

確かに、目の前の光景はまるで人が風をまとって、浮いていると言っていいかもしれない。落ち着いて見てみれば、患者の下に敷かれていた布が上に向かってたなびいている。俺は彼に任せることに決めた。

俺も風の精霊術は使えるがこんな使い方は聞いたことがない。全ての精霊と相性のいいスイ兄さんならもしかしたらできるのかもしれないが……。

目の前の鳥類の獣人の彼は、よほど風の精霊に愛されているのだとそう自分を納得させるしかなかった。

「騎士団の医務室だったな、先に連れていこう」

そうして走り出したその動きに再び目を見張る。風を孕《はら》んだ大きな翼によって、まるで身体ごと浮いているような走り方だった。慌てて俺が追いかけても、人一人抱えている彼に追いつけないのだ。

力強い彼の両足はちゃんと地面についているというのに、その走りはまるで空をその翼で駆けているようで。

鳥の獣人は飛ぶことはできない。これはこの世界の常識だ。

それでも、俺の目には雄々しく羽ばたき空を舞う鳥のように彼の姿が見えていた。

✵✵✵

騎士団内の医務室にいた本来の医師は、別の緊急の患者の治療をしているようで今もその治療は続いていた。申し訳なさそうに謝られたが、いまだにその患者から目を離すことができない状況なのは俺の目から見ても明らかだ。

「君は本院所属のアーデ先生だったね。確か外科が専門の。申し訳ないが、そのまま君が治療を担当してくれないか？」

もとよりそのつもりではあった。

患者は既に新人と看護師が手術室へと運び、手術に必要な準備を行っている。

そして、俺は自分の判断ミスに気付く。手術が必要なのであればこちらではなく病院へと運ぶべきだったということに。

設備も人員もあちらのほうがそろっている。時間と距離を優先してしまい、そこまで頭が回っていなかった。

だが、今からの再移動は患者の状態を見てもあり得ない。己を責めていたのだが、案内された処置室に隣接する手術室に入った瞬間、俺は思わず立ち止まってしまう。

「これは……、表の病院より設備がそろっているじゃないか……。新しい器具までこんなに……」

「つい先日できあがったばかりなんですよ。怪我人の多い騎士団の医務室の整備が遅れていることをチカユキ先生が指摘されて、こちらを正式に分院にするということで、ずいぶんと多めに予算が組まれたみたいで」

俺の疑問に新人と一緒に患部の洗浄や前処置を行う狐族の看護師が答えてくれる。

「そういえばそんなことを聞いたような……そうか、ここが分院になるのか」

「ただ問題は、やっぱり人手不足なんですよね。騎士団に常駐している医師《せんせい》は二人だけですし……。いえ、お二人ともとてもよくやってくださってるんですよ？ですけど、交代勤務で手一杯ですし、お二人とも外科は専門じゃありませんから」

医師の人手不足はこんなところにも影響しているのかと手術着に着替えながら大きなため息が出てしまう。

本院自体も医師の数が十分かと言われれば、決してそんなことはない。

ただ、病院には経験が長いベテランの医師が何人もいるし、新人を受け入れる余裕もある。何より、いざとなれば母さんやスイ兄さんがいる。

それよりも危険な任務につく騎士を取り巻く医療現場の現状がこれでいいのだろうか……そんなことを考えているうちに患者の前処置が終わり、俺の準備も終わった。

「俺が執刀する、その補助を君がやるんだ。大丈夫だね？」

「は、はいっ」

夜勤研修のはずが突然手術の助手を任された彼には気の毒だが仕方ない。

だが、戸惑いを浮かべながらもその表情は目の前の患者を救うという強い決意を秘めた医師の顔になっている。

「外回りと記録は君達にお願いしても？」

きっとベテランなのだろう。さっき、この手術室のことを教えてくれた狐族の看護師も、患者のルートを確保していた猫族の看護師も任せてくださいと頷いてくれる。

「よし、それでは始めよう。よろしく頼む」

「「はい」」

全員で一度顔を見合わせ、頭を下げる。

手術に大事なのは何よりもチームでの連携だ。

それが大丈夫だという確信を持ち、俺はメスを受け取った。

獅子族の騎士の手術は無事終わった。あの様子であれば後遺症も残らないだろう。これで一安心――と一息つく暇もなかった。

ピュートンで運ばれたのは緊急性を要したあの騎士だけだったが、緊急性を要しない怪我人は普通に討伐を終えて戻ってきた。つまりアーヴィスやケルケスに騎乗した騎士団一行として帰ってきたわけだ。

そうなると、騎士団の医務室――もとい分院は戦場さながら。

分院勤めの看護師や医師の日頃の苦労が忍ばれる。

簡単な処置は看護師がやるし、分院の医師も患者の処置を終えて手を貸してくれる。俺がやるのは縫合やら傷口のデブリードマンなどでその後の処置は新人に任せ、それぞれが己の仕事に専念する。

あの騎士ほどではないものの重傷の患者は直接表の病院にも向かったそうだ。だが、それでも目が回るほどの忙しさだった。

その状況を見て、俺は診察と治療を続けながら考えていた。

騎士団ももちろん全く無防備な状態で魔獣討伐に行っているわけではない。騎士の中には医療の知識を持つ者も多いし、専門的な教育を受けた衛生兵もいる。

だが、医師はいないのだ。

いくら専門的な教育を受けてはいても衛生兵は医師とは違う。

医師が騎士団に同行していれば、現地に仮設の診療所を設けてもっと迅速な処置と診断を下すことができるかもしれない。

そうすれば皆がここまでボロボロの状態で戻ってくることにはならないのではないだろうか……。

今回は近場での討伐だったからあのピュートンで運ばれた重傷患者を助けることができた。だが、あれが辺境の地で起きたことだったら……。

途中、過労で倒れそうになった分院の医師を先に休ませて、俺は結局最後の一人まで患者を診続けた。

新人は看護師に自分達より処置が下手だと怒られながら、それでもなんとか頑張っていたらしい。

安心していい、それは医師であれば誰もが通る道だから……。

怪我人の数が僅かとなった時点で、先に本院へと帰らせたが、ちゃんとたどり着いただろうか。

患者の姿が見えなくなった途端、張り詰めた糸が切れたように、俺は身体を椅子の背もたれへと預けた。もう立ち上がる気力もない。


「信じられない……これが討伐のたびにあるのか」


今までここの医療関係者はよくこの状況でやってきたと思う。

騎士団からの患者の緊急搬送というのは何度も経験している。ただ、それは俺の勤めている本院への搬送だ。


そういえば、先輩が時折騎士団へと呼び出されていたが、こういう事態に対処していたのだろうか？

今日は、たまたまそれが俺だった……？

どこかその事実に引っかかりを覚えながらも、本院に勤め始めて結構な年月が経っていながらこちらの現状を全く知らなかったことに少し自己嫌悪を覚える。

本院での仕事、そして自分の知識と技術の研鑽《けんさん》にだけ意識をとられ、こんな近くでこれほど苦労している人達がいることを俺は今の今まで知らなかった……。だけど、どうしてこのような状況になっているのだろう……。

医師を管理する王立医務局、そこの上の人間がこのことを知らないはずがない。


「母さんはこの状況を放っておけるような人じゃないし、母さんの立場ならなんらかの対策をとることもできるはずだし、何かしらの理由があるんだろうけど……。結局は、医師の絶対数が足りないのが問題なんだよな……。地方はまだまだ医師がいないところのほうが多いし……。あと十年、二十年先を見るしかないのかね」


共に手術に立ち会った狐族の看護師が淹《い》れてくれたお茶を飲みながら俺は独り言のようにつぶやいた。

設備を整え、予算を組んであるということは母さんもいろいろと考えているのだろう。

だけど、今のこの現状をここの人達にこのまま我慢し続けてくれというのはどうなんだ……。

そもそも、俺のような若手？　中堅？　医師をもう少しこちらに回すなり、騎士団の討伐に従軍させるなり手はあるのではないのか……。
疲れた身体にお茶の温かさが染み渡る。脱力したまま、目の前で見てしまった現実について考えを巡らせている時だった。
規則正しいノックが数回繰り返されて我に返る。
顔を上げて扉を見つめ、もしかしてまだ患者がいたのだろうかと思いついた途端、意識が仕事へと切り替わる。
だらしなく浅く腰掛けていた椅子に座り直し、乱れた白衣を整えた。

「はい、どうぞ」

だが開いた扉から見えた見慣れた姿に肩に入っていた力が抜けた。ゲイル父さんに本当によく似たその姿。

「ベルク……」
「アーデ、終わったか？」

ベルクの視線が俺を上から下へと観察するように動く。

「疲れているな」

問いかけというより断言したベルクの言葉に、「まあね」と笑って返した。体格どころか口数が少ないところまでゲイル父さんに似ている。ベルクは、普段もあまりしゃべらない。
だがその言葉はいつも的確で、本質を突いていることが多い。

「大変だっただろう。今日は特に多かった」

怪我人が……という意味だろう。ゲイル父さん譲りの翠玉色の瞳が心配そうに細められていた。

「疲れたのは確かかな。だけど、これが俺の仕事だからね。ベルク達が魔獣を倒して俺達を守ってくれているように、俺のできることをしてるだけ。ただ体力は落ちてるなって自覚したところだね、俺もお前を見習って少しぐらい鍛錬したほうがいいと思う？」

医師も結構な体力勝負だ。

ベルクであれば最後まで疲れも感じず終わらせたかもしれないなと俺は似てない双子の兄弟を見つめた。

ベルクは俺より頭一つ以上背が高い。それに身体の厚みも鍛えられた胸板も何もかもが俺とは違う。俺だって筋肉はあるけれど、それはベルクのものとは比べものにならない。

生まれた時には同じような大きさだったというのに、成人したらこんなにも差が付いてしまった。これもアニマとアニムスの差なんだろうか、それとも単に職種や鍛錬の差なのか。

「鍛錬は大事だ。一緒にやるか？」

無表情のままのベルクの言葉に、俺の顔が強張った。

「う、ん、まあまずは自分でちょっと頑張るつもり」

――ベルクの鍛錬はゲイル父さんのと同じでまさに修行。

そう言ったのはダグラス父さんだったか、いや、修行ではなく苦行だっただろうか。確かにあれに参加させられたら、俺にはまさに苦行。というか、途中で倒れる自信がある。

「それでベルク、何か用事？　これから帰るところだった？」

「今日お前が手術した奴の件だ」

「ん？　ああ、あの獅子族の人ね。ベルクの知り合い？」

「同じ隊の仲間だ。それほど親しくはないが……。そのことで隊長が、詳しい話を聞きたいと言っている」

「ああ、それぐらい大丈夫。説明するのも医師の仕事だからね」

「そうか、疲れているところ悪いが頼む。隊長がこちらに来ると言っていたから呼んでこよう」

そう言ったベルクが立とうとしたところを、なぜか看護師が呼び止め自分が呼んでくるという。

「ゼルファ隊長ですよね。私が呼んできますからお二人とも休んでいてください」

　どこか浮き足立った様子でその姿は扉の向こうへと消えてしまう。

「有名人なのか？」

「さあ、どうだろうな」

　首をかしげて問うが、ベルクも同じように首をかしげるだけだった。

「それでベルクは大丈夫だったのか？　今日の討伐は魔獣の数も多くて乱戦だったんだろう？」

「大丈夫だ、俺は問題ない」

「そうか、それならよかったよ」

　確かにざっと見た感じではどこかを怪我している様子はなかった。

　と、そう思ったのだが。

「ちょっと待って」

「なんだ」

「その腕、袖をめくってみてくれないか」

　珍しく長袖を着ているなと思っていたが、袖口から覗《のぞ》くその色の変わった皮膚はなんなんだい？　ベルクよ。

「汚れだ。気にすることはない」

　表情を変えずに答えるベルクだが、その目が僅かに泳いでいるのはごまかせない。だてに生まれた時から一緒にいるわけではないのだ。

「ベルク」

「本当だ。たいしたことはない」

　俺が睨《にら》むと、ベルクが肩を落として左腕の袖をめくり上げた。

　まっすぐに伸ばされた太い逞しい腕はぱっと見、何も異常はない。だが腕をひねった時、わずかに顔をしかめたベルクを俺は見逃さなかった。

何より、腕の内側に広がる線状のアザ。

くっきりと肌に浮かび上がったアザは、明らかに何かに強く打ち付けた痕だ。

「これ、何も治療してないね？」

にっこりと笑いながら問いかければ、ベルクの目が泳ぐ。

「冷やした」

「そう、冷やしたか、骨は？　確認した？」

「いや、俺は丈夫だ」

「看護師にも医師にも診せてないんだな？」

強い口調で言うと、ますますベルクが挙動不審になった。その姿は、母さんに何か隠していることがある時のゲイル父さんにそっくりで、本当によく似ているなと改めて感心するほどだ。

それはともかく、俺は改めてベルクの腕を取り、じっくりと診ていった。

痛みは筋肉のものだけのようだし、不自然な腫れはない。

「少しだけ痛いぞ」

腕をぐるりと回し、関節の可動域も観察。骨に異常はない。

俺は棚から湿布薬を取り出すと、それをベルクの腕に貼りつけた。

「いいか、痛みが引くまで腕を使った鍛錬は休むこと」

いっそ全部休めと言いたいが、そう言われてベルクが言うことを聞くとは思えない。

「い、いや、それは……」

「いいから、二日ほどだけだ。その間こっちの腕の鍛錬はやめること。知ってるだろ？　獣人の治癒力は高い、だからこそ筋肉や神経を身体が修復している間に変な癖をつけるとそれが逆に後遺症になるってことも」

「……わかった」

不承不承頷くベルクだが、こいつは一度約束したことはきちんと守る。守れないことは約束すらしない、そんな不器用さもゲイル父さんから受け継いでいる。

ベルクに必要な量の湿布薬を渡していると、押し殺したような小さな笑い声が聞こえることに気付いた。

不思議に思いあたりを見渡せば、開けっ放しだった扉の向こうからその苦笑にも近い笑い声は聞こえてくる。

「誰かいるのか？」

「ああ、すまない。盗み聞きをするつもりはなかったんだが、失礼するよ」

声の主は入り口で一度軽く俺に向かって頭を下げ、姿を見せる。その背中には、特徴的な紋様を持つ濃灰褐色の翼。それと共に目を引くのは闇夜に沈む森のような濃い緑の髪色で、前髪には数カ所、銀色に輝く部分が見てとれた。

印象的な空色の瞳。身長はベルクとほぼ同じだが身体の厚みはベルクのほうがだいぶ勝っている。だが、その体軀は決して細身ではなく無駄なく鍛え上げられている。

「あなたは……」

ここまであの獅子族の騎士を運んでくれた彼だ。

黒い騎士服は着替えたのか染み一つなく、姿勢のいい立ち姿に疲れは見えない。湯浴《ゆあ》みでもしたのか清潔感のある彼からは、ほのかに花のような甘い香りがしていた。

「すっかり名乗るのが遅くなってしまって申し訳ない。鷹族のゼルファだ。騎士団の辺境討伐部隊の隊長を任されている」

「熊族のアーデです。レオニダス王立医務局の病院で医師をしています。専門は外科で、ご存じだとは思いますがベルクとは双子です」

「ああ、よく知っているよ。君達一家のことを知らない人間なんてこの王都にはいないだろう。だが、アーデ先生、今日は本当に助かった。騎士達の身を預かっている隊長として今一度礼を言わせてくれ。ありがとう」

腰を折り、頭を下げるゼルファさんの横でそれに倣《なら》うようにしてベルクも頭を下げている。

「いえ、これが俺の仕事ですから。あの止血は完璧でした。彼が助かったのは、むしろゼルファさん、あなたのおかげだと俺は思いますよ」

「ふむ、新進気鋭の外科医と名高いアーデ先生にそこまで言ってもらえるのなら、チカユキ先生の講義に参加した意味もあったというわけだ」

「母の講義に？」

「ああ、衛生兵だけでなく騎士一人一人が応急処置や救命手順は知っておいたほうがいいと何度も講義を開いてくださっているよ」

母さんはそんなことまでやっていたのか。医師の仕事をこなし、俺達を育て、どこでそんな時間を確保しているのかいつも不思議でならない。

それよりも気になるのはさっきまでのゼルファさんの押し殺したような笑い声。

いまだに口元は緩んでいるし、その目尻は下がっている。

「それよりゼルファさん、さっきからどうかされましたか？　笑われるようなことをした覚えはないのですが……」

「いや、申し訳ない、君を笑ったわけではないんだ。君達のやりとりが面白くてね。あのベルクにあそこまではっきりとものを言える人間は、私の部隊の中でも少ない。それなのに君に完全にやり込められているベルクの姿がどうにも愉快で」

「隊長……」

「それは……、俺達は双子ですから生まれた時からずっと一緒です。多分お互いのことを一番わかっているので遠慮なんてはなからありませんし、この怖い顔をしたベルクになんでも言えるのは俺と家族ぐらいですよ」

「俺はいつも通りにしてるだけだ。だが、医者のアーデには逆らわないほうがいいのも知っている」

その言葉でゼルファさんはとうとう吹き出してしまう。

この人は笑い上戸《じょうご》なのだろうか。

「ベルク、その言い方だと人聞きが悪いだろ」

「俺は褒めたつもりだが」

「ああ、君達の関係はよくわかったよ。いいものを見せてもらった。これは隊の奴らにも教えてやらないとな。いや、話がすっかり横道に逸れてしまってすまないがアーデ先生、本題に入ろう」

このままベルクにしゃべらせると俺自身がどつぼにはまりそうな気がして、ゼルファさんの申し出は正直ありがたかった。

「ああ、そうですね。隊長さんにはお伝えしておかないと。あまり専門的になりすぎてもわかりづらいと思いますので大事な部分だけまずはお話ししておきます。詳しいことは改めてご本人にも聞いていただいたほうがいいでしょうし、必要でしたら後でカルテもまとめますのでそれでよろしいですか？」

「ああ、私達がわかる範囲で説明してもらえれば十分だ」

「手術自体は成功です。安心してください。まだ眠っていますが、麻酔が切れればそのうち目が覚めると思います。多少熱が出るかもしれませんがそれは問題ありません。ただ傷自体はかなり深いものでした。あと少し爪がずれていたら、大事な血管が完全に切れてしまって、止血だけでは間に合わなかったかもしれません。ここまでは大丈夫ですか？」

「ああ、命が助かったことも、あいつの運がよかったということもよくわかった」

ゼルファさんは心底安堵した表情で、きっと優しい部下思いの人なのだろうと一目で見て取れた。

「ただ、問題は今後です。命の心配はありませんがあの傷は、人間が身体を動かすのに使う筋肉や神経といった組織も傷つけています。いくらあの方が獣人で強靭《きょうじん》な肉体を持ち、自己治癒力が高いといっても、すぐに元の状態に戻れるわけではありません」

「騎士としては絶望的かい？」

「いえ、できる限りのことはしました。ですから、歩けなくなるということはまずないでしょう。ただ、今までと同じように動く、そして戦う……となるとある程度時間はかかると思っておいていただいたほうがいいと思います」

「復帰の見込みはある。だが、それには時間がかかると。騎士が天職みたいな奴だからなかなか辛いかもしれないな」


そう、俺が心配しているのはそこなのだ。ベルクのように獣性の強い獣人は戦うことを生きがいにしているような人もいる。そんな人にもう戦うことができないかもしれないと、そう思わせてしまうのは精神衛生上決していいものではない。


「俺の経験からですが、まずは安静にして回復に専念する。その後、少しずつ段階に応じて訓練を行えば元のように騎士として勤めることは十分できると思いますよ」

「その安静と少しずつっていうのが難しいのをアーデ先生もよく知っているからそんな顔をしてるんだね？」


その言葉にドキリとした。今自分はどんな顔をしているんだろうか。ベルクへと視線を向けてもベルクは首をかしげるだけ。

だけど、ゼルファさんは俺の心配を完全に見抜いている。


「おっしゃる通りです。獣性の強い獣人ほどそれが難しい。ベルクがいい例です」

「おい、俺は」

「そんなことはないとは言わせないぞ。実際に怪我を隠していたわけだし、戦うことを生業とする人達と俺達の間にはどうしてもわかり合えない隔たりがあるようで……」

「なるほど。アーデ先生の心配はよくわかった。あいつへの説明には俺も立ち会おう。こんな傷は平気だ、すぐに復帰すると言い張るのが目に見えている。しかし、アーデ先生は患者を……いや、獣人の持つ特性をよく理解しているようだな」

「それは、俺自身獣人ですから。それに、ベルクや家族を見ていれば自然とわかることですし、獣人の種としての特性に興味があるというか……」

どうして自分はこんな話をしているのだろう。

いつもはこんな風に説明をすると獣性の強い獣人ほど「そんなの必要あんのか」と聞いてくれず、「面倒だ」とばかりに怒る人が多い。

それを説得するのが医師の務めなのだが、ゼルファさんはこちらが言わずともそれを理解してくれているようで、さすが騎士団の中でも精鋭を集めた部隊の隊長だと感心してしまう。

それは、彼が大型種の獣人とも違う鷹の獣人ということも関係しているのかもしれない。

「君は医師として、あいつを救おうとしてくれている。それに協力するのは当たり前だ。あいつがなんと言おうと私が説得をする。安心してくれ」

妙に距離が近いゼルファさんに俺はこくこくと頷いた。

「は、はい、そうしてもらえれば助かります」

確かに上司であるゼルファさんが説得に参加してくれればとても助かる。

「明日には目が覚めるような状態かい？」

「ええ、麻酔が切れればあとは痛みとの戦いになってしまいますが」

「そこは大丈夫。我々は痛みには強いからね。アーデ先生は明日もここに？」

「あっそうか……本来俺は本院勤務なので……。ですが、騎士団の医師は今日の騒動で倒れてしまっていますし……、上司に許可をもらってきます。ただ午後からになりますが」

「承知した。他の部下達も何人かここに入院が決まっているからね。見舞いがてら待っているさ」

「ありがとうございます。できれば自分が最後まで責任を持って彼の治療にあたりたいとも思っているのでその許可もとれるといいんですが……」

「そうしてもらえると頼もしい。だが、君が騎士団の医師を務めるのは……」

突然歯切れの悪い物言いになったゼルファさんの様子が少しだけ気になった。

「それじゃあ、また明日。もし難しいようなら連絡をくれて構わないからね」

「はい、また明日。大丈夫です。うちの上司、そんなに頭の硬い人じゃないですから」


俺が立ち上がり頭を下げると、彼も立ち上がって頭を下げた。その時、またあの花の匂いが鼻腔をくすぐる。微《かす》かな、甘さと爽やかさが入り交じる香りは、消毒薬の強い匂いに紛れて掻き消えた。

これは彼がつけている香水なのだろうか。ただその香水の香りはゼルファさんから感じる印象ととてもよく合っている。主張しすぎない、品のある香りは彼の落ち着いた見た目にもぴったりだ。

個人的な『観察』として今一度ゼルファさんへと視線を戻す。その背を覆う大きな翼、肩口付近は濃い灰褐色の紋様が入り、風切り羽から翼端にかけて徐々に白くなる。

その翼は広げられるとどんな紋様を描くのだろうか、俺の中に好奇心がふつふつと沸いてくるのを感じる。

そんな妙な欲求を抱きながら、俺は帰っていくゼルファさんとベルクを見送った。

第三章

昨夜の出来事を病院で自分の上司に報告し、あえて大げさに騎士団の医療体制の現状を伝え、訴えた。

病院よりも遥かに深刻な人手不足、緊急時の対応力のなさ、それらは全て王立医務局の課題となっており、決して放置されているわけではなかった。

現状の騎士団の状況も騎士団に優先的に何人かの医師を配置しようとしたものの、騎士団側から衛生兵と本部に待機する医師さえ派遣してもらえればいい、まだ医療が行き届いていない辺境や他国などへの援助を優先してほしいとの意向があってのことだった。

騎士団への従軍についても検討してみたものの、医師を志す者で戦場へと行きたがる者などほぼいないことや、騎士団側から貴重な医師を危険にさらすわけにはいかないと固辞されて、これも実現に至らなかったらしい。

そう言われてしまえば母さんとしても医療が届けら

れていない地域が多いという問題や医師不足も抱えている以上、無理に話を進めることはできなかったのだろう。

　だが、あの現状を見てしまった以上、俺は俺の意志を貫きたいと思った。

　この病院は俺が一人抜けたとしても、代わりの医師はいる。幸い抱えている患者の数は多くないし、重症者もいない。最悪研究室に引きこもっているスイ兄さんに頼み込んで引き継いでもらうという手もある。

　俺の独りよがりなのかもしれない。

　それでも、疲弊《ひへい》する医師や看護師、そして実際に様々な怪我を負った騎士達の姿を目のあたりにしてしまった以上俺はそれを見過ごすことができない。

「だからと言ってよりによってアーデ君。君が行かなくても……。君が行くとなると、それはそれでいろいろ問題があるんだよね」

「なぜです？　外科に関しては今のところ比較的余裕があるじゃないですか、人員の問題なら完全に公私混同になりますが研究室勤務の兄に俺から頼むこともできます。新人でも医師の中核でもない、中堅の俺は適任だと思います。経験不足はご心配でしょうが決して問題は起こしません」

「あーいや、うーん。騎士団の問題は前から対応する必要性を考えてはいたから君の申し出は正直ありがたいところなんだけど、問題はそれがアーデ君というところに……」

　院長は院長なりに考えていることがあるらしい。だが、口ごもるたびにアーデ君かぁ……アーデ君がねぇ……、アーデ君は……。と俺の名前を虚空《こくう》に向かってつぶやく様子に妙な不信感を覚えてしまう。

「院長、俺に何かあるんですか？　勤務態度や能力に不安があるのならはっきりおっしゃってください」

「いや、そんなことはないから安心して。むしろ適任だと思ってるんだけど……」

「だけど……？」

　俺の問いかけに院長は答えてくれず、眉をひそめてしばらく考え込んだ後、しょうがないとばかりに頷いた。

「わかった、わかりました。それじゃ、二週間アーデ君は騎士団の分院に出向してください」

「二週間は短くありませんか？　最低でも一カ月はほしいです。状況次第ではあちらへの配属という形でも俺は構いません」

「とりあえず、とりあえずは二週間でお願い。それ以上の延長はいろいろと各方面に相談しないと駄目なんだよ、ねっ、お願い」


最後には拝むように頭を下げられて、俺は仕方なく頷いた。これは騎士団のために考えたこととはいえ、俺の独断であり、ある意味わがままだ。そんな俺の突然の申し出にもかかわらず、少なくとも二週間の騎士団行きを許可してくれた院長には感謝するべきなのだろう。

そこから先のことは、実際に騎士団の分院で働いてまた追々考え、行動に移していけばいい。

そんなことを頭の片隅で考えていた。

✻✻✻

「ということで、二週間こっちに出向することになった」

さっそく騎士団の鍛錬場で出会ったベルクにそのことを報告すると、珍しく明らかな困惑の色を浮かべて俺を見つめてくる。

「ベルク、どうかした？」

「大丈夫なのか？」

質問に、更に端的な問いかけを返されて、俺は首をかしげる。

「なんのことだ？」

「……バージル様はこのことを知ってるのか？」

「え……バージル爺ちゃんがどうかした？」

バージル爺ちゃんは確かに元騎士団長で、今も騎士団の在《あ》り方には深く関わっている。

それでもなんのことだとベルクを見返すと、ため息をつきながら答えてくれた内容に俺は愕然とした。

「アーデが医師になるための学校に通い始めた頃、一度俺を迎えにこの詰め所に来たこと覚えてるか？」

「そういえばそんなこともあったな……。騎士団の皆がずいぶんと親切にしてくれたことを覚えてる」

「その時、自分が医師になったら皆さんの怪我を治させてくださいと言ったんだが、覚えているか」

「……あ、ああ、覚えている。ちょうどその日はバージル爺ちゃんが特別に訓練をした日で、大きな怪我ではなかったけど皆擦り傷だらけで、ついぽろっと。それもあって学生の時の研修先は騎士団を希望したんだが、駄目だったんだよな」

懐かしい思い出だ。外科を目指すことはわりと早い段階から決めていて、だからこそ騎士団は研修に最適な場所だと思ったことも思い出す。

そうすればベルクが怪我した時も、俺が治してやることができると思ったことも同時に思い出した。

だが、研修先も勤務先も辞令を受けたのは今の病院だった。

「それが何か関係があるのか？」

「先輩から聞いた話だがその時その場にいた騎士は皆アーデのことを気に入ったそうだ。だから、アーデが研修先に騎士団を希望していると聞いて、ぜひアーデを騎士団にと騎士達から嘆願が出されたとか。ただ、それを聞いたバージルお祖父様が、あんなアニマだらけで危険な場所に可愛い孫をやれるわけがないだろうがと。リカムお祖母様が何を言っても無駄だったそうだぞ」

「……それは、ありうる……な」

自然と漏れる小さなため息。

「バージルお祖父様は、お前を特に可愛がっているからな」

「うっ、別にお前も可愛がられてるだろう……」

「わかってる。だが、お前はお祖父様にとってある意味特別な存在だ」

それは確かに俺も自覚している。

リカム婆ちゃんと境遇がよく似ている俺をバージル爺ちゃんは何かと気にかけ続けてくれている。それは子供心にも感じていたし、今となってははっきりと俺の将来を心配してくれていることを理解している。

だからと言ってまさかの孫馬鹿がこんなところで発揮されていたとは想像していなかった。

俺がいくらアニムスだといっても、熊族で見た目もこの通りだというのに……。看護師にはアニムスも多いしなんの問題があるというのだろうか……。

だが、

「あり得る」

バージル爺ちゃんだけじゃなく、ヘクトル爺ちゃんやリカム婆ちゃん、うちの祖父母達は孫を分け隔てなく可愛がってくれる。

それはもう本当に目の中に入れても痛くないと言うほどに。

ヘクトル爺ちゃんあたりはスイ兄さんが「あの国気に入らないから滅ぼしてほしいなー」とお願いすれば真剣に国盗りをしてくる恐ろしさすらある。

両親も大概だがうちの祖父母達も地位もあれば権力もある、国すらも動かせる人達だ。

「……もしかして院長が二週間以上の俺の派遣を渋ったのは？」

「バージルお祖父様を説得できるのがぎりぎり二週間だと踏んだのだろう」

「お、おお……」

思わずその場で崩れ落ちそうになった。

爺馬鹿がこんなところまで影響するとは。大通りの名前や、専用の部屋があるほどの子供服や玩具、俺達双子が生まれた時に配られたといういわく付きの『巨大な木彫りの熊』だけではないのか。

今は四つ子達にその溢れんばかりの愛情の標的は変わったとばかり思っていたのだが……。

過去、与えられた様々な贈り物を思い出して遠い目をしていると、ベルクが妙な哀愁を漂わせて俺の背を叩く。

「まずは、二週間だ。お前に何も起こらないように俺も力を貸そう。お前と共に働くことができるのはうれしい。だが、もし何かあれば騎士団とお前がどうなるかわからないからな」

「ああ、俺がどうこうってことはないと思うが失敗はできないからな。頼むよ、ベルク」

「……もし何かあったら、この地に現騎士団長以下幹部の血の雨が降りそうだ。そして、お前には生涯とんでもない数の護衛がつくことに。下手をすれば自宅軟禁確実だ」

現実味のない内容。だけど、それをベルクが言うとどこか現実味を帯びていて。

俺の喉が小さく鳴った。


というわけで、新たな問題も発覚したわけだが、それでも俺がするべきことは決まっていた。

「こんにちは、あれから変わりはないですか？　それじゃ今日は関節が固まらないように看護師と一緒に少しずつ動かす訓練をしてくださいね」

「おう、しかしこれはまどろっこしいな、もっと重くしてくれてもいいんだぜ」

「駄目ですよ。ご自分がまだ治療中の怪我人だということは忘れないでください。まずはゆっくり、負荷を徐々に重くしていきますから焦らずに」


ゼルファさんの説得が功を奏したのか、入院している騎士達の反応はまずまずだった。それはとても助かるが、それでも目に見える部分の怪我がよくなってしまえば彼らの頭の中から重々言い含めたものが少しずつ薄れていっているのがわかる。

元気なのだ……。本当に元気なのだ。獣人の治癒力の高さはもちろん承知しているが、騎士というのは何か特別な生き物なのかもしれない。まだ骨もちゃんと繋がってないのにそのまま歩こうとする人や、痛みがあるはずなのに限度を超えた訓練をしようとする人。

だが、医師の目から見ればそれは決して許可できない。現在はよくてもこの先のことを考えればもっと慎重にならないと。

無理をしたあげく結局後遺症が残った騎士達の存在を俺は父や祖父達から聞いている。

「じゃ、まずは十分から、ゆっくり始めてくださいね。あと、お願いします」

書き出した診療計画書に確認の印を入れて、あとは看護師に託す。

ここに来て驚いたのは、入院施設はあっても、その間どのように過ごすかの診療計画はあってないようなものだったことだ。術後の離床、食事、運動訓練の計画はもちろんだが、退院時期も基本は患者の意思優先で決めていたそうだ。

母さんが知ったら卒倒するか、珍しく怒った顔を見ることができるかもしれないと苦笑いが自然と漏れる。

「アーデ先生、助かるよ。私はどうも気が弱くてね。騎士達に迫られるとついつい頷いてしまって。それがよくないことだとはわかっているんだが……」

「こちらこそ、新参者が出しゃばってすみません。ですが、迫られると……っていうお気持ちはわかりますよ。俺は、父や兄弟で獣性の強い獣人には慣れていますから」

「ああ、そうだったね。君のお父上や祖父君ほどの獣性の方達は滅多《めった》にいないから君は確かに耐性がありそうだ。新参者とかそんなことは気にしないでいいよ。私達は君が来てくれて本当に助かっているのだからね」

俺が来てからお茶の時間が取れるようになったと喜ぶ医師に、俺は曖昧《あいまい》な笑みを浮かべた。

いきなりなわばりを荒らしに来たような俺に、ここに勤める人達はとても好意的だった。

そもそも専門は内科だという医師は、外科の医師の俺に意見を求めてくれることすらある。なぜ内科の医師が騎士団に……という疑問もあったがそれはそれでいいろとあったらしい。

とりあえずまずは二週間、その間にこの先に繋がるような結果を出して、騎士団の今後と俺自身の今後について明確な何かを見いだしておきたい。

ただ、俺が一人増えたところで忙しいことは変わらない。

入院患者のために標準治療計画書をまず作り、それを患者一人一人に合わせたものへと作り替えていく。

その間にも怪我人が運ばれてきたら処置が必要で、

大規模な討伐がなくともさすが騎士団、訓練中の怪我を始め、犯罪者との格闘の末に……など大小様々な傷を負った患者が次々と訪れる。

そして、あの人も。

患者の切れ目を見計らったかのようにして現れたのはゼルファさんだ。

「やあ、相変わらず忙しそうにしているね。アーデ先生、あいつはきちんと言うことを聞いているかい？」

そう言いながら渡されたバスケットからは甘い匂いが漂ってくる。今日もその背中には立派な翼が鎮座《ちんざ》している。同じ鷹族の人達に比べてもゼルファさんの翼は一回り大きく感じるのはやはり体格に応じたものだからなのだろうか？

そんな自らの中に湧いた疑問を咀嚼《そしゃく》しながら、軽く頭を下げた。

「お見舞いご苦労様です。彼は問題ありませんよ。数日前にあれほどの手術をしたばかりなのに既に立ち上がり、歩かれてます。あっ、もちろん無理なことは止めてますよ？　ですが、やっぱり大型種の皆さんは傷の治りが速いですね。俺が思っていたよりずいぶんと早く先へと進めそうです。俺が皆さんから学ばせてもらってるぐらいで」

「それならいいんだが。あいつは騎士としては有能なんだが、そういう奴は個性や我が強い。私も手を焼かされている」

そう笑いながらゼルファさんがバスケットの上に掛かっていた布をめくれば、そこからは艶々の生地が香ばしい手のひらサイズのパイがいくつも顔を出し、ペイプルの甘い匂いが広がった。

「これは？」

「ここの皆にはずいぶんと世話になっているからね。差し入れだ。疲れた時には甘い物がいいというだろう？　それにペイプルは君の好物なんだってね。ベルクから聞いたよ」

あいつは余計なことを……。別に悪いことをしているわけではないが、この年になってペイプルのような子供が好むものを好物だと知られるのにはどこか恥ずかしさを感じてしまう。

そんな俺の内心を見透かしたようにゼルファさんは、ベルクとの会話を聞かれた時と同じように小さく笑うと俺にバスケットを渡し、すぐに出ていこうとする。

「えっ、顔を見ていかれなくてもいいんですか？　状態の説明も合わせてできますけど」

そう言って椅子から腰を浮かしかけた俺をゼルファさんは手で制した。

「本当はそうしたいところなんだけどこの後すぐぐちょっとした任務があってね。ここにはお礼を届けに来ただけなんだ。帰ってきてからまた詳しく話を聞かせてくれるかい？」

「えっ、ええ。それはもちろん構いませんが」

「じゃあ、そういうことで。また後で」

そう言って本当にそのまま出ていってしまったのだ。

なんだか嵐のような……いや、風のような人だなと妙に詩的な感覚を覚えていると、手の中のバスケットの存在を思い出した。

「えっと、休憩時間にみんなで食べようか？」

看護師にバスケットを手渡せば、歓声が上がった。

「ゼルファさんからの頂き物なんて、他の騎士や看護師仲間に自慢できますね」

バスケットを受け取ってくれたのは、線の細い栗鼠族の看護師。目をきらきらさせながらバスケットを抱え込んだ。

「自慢？」

「あれ、アーデ先生知らないんですか？　ゼルファさんって見ての通りかっこいいし、紳士的だし、辺境討伐部隊なんていう精鋭部隊の部隊長なのに偉そうなところもなくって。鳥類の獣人ってあまり戦いには向いてないじゃないですか？　それなのに大型種の獣人を圧倒するぐらい強いらしいんですよ」

「見た目のことはともかくそれは知ってる。うちのベルクの上司らしいから」

「あーベルクさんも辺境討伐部隊でしたよね。ベルクさんみたいに大型種でアニマらしいアニマの人も魅力的ですけど、ゼルファさんみたいなアニマも素敵だなって騎士団に勤めるアニムスで狙ってる人は多いんですよ！」

「へぇ、そういうもんなのか」

確かに鳥族の騎士というのは珍しい。それでも鍛え上げられた身体には、騎士の制服がとてもよく似合ってるし、その言動は確かにどこか知性的な雰囲気が強く、紳士的だ。

騎士となるアニマ達も礼儀作法などある程度の教育は受けるらしいが、生まれ持った強い獣性をどうにかするのは難しい。よく言えば頼もしく野性的、悪く言えば雑で荒っぽい騎士が多くいるのも事実。ベルクのような寡黙なタイプでさえもある意味珍しい。

「アーデ先生はあまりこういうの興味がなさそうですもんね。でも、アーデ先生もかっこいいって人気があるんですよ？」

「おいおい、俺はアニムスだよ」

「そうなんですよ！　だから本当に残念で、先生がアニマだったらもう絶対みんな狙ってたのにもったいないってよく話すんです」

それはきっとなんの悪意もない、ただの世間話。

もう幾度となく聞いた言葉。

『アニマだったら』というその言葉。

そんな真面目に取り合う話じゃないとわかってる。

だけど俺の心に常に引っかかっているそれが小さく疼いてしまう。

「先生、どうかしました？　ちょうどいい時間ですし、お茶を淹れますから差し入れいただきましょうよ」

「ん？　ああ」

差し出されたペイプルパイを受け取り、一口かじる。甘酸っぱさと少し癖のある香辛料の香りが口の中いっぱいに広がる。

とても美味しい。とても美味しいのに俺の気持ちはそれを楽しめない。

差し出されたお茶をありがとうと受け取り、流し込むようにしてペイプルパイを食べてしまった。

別にアニマになりたいわけではない。アニムスであることを嫌だと思ったことはない。

俺は俺だから……。

割り切ったはずのことがふとした瞬間に顔を見せてくる、自分の弱さが嫌になる。

そんな思いを温かいお茶と共に一気に自分の中へと流し込んだ。


「急患入ります。討伐隊より、軽傷者六名、重傷者三名。重傷者のうち、骨折が一名で熱傷が二名だそうです」

勤務時間もそろそろ終わりかと時計を見上げたのと同時に、看護師からの報告が入る。

「アーデ先生には、骨折をお願いしてもいいかな？ 私は熱傷の確認をしますから、熱傷の度合いでそのまま処置室を使わせてもらうよ」

「わかりました。手が足りなければ呼んでください。処置が終わり次第向かいます」

分院の医師に答え、俺は自分の診察の準備を始める。

それから間もなく運ばれてきた骨折患者は実際のところは単なる肩関節の脱臼で、それ以外の傷も看護師に処置を任せられるものだった。

これなら重傷として報告された熱傷患者もたいしたことはないだろうとほっとしたのだが、連絡系統に不備があるなと少し頭を悩ませた。

脱臼を整復し終え、あとの指示を看護師へと伝えたところで処置室から呼び出しがかかり、急ぎそちらへと向かう。

もしかして、熱傷患者は本当に重篤なものだったのだろうか。熱傷はその深さや範囲によっては患者の命に関わってくる。

そして処置室へと入ったところで、特徴的な翼を持つ人物の姿が目に入った。

「ゼルファさん？ もしかして、あなたが怪我を？」

「ん、いや、私は付き添いだ。だがアーデ先生、本当にすまない。私の責任だ」

　突然謝られてもなんのことかわからない。

　ただ、頭を下げた彼の大きな翼で隠されたその先に、ある人物の姿を見つけ、俺は他の医師や患者がいることも忘れて大声を上げてしまう。


「――――っ、何やってんですかぁぁぁっっっっ!!」


　思わず叫んだ俺の声は、狭い室内で何重にも跳ね返った。もう一人の医師は別の熱傷患者の処置をしながら俺の声にその手を止めてしまう。だが、目の前で右の前腕に熱傷を負ったとみられる獅子族の獣人はけろっとした様子で、耳の穴をほじっている。

　そう獅子族の獣人だ。俺があの日、緊急手術をし、今はリハビリ中のはずのあの獅子族。

　その足に今朝方俺が巻いたはずの包帯が、緑や赤が入り交じりどどめ色となってしまっている。

「どういうことですか!?　朝のリハビリにはいましたよね!?　あとは、寝台で安静にって伝えましたよね!? 上半身を使った運動ならいいですよとも!! そのあなたが!!　なんで!!　討伐隊の怪我人に混じって!!　しかも!!　火傷までしてるんですかっ!!」

「いやあ、上半身の鍛錬つってもいい加減飽きちまって。緊急討伐に出るって言うじゃねぇか。もう足も問題なく動くし、討伐日和《びより》でもあったし、人手は多いほうがいいだろ？」

　俺の言葉なんてどこ吹く風の様子の患者。そして、その横では沈痛な面持ちで俺に頭を下げるゼルファさんの姿。

「すまない、本当に申し訳ない。私がこいつが混じっていることに気付いたと同時に戦闘が始まってしまって……。その状態で送り返すわけにもいかず」

「送り返してください!!」

「いや、こちらもこいつを連れ帰る人員の余裕がなく――」

「そんなの、アーヴィスの背中にくくりつけて、王都に向けて尻をたたけば、いつかは戻ってこられるでしょうが!!　その場で戦いに参加するより百倍マシです!!」

「先生、わりとひでえな」

「脱走した人や医師の指示を守れない患者には何を言ってもいいんですっ!!　ああ、ほら傷を見せてください」


のほほんとしている患者の腕は、診た感じ水疱は形成されているものの浅めの深度二の熱傷、洗浄はすんでおり、あとは塗り薬と飲み薬、患部を保護するぐらいの処置しかできることはない。

幸いなことに俺が手術をした患部に異状はなかった。この包帯の色は返り血なのだろう。

俺は熱傷の処置を終えて、足の包帯を取り替えながら目の前の獅子族の騎士へと告げる。

「化膿止めと痛み止めを処方するので看護師の指示に従って飲むこと。それと部屋を個室に移します。室内でのリハビリは行いますが、それ以外の一切の外出は禁止」

「えっ」

「何か？　言いたいことがあるんですか!?　確かにあなたはよくなっています。ですが、この時期が一番大事だと伝えましたよね!?」

抗議の声を上げかけた彼を睨みつければ、そのまま硬直した。

「ゼルファさん。騎士団にはこういう場合の罰則は何かないんですか！　別にひどいものじゃなくていいんです！　謹慎とか！　そういうやつ！」

俺に頭を下げたままのゼルファさん。目の前の事態が想定外すぎてつい言いつのってしまう。

「本当に申し訳ない。怪我をした状態で任務に参加をしてはいけないという規則はない。休むべき者が戦闘をしてはいけないという規則もないんだ」

「そりゃそうでしょうけど！」

「強いてあげるのであれば、上官である私が指示したことを守らなかった命令違反。それと、私の監督責任が問われるだろう。だが、命令違反となると団長を頂点とした審問会が開かれることになってしまう」

ここまできてことの重大性にようやく気付いたのか獅子の獣人の顔色が悪くなる。

それにそんなことになっては部隊長であるゼルファさんも責任を問われることになるだろう。

「……わかりました。それはさすがに俺も望みません。だから、本当はよくないことなんでしょうが、これ以上は何も言いません。このこと自体は内々におさめることができるんですよね？」

俺の言葉にゼルファさんが頷く。

「純粋に私の監督責任という部分であれば、私に簡易的な懲罰が与えられるだけですむが」

「俺はそんなことを望んでいるわけじゃありません。ただ、上官の命令を守れない人間がこの先本当に騎士としてやっていけるのか、そのことについてはこの人としっかり話し合ってください」

「本当にすまない。先生の心遣いに感謝する」

「あっあと、個人的にゼルファさんが許可をくださるのであればですが、この人のリハビリが完了してからしばらくの間、うちのベルクの鍛錬に付き合うように命令してもらえますか？」

それを聞いた途端、獅子の騎士の顔色はますます悪くなる。

そうだろう。ベルクの鍛錬を見たことがある人間なら誰でもそうなる。

あの鍛錬は自らを自らの手で拷問しているようなものだから。

「ひでぇ！　ベルクの鍛錬のこと、先生知って言ってんだろ！　あれができる奴は人間じゃねぇよ!!」

「俺の兄弟のベルクは人間だから大丈夫です」

「承知した。その時が来たらきちんとこいつにはベルクの拷も……いや、ベルクの鍛錬を共に受けさせることを約束しよう」

今、ゼルファさんするっと拷問って言いかけたな……。

団長から見てもやっぱりあれってやばいのか……。

さっきはああ言ったけど、俺の兄弟、本当に人間なのかな……。

「あとは、先ほどの先生の言葉。部隊長として改めて心に刻ませてもらった。こいつがこの先、騎士として誇りを持って生きていけるよう私が責任を持って教育をする。必ずだ」

わりと勢いに任せた発言だったのだが、予想以上に深刻にゼルファさんには受け止められてしまったようだ。

だが、今更我に返っても発言は取り消せないし……。

そんなことを考えていると件《くだん》の獅子の獣人が熱傷の治療を受けている別の騎士へとこっそり声をかけているのが聞こえた。

「こええ、アーデ先生、こえええよ。さすがベルクと双子なだけあるぜ。怒らせたらやべえな」

本人は小声のつもりなのだろうが、普通に声が大きいから聞こえてしまう。そんな言葉を聞き取ってしまい、余計にやってしまった感が湧き上がっていたたまれない。

なんというか自分がやったことは医師としての領分を踏み越えてしまったのではないだろうか？

「そっそういうわけですから、先生、あとのことはお任せしますね。あと、あなたは本当に安静にしてください。俺は仕事に戻ります」

若気の至りですまされる年でもない。急激に羞恥心が湧き上がってきて、俺は後のことをもう一人の医師に任せて処置室から急いで立ち去った。

ああ、どうしてあんなことを言ってしまったんだろう……。あんなに感情を見せるなんて医師失格だ……。新人達には偉そうに言いながら所詮俺もまだ兄さんや母さんのような立派な医師にはなれていない。

早足で自分の診察室へと戻る途中、どんどん思考が悪い方向へ向かっていくのを感じるがそれを止めることができない。

そんな俺の肩を誰かが力強い手で摑んだ。

「アーデ先生」

振り返ればそこにいたのは、空色の瞳でこちらを見つめるゼルファさんだった。

「すまない。私のせいで君に嫌な思いをさせてしまったようだ。私がすべき役回りまで君に押しつけてしまった」

「いっいえ、あなたのせいではありませんから。それにあれはちょっと俺も言いすぎました。あの人に謝っておいてもらえますか？」

「あいつに、アーデ先生が謝っていたと伝えてもなんのことだ？　と言われるのが関の山だ。アーデ先生が責任を感じることなんて何一つない。私も少し甘すぎた。いい機会だ。隊全体の引き締めを行おうと思う」

なんだか大事になってしまっている。だが、ゼルファさんの表情は真剣そのものだ。

「あの、本当に俺はそんなつもりじゃ……」

「いや、大事なことだ。私達は常に死と隣り合わせの状況で任務についている。そういう任務についている者があれでは駄目だ。馴れ合いと信頼関係の線引きができていなかったと本当に反省している。部隊長としての私の責任は重い」

「ですから、あなたの責任ではないと――」

「だから、今度君への謝罪も兼ねて美味しいものでもおごらせてくれないか？　聞けばここに来て一度も休みをとっていないというじゃないか」

あれ？　なんだか突然話の内容が変わった？

気がつけば、ゼルファさんの顔が近い。

至近距離でじっと見つめられると、昼間の看護師の言葉が脳裏によみがえる。

顔がいい。この人、確かにすごく顔がいいのだ。

うちの一家もよくよく顔がいい一家だと外から言われているのは知っているし、家族の顔は確かに整っていると思う。

だけど、この人のそれは家族のそれとはどこかが違う。

「本当に君はよくやってくれている。騎士団の一人として感謝もしている。それなのに働きづめでは今度は君が倒れてしまう」

「いっいや、俺は熊族ですし、体力もあるのでどうかお構いなく」

「やれやれ、医者の不養生とはよく言ったものだ。自らが健康でなければ患者を診ることなんてできないだろう？　体力の問題ではない、今日のことで君は精神的にもきっと疲弊しているはずだ」

そんなことはありませんと返事をしたかったが、顔が近い。

至近距離にゼルファさんの瞳があって、いつの間にか腰に手を添えられて軽く支えられる体勢になってしまっている。それに、あの立派な翼が俺を包み込むように展開されているのはなぜだ。

診察室のほうから何やら看護師達のきゃあきゃあという声がうるさいし、何より自分の心臓の音も少しうるさい。

「先ほど同席していた医師にも許可はとってきた。むしろ、彼もアーデ先生を休ませてやってくれと言っていたほどだ。だから、しっかりと休息をとって、英気を養わなければ。私が君に美味しいものを食べさせて休養させると約束をしてきてしまった」

だから顔が近い、整った顔のアップというのはここまで破壊力があるのかと、兄達に熱のこもった視線をむける皆さんの気持ちが少しだけわかってしまった。

「さっそくだが明日はどうだろうか？　ああ、安心してくれ。先ほどの医師が休暇届を病院のほうへと出してくれるらしい。騎士団の手続きは私に任せてくれ」

完全に思考が停止した俺はどうやらこの時点で頷いていたらしい。

それを後から俺に教えてくれたのは、何やらうれしげなきゃっきゃという声を上げていた看護師達。

この時俺は、ああこれだけ近いとよく香るなとゼルファさんがいつもつけている香水の香りに意識をとられていたようで正直覚えていない。

俺好みのいい香りだと、そんな明後日な方向の思考にふけっていたことだけは僅かに覚えているのだが……。

「それでは明日。医師ではないアーデ先生に会えるのを楽しみにしているよ」

精悍な顔に笑顔を浮かべてようやくゼルファさんは離れてくれたがその笑顔がまた眩しかった。

結果的に明日の俺の休暇とゼルファさんとの食事という約束が取りつけられてしまったのだが、なんでそうなってしまったのかわからない自分がいて、俺はしばらく何もできずに呆然《ぼうぜん》としたままだった。

❈❈❈

雲を貫くほどの峻険な山々が連なる山脈の稜線で、私は空を見つめていた。

いつでも強い風が吹く高地。それが私の生まれ育った場所だ。

生まれてすぐにゼルファという名前をもらった私は、天を貫くような山々と傾斜のきつい草原、雪解け水が流れる川、そして眼下に村の家屋が小さく見えるこのお気に入りの場所へと頻繁に足を運んでいた。

何をするでもなくあたりを眺めていると、手が届くかと思われるほど近くに感じられる雲はそれでも遠く、空は青く、澄んだ空気がこの地に咲く白いシャクヤの花の香りを届けてきた。

険しい山肌に生える低木につく小さなシャクヤの花。それは丸っこい五枚の花弁を持つ花で、満開となる時期には優しい甘さと爽やかな緑の匂いが混じり合った芳香を渓谷全体へと漂わせていた。

村でも贈り物や屋内外の飾りなどに用いられる、高地の民である私達にとっては身近な花だ。

その香りを風の中に感じながら、俺はふと何かが聞こえたような気がして耳を澄ませた。

だが風の中には何も聞こえない。

風の音は強く、時折大気を切り裂くように響くこともあるが、生まれた時から聞いているその音は私にとっては子守歌のようなものでもあり、今も変わらず心地よく感じる。

風を受けていると、風がこれからどう吹くのかどこへ向かうのか、その動き全てが私の脳裏に明確に描かれる。

視界を閉ざし感覚を鋭敏にすることで、暗くなった私の視界の片隅に小さな光を感じた。思わずまぶたを開けるが、見えたのはさっきまで見ていたのと同じ景色で、まぶたを通すほどの光はどこにもない。

鷹族の私の視界は広い。その視界の焦点を遙か遠くへ合わせ、目を凝らしても何も見つからなかった。

気のせいかと吐息をこぼしたが、その光点の存在は奇妙に私の心の中に残った。

気のせいだと思っているのに、視線が光を感じたほうへと向かうのを止められない。

だがその先に見えるのは険しい崖と視界を塞ぐように切り立った山。尾根は解けることのない雪を戴《いただ》き、今も上空の風は雪を乗せて舞っている。

もしこの山がなければ、私の目はそのはるか向こうにある街を見いだすことができただろう。村人と行商人だけが知る麓《ふもと》への道は切り立った山々の合間を抜け、レオニダスの王都へと伸びていることを私も知っている。

私はそちらへ視線を向けたまま、背にある翼を大きく広げた。

いつもは閉じている翼の風切り羽が一枚ずつ翼端まで広がり、大きく風を孕む心地よさを感じながら胸を反らす。

意識せずとも自身の魔力が風の精霊の力を求めて溢れ出す。いや、どちらかといえば風の精霊達が一緒に遊ぼうとまとわりついてくるというのが正しい。

私の身体の周りで小さな渦《うず》を描くように戯《たわむ》れる風。

私は幼いころからその感覚が好きで、楽しくて、だから彼らの誘いに乗って遊びながら共に育った。

子供の少ない山奥の村で、私にとって風は大切な遊び相手だ。

そんな風達に呼びかけんと私は大きく口を開く。喉の奥から音が迸《ほとばし》る。

『キュイ――――ッ』

空に響き渡った高い音は峻険な山並みに木霊《こだま》し、あたりに響き渡った。

空を舞う鳥が何事かと急旋回し、私を見つけて鳴き声で応える。

そんな中、大きく広げた私の翼が風を十分に孕み、舞い踊っていた渦は求めていた流れを形作った。

数度の羽ばたきで翼は更に風を受け、次第に強くなる心地好い浮遊感を私は楽しむ。

ああ、気持ちいい。

軽くなった身体は、あとは誘われるように飛び立つだけ。斜面に向けて広げた翼は強く風を受け止め膨れ上がる。

その勢いのまま私は強く大地を蹴って、次の瞬間緑に覆われた大地を見下ろしていた。


現実に引き戻されるのは唐突で、窓から差し込む明るい日差しを受けて、先ほどまで見ていたものが夢なのだとようやく己の意識が認識する。

自分がいるのがあの蒼天ではなく自分の宿舎だと気がついて、上半身を起こしながら、こみ上げるままあくびをする。押しつけられていた背中の翼の違和感を拭うために、音を立てて大きく開き、翼に触れて整えた。

濃灰褐色と淡灰褐色が鷹族独特の鷹斑《たかぶ》を作る翼は、私の命だ。

鳥類の獣人にとって、自らの翼は何よりも大事なもの、それは本能に結びついているといっても過言ではない。たとえその翼で飛ぶことはできなくとも、本能は人の姿でも残っているのだから。

「それにしても、山の夢……か、ずいぶんと久しぶりだな」


あの景色、あれはまだ若いころ、村から出たことのなかった私が遊びと鍛錬を兼ねて何度も通った場所だ。

下から吹き上げる風は私の翼と相性がよく、傾斜のある草原は鍛錬をするのにちょうどいい。もっとも放牧されているギュウやモウの世話も任されていたからいつも遊んでいたわけではないが。

懐かしい思い出に浸りながら、私は寝台から降りた。

あの夢の場所と違い、どこに行っても平地のここは、最初のころはどうにも違和感があったものだが、今ではもうすっかり慣れてしまった。

何しろ私が育ったのは、レオニダスとドラグネアの間にある山脈群の一角。その更に奥深く、切り立った山の中腹にある村だ。

鳥類の獣人の中でも私の一族は比較的大型の鷹族。狩りと放牧をし、高地で育つ作物を糧に日々を過ごしている。もちろんそれだけでは生活はなりたたず、村の中でも逞しい若者が麓の街との間を往復し、村で必要な物資を手に入れ、運ぶという重要な役目を担っていた。

だがそれができるようになったのは私の親世代だと聞いている。

そのころから、麓の街の商店が積極的に村の特産品である山菜や薬草、織物、モウの乳を使った加工品を取り扱ってくれるようになり、村の暮らしも安定したのだと。

私も成人するまでは村で育ち、このまま得意の狩りをして暮らしていくのだろうと思っていた。それが普通であり、村と街を交易商のように荷物を背負って往復する役目はとても重要なものだった。

だがある日、村の特産品を持って街へと赴いた時に、私はそこである人と意気投合することになる。様々な国を旅したことがあるという彼は、私の父ぐらいの年齢か、それよりも更に年上だったろうか。

彼と話をしているうちに私は、自分が村の生活で感じていたわずかな違和感が閉塞感だということに気が付いた……、気がついてしまったのだ。

村での生活が嫌いなわけではない。

山の空気は麓の街の空気よりもかぐわしく、山の植物が与えてくれる木の実も花の香りもどれも好きなものばかりだ。

それでも、限られた見知った人しかいない静かな村で生涯を終えることに疑問を持ってしまった。そして、私の視線は賑やかな街へと向いた。

そんな風に一度芽生えてしまった冒険心は、若い私には抗《あらが》いがたいものだった。

そうして私は村を出た。

両親や村人達はそんな私を快く送り出してくれた。仕事を放棄する無責任な私を誰も責めはしなかった。

そんな村人や両親の期待に応えたくて、私は必死に自分を鍛えた。

そして、今こうしてレオニダスの王都で騎士をしている。

「あれから十年……、いやもっとか。私は……」

村の皆に誇ることのできる生き方ができているのだろうか……。

何かと理由をつけては結局村を出てから一度も戻っていない。

我ながらなんと不義理な奴だろうと思うこともしばしばある。しかし、辺境討伐部隊の隊長を任されて、村に戻るほど長い間ここを離れることができなくなってしまったという実情もある。

辺境で魔獣を討伐するたびに私は思う。

魔獣を討伐し、人々の助けになることが村の人や両親への恩返しになっていればいいなと……。

彼らは私のことを一族の誇りだと胸を張ってくれるだろうか。

山の夢は私の胸の奥をいろいろとくすぐってくれたらしい。勢いばかりだった若いころの思い出は、なんとも面映ゆく感じるものだと、最近感じることのなかった郷愁を胸に私は上着を羽織りながら苦笑を浮かべた。

そういえば、山の夢を見たのは、あの香水のせいかもしれないなと。

先日広場で開かれた様々な国の行商人が集まる市を訪れた際、私はシャクヤの花弁を使って作ったという香水を見つけて衝動買いをしてしまった。

香水と言いながらもそれほど強い香りではない。動けば僅かに香る。鼻の利く獣人なら気付くかもしれないが、そうでなければつけていることにも気付かないだろう。これなら普段使いしても問題ないと判断し、愛用している。その甘さと爽やかさが入り交じった香りは、私に故郷を思い出させたようだ。

私は着替え終わると、棚の片隅に置いていたその香水の瓶を手に取った。

複雑に切り込まれた硝子の瓶は手のひらほどの大きさで、朝の光に煌《きら》めき、その中の透明な液体に複雑な色味を浮かばせている。

小さな蓋を開けると、立ち上ったほのかな甘い香りは、懐かしくも心地よく、確かな山の記憶を呼び起こさせる。だが、今はそれ以外にもう一つ。

私はその瓶を棚に戻そうとして、そのもう一つの存在——彼の顔を脳裏に浮かべ……すると思わず口角が上がってしまう。

俺より頭一つ分低いところから、一瞬視線が絡み合った熊族の彼は、濃い茶色の髪がふわふわと風に揺れ、甘い顔立ちで性格も軽そうに見えた。だが、その視線には命を救うという強い意志がこめられ、見つめる先は血まみれの傷口。

熊族にしては細身の身体。しかし、口元から出る声は力強く、その手は的確に己がなすべきことをこなしていた。

幸いにして空の上で施した止血は、彼に褒められるものであったようだ。そのおかげで私の部下の命は助かったと言われたが、私にしてみれば彼の見事な医療技術が部下の命を救ってくれたとしか思えない。

だが、彼の口からお礼を言われるその状況は、奇妙にこそばゆいが嫌なものではなく、彼の声をもっと聞いていたいと思った。

そして医師が使う消毒薬の匂いが漂う中で、彼が私の前を横切った時、確かに感じた甘い香り。

それがシャクヤの香りに似ていたから、彼が私の好むのと同じ香水を使っているのを知って、余計に彼を好ましいと思ったのかもしれない。

だが、彼は本院の医師で、接点はそこで絶たれるはずだった。

しかし、彼は自ら希望して二週間という期限付きではあるが騎士団にある分院へとやってきてくれた。

騎士団長達が複雑な表情で各方面からもたらされる圧力と戦っている姿はある意味で見物ではあった。

そして、彼――アーデという名の熊族がこの国でも特別な存在なのだと改めて思い知ることになる。

『至上《しじょう》の癒《いや》し手《て》』と継承権を放棄した元王弟、元騎士団長子息の家庭に生まれ、『静《しず》かなる賢王《けんおう》』の孫、現王妃の弟。

彼を取り巻く環境は一般人の私から見ればあまりに異常で特異だった。

もちろん彼の双子の兄弟であるベルクも同じ立場なのだが、ベルクはアニマで彼はアニムスだ。

熊族でありながら子をなせるアニムスであることが彼の特異性に拍車をかけていた。

だが、そんなことが気になっていたのは彼が働く姿を見るまでだった。

そこにいたのは、ただ懸命に患者に向き合う一人の医師。

命を救う。それは医師として当たり前のことだと彼は言う。だが、それだけでは終わらせないのだという彼の強い意志を私は感じた。

私の部下を救ってくれた彼は、治療を終えてなお分院にとどまり、部下達に医師として献身的ともいえるほどに尽くしてくれていたのだが、彼はただ怪我が治ればそれでよしとはしなかった。

騎士になるような獣人にとって戦うことは生きがい、己の存在意義に等しいと感じる者もいる。そんな彼らが、どうすれば元のように騎士として復帰できるかとそのことにひどく心を砕いているのをそばで見ていて強く感じた
命が助かれば儲けものだと皆が言うほどに危険と隣り合わせの騎士である私はそんな彼の様子に驚きつつも、彼の強い志《こころざし》に感銘を受けた。

それから更に彼が気になるようになった。

だから、部下の見舞いという名目で彼の下を頻繁に訪れた。

だが、彼はいつ行っても忙しく働いている。他人に任せればいいようなことですら自ら動き、全てを自らの手でこなしていく。

診察や手術の間の僅かな時間さえ、椅子に座って患者のカルテと向き合っていた。


古株の医師は彼ほど熱心で優秀な医師は珍しい、同じ医師としても後輩でありながらも尊敬に値すると私に言った。

だが、私には彼のその熱心さはどこか必死さのように見えて痛々しくすら思えた。

恵まれた家に生まれ、悩みもなくぬくぬくと育ち、多くの人の手によって整備された道をただ言われるがままに歩いている、そんな風にはとても見えなかった。

何かに追いつこうと必死にもがき走り続け、そして永遠に満たされない何かを求め続けているようなどこか歪《いびつ》な存在に私には見えたのだ。

そうして、ますます彼のことが気になるようになっていった。

彼の何に対しても一生懸命なところ、医師として私の部下を叱り飛ばせるほどに頑固で真面目なところ、患者のために献身的なところ、その全てを好ましいと思ってしまった。

できることなら私が彼の抱える歪な部分を受け止めてやれないかとそんな風にすら思い始めていた。

そして、古参の医師や看護師から天の采配とも思える頼み事をされた。

『アーデ先生を休ませてほしい』それが彼らからの私への願いだった。

元々いた医師も過労気味だったが、このままでは今度は彼が過労で倒れてしまうと、彼らはそれを心配していた。

彼らが言っても無駄なことをなぜ私にと驚きもしたが、距離があるからこそできることもあると逆に説得されてしまい、納得もしてしまった。

それにこれはもっと彼を知るためのいい機会になるかもしれない。

だが私がいくら直球で休むように伝えたとしても、彼の目の前に患者がいれば私の言葉など空気より軽く扱われることは明白。

どうにかして彼を休ませ、せめてきちんと食事をさせてやりたいと私自身も思っていた。

「どうしたら彼に首を縦に振らせることができるだろうか……。魔獣討伐よりも難しそうだな、この問題は」

そんなことを考えながら、朝の支度を始めた私は、その時はまだ何も気付いていなかった。

あの香りが――シャクヤの香りが彼からした意味を。

＊＊＊

二週間はあっという間で、気がつけば騎士団への出向が終わる日は間近に迫っていた。

騎士団へと出向して肌で感じたのはやはりこのままではだめだということ。

一介の医師にすぎない俺が考えるにはあまりに大それたことだが、やはりなんらかの手は打たないとだめだと思う。

俺はできればこのまま騎士団の専属医となり、あの場にいる皆を助けていきたい。それによって迷惑をかけてしまう人達もいるけれど、それでも俺はあの人達をあのままにしておいていいとは思えない。

もちろん期間の延長や配置換えなどは何度も上司へと、上司からその上へと、そして騎士団へも願い出ていた。

だが、返ってくる返事は検討させてくれ、時間をくれとそればかり……。

実際のところ医師の働く場所なんていうのはある意

味自由なのが今のこの世界の現状だ。

王城に併設されている俺の勤める病院は王立医務局直営故にそこに所属するための資格試験などを設けているものの、誰がどこで開業しようと、世界のどこで医師をやろうと医師としての免許さえあれば問題ない。

だから、普段であれば騎士団への配属も医師本人が望めばなんの問題もなく受理されるはずなのだが……。

脳裏に浮かぶのはベルクが語った言葉。

リカム婆ちゃんと同じ熊族のアニムスである俺を誰よりも可愛がり、心配してくれているバージル爺ちゃん。

バージル爺ちゃんは既に一線を退いたとはいえ、伝説の元騎士団長としていまだに強い影響力を持ち続けている。

基本的にうちの両親や祖父達は子供や孫に対する過保護がいきすぎることがある。

ヒカル兄さんはそのことが原因で思い悩んでいた時期があったほどで、それは愛情を持ってくれているからこそなのだとわかってはいるのだが……。

「やっぱり直談判が必要かなぁ」


騎士団への出向だけであれだけ院長が渋るのだ、転属を願い出たら確実になんらかの圧力をかけられる気がする。

そんなことを考えながら俺はベルク通りを歩いていた。

アーデ通りと同じく、俺達が生まれた時に名前が変えられた通りだが、それが自分の名前ではないというだけで恥ずかしさが減るのはまぁ当たり前か。

ベルク通りの中心地には広大な公園が整備されている。街の中だというのに豊かな緑と、巨大な噴水があり、花壇では庭師が丹精込めたであろう見事な花々がその姿を見せる。

このレオニダス王都の名所の一つだ。

待ち合わせ場所としてよく利用されるところなのだが、まさに今俺も人を待っていた。約束の時間よりずいぶんと早く来てしまったのは、気がつけば取り付けられていた今日の約束を、実感が湧いていないだけで俺自身、楽しみに思っているからかもしれない。

そんな中、待ち合わせの相手もずいぶんと早く姿を見せた。

遠くから見てもよく目立つのはその背に存在する、大きな一対の翼。

鷹族特有の鷹斑がその立派な翼を彩っている。

今日は見慣れた騎士服ではない。清潔感のある私服。

普段の騎士服もよく似合っているが、シンプルながらもきっちりとした装いは彼の人柄を表しているようで、人目を引くその精悍で長身な容姿を更に引き立てていた。

自分も一瞬ドキリとしてしまったが、これはいつも同じ制服を着ている人の別の一面を見た時の驚きなのだろう。

俺のことを探しているのだろうか、あたりを見回している彼の美しい翼がそよぐ風に揺れている。

俺は早足になりそうなのを抑えて、あえてゆっくりと彼のほうへと向かった。

やはりゼルファさんほど体格のいい、翼を持つ種族は珍しいのだろう。いや、見た目の問題もあるのだろうか、あたりから彼へと様々な思いのこもった視線が向けられているのが当事者ではない俺にもわかる。

さて、こういう時にはどう言葉をかければいいのだろうか。

彼は知り合いではあるが、友人というほどではない。同じ騎士団に勤めているものの、仕事仲間でもない。

というか、そもそも今日のこれはなんなのだろうか。

ゼルファさんはあの騎士の件についての謝罪と言っていたけど、だからと言ってわざわざ休みをとって二人で食事というのも……。

二週間という期限を切られていたせいで休みもとらず働いていたのは事実だが、なんでゼルファさんが自分まで休みをとって俺を……？

うーん、考えれば考えるほど自分とゼルファさんの関係がなんなのかがわからなくなってしまう。

「少し勢いで来るところがあるな、あの人は」

俺は今更ながら気がついたこの状況の不自然さに頭を悩ませつつも、彼が待つところへとそのまま歩みを進める。

屋台が出ているせいか、美味しそうな匂いが漂っていた。食事をするために控えた朝食、その微妙な空腹感を絶妙に刺激され小さくお腹が鳴ってしまう。

まるでそれに気付いたかのように、ゼルファさんがこちらを見た。

　気がつかれたからと言ってなんの問題もないのだが、俺はなぜか止まってしまった足を一歩一歩動かしてゼルファさんへと近付いた。

「やあ、アーデ先生。早めに来たつもりだったんだが待たせてしまったかな？」

　俺を見つけた彼がその表情を僅かに緩めて、俺の名を呼ぶ。

「こんにちは、ゼルファさん。いえ、俺も今来たところです。早く来すぎたかなと思ったんですけどちょうどよかったですね」

　気がつけばあれだけ悩んでいた呼びかけはなんの問題もなく、たわいない会話が続く。

「アーデ先生の貴重な休みをわざわざ俺のために使わせてもらうんだ。時間は大切に使わないと」

「いえ、そんなに気を遣わないでください。自分でも休みを取らなければとわかっていたんですがきっかけがなくて、あと時間も……。なのであの騎士の方の件での謝罪というのは必要ないんですけど、ゼルファさんに誘っていただけたのはちょうどいい機会だったと思います」

「そうかい？　それならいいが、自分でもわりと強引だったかなとあれから反省してね」

「まぁ、確かにちょっと強引というか驚きはしました。ですが、あれぐらいの勢いで来られなければきっと自分の中で休むという選択肢はとれなかったと思うので」

「アーデ先生がそう言ってくれるならそれを言葉通りに受け取らせてもらうよ。今日は美味しいものでも食べて滋養をつけよう。私のお気に入りの店なんだ。さて、立ち話をしていても仕方ない。店に向かおうか、予約はしてある」

　なぜかゼルファさんの手が俺に差し出される。

「少し歩くが、それほど遠くはない」

　これは摑めということなのか。

「あの、この手はいったい……」

「一人のアニマとして素敵なアニムスをエスコートすべきかと思ったんだが？」

「いや、アニムスって。俺ですよ……？」

「？　アーデ先生だからじゃないか」

「いや、言ってる意味がちょっと……」


確かに道行く人々の中で逞しいアニマに幸せそうに手を引かれているアニムスはたくさんいる。

だが、今日の前にいる俺がいくらアニムスだからといって手を繋ごうとするゼルファさんの意図がわからない。

俺が首を横に振ると、仕方ないと首を竦めたゼルファさんが「こっちだ」と先に歩き始めた。

自分から断っておいてそれを少し残念だと思う自分と、どこか安堵している自分がせめぎ合っていて自分の気持ちがわからない。

ふと視線を上げれば、立ち止まっている俺を不思議そうに見ているゼルファさんがいて、慌ててそのそばへと駆けていく。


「アーデ先生は食べられないものはあるかな？」

「いえ、特に苦手なものはありません。あの、今日は外ですし、先生はやめてもらえませんか？」

ルクスが俺のことを「せんせ」と呼ぶのはあまり気にならないが、ゼルファさんに外で「先生」と呼ばれるのにはどこか違和感を覚えてしまう。ルクスのせんせとゼルファさんの先生、いったい何が違うというのか。

「そうか、確かにそうだな。休みの日に先生と呼ばれたら君の気も休まらないか」

「いえ、そんな大層な理由ではないんですけど」

「先生呼びが駄目となると……アーデ君？」

少し腰をかがめて俺の顔を覗き込むようにして俺を呼ぶゼルファさん。

また距離が近い。この人は少し人との距離感がおかしいなと改めて思う。

吐息を感じるほどの距離、そして今日も彼がつけている香水の甘く爽やかな香りに俺の胸は奇妙な高鳴りを見せる。

　だが今は同じ高さにある視線の先、彼の空色の瞳に映る熊族の自分の姿を見つけてその高鳴りはあっという間に消えた。


「アーデと呼び捨てでお願いします。ゼルファさんのほうが年も立場も上なんですから」

「ああ、確かに年上だ。といっても気にするほどの差ではないだろう。それに立場が上というのは勘違いだな。ベルクは確かに私の部下だが君はそうではない。ならば私のこともゼルファと」

「いや、それはゼルファさんで」

「なぜだい？　アーデと呼んでいいのであればアーデも俺のことはゼルファと。あと、言葉遣いも堅苦しいな。もっと、ベルクや看護師達と話しているように気楽な言葉を使ってもらってかまわないのだが？」

「あっ、それはちょっと無理です。年上の方に敬語で話すのは母から受け継いだ癖みたいなものですから」

　これは本当なのだ、我が家の伝統というか母さんの影響というか年上の人にはどうしても敬語やよそ行きの言葉遣いになってしまう。

　これは我が家の兄弟は皆同じだ。スイ兄さんという例外はいるが……。


「そこをなんとか」

「駄目なものは駄目なんです。ですが、きっとそのうちには……」


　俺が挙動不審になっているのがわかっているのか、わざとらしい笑いを含んだ言葉が俺の頭上から降ってくる。


「なぜ？　今が駄目なのであれば、そのうちというのはいつだい？　そんな風に堅苦しくしゃべられてしまうと私は少し寂しいなぁ」

「そっそれは、急に無理なものは無理なんです……!!　相手との距離感というか、自分の中での相手の立ち位置というか……。あーっ、駄目なものは駄目なんです！」

「それは残念だ。君とはもうずいぶん親しくなれたと思っていたんだがな。アーデ先生」

まるで悪戯《いたずら》っ子のような表情でわざと先生をつけるゼルファさん。俺達は、いったい何をこんなところで言い争っているのかと奇妙な羞恥が湧いてきて、俺はゼルファさんから視線を逃がした。

敬語も使ってくれるなと言われると、逆に話すのが難しくなってしまうのはなんでなんだろうか。

そんな俺を見て明るい笑い声が響く。

「申し訳ない。からかいすぎたか、謝るよ」

そう言いながらも、彼の声色に含まれる愉快だという響きは残ったままだ。

「すまないすまない。可愛い子はついいじめてしまう。アニマの悪いところだ」

「可愛い……？　誰が？」

「おっ、今ちょっとだけ敬語が崩れたね。そんな感じでどんどん頼むよ。さあ、私の行きつけの店はもうすぐそこだ。君が気に入ってくれるといいんだが」

俺の中で湧いた疑問や違和感が形をなす前に結局いつの間にか手を引かれて、俺はゼルファさんの予約してくれた店の扉をくぐった。


その店は、モウの乳を加工した少し特殊なチーズを使った料理を扱う店で、出てきた料理の全てが美味しかった。

小さなお鍋に入ったチーズは適度な温度に温められて、とろりと液状になっている。そこに蒸したテポトやトメーラなどの野菜にキノコ、薫製《くんせい》肉とそれに小さくちぎった何種類かのパンをくぐらせて、熱々のチーズと共に頬張るのだ。

実はこの調理方法も例のごとく、うちの母さんがこの世界に広めたものの一つ。

チョコレートや果物を使ったものもあって子供の時はどっちが出てもわくわくしてうれしかったことを思い出す。

「私のオススメは気に入ってもらえただろうか？」

「はい。とっても美味しいです。なんというか一口ごとに身体に染み渡るなーって感じで自分に足りてなかったのはこういうものなんだって今実感しています。これに似たものを母が作ってくれることもあるんですけど、何かが違う……チーズの味わいが独特なのかな。ですけど、とても好みの味ですよ」

「これはドラグネア近く、北の山脈に住む獣人の一族が作ったもので、少し作り方が特殊なんだ。味わい深くて、調味料が必要ないほど濃厚で旨味も強くてね。私の好物の一つだ」

「俺の好物がペイプルなのを知ってて言ってるでしょ。そうですよねー。こういう大人の食べ物が好物っていうほうがかっこいいですもんねー」

今日は出会って早々にゼルファさんにいろいろと振り回されてしまった。だから、少しばかりからかってやろうと軽口を叩く。

だがゼルファさんは余裕の笑みを浮かべたままだ。

「ペイプルが好物だということの何が悪いんだ？　アーデにはよく似合ってるし、ベルクが一口でペイプルを噛み砕き飲み込む姿はうちの部隊の名物だぞ？」

あいつは何をやってんだ。

だけど俺にペイプルが似合うわけがないのにこの人はどこか人たらしなところもあるな。

「私がこのチーズが好物なのは小さいころから食べ慣れたものだからだよ。モウの世話もよくしたものさ」

「ん？　ということはさっきゼルファさんが言ってた北の山脈に住む獣人って」

「私の一族、鷹族が住む村さ。もちろん鷹族以外もいたが、鳥類の獣人が多かったな」

「鳥類の獣人の方、街ではそんなに見かけませんよね」

「そうだな、たとえ飛べなくてもこの背中に生えた翼が風を求めるのかもしれないな。私の故郷の村は標高が高く、厳しい土地だったが、今でも故郷を忘れたことはないよ。あの風をこの王都で感じることはできないからね」

あたりに他の客がいないことを確認して、ゼルファさんはその翼を一度大きく広げ羽ばたいた。それはとても力強い羽ばたきだった。

そうか、翼を持つ獣人はその翼と風に強い繋がりを感じるものなのか……。

この世界に数多といる獣人。それぞれの特異性はやはりその種族に聞いてみなければわからないと改めて感じる。


「ゼルファさんの翼は立派で紋様も見事ですし、とても綺麗ですよね。その力強さと美しさを兼ね備えた翼に俺は興味津々です」

俺が正直に発した言葉に今まで余裕の笑みを浮かべていたゼルファさんの表情ががらりと変わる。


「急にどうしたんだ？」

「いえ、目の前の光景を素直に言葉にしただけなんですが」

「そうか、それはうれしいな。私達のような種族は、翼にある種の誇りを持っているからね」

「それはわかる気がします。鳥類の獣人の皆さん、それぞれとてもご自分の翼を大事にしているのを診察でもよく見ます。ですが、今まで見た中でもゼルファさんの翼は特別だと思いますよ？」

その言葉でゼルファさんはますますその表情を複雑怪奇なものにする。


「あのゼルファさん、さっきから様子がおかしいですけど、俺何かおかしいこと言ってますか？」

ゼルファさんはテーブルの上にあったピッチャーを手に取って一気に飲み干した。

確か中は果実酒だけど、かなり度数が高いものだったはず。


「ちょっとゼルファさん!?　そんな飲み方しちゃだめですよ!?」

「あのなアーデせん――、アーデ。翼を持つ種族に対して、その翼が特別だとか綺麗だとか直球で褒める言葉を投げるのは今後気をつけたほうがいいと思うぞ」

「どうしてです？　ただの正直な感想なんですけど」

「だとしてもだ、翼への賛美は私達にとっては愛の告白に等しいものなんだ」

ゼルファさんの言葉に思わず、口に含んでいたチーズまみれの燻製肉を吹き出しそうになった。

「前言撤回です。すみません。気持ち悪いことを言ってしまって」

「いや、謝る必要もないし、気持ち悪くもない。ただ、私以外の相手には言わないように気をつけてくれ」

ゼルファさんの忠告が胸に痛い。

当たり前だ。俺みたいなアニムスに突然愛の告白みたいなことをされたら、誰だって気味悪がるのは当然のこと。

「はい、気をつけます。駄目ですね、俺は。自分の立場をもっと理解しないと」

「んー、私以外と言ったのが聞こえてなかったかな？　アーデ？　アーデ先生？　なるほどな。ベルクが言っていたのはこういうことか。なかなか手強いものだな」

ゼルファさんが何か言っているがそれが頭に入ってこない。

自分が抱えているコンプレックスを少し刺激されただけでこうなってしまう。自分の弱さが本当に嫌になる。

「アーデ？　アーデ!?　聞こえてるかい？」

気付けば顔の目の前にゼルファさんの顔。

だから近いんだって。

「というわけで話題を変えよう。せっかくこうして休みを共に過ごしているんだ。もう少しアーデのことを聞いてもいいだろうか？」

「かまいませんけど、その前にゼルファさん、ちょっと離れてもらえますか？　だいぶ近いです」

「おっと失礼、それでは月並みな質問だがアーデの趣味はなんだい？」

「俺の趣味……ですか。仕事が趣味というのも味気ない話ですよね。そうですね……人によく言われるんですがどうやら俺は『観察』が好きらしいです」

「『観察』というと？」

地の底に落ちかけていた俺の気持ちはゼルファさんから振られた話題のおかげでいつの間にか浮上していた。

「俺の場合は人間の観察です。様々な種族の中でも特に獣人の観察。例えば、ゼルファさんの身体は鷹族にしては大柄で身体もがっしりしている。鳥類の獣人の骨は細く軽いというのが常識です。ですが、ゼルファさんの場合は？」

「骨か、どうだろうな。今まで骨を折るようなことはなかったが……、確かに同じ鷹族の中でも私の骨は太いのかもしれないな」

「それにゼルファさんのその翼。魔獣に分類される鳥類も翼を持っていて、空を飛べます。ゼルファさんには二本の腕があって、そして翼もある。なのに鳥類の獣人は例外なく、鳥の姿にはなれず飛べない。まずそれが不思議なんです。他の獣人種は獣の姿になれる人のほうが多いぐらいだというのにですよ？」

「興味があるかい？」

「興味が尽きません。同じ種族でもごく希《まれ》に特別な身体の造りをされている方もいるんです。その人の身体の構造を医師は理解しておかなければならない。だから俺は『観察』してしまうんです。それが役に立つとは限らないのに、おかしいですよね」

ゼルファさんは、今までに見たことのない何かにひどく興味を引かれたような視線を俺へと向けてくる。

「そんなことはない。『特別』な存在であることが決していいことばかりじゃないというのは……アーデ、君や君の一族の皆さんが一番よくご存じのはずだ。だからこそ、君は『観察』するんだな。人を助けるために、『特別』な存在が困ることがないように、医師として手を差し伸べることができるように」

「そんな大層な理由じゃないですよ。『特別』だとかそういうことを別に意識しているわけではないですから。確かにうちの一族は『特別』と呼ばれる人間が多いですけど俺はそうじゃないですしね」

これは嘘だ。

入り口近くの席で俺達と同じように食事を楽しんでいる獣人が二人。

一人は虎族のアニマで、その正面に座っているのは猫族のアニムス。

聞かなくてもわかる。それほどにわかりやすいアニマとアニムスの幸せそうな恋人達。

そう、彼らは普通。


「少し変わっているな、どうしたんだろう？　程度の医師の癖みたいなものです」

「アーデ……、君は本当にそう思っているのかい？　それが君の『観察』の全てなのか？　『特別』であることがいいことばかりじゃないとは言ったが、それが悪いことばかりでもないと君は知っているんじゃないか？」


……あなたに何がわかる。

俺は、『特別』なんて望んでない。

普通の……、誰からも『もったいない』なんて言われない普通の人間がうらやましい。


「『特別』な兄弟を持っているといろいろあるんですよ。俺の『観察』にそんなたいした意味なんてないんです」

俺の答えになぜかゼルファさんが少し悲しげな表情を浮かべていたのがひどく印象に残った。

ちなみにゼルファさんの趣味は高い山に登ることらしい。登山家なのだろうか？

その後の話題は本当にただの世間話に近いもので。

俺の家族のことや、俺自身のこと、そしてゼルファさんの故郷の話などをしながらゆっくりとデザートまで美味しい食事を味わった。


「ごちそうさまです。本当に奢ってもらうつもりはなかったんですけど、ゼルファさん、時たま強引というか頑固なところありますよね」

「ずいぶんと率直な感想を投げてくるようになったじゃないか。いい傾向だ。そのまま言葉も崩していってくれていいんだぞ？」

「ですから、それは追々です」

そんな話をしながら店を出るころには、このまま別れるのがなんだかつまらなく思えるほどにはゼルファさんという人間に親しみを覚えていた。ゼルファさんに誘われるまま俺達はベルク通りに立ち並ぶ店を覗いては、珍しいものがずいぶんと増えていると言葉を交わし合う。

特にフィシュリード原産のものがやたらと目につく。

「フィシュリードにマーフィー商会というそれは大きな商会があるんです。ご存じですか？」

「マーフィー商会ならばレオニダスにも支店があるな。ずいぶんと手広くやっているようだが、最近の市場の賑わいはその影響なのかもしれないな」

「多分そうだと思います。父達があそこの会長さんと懇意にしてるんで、よく面白いものをもらった覚えがあります。ああいう大店《おおだな》できちんとしたものを買うのも楽しいんですけど、俺はこういう露店で掘り出し物を探すのも嫌いじゃなくて」

「私もそれには同感だ。運命の出会いというものはこういうところに意外と転がっていたりするものだからね」

突然浪漫《ロマン》に溢れたことを言い出したゼルファさんを尻目に俺は、目についた露店の前にしゃがみ込む。

その店にあるのは他の店のもののように凝った細工物ではない。ただ自然にあるものを繋げただけのような素朴な造りの物が店先には並んでいた。

そんな品々を何気なく見ていた俺の顔のそばに突然ゼルファさんの顔が寄せられて思わず身を引いてしまう。

「ちょっ、ゼルファさん。どうかしました？」

「いや、店先の装飾品を見ていてふとアーデのその羽根飾りが気になってしまってね。私達のような鳥類の獣人の羽根ではないようだし、ベルクと揃いなのも何か意味があるのだろうか？」

さすがに店先で話し込んでは商売の邪魔だろうと思い、その場を離れ他の店の品々を見て歩きながら俺はゼルファさんの疑問に答えた。

「これはバージル爺……祖父が俺達の誕生日の祝いにくれたものなんです。その時は純粋に綺麗な羽根飾りだなと思って、せっかくの贈り物だからベルクと互い違いに揃いでつけようって約束して今もそれが続いてる感じですね」

「なるほどな。あのベルクが装飾品をつけてることにずっと違和感を覚えてたんだがそういう理由だったのか、ちなみに君はその羽根飾りがどんなものなのかは知ってるのかい？」


ゼルファさんの長い指が自然と俺の髪を結わえて留めている羽根飾りへと伸びてくる。

手を伸ばし、じっと羽根飾りを興味深げに見つめるゼルファさんの視線。

だから、顔が近いんだってば……。もはや見慣れたと言ってもいい整った顔だがこうも近いとなぜか心臓が早鐘を打つ。

「祖父からは厄除けのお守りみたいなものだと聞いてはいます。あと、空を飛ぶ魔獣を退治して得る、なかなか手に入らないものだとは父達からも」

「そういう認識か……。いや、バージル様やお父上達の説明も間違ってはいないんだが、その羽根の持ち主のことをそんな風に言えるのは君達のお父上ぐらいかもしれないな。これでも辺境討伐部隊の隊長だ。多少は魔獣には詳しいんだが……」

「えっ、これってもしかしてずいぶんと貴重なものだったりするんですか？」

「ドラグネア近くのとある山。そこに、およそ百年に一度の頻度で現れる魔獣がいる。その魔獣は巨大な翼を持ち、人里を襲う危険な魔獣だ。本来であれば、騎士団が総力をあげて討伐に乗り出す相手なのだが……」

ひどく嫌な予感がしてきた。そんな俺の気持ちを知ってか知らずか、俺の羽根飾りに手を伸ばしたままのゼルファさんは苦笑いを浮かべている。

「その魔獣の胸元には一対の特徴的な羽根が生えているんだ。その羽根は、美しい宝石のような青緑色をしている。まさにこんな風に」

「正直、聞かなければよかったと後悔してますが、まだその話続きます？」

「ああ、その希少価値の高い羽根はその美しさも相まってとんでもない値段で取引をされたと聞いている。いや、なんといっても百年に一体現れるかどうかだからね。これぱっかりは人づてに聞いた話ではある……。確かレオニダスの博物館にも展示されていたはずだが……」

どうして俺は余計なことを聞いてしまったのだろう……。そんなものを俺達はただの厄除けや揃いの綺麗な羽根飾りぐらいの感覚で常に身につけていたというのか……。


「ああ、もちろんバージル様がおっしゃるように厄除けや弱い魔物を寄せつけないという効果もあるんだよ？　なるほど、本来であれば現れてもおかしくない時期に全くその気配がなかったというのはきっとバージル様が君達のために――」

「ゼルファさん！　情報量が！　ちょっと情報量が多いのでそのへんで！」

「君達に気を遣わせないために黙っておられたのかもしれないね。バージル様もお父上達も。だが、やはり君達は愛されているんだな。そう簡単に倒せる相手ではない。あの方達がいくら強いといっても危険がないわけではないのだから。いやはや、伝説の騎士団長と呼ばれるだけのことはある」


俺は返す言葉が見つからなかった。

まさか、自分が何気なくつけていたこの羽根飾りにまつわる真実をゼルファさんから聞くことになろうとは……。

とりあえずこれは後でベルクと共有しておこう。

そんな俺の思いを知ってか知らずか、なぜかゼルファさんは満足げな表情だ

「さて、次はどこに行こうか？」


その言葉に促されて俺は、歩き出す。

意識が逸れたのはほんの僅かな時間のはずだった。

それなのに、いつの間にかゼルファさんが、俺の横にいる。

大きな翼をなぜか広げ、俺の身体は翼に包み込まれていて、俺は自分の立ち位置に気がついた瞬間、赤面

した。

手を繋いで隣を歩いていたのだ、しかも至近距離で。

俺は慌てて握られていた手を振り払うと、彼から一歩ほど離れた。その拍子に目の前で揺れた羽根飾りを見てさっきの話を思い出してしまう。

その時、風向きだろうか、ほのかな甘みのある香りが漂ってきた。少しだけ緑の葉のような爽やかな香りも入っている最近よく嗅ぐ香り。


「ゼルファさん……、いつの間に手を繋いだのかとか聞きたいことがあるんですけど、その前に香水か何かつけているんですか？」

「香水？　ああ、そんなに強くないはずなんだがアーデは嗅覚が鋭いんだな」

「いえ、特に鋭いわけでもないですけど、結構甘い香りですよね？」


何気ない問いかけだったが、ゼルファさんは自分の手首を鼻に寄せてくんくんと嗅ぎ出した。

「いえ、匂いがきついとかではないんです。多分風向きのせいで感じただけですし、俺は好きな香りですよ」

「そう言ってもらえるとうれしいね。先日市場で見かけて購入したんだが、故郷に咲く白い――シャクヤというんだがその花を使ったものらしいんだ」

「故郷の香りなんですね。思い出の香りですか。それを身につけられるってなんだかうれしいですね」

「ああ……。なあ、アーデ。君はこの香水のことを――」


風もないのになぜかゼルファさんから香るシャクヤの花の香りが強くなり、ゼルファさんが何かを俺に問いかけようとしたその瞬間だった。

ゼルファさんが、不意にその顔を強張らせた。俺でもわかるほどの緊張感を纏って、耳を澄ませるように空を見つめる。


「何かありましたか？」

邪魔をしないように腕に触れて、そっと囁く。

「緊急の呼び出しだ、聞こえるかい？」

言われて耳を澄ませば、独特の高い音が鳴っているのがわかった。

だが、反応しているのは騎士や衛士のような人達ばかり。

「誰かを探している……？　いや、これは俺だな」

問いかけているようでありながら、その瞳は確信を持っていた。

「アーデ、せっかくの休みにすまない。近くの詰め所に寄らせてもらってもいいだろうか？」

「もちろん構いません。急ぎましょう」

走り出した彼を追う。道すがら、あの音は騎士の間で使われる符丁の一つで今回はゼルファさんに至急伝えることがあるという内容だったと聞く。

「王立騎士団辺境討伐部隊のゼルファだ。通信装置の使用許可を求める」

「ゼルファ殿、お待ちしておりました。通信装置の準備は既にできております、こちらへどうぞ」

「感謝する」

取り出された通信装置は病院にあるものと同じ。だが、ここにあるのはその中でも更に高性能なもの。通信距離が比べものにならないのだとか。ただその分、かかる維持費や魔石の消耗が激しく、緊急時にしか使えないのだとゼルファさんを待っている俺に詰め所の騎士が丁寧に説明をしてくれる。

「ゼルファです。重傷者の救助ですね。ええ、すぐに向かいます」

重傷者という言葉に心拍数が上がるのを感じる。通信を終え、詰め所から俺を連れ出すゼルファさん。

俺の頭の中は、重傷者の容態がどうなのか、どんな怪我なのか、本当に動かして大丈夫なものなのか？　命は助かるのだろうか？　そのことでいっぱいだ。

「戻るんですね」

「ああ、申し訳ない。こちらから誘ったというのに中途半端なことになってしまって」
「いえ、それは気にしないでください。もう十分楽しませてもらいましたから」

本当にどうでもいいことなのだ。今の俺にとっては重傷者の存在が何よりも気がかりで。

「俺も戻ります。場所はどこなんですか？」
「ヘレニアの森だ」
「それはずいぶんと距離が……。ですが、なんでゼルファさんなんですか？」
「ピュートンを連れていっていないらしい」
「それならアーヴィスに乗せてあちらから走ったほうが早いのでは？　いくらピュートンでも往復となるとどちらが早いのか……」
「いや、それは心配ない」

最後の言葉が気になったが、問い詰める余裕もなく俺達は走り続けた。

ただゼルファさんの走る速さはあまりに速い。翼が広がり、風を孕み、そのせいで風の抵抗を受けているのではと思うのに、彼の足はそんなことを気にもとめず駆け続ける。

「重傷者の状態は？　従軍している医者は――いるわけないか」

俺も必死になって足を動かした。これでも熊族の端くれ、熊というのは鈍重そうな体つきだが、足は速いのだ。

「衛生兵からの情報だ。魔獣に襲われて谷底へ落下、動かすことすら危険と判断したらしい」
「そんな!?　そんな重傷者をピュートンに乗せて連れ帰るなんて、あんた正気か!?」
「やるしかない。やっても死ぬかもしれないがやらなければ確実に死ぬのだから」

なんてことだ。

動かすことも難しいと衛生兵が判断した者をピュートンで連れ帰る!?

正気の沙汰ではない。

いくらゼルファさんがピュートンの扱いが上手くとも動かすことが致命傷になる場合もある。何より圧倒的に時間が足りない。

「だったら俺も連れていってくれ！」

気がついたら前を走るゼルファさんの背に叫んでいた。

ベルク通りの端近くにいたから城までは近く、すでに裏にある詰め所まではあと少しというところだった。そんなところでかけられた俺の言葉に、ゼルファさんの足が一瞬止まった。

だが、すぐに速度を上げて走り出す。

「……それはできない」

ためらいは一瞬、すぐに返ってきたのは拒絶の言葉だ。

「あんたも現状は理解してるはずだ。ピュートンで往復してそれから治療？　馬鹿も休み休み言ってくれ。俺は死体を手術して生き返らすことなんてできないからな」

「それは私も理解している！　だが、手段はこれしかない。詳しくは言えないがピュートンで普通に往復するほどの時間はかけない。だから、間に合えば君が助けてやってくれ」

「だから、手段はあるって言ってるじゃないか！　医師である俺が行けば片道だけの時間ですむ。その場で全ての治療ができなくとも救命処置ぐらいはできるかもしれない。やってみないとわからないじゃないか！」

俺の思いの丈を込めた叫びに、走りながらもゼルファさんが考え込んでいるのがわかった。

だが返答はない。

さすがに俺の体力での全力疾走はそろそろきつく、全身で息をするほど疲れ切っていた。それでもなんとか追いすがり、騎士団のそばのピュートンの厩舎へと向かえば、そこには何人もの人がゼルファさんを待っていた。

「ゼルファ、休暇中なのにすまない。必要なものはそろえて……おい、なんでアーデ先生がここに？」

見知った彼は確か騎士団の副団長。

「俺も一緒に行きます。すみません、道具を見せてください。ああこれじゃ少し足りないな。申し訳ないですがこれとこれを医務室から持ってきてください。できれば俺の鞄《かばん》もお願いします」

必要なものをいくつか書いた紙の切れ端を一番近くにいた騎士に渡せば、彼は素直に走り出す。

「アーデ先生が現地に？　いえ、ちょっと待ってください。現場はヘレニアの森。騎士団が展開しているといってもどんな危険が潜《ひそ》んでいるかわかりません。そんなところに医師を……アーデ先生を行かせるのは」

「騎士団の皆さんが医師の命が大事だと思ってくださるのはありがたいです。ですが、医師の俺にとっては今、現場で苦しんでいる患者の命が大事なんです。俺は今日休暇中ですよ？　そんな俺自身が行くと言っているんです。なんの問題もないはずだ。俺が行っても助けられるかどうかわからない。それでも、ここで待っているよりは遙かに救命できる可能性は高いはずだ。俺が行けないという何か特別な理由があるのであれば、その理由を今、すぐ、ここで見せてくれ。いや、見せられたとしても俺は行きますよ」

後々考えればとんでもない暴言を吐いたような気もする。

だが俺の気持ちに嘘はない。

その場が静まり返ってしまったが、後悔もしていない。

彼らが悪いわけではないことはよくわかっている。バージル爺ちゃんの件だけではない。実際に危険なところへ医師を派遣することに騎士としての迷いがあるのだろう。

俺はゼルファさんと副団長を交互に見比べた。

戸惑い、何か考え込む副団長と違い、ゼルファさんは俺をその澄んだ瞳でじっと見つめている。

そこに戸惑いがあるのは伝わってくる。だが俺の想いを無下にはしたくないと、そうも言っているような気がした。

「ゼルファさん！」

「アーデ、行ってくれ」

ゼルファさんへと呼びかけたのと、背後から低い声が響いたのは同時だった。知らない声ではない、むしろ、生まれてから今までに一番よく聞いた声の持ち主。

そこにいたのはベルクで、俺の診療鞄を渡してくれた。

「ベルク、お前は突然何を。アーデはお前の兄弟なんだぞ!?」

「アーデは頑固です。それは双子の俺が一番よく知っている。こうなったアーデを止めることはできない。それにアーデは間違ったことは言っていない」

「しかし何が起こるかわからない場所にアニムスであるアーデを連れていくのは」

「隊長が守ってください。俺は一緒には行けませんから、俺の大事な兄弟のことをゼルファ隊長にお任せします。どちらにせよこんなところで議論している時間がもったいない」

その言葉に全員の視線が空へと向いた。まだ空は明るいが、すでに連絡を受けてからずいぶんと時間が経っている。いくら空路を行くとしても猶予がないのだと、俺でもわかった。

「ゼルファ、アーデ先生を頼む。責任は私が持つ」

「お祖父様のことなら心配はいらない。俺がどうにかする」

先に折れたのは副団長だった。苦渋の決断とばかりに顔を歪ませていたが、一言二言、言葉を紡ぐごとにその表情は変わっていく。

ベルクの言葉で何かが吹っ切れたのか、彼の瞳には強い決意が浮かび、そして俺への期待に満ちているような気がした。

「アーデ、本当にいいんだな？　必ず守ると約束するが、決して危険な真似はしないと君も約束してくれ」

「はい、俺は医師ですから、できるのは患者を救うことだけです。余計なことはしません」

「決して私から離れないでくれ」

「わかりました。ですが、俺の最優先は患者です。それも覚えていてください」

「……そうだな、それでこそアーデ先生だ」

数時間ぶりの先生呼びを少し残念に思ってしまう。

今はそんな状況ではないというのに。

「アーデ、お前は俺の片割れだ。いざとなったらお前は強い。大丈夫だ」

「ベルク、お前にそう言われると心強いよ。行ってくる」

「ああ、お前の仕事を、やるべきことをやってきてくれ」

ベルクの胸に軽く拳《こぶし》を押しつけてから、俺はゼルファさんの下に駆け寄った。

「ピュートンに乗ればいいですか?」

「いや、こっちへ来てくれ」

準備されていた荷物を担ぎゼルファさんに問いかけると、違うと否定された。

その直後、彼は自らの上着を剝ぎ取り、そして。


「えっ」


ゼルファさんを中心にまばゆい光が湧き起こる。

それはあり得ないことだった。

これは獣人が獣体になる時に魔力を解放する光。

その光がどうしてゼルファさんから発されているのかがわからなくて、俺は呆然とその光の中心を見つめていた。

鳥類の獣人は獣体になれない。

これはこの世界の常識だからだ。

だが一瞬のまばゆい光が収まった後、俺の視界を占めたのは巨大な鷹。くちばしは鋭く、太い脚にある爪は大地に食い込んでいた。

俺の数倍はあるその鷹は静かに俺を見下ろしていた。

その瞳は空の色で、羽毛は濃灰褐色と白灰色、灰褐色が入り交じる独特の紋様を浮かべ、風切り羽の先端は白色に輝いていた。

『アーデ、背に乗ってくれるかい』

くちばしの奥から聞こえた声は、僅かに響きは違うが今日ずっと聞いていた彼の声。

「えっ、はい」

反射的に返事はしても、まだあり得ないと頭が現実を拒絶していた。

鷹族の獣人が獣体で、飛ぼうとしている。目で見たものなのに脳がその情報を処理し切れていない。

「アーデ、これを使ってくれ。隊長を信用していないわけではないが念のために」

ベルクが手早くゼルファさんに俺が持つための手綱《たづな》を付けてくれて、促されるままにその背に乗る。ゼルファさんがかがんでくれて、ベルクが後ろから押し上げてくれたからなんとかその背に乗れたが視線の位置が高い。立ち上がられるともっと高い。

高所恐怖症ではないと思っていたが、実際に今から空を飛ぶのかと思うと震えが来るほどの恐怖があった。

青ざめ、硬直した俺に、ベルクが声をかけてくれる。

「隊長に任せておけば大丈夫だ。風の精霊に誰よりも懐かれている。アーデが落ちることは決してない」

「わっ、わかった。そうだな。スイ兄さんの真似をすればいいんだな。俺も風の精霊術は使えるんだから」

そうだ、これはガルリスさんの背にスイ兄さんが乗るのとほぼ同じ状況。

『そんなに心配しなくても大丈夫だ。私がアーデ先生を落とすわけがないだろう。さあ、飛ぶぞ』

「わっ、はいっ」

耳の奥に染み入るような深みのある声が鼓膜をくすぐる。

だがすぐにその声も、強い羽ばたき音で掻き消された。

　ベルクが何かを言っているのがその様子からわかる。だがまるで音が壁で跳ね返されているかのように俺には届かず、何事かと問いかけようにも激しく身体が上下に揺れて手綱を強く握って耐えるほうが先だった。

　羽ばたきが繰り返されるたびになんとも言えない浮遊感を感じる、身体が大地という楔《くさび》から解き放たれる感覚というのだろうか。近くの木があっという間に遠くなり、その先端が足元へと移動し、すぐに消えていった。

　ゼルファさんが甲高い鳴き声を発する。

　その声に後方から別種の鳴き声が重なり、慌てて振り向けば後ろにピューートンが一羽飛んでいた。誰も騎乗していないピューートンは、まるで導かれているようにゼルファさんについてくる。

「ゼルファさん、もしかしてピューートンを操れるんですか？」

『操れるという言い方はちょっと違うかもしれないな。ピューートンが空を飛ぶ俺を主と認識して俺についてきてくれるだけ。意思の疎通ができるわけではないから難しいことはさせられないので、結局私が飛ばなければならない』

　残念そうな言葉が届き、俺も頷いた。

　気がつけば俺は先ほどまで自分が立っていた場所を眼下に見下ろしていた。ベルクや副団長が、あっという間に豆粒のように小さくなっていった。

　その景色も後ろへと流れ、消えていく。

　俺は眼下に向けていた視線を前方へと向けた。

　この勢いだと強い風を感じるはずなのに何も感じない。まるで風が俺を除けて後ろへと去っていくようだ。

　俺はそっと手を伸ばして、そこに風の壁があるのに気がついた。

　触れられないのに何かを感じる、これはきっと風の精霊術を使った空気の障壁だ。この目には見えない風の膜に守られているからこそ、俺はこの高さでも背を起こして座っていることができるのだ。

　そういえば、以前スイ兄さんが、風の精霊術を持たない人は空を飛べないと言っていたことを思い出した。竜となったガルリスさんは空高く、しかもとんでもない速さで飛ぶから、風の制御や気温の制御ができないと駄目なのだと聞いたことがある。

「ゼルファさん、この風の障壁なら俺も張れるかもしれないです。俺は水と風の精霊術は得意なんです」

ゲイル父さん譲りの風の精霊術。精霊術をあまり使うことのない俺だが風との相性はわりといい。ベルクは剣技に合わせて戦いにも使っているらしい。

『ならば時間がある時にでもコツを教えよう。それほど難しいものでもないけれど、飛行中ずっと維持する必要があるからね。乗っている君も使えたほうがいいだろう』

俺の周りに張り巡らされた見えない壁。この壁のおかげで、今の俺は、風の流れはもちろん外気の冷たさも何も感じない。むしろゼルファさんの羽毛越しの体温で温かいぐらいだった。

「あの、俺の無茶を聞いてくれてありがとうございます。ゼルファさん」

俺の口から自然にそんな言葉が出ていた。あの場で彼が俺の意思を通そうとしてくれているのはベルクが来る前から感じていたから。

『いや、アーデ先生の言い分は正しい。医師である君を連れていったほうがいいのはわかっていたんだ。だが、本当に君を守れるのかと自分の中での気持ちがまとまらなかっただけなんだ。だから、ベルクにいいところを持っていかれてしまった』

そこまで俺のことをゼルファさんは考えてくれていた……。

なのに俺は子供のように自分の中にある正しさだけをあの場にいる人達にぶつけてしまった。

「帰ったら皆さんに謝らないと。特に副団長にはとんでもない失礼なことをしてしまいました」

『……まあ、それはどうにかなるだろう。だけどアーデ先生、君は感情が高ぶると素が出るんだな。いいものを見せてもらったよ。普段もあれぐらい素の君を見せてくれるとうれしいんだけどな』

「いい年して恥ずかしい限りです。目の前の一つのことに夢中になってしまうと周りが見えなくて、感情を抑え切れない自分が嫌になります」

『そんなことはないさ。アーデ先生の心からの声はあの場にいた全員に届いていた。だからベルクは君の意思を尊重し、あの副団長が独断を許したんだ』

「そうですかね……。あの、ゼルファさん。俺のこと先生って呼ぶのやめてもらってもいいですか？　一度アーデって呼ばれてから先生をつけられるとなんだか気持ち悪くって」

『気持ち悪いとはずいぶんな言い草だな。だけど、承知したよ。私もアーデと呼びたいと思っていたからね。あとは言葉遣いを頼んだよ』

「それは追々……努力はしますけど……。それより、なんか皆さんさらっと流してましたけどゼルファさんが獣体になれるという事実と、空を飛べるという事実がいまだに俺の中では咀嚼できてないんですけど」

高い空の上では俺には何もすることがなく、現地に少しでも早く着くことを祈るだけ。ゼルファさんも普通に会話をしているということは飛行に会話は影響がないのだろう。となれば何よりも聞きたいことであった。

「あの場にいた皆さんも知ってましたよね？　騎士団の中ではわりと知られてることなんですか？」

『騎士団の中ではある程度、私が所属する隊の隊員達と上層部は全員、というところか。箝口令《かんこうれい》が敷かれているわけではないが知らない者も多いはずだ』

「騎士団以外では？」

『知っている者をあげたほうが早いだろうな。私自身が公言するわけでもなし、あとは騎士団長や王家のはからいである程度秘匿《ひとく》されているというぐらいだな。だからアーデもご家族にならかまわないが』

「いえ、言いませんよ。『特別』な人が大変な思いをしているのはよく見ているって言った通りですから」

思わず苦笑した俺に、ゼルファさんも少し笑ったようだ。

「ゼルファさんの一族は皆さん飛べるんですか？」

『いや、私だけだ。私は他の鳥類の獣人と同じように母からひな鳥の姿で生まれ、半年後には飛べるようになった。他の者達は飛ぶことなど覚えず、そのまま成長過程で人型へと変じ、生きていく。それが普通だったが私だけが違った』

「では一人だけ」

『村の古老からは先祖がえりと言われたな。私は長じて人型になったが、それでも自在に獣体になることができた。鳥へと戻り、空を飛ぶことが私にとっては普通のことだった』

戻るという言葉をゼルファさんは使った。

鳥に戻る――それがゼルファさんにとっては普通のことなのだろうか……。

俺はゼルファさんの温もりと羽毛の柔らかさに身体を預け、彼の低い声を静かに聞いた。

『人の身体の時の翼の揚力《ようりょく》ではさすがに空は飛べないが、それでも一族の者は翼を上手く使っていたな。精霊術で身体を軽くして高いところへ飛び上がったり、飛び降りる時も同様で。短時間の滑空をできる者もいた。私が村から麓に降りた時に何よりも驚いたのは、鳥類の獣人達が翼をあまり使ってないことだったんだよ』

「そういうものなんですね」

『おや、私と私の一族に興味が出たかい？　機会があればいくらでも〈観察〉をしてもいいんだよ？』

なんて魅力的な申し出だろう。

だがそれにほいほい乗ってしまうのも何かまずい気がして俺は逡巡してしまう。

『特に私は、人の子が歩くのと同じように、飛ぶことが普通だった。それが普通だとずっと思っていたんだ』

ゼルファさんが語ってくれる話は、どれも俺の好奇心を強くくすぐった。

彼がどんな風に育ったのか、鳥の目で見える世界、高い空からの景色。

ヘレニアの森まではピュートンで飛んだとしてもある程度の時間はかかるはずなのに、気がつけば前方に緑が深い森の姿が見えてきて、この平穏な時間が終わることを告げていた。

　ゼルファさんが降り立ったのは、少し開けた場所にある騎士団が作った野営地。そこで俺を降ろし、人の姿へと戻ったゼルファさんは、慌ただしく、そして緊迫した様子の中を部隊の責任者へと話を聞きに行くと姿を消した。

　鳥の姿から人の姿への変化は流れるように行われた。数年前までは人の姿に戻ると全裸になるのが普通で、獣体になる時も裸になるのが常識だった。

　だけど、ある天才達が編み出したものでその常識は覆される。それは着ている服をそのままに獣体へと変化する方法。

　母さんとセバスチャン、そしてスイ兄さん。あの凡人には理解ができない突飛な発想で様々な改革をなしとげ続ける三人に、獣人である父さん達が協力して編み出されたそれは、あっという間にこの世界の新たな常識となった。

　今更ながらに便利だなと思う。獣化する時はまだしも人の姿に戻る時、全裸なのはいろいろと……。


　そんな余計な思考に一瞬気をとられながらもあたりを見回せば、消毒薬と血の匂いが入り交じっている。激しい戦闘があった後なのは明らかで、壊れた装備を着けたまま地べたで横になる騎士や、朱に染まった包帯を至るところに巻いた騎士もいた。

　そんな中を何人かの衛生兵と思われる騎士が慌ただしく走り回る。思わずそれを手伝おうと声をかけようとして伸ばしかけた手を止める。

　ここの人達は命に別状はないと判断されたからここにいるのだろう。ならば、俺は動かすことも難しいほどの重傷者を救うことに専念せねばとその場に踏みとどまる。

　そんな葛藤を抱いていればすぐにゼルファさんは戻ってきた。

「アーデ、件の騎士は崖下らしい。魔獣との戦闘のさなかに滑落したと」

「崖下には下りられるんですか？」

　俺の言葉に眉間にしわを寄せたゼルファさん。

「どうやらそう簡単にはいかないようだ。衛生兵の一人が身軽な猿族で、谷底へと降りて容態を確認したらしい。四肢の骨折、意識はなく、顔面は蒼白、呼吸も浅く、動かすのは危険と彼が判断したようだ」

「その判断は正しいな。……ならば、俺がそこへ降りていくのが一番いいと思います。ある程度の処置ができるものはそろえてきましたから」

俺は簡単な手術ならできるほどの道具が入った診察鞄へ手を伸ばす。

「問題はそこまでどうやって降りるかですね。俺は熊族なので熊の姿になればある程度は運動能力も上がりますけど、崖を降りられるか……。ですが、その彼に残された時間は少ない。行きましょう」

俺が熊へと姿を変えようとしたらゼルファさんに慌ててそれを止められた。

「君がそんな無茶をする必要はない。危険な真似をさせるつもりもない。どうやってここに来たのかもう忘れたのかい？」

「あっ、ああ。そうですね。すみません。いまだにあれが現実だと飲み込めてなくて。それじゃあお願いしてもいいですか？」

俺の言葉にさっそくゼルファさんが巨大な鷹へと姿を変える。

その変化はあまりに自然で自分の中の常識が塗り替えられていく。この人は獣体になれる鷹族、しかも空まで飛べるのだと。

翼を広げたまま滑空するように螺旋《らせん》を描いて降りていくゼルファさん。俺はその背に風の精霊術の術式を編む。崖の上からは残った騎士達がこちらを覗き込んでいるが、その姿は豆粒のようだ。

「上の様子もひどかったですけど、ゼルファさんの部隊も魔獣討伐の後はあんな感じなんですか？」

崖下へと降りていく最中の俺は、上を見上げて自然とそんなことをつぶやいた。

『うちの部隊は精鋭が集まっている。あれほどの大人数が怪我をするというのは年に数回あるかないかだが……』

「あるんじゃないですか……。それに、だがなんなんです？」

『……私の部隊は辺境討伐部隊、強力な魔獣と戦うことも多い。強大な魔獣と一対一で向かい合うこともある。そういう時が一番恐ろしい』

どこか言いたくなさげな様子で口ごもるゼルファさん。

「隠し事はなしでお願いしますよ」

『君の兄弟のベルクも所属しているんだ、口が重くなるのは当然だろう。だがそうだな、知っておいてもらうべきか……。通常の魔獣なら、たとえ複数を相手にしても、怪我人の数は増えるがその場で衛生兵が処置できる程度のものだ……』

「……」

『察しのいい君なら気付いているだろうが、たとえ一体でも強力な魔獣を相手にした場合は、標的とされた者が重傷を負うことも少なくはない。それも、衛生兵では手の施しようもないほどの傷をだ』

「そう……ですよね……」

いくら衛生兵が母さん達から技術や知識を与えられていたとしても医師とは違う存在だ。その場で応急処置はできても、救命に繋がる高度な治療や手術ができるわけではない。

きっと今までそうして命を失った騎士は数え切れないほどいるのだろう。

ぎりっと自分が奥歯を噛み締める音が聞こえた。

『安心してくれていい。ベルクの強さは誰もが認めるところだ。そのような事態にはならないさ』

そうじゃないと答えたかった。

俺が考えているのはベルクという個のことではないのだと伝えたかった。

だが今の俺に何ができるというのか……。

そんなことを考えていれば、もうずいぶんと崖下へ降りてきていることに気付いた。

崖は緩やかとは言いがたい傾斜がついていて、重傷を負った騎士はここを滑り落ちていったのだろう。崖に残る折れた木々が示す滑落痕がそれを俺に教えてくれる。

木が折れているということはそこに何度か引っかかったということで、きっと落下の衝撃を多少なりとも和らげてくれたのだろう。

だからこそこの高さを滑落してなお、重篤ではあるがいまだに命を繋ぎとめている。

木々を掻き分け音を立てて下りた場所で、俺達は小柄な猿族の騎士に出迎えられた。

彼が話に出た、衛生兵なのだろう。およそ騎士に見えない小柄な身体つきだが、その立ち居振る舞いは機敏で、視線は鋭くあたりをうかがっていた。

独特の臭気があたりに満ちている。これはきっと魔獣除けの香なのだろう。

俺は急ぎゼルファさんの背から降りて、驚いたようにこちらを見つめる猿族の彼のそばに横たわる騎士へと駆け寄った。

「大丈夫ですか、わかりますかっ！　すぐに楽にしてあげますからね」

目の前の患者はゼルファさんより大柄に見える豹族の騎士だった。仰向けに伸びた身体の右手と両足は明らかに骨折している。頭部からは出血があり、口元にも血を吐いた痕があった。

俺は隣の猿族の騎士へと問いかける。

「血を吐いたのはいつごろかわかりますか？」

「意識を失う直前です」

「え？　ということは最初見つけた時にはまだ意識があったんですか？」

「はい、俺が見つけた時にはまだ。ですが、会話を交わしているうちに様子がおかしくなって、胸が苦しいと言って意識を失いました」

それを聞いて俺の頭に一つの悪い予感がよぎる。

全身状態としては完全にショック状態。聴取しなくてもわかる呼吸困難、意識障害に全身の循環不全によるチアノーゼ。全身至るところに擦過傷があるが、もっとも目を引くのは胸部の打撲痕。

更に俺の予感を裏づけるものを見つけてしまう。頸静脈《けいじょうみゃく》を見てみると明らかな怒張、血圧を測ってみればとにかく低い、そして吸気時の著明な血圧低下……奇脈が発生している。

本来はあとひと押し、目視できる確固たる証拠が欲しかったが、ここではそれを望めない。

だが、間違いない。彼は心タンポナーデを起こしている。

「あなたの判断は正しかったです。ここから無理に動かしたら取り返しのつかないことになっていました。感謝します」

「いえ、俺は……」

「アーデ、私達にもわかるように彼の状態を教えてくれるかい？　そして、手伝えることがあれば言ってくれ」

猿族の騎士に声をかければ真面目な顔でどこか照れくさそうな表情をされ、人の姿へと再び変じたゼルファさんは身を乗り出して俺のほうへと顔を寄せてくる。

「彼は今心臓を包む膜の中に血液や水が溜まってしまっているんです。その原因は胸部に受けた強い衝撃。心臓が動いていないのとほぼ同じですから全身に血液が行き渡っていないんです」

「だが、君には何かできることがあるんだろう？　君の表情はそれを物語っているぞ」

「彼が見つけた時に意識があったということは、症状はゆっくりと進行したはずです。ショック状態になってからどれぐらいかわかりませんが、まだ彼は生きている。ならば助けられます。俺は準備をしますので彼の着ているものを切り裂いてください。できるだけ衝撃を与えないように」

ゼルファさんの言葉に熱い何かが俺の中を駆け巡るのがわかる。

そう、俺は彼を助けることができる。

心臓を圧迫している血液や心嚢液《しんのうえき》を抜いて心臓を楽にしてやればいい。心臓自体からの出血があればまた話は別になってくるが、まだ彼には生き残るための道がある。

俺は鞄の中から注射針を取り出し、それを同じく取り出したシリンジの先に取りつける。

そして意識のない彼のそばで一呼吸。

「アーデ、いったい何を」

「心配しないで俺を信じて。これ以上説明する時間が惜しい。彼を早く楽にしてあげたいんだ」

その言葉でゼルファさんは全てを察知してくれたようで彼の身体が動かないように支えてくれる。猿族の騎士もそれに倣った。

穿刺《せんし》部位を消毒、そして心臓を傷つけないように、心嚢内に先端が上手く留まるように角度をつけて注射針で彼の皮膚を貫きゆっくりと進めていく。

すっと手応えがなくなったタイミングで注射針を進める手を止めてシリンジで吸引。

心嚢液に混じって血液がシリンジ内へと吸い出されていく。

液の色は血性ではあるが心嚢液の透明さが混じっている。これならきっと心臓からの出血は起こっていない。

大丈夫だ、彼は助かる可能性が高い。

何度かシリンジを付け替え、心嚢内に貯留する血液と心嚢液を抜いていく。

しばらくすると彼の呼吸に変化が現れる。そして感じるのは心臓の正常な拍動。

衛生兵の騎士に頼んで血圧を測ってもらえば、徐々に上がってきている。

そこで俺は手を止める。

心タンポナーデが解決したといっても他の原因で循環動態が正常に戻らない可能性もある。だが、このままでは彼は死んでいた。それだけは確実だ。

「ショック状態は落ち着くはず。だけどまだ一刻を争う状態に変わりはないんだ。ゼルファ、急いで彼を騎士団本部へ」

「わかった。お前はこのことを上にいる者達に伝えてくれ。ピュートンも連れてきている。もし、他にも重傷の者がいれば使ってくれ」

「承知しました」

ゼルファさんの命を受けて猿族の騎士が身軽な身体を活かして崖を登り始め、一方再びゼルファさんはその姿を変える。そういえば、意識が目の前の患者の状態に集中しすぎていて、今無意識に呼び捨てにしてしまった。そのことに気付いて気恥ずかしさを感じてしまう。

だけど今はそんな場合ではない、一刻も早く目の前の彼を連れ帰らねば。

彼の身体を持ってきていた組み立て式の担架へとしっかり固定する。

「こちらの準備はできましたけど、背中にどうやって乗せましょうか……。彼の体格を俺一人では……」

『それは問題ない。そうでなければ、先に伝令に行かせたりはしないさ』

そう言うとゼルファさんが魔力を使うのを感じる。

鼻腔に漂うのは彼がつけている香水の香り。風の魔術なのだろう、あたりの風が慌ただしく動きその香りも強くなる。

「そうでしたね。初めて会った時のことを今思い出しました……これも精霊術ですよね？」

『風の精霊術だけはとにかく得意でね。さあこれならアーデ一人でも彼の担架を支えられるはず。そばで彼の様子を観察する必要があるのだろう？　さあ、急いで私の背中へ』

そう言われて俺は彼の担架に手をかける。それは驚くほどに軽く片手で彼の身体ごと持ち上げることができた。

そのまま俺は、担架をしっかりとゼルファさんの背にくくりつけ、そのそばに腰をおろした。

『さあ、しっかり摑まって』

そして三度目の浮遊感。大地の楔から解き放たれる感覚にもだいぶ慣れてきた。

俺は目の前でいまだ意識の戻らない彼の状態に神経を集中させる。正直、いつ急変してもおかしくないのだ。

『アーデ、私の全速力で空を行く。風の障壁は任せてもいいだろうか？』

「ええ、任せてください。来る時にコツは摑みました」

『頼む。全力で飛びながら、今使っている風の精霊術を維持し、更に障壁を張るとなるとさすがに厳しくてね。だが、君の判断は正解だった。君を連れてきていなければその騎士はあの場で……そうだろう？』

「それは……。そうですね……、きっと崖の上まであげることもできなかったかもしれません。だからと言って、俺がしたことは医師であればきっと誰でも……」

『だが、実際にそれをなしとげた医師は君だ。君はそれを誇りに思うべきだと私は思うよ』


目の前の彼の表情は穏やかで呼吸も安定してきているように見える。打った鎮痛剤と軽い鎮静剤が効いてきているのだろう。

そんな風に患者に意識を集中させることでゼルファさんから与えられる称賛の言葉をあえて聞き流す。

『そういえば、ようやくゼルファと呼んでくれたね。言葉も自然だったし、やはり真剣な表情を見せる君は可愛いな』

「あっあれは……。って可愛いはおかしいでしょう。いい眼科医を紹介しましょうか？」

『いや？　視力はよすぎるほど良くてね。その必要はないんだ。さて、無駄口はここまでだな。王都までは高度を保って、そこから一気に降下する。準備をしておいてくれ』

「はっはい」


軽口を叩いたかと思えば突然真剣な声で言うゼルファさん。この人はわざと俺を翻弄しているのではないかと感じることがたまにある。

だが、今はそれについて分析している場合ではない、王都に着いたらこの患者の手術は俺が担当するとそう決めているのだから。

『さあ、全力で風の障壁を。飛ばすぞ』

「はい！」


暗くなった空を、来た時よりも速い速度で飛んでいく。俺は風の障壁を張り、目の前の患者の手を握り締め、そこから伝わる命の鼓動を感じていた。

❖❖❖

騎士団の分院で待機していた他の医師達に協力してもらい、意識のない騎士の手術が終わったころには、すでに夜が明け、外はすっかり明るくなってしまっていた。

手術室にいる間は全く疲れなど感じなかったというのに全てを終えて分院内にある控え室に戻った途端、俺の身体は大きなソファへと倒れ込んでしまった。

「ああ、疲れた……」

座面に横になり、窓からの灯りを遮るように腕を目の上に置く。閉じたまぶたの裏の暗さが心地よく、けれど睡魔は一向に襲ってこない。

疲れてはいたが、昨日から続く緊張の連続で興奮状態なのだろう。

「そういえば、ゼルファさんは……」

大丈夫だろうかと声にしかけて彼が辺境討伐部隊という騎士団の精鋭達の部隊長であることを思い出す。

「俺が心配するほうが失礼か……」

手術室に入るまで、そばにいたことは覚えている。ここまで彼を担架で運んでくれたのはゼルファさんだった。だけどその後自分はすぐに手術の準備に入ってしまい、言葉を交わす余裕もなかった。

後から看護師に聞いた話では、騎士団長に呼ばれてそちらへ向かったということ。

「それにしてもまさか鷹族のあの人が獣体になって、しかも空を飛べるなんて」

思い出すのは雄々しさすら感じさせる、巨大な鷹の姿となったゼルファさん。

鳥の顔だというのにそこには確実にゼルファさんの凛々《りり》しさの面影があり、どこまでも見通すような瞳、鋭いくちばし、太い脚、力強さを感じさせる翼やその羽根一枚一枚の美しさは彼の本質を表しているようにすら感じられた。

いや、確かにあれが彼の本質なのだろう。獣体となった獣人はその隠し持った本性を周囲に見せつけるようなものなのだから。

うちの父さん達がその典型的な例だ。

「空を飛ぶ鷹族か……。羽ばたきの音は力強かった。いや、あれぐらいの力強さでなければそもそも飛ぶことなんてできないはずだ。あの翼は本当に立派だったな、濃灰色に散る紋様も、真っ白な風切り羽も……」

最初に見た瞬間に心を奪われてしまった気がするのはなぜだろうか。

大型種の獣人は確かに父さん達で見慣れている、けれどあの鉤爪や鋭い瞳は恐ろしさを感じてもいいほどのものだった。

だけど、あの時俺は彼のそれを怖いとはちっとも思わなかった。それは俺が熊族でそういうものを見慣れているからだけなのか？

本当にそうなのだろうか？

「俺達の獣体と一緒で、あの鉤爪がついたところは手が変化した部分なのか？　それとも足？　どちらかは消えてしまうということなのか？」

ふとそんなことが気になった。

「翼は人の姿の時のものがそのまま大きくなった形だ。そういえば獣体になると尾羽根が増えてたけど……確か人の姿のゼルファさんに尾はないよな？」

気がつけばそんなことを考え出して、疲れているというのにますます目が冴えてきてしまう。

せめて一眠りしなければ、今日の仕事に差し支えてしまうというのに。

何度か眠ろうと目を閉じて考えるのを止めようとするのだが、そうすればするほどまたすぐにあの凜々しいゼルファさんが空を飛ぶ姿が思い出されてしまう。

緊急事態の発生まで町中で共に休暇を楽しんでいたというのもあるのだろうが、自分の中がゼルファさんでいっぱいになっていくのがわかる。

「今度頼んで鷹の姿を観察させてもらおうかな」

そうだ、そうしようと考えていた時だった。

誰かがドアを叩く音が室内へと響く。

「ん、誰だ?」

分院は何かない限り夜間は閉まっている。常勤の医師二人が交代勤務をしているが、夜勤帯は基本的に仮眠をとっていて患者を積極的に診ているわけではない。そんなことは騎士団の中では周知の事実のはず。それなのに誰かが来たということは、急患だろうか?

慌てて立ち上がり扉へと向かう。

「はい、どうぞ」

再び鳴った音に応え、扉を開ける。

「あれ、ベルク?」


開けてみればそこに立っていたのは厳《いか》つい顔を更にしかめたベルクだった。

「大丈夫か?」

「何が?」

相変わらず言葉の少ないベルクに戸惑い、問い返すと大仰《おおぎょう》なほどのため息を零された。

「無事帰ってきたのは知っているが、強行軍をこなして、手術までしたと聞いた」

「ああ、お前があの時来てくれたおかげだ。あの騎士も感謝してると思うぞ」

俺の返答にベルクはわずかに顔を歪ませる
「とりあえずそんなところに突っ立ってないで入れよ」

俺はベルクを中へと招き入れ、控え室の椅子に向かい合うように腰をかけた。

「食事はしたのか？」

ベルクの言葉に返したのは腹の音だった。そういえば、ゼルファさんと昼に食べたきりだったことを今更ながらに思い出す。

「そういえば食べてなかった」

「だろうな、食べろ」

「助かった、忘れてたよ。そういやゼルファさんはどうしたか知ってるか？　看護師からは騎士団長に呼ばれたって聞いたんだけど」

机の上にベルクが次々と料理を並べてくれる。

きっと騎士団の食堂の料理人が朝食を作っているところに行ってもらってきてくれたのだろう。

ありがたく頂戴《ちょうだい》しよう。

「ゼルファ隊長は団長のところから戻った後、ここでお前が戻ってくるのを待っていた。だが、それに気付いた副騎士団長が引きずって騎士団寮のあの人の部屋へと放り込んでいた」

「えっ、俺のことを待っていた？　何か用事でもあったのか？　それに引きずって放り込むっていうのは穏やかじゃないな」

相変わらず行動原理が謎な人だ。

「眠らせるためだ。隊長は空を飛べるが限界がある。ガルリスさんとは違う。ヘレニアの森はあの人が一度に飛べる距離の限界だ。そこを往復して、しかもずいぶんな高度をすごい速さで飛んだそうだからな」

「それって、大丈夫なのか？」

「大丈夫……ではないな。だから無理やり眠らされている」

その言葉に愕然とする。要は、ほぼほぼ俺の願いを叶えたせいで彼はそうなっているということだ。

「どうしてそれを俺に言わないんだ……」

「言ったら何か変わったか？　お前は命を救うために最善を尽くした」

「だからと言って……」

「あの人もお前と似ている。お前が願わなくとも飛ぶことに変わりはなかった。その背に命を救うことのできるお前を乗せるか乗せないか、違いはただそれだけだ」


淡々と一切表情を変えずに語るベルク。なぜだろう、そこまであの人のことを信頼しているこの双子の兄弟のことが少しだけうらやましい。

「それに、食事を差し入れに行ったがよく眠っていた。それこそ俺に気付かないほどだ。そうなれば回復も早い」

「そうか、やっぱり騎士はすごいな。こういう時にきちんと眠って自分を管理できないとだめなんだろうな……。俺には真似できないよ」

「お前は騎士ではないんだ。俺達と同じになる必要はない。事実、今日はお前が自分の役割を果したおかげで一人の命が助かった」

「いや、あれはゼルファさんとお前のおかげだよ。お前の一言がなければ俺が行くことは許可されなかっただろうしな」


俺がベルクに笑いかければ、ベルクもわずかに眉を上げてそれに応じてくれる。

これは口数の少ないベルクと俺達二人だけの合言葉のようなものだ。

「俺の一言はきっかけにすぎない。ゼルファ隊長がアーデ、お前を守ると言葉にしたから叶ったことだ。あの人は強い。俺や父さん達とはまた違う強さだ。あの人の戦い方はあの人にしかできない。そんな人がお前を守ると言った」

「ベルクがそこまで言うなら相当強いんだろうな、ゼルファさん。運よくそんな危ない目に遭うことはなかったけど、そこまでベルクが言うと気になるな……」

「襲われたかったなどと言うなよ。副騎士団長が心労で倒れる」


その原因に心当たりがありすぎて小さな笑いが漏れる。

「そうだな。何もないのが一番だ。それにいくらゼルファさんが強いといっても誰かが戦って傷つく可能性があるのならそんなところは見たくない」

それがゼルファさんならなおのこと。

出会いは偶然だったが、それでもあの人は既に俺の中に勝手に住み着いてしまっている。

「アーデはゼルファ隊長が好きなのか？」

そして放たれたベルクの衝撃の一言に俺は飲みかけていた温かいスープを吹き出してしまう。

「どうした。ゼルファ隊長は誰にでも好かれるいい人だ。アーデは嫌いなのか？」

ああ、そうだった。ベルクの口から愛だの恋だのそういう意味を持つ言葉が出るわけがないのだ。やはり俺も疲れているのだろう、不覚だった。

「いや、いい人だと思うよ。そういう意味であれば好きだ」

「ああ、俺も隊長のことは好きだ。そういう意味でとはどういうことだ？」

「ああ、そこは気にしなくていいところ。忘れてくれ」

「わかった」

このあまりに素直で実直すぎる双子の兄弟がたまに心配になる。

だが、こんなでも騎士団の中では実力と人格を兼ね備えた有能な人間と評価されているらしいのだから俺の目もある意味節穴なんだろう。

そんなことを思いながらベルクへの評価を改めていると、まだ湯気を立てている料理の横に瓶が一本添えられた。それはいつも二人で飲む時の酒の瓶だった。

「おい、酒は……」

「俺は今日非番だ。それにお前も今日は休めという指示が騎士団と本院の医師両方から来ている。だからお前も休みだ」

「ありがたい……が、こっちの人数は大丈夫なのか？」

「お前が面倒を見ている新人医師が手伝いに来るそう

だ」

それは心強いが若干の不安がある。

ただ、今重篤な患者は今日手術を終えたあの騎士だけだ。

彼のことは古参の医師に任せてもいいだろう。

しかし、俺がここで働ける日数はそう何日も残っているわけではないのが心苦しい。

「なぁ、ベルク。俺、このままここで働きたいと思ってるんだ。お前はどう思う?」

互いにつぎあった酒を一口含む。ペイプルを使った果実酒の僅かな酸味と強めの酒精が喉から鼻へと抜けていく。

「反対する理由がない。お前が来て誰もが喜んでいる。お前と共に働けるのは俺もうれしい、だが」

「わかってるわかってる。許可は下りないだろうって言いたいんだろう? お前のほうが俺よりよくわかってるのかもしれないな」

ここの食堂に母さんから直接伝えられたという伝説があるカツサンドを取り上げながらつぶやいていると、ベルクは眉間のしわを更に深くしながら俺を見て口を開いた。

「全てはお前を思ってのことだ。お前は母さんに似たところがある。目の前に救える命があれば、きっと己のことは顧みずその生命を救うだろう。お祖父様はそれを心配しておられる」

「母さんのようには俺はなれないよ。それに爺ちゃんの心配はそれだけじゃないだろ。いくら俺がアニムスだからって過保護がすぎる。もちろん、爺ちゃんの気持ちはありがたいと思うことのほうが多いんだけどそれでもな」

多分、俺のここでの行動は報告として元騎士団長でありながら、今も顧問として強い影響力を持ち続けるバージル爺ちゃんへと上がっているはず。それは、今日起こったことも例外じゃないはずだ。

「俺は父さんの若い時に似ているし、アニマだ。体力もあれば、自分の身を守ることもできる。だがお前はアニムスだ。ここでの仕事は過酷だということをお祖父様は身にしみておられる。だからこそお前を……」

「婆ちゃんはアニムスだったけど騎士だった。アニムスだけど強いじゃないか。ただ、俺は医師を志しただけで、確かに体力も筋力もお前達にはかなわないさ。だけど、俺だって何もしてこなかったわけじゃない」

「知っている。お前がアニムスだからといってか弱く守られる存在だとは俺も思ってはいない。リヒト兄さんやヒカル兄さん、スイ兄さんに母さんも、それぞれが強い人達だと俺は知っている」


その言葉は俺にとって少し意外なものだった。


「お前がそんなことを言うなんて少し驚いたよ。アニマとアニムスに優劣があるとは俺も思わないが、アニムスを守られる存在だと思うアニマは多い。正直お前もそうだと思ってたから」

「それはお前の視野が狭いだけだ。確かに肉体的な強さでいえばアニマのほうが強い者が多い。そして獣性も強い。だからこそアニムスを守ってやらなければならないと思う」

「父さんと母さんがいい例だもんな」

「そうだ。だが、我が家で一番強いのは誰だ？　それに、兄さん達に俺が勝てると思うか？」


ああ、そうだ。確かにそうだ……。我が家で母さんに勝てる人なんていない。下手をすればヘクトル爺ちゃんですら勝てないだろう。

そしてそれは兄達も同様だ。一番気弱そうに見えるヒカル兄さんですら、とんでもないことをしでかすし、今はこの国を支えるという重責をあの小さな肩に背負っている。

そうかベルクの言いたいのはそういうことか……。

俺自身が俺をアニムスという狭い檻《おり》に閉じ込めているとでも言いたいのだろう。


「俺さ、ここで働きたいのはもちろんだけど、お前達の遠征にもついていきたいと思ってるんだ。今日のことでそれを改めて感じたよ。だから、俺も負けちゃだめだな」

ベルクにそう宣言し、景気づけのように酒をあおる。そこそこに強い酒だというのに、ベルクとの会話による高揚感のせいか、酔いはすぐに回ってこない。

「ちょっと待て。ここで働くのと、俺達の遠征についてくるというのはまた話が違うぞ」

「そう、問題はもっとややこしくなること確定。だけど、今日あの騎士を助けられたのはもちろんお前達のおかげでもあるけど、俺があの場であの人を治療できたからだ」

「それはそうだが……」

「危険なのは重々承知さ。あの光景を見たら後方でぬくぬく待ってます、なんて状況じゃないのもわかる。それでも現地に俺がいればきっと救える命だってあるはずなんだ。なぁベルク、こう考える俺は傲慢《ごうまん》だと思うか？」

俺の言葉にベルクも一口でグラスいっぱいに注がれていた酒を全て飲み干した。そういえばこいつはザルだったな。

「お前の兄弟として、お前を危険な場所へ出向させるのは……難しい問題だ。お前を危険にさらしたくない。家族が、ましてや俺と同じ日に生まれた片割れのようなお前がそんな場所にいることを考えたくはない」

「ベルク、それは俺も同じだ。だからこそ――」

「アーデ待ってくれ。最後まで聞いてくれ。だが、騎士の俺はお前がいてくれればどれほど心強いだろうかと思ってもいる。今までに何人も死んだ仲間を見てきた。その中にはきっとお前がそこにいてくれれば助かった者もいたはずだ」

机の上のグラスに入った氷が小さな音を立てた。一度言葉を切ったベルクのゲイル父さんと同じ翡翠色の真摯な瞳が俺を映す。

「だからお前が望むのであればお前の望みを叶えてやりたい。お前の望みは俺の望みだ。それに、兄さん達もきっとアーデの味方になってくれる。隊長の言葉ではないが、お前のことは俺が守る。お前は俺の片割れだ。お前の支えに俺はなりたい」

ベルクの口数がここまで多くなるのは久しぶりのことだ。真剣な表情での本心からの言葉に俺の胸の奥が熱くなる。血を分けた――いや、それ以上に濃い繋がりを持った兄弟からの言葉にいまだ緊張で凝り固まっていた身体がほぐれていくのがわかる。

ぐったりとソファにもたれ、目を閉じ、俺は囁くように言葉を紡ぐ。


「ありがとう、ベルク。誰の言葉よりもお前のその言葉が頼もしいよ」

「安心しろ。お前とは違った意味で、ゲイル父さんそっくりの俺にお祖父様は甘いからな」


俺にそのまま横になれと促しながら、俺を覗き込んだベルクの口から出た言葉に驚いた。


「お前の口からそういう言葉が出るっていうのは意外だよ」

「お前は俺のことをなんだと思ってるんだ」

「はは、ゲイル父さんそっくりの、鋼《はがね》の精神を持った朴念仁」


そのまま襲ってきた睡魔に身を委ねながら目を閉じれば、思い出すのはゼルファさんの背の上から見た光景。

もう一度あの光景を見てみたい。

そして、あの人のそばであの人と、あの人が大切に思う人達の手助けをしたい。


「ゼルファさん、また背中に乗せてくれるかな」


次第に強まる睡魔にもう目も開けていられない。そんな俺がつぶやいた言葉がベルクに聞こえてしまったかはわからない。

その後の意識はもう闇の中だった。

だからベルクは気付いていたかもしれないけど俺は、気付けなかったんだ、俺とベルクの会話を部屋の外で聞いている人がいたことに。

翌日目が覚めた時、部屋の外に落ちていたのは見覚えのある紋様の一枚の羽根だった。

第四章

　騎士団分院に派遣されてからの俺の日々は、よくも悪くも刺激的だった。

　そして俺の気持ち、やりたいこと、やらなければならないことの方向性も固まった。

　今日は本来、休みなのだが、こちらへの任期が一旦切れるまで残り数日ともなれば、気持ちは焦るばかり。

　朝から重いため息は吐きたくないが、それでも出てきたそれを飲み込んで、目の前の書類や書籍を見渡した。

　そこにはあるのは、入院患者のカルテやら、関連する医学書、論文、はては昔の教本まで。その中の一つに手を伸ばそうとして、その手がふと止まった。

　代わりに伸ばした先にあるのは、何本もの筆記具が入ったカップ。

　その中から俺が取り出したのは、濃灰褐色と淡い色とが縞で入った一本の羽根だった。ベルクと飲み明かした翌日、落ちていたものを拾って自然と白衣のポケットへと入れてしまっていた。

　手のひらより大きな羽根は、抜け落ちてなお艶やかに鷹族独特の紋様を浮かべている。

　軸を指先でつまみ軽く揺らせば、柔らかな羽先がふわりと風に揺れた。

　その動きに思い浮かぶのはこの羽根の持ち主。

　自然に口元がほころぶのは、彼と過ごした街での楽しい思い出が浮かんだからだ。だが、そうなると続けて思い出してしまうのが、直後に訪れた現場での惨状。

「はあ……、やっぱり俺が直談判しに行くしかないよな……」

　重苦しいため息が勝手に零れ、俺のことを思ってくれている相手をどう説得するかと悩みは尽きない。

　気を紛らわすようにつまんだ軸を指の腹で滑らせれば、鷹の羽根がくるくると回る。

　鳥類の獣人は年に一度ほど換羽する。少しずつ古い羽根が抜け落ちて、新しい羽根と置き換わっていく。その時の抜けた羽根は捨ててしまうことが多いらしいが、一番立派な羽根を成長の証として残す種族もいる。

　ゼルファさんの種族は、どうしているのだろうか。

これは短いから、廃棄してしまうのだろうか。ならばもったいないなと綺麗な羽先に触れてみる。

「こんなに綺麗なのに」

首をかしげた拍子に、顔の横で羽根飾りが揺れる。

身体を椅子の背もたれに預け、自然と上を向いた視界に羽根をかざす。木漏れ日のように陽の光をちらつかせる羽根は、やっぱりとっても綺麗で、俺はしばらくその光を楽しんでいたのだが。

不意に聞こえた、扉を叩く音に手を下ろしながら視線を向ける。

「はい、どうぞ」

看護師が呼びに来たのかと応えを返し、預けていた上半身を起こすように腹筋に力を入れた。

「失礼する」

扉が開いたのと、俺が姿勢を正したのはほぼ同時。

その声に俺は数度目を瞬かせ、とっさに羽根を持っている手を机の下へと滑らせた。

「えっ、あっゼルファさん？」

「おはよう、アーデ。今日は休みじゃなかったのかい？　ちなみに私は休みだ」

入ってきたゼルファさんは清潔感のある私服で、少し首をかしげて俺の頭から足元へと視線を走らせる。

羽根をどこに隠そう……。視線が逸れた瞬間にポケットに突っ込むか……。

内心で焦りを覚えつつゼルファさんへと言葉を返す。

「え、まあ一応休みなんですけど、俺の派遣期間自体が短いのでやることが山積みで」

「医者は激務だから、きっちり休みを取ることも仕事だと聞いているが？」

「それはそうなんですけど……なかなかそうもいかない時もありますし」

そういえば前回の休みはゼルファさんが街へと食事

に連れていってくれて。確かに楽しかったけれど、それと共に騎士団の現状も知ってしまって。

「うむ、やはり君はそう言うと思った。よし、他の医師や看護師から今回もお願いされているんだ。アーデ先生は絶対に休もうとしないと思うので少し強引にお願いしますね、と言われているから強硬手段をとらせてもらう」

「えっ、ちょっ、嘘でしょ⁉　ゼルファさん⁉」

俺が慌てているのはゼルファさんがいきなり俺を抱きかかえたから。

いくら、精霊術で重さを調整できるといっても……何より俺の精神がこのままだと死ぬ。

「あの、下ろして……」

俺の必死の訴えはゼルファさんに全て無視され、ゼルファさんに抱き上げられたままアーヴィスに乗せられて、抵抗虚《むな》しく連れ去られてしまったのだ。

すれ違う関係者の視線が何か妙に温かくて、俺の精神はだいぶすり減った。

見渡す限り続く草原では、騎士団所有のアーヴィスやケルケス、果てはピュートンまでもがゆったりと草を食《は》んでいる。

今いるのはレオニダス城下から少し離れた郊外の放牧地。

ゼルファさんに拉致された結果、たどり着いたこの場所は、どこまでも広く、心地いい風が吹く場所だった。

緊急時であれば騎士団のピュートンに紛れて飛び立つが、そうでない時は郊外に出てから飛ぶようにしているという。城下では目立つからというのがその理由らしい。

半ば無理やり連れ出されたが、こうして外に出て、開けた風景の中で心地いい風に吹かれると気分がいいのは確かだ。寝不足のせいか頭の芯あたりに鈍い痛みがあったが、それも新鮮な空気を吸ったからかよくなっていた。

「今日は天気もいいし、空気が澄んで空も高い。アーデをもう一度空の旅にご招待しようと思うのだが？」

「空の旅……って、もしかして？」

ゼルファさんの言葉に、俺は目を見開き、まじまじと彼を見つめた。

「あの日は怪我人を運ぶ任務があったためにゆっくりと飛び回れなかったからな。それともアーデは空の旅に興味がないかな」


途端に脳裏に浮かぶのは、獣化したゼルファさんの広くて大きな背に乗って飛んだ時のこと。

広大なヘレニアの森へと最短距離を飛んだ空の旅は、俺にとっても忘れられない出来事だ。

ゼルファさんが獣化できるという驚きと、風の精霊術の巧みな使い方、いろいろなことが一気に知れた日だった。だが結局後からも、あれが知りたい、これも聞きたかったという疑問が浮かんだのも事実。

「それに、私の獣体を『観察』してみたくないかい？」


不意に耳元で囁かれた低い声音。鼓膜が震え、音が震動となって脳髄から背筋へと這い降りた。

甘い疼《うず》きにも似た感覚が全身をざわめかせ、顔が一気に熱くなる。いつの間にか至近距離にいたゼルファさん。耳がくすぐったくなるほどに近い距離で囁かれた声は、ものすごく官能的で、俺は混乱してしまったせいか足がもつれてその場で転びそうになってしまう。

「う、わあっ！」

「おっと」

ばさっと羽ばたく音と共に、腕を摑まれ引き寄せられる。直後、硬く太い腕と柔らかい翼に包み込まれたが、その感触より目の前のあまりにも近いゼルファさんの顔に、今度は身体が動かない。

「驚いた、大丈夫か？」

驚愕に見開いた空の色をした瞳に俺が映っていた。それがはっきりわかるほどに近い距離で、ゼルファさんが俺を見ている。

あまりにも近くて、感じるのはゼルファさんの体温と力強さだ。

心臓が激しく鳴り響くのは、転びかけて驚いたせいだ、きっとそうだ。

「君が焦るのもわかるが、焦りすぎてもいい結果はもたらされない。回り道して最良の結果が出ることもある。気分転換するのも決して悪いことではないと私は思うんだけどな」

分院の看護師さんにも「働きすぎです」って怒られたことを思い出す。

ゼルファさんが言う言葉が正しいこともわかっているし、今更ながら神妙に頷いた。

「今日はあまり遅くならないようにするけど、最高の気分転換をさせてあげられると思うよ」

「……お気遣いありがとうございます。それでは厚意に甘えさせてもらおうと……、あっそういえば『観察』させてくれるって」

つい口をついて出てしまったが俺にとってはとても魅力的なことなのだ。ゼルファさんのような特異性の強い獣人を『観察』できるということは。

「もちろん。時間が許す限り、君が満足するまでしてもらって構わない」

「っ……ゼルファさんってわりとずるいですよね。それじゃあ、今日はよろしくお願いします」

「ずるいとは心外だな。さて、この荷物はアーデが持っていってくれるかな？」

「はい、確かに」

小さな荷物は、小さいわりに手にずしりと来た。なんだろうこれ、と考えているとゼルファさんの言葉が続いた。

「さて、行こうか。よく見ててごらん」

その言葉に、俺は慌ててゼルファさんへと視線と意識を向けた。

光が強くなり、その中でゼルファさんの姿形が変わっていく。はっきりとは見えないが、それでも全体の形が大きくなり、鳥型になっていくのはわかる。

背の翼が身体に沿い、脚が太く、大きな爪が大地を掴み、短い髪は飾り羽根のように頭頂部を覆う。

立派な尾羽が生えてきて、光が収まるころには、翼だけにあった紋様が全身を覆った。

それは本当に造形の神秘というか、生命の神秘というか。


「すごい……」

思わずつぶやいた声を聞き取ったのか、ゼルファさんが笑う。


『アーデも熊になれるんだろう。私は鷹になるというだけの違いだが』

「それはそうなんですけど、でもすごいですよ。体長がずいぶんと大きくなるし、翼も。あっ、人の時の手ってどんな感じになります？」


何よりもそれが気になると詰め寄れば、深い笑みを湛《たた》えた声が返ってくる。

『確かにこの姿では腕はないが、翼が腕のような感覚だな。不思議と違和感はなくて、この翼は翼ではあるが、腕でもあるという感じだ。まあ人の手のように器用ではないが』

「そうなんですね。ああ、本当にすごい。メモ帳も持ってくるべきだったかな……」


いったい神経はどうなっているのだろう、筋肉は、身体構造そのものはどんな風に。

次々湧き出す疑問はゼルファさんの声に遮られた。


『それより乗らないのかい？』

「乗りますっ、でも少し高くないですか？」


どうやって乗ったものかと、戸惑いながらゼルファさんの高い位置の背中を見上げた。

ふとそんなことを考えた俺の前で、ゼルファさんが喉を鳴らしながら身をかがめた。姿勢を変えたせいか、全身の羽毛が風を孕んだようにふわりと膨らみ、翼がスロープのように降りてきた。

『骨の部分を踏み台にしてごらん』

「でも重いんじゃ」

『大丈夫、風で補助するから』

「あ、身体が軽い」

誘われるままに綺麗な翼に足をそっとかければ、ほんのわずか後ろ足に力を入れただけで身体が浮いた。

ふわふわと揺れる身体は、その動きすら上手く補助してくれているようで、転がり落ちることもない。

明るい日差しの下だからか、前回よりはっきりと見える紋様はやはり綺麗で、陽光を孕んだ羽毛はとても温かい。背の広い場所に腰を下ろしてみたが、今度は手綱になる物はない分、俺はゼルファさんの肩口の羽毛へとしがみついた。

「これって、摑んでも痛くないですか?」

『大丈夫だよ。しっかり持っていてくれ。水平飛行に移るまではちょっと姿勢がきついかもしれないが。それと、アーデはもう障壁は張れるね』

「ええ、コツはもう摑みましたから」

俺が頷けば、ゼルファさんも頷き返し、そしてゆっくりと立ち上がった。前回あった手綱はないが、不思議と恐怖感はなかった。高さも気にならない。

『行くぞ』

「はいっ」

俺の身体の下で、筋肉が張り詰める感触がした。

翼が大きく広がり、風切り羽根が風を孕むように広げられる。その翼に向けて風が下から吹き上げた。強い浮遊感が一気に襲ってくる。

下からまるで何かに押し上げられるような感覚は強烈で、思わずゼルファさんの羽毛を強く摑んだ。身体にかかる力は重く、まるで身体ごと押されているようだ。

思わず強く瞑《つむ》った目を、それでもゆっくりと開けていけば、瞬く間に遠くなっていく地面が視界に入った。

放たれたアーヴィスが遠くなるゼルファさんを見送るように見上げている。そんなアーヴィスを中心に数度旋回した後、再び上昇しながら放牧地を離れていく。

旋回と上昇を繰り返し、かなりの上空にたどり着いたがそれでも寒くはない。風は通り過ぎているが、風圧も一切感じなかった。

俺自身障壁で身を守っているのもあるが、そんな俺の力を支えるゼルファさんの力も感じる。

ゼルファさんは風の精霊術を使いこなしているように見えた。

それこそ、空を飛べるのが当たり前だというかのように。


「そういえばゼルファさん、どこに向かっているんですか?」

『私のお気に入りの場所かな。飛んでいけばそれほど遠くないところだ』

「ゼルファさんのお気に入り……」

思わず進行方向へと視線を向けた。

白い雲がところどころに浮かぶ空はどこまでも澄んで青く、地平線が遠くに見える。

そんなことを考えていると、自分の身体がひどく安定しているのを感じて、そっと手を離してみた。片方ずつ離してみれば、意外にこわばった指の違和感がすごい。

その指で摑んでいたせいで乱れた羽毛を撫でた。他の場所と同じように流れに沿って撫でれば、とても柔らかく、ふわふわとしている。温かいのは前と同じで、そっと手を沈めれば、手の甲まで隠れた。首に近いところはもう少し長めで、完全に手が隠れてしまう。


『アーデ』


不意に呼びかけられてぴくりと硬直したのは、誘われるようにもっと先へと手を伸ばしていたからだ。

『悪戯をされるとくすぐったい』

苦笑いを孕んだ声に、顔が熱くなる。

「別に悪戯してたわけじゃ」

『降りたらいくらでも触らせてあげるから。背中はいいんだけどね』

「……背中は」

からかわれたのだと容易にわかる声に、俺はいたたまれなさを感じながら手を下ろした。

綺麗に撫でつけられた背の羽毛は、首筋のものより少し硬い。

その羽毛に手を埋め、そこから首へと逆に撫で上げる。

『……アーデ』

「別に、背中に触っているだけですよ？」

『そうか、それなら仕方ない。だったら後で、私もアーデに触らせてもらわなければ』

「えっどこに？」

問いかけは自然に声から出て、途端にあらぬことを想像した身体が一気に熱くなる。

いや、何考えてんだよ、俺は。

『そうだね、君のふわふわの髪に触りたかったんだよ』

しかも、ゼルファさんの言葉は俺の妄想とは全く別物で、よけいに顔が熱くなる。

いいとも悪いとも言い返すことができず、黙ったままの俺に届くのは、ゼルファさんの笑い声。

不思議と鳥の姿でもゼルファさんの声は心地よく響く。

時折、旋回して風に乗り直し、翼を使って浮遊し、目的地へと向きを変える。

空の旅とは言い得て妙だと思うほどに、俺はいつしかこの旅を楽しんでいた。

前回のヘレニアの森行きでは楽しむ余裕などなかった。あの時は、特に帰りなどは、ただ目的地にどれだけ早くたどり着けるかだけを考えていたのだから。

着地の衝撃は少なく、少し走りながら減速したゼルファさんがその場に停止した。すぐに瞬く光に覆われた俺は、人型に戻ったゼルファさんの背に負われた形となる。

ゼルファさん曰く、その状態から降りるほうが安全だからと言うけれど、子供のように背負われた姿は自分では見たくない。

「今度降ろしてくれる時は鷹の姿のままでいいですから」

「わかった。善処しよう」

まるっきり俺の希望を無視するような返答は、どう聞いてもからかい交じり。

俺はすねたようにそっぽを向いて、あたりの景色へと視線を走らせた。

「結構急な斜面ですね。しかもこの山、かなり高そうに見えるけど、もしかしてここって飛んでこないと来られないとか？」

「そうだな、登れても中腹あたりまでか。そこから先はかなり険しいから、歩きでは無理かもしれないな」

「ですよね、もしかしてあれは家か何かでしょうか。よく見えないけど」

肩を引き寄せられながら二人そろって眼下を眺めれば、山裾に何か小さな赤い点が見えた。緑の中にあったから、かろうじて家じゃないかと判別はできたけれど、かなり小さい。

高地だからか、木々は少なく、どちらかというと膝下までの雑木や草が多い。ゴロゴロとした小さな石に滑りそうになりながらあたりを見渡していると、山肌を伝って風が吹き上げてきて、俺達の髪を乱して通り過ぎる。

思ったより冷たい風に、俺はぶるっと肩を震わせた。高地特有の冷たい空気には土と緑と水の匂いが入り交じっている。

耳に届くのは、風の音ばかり。

「ゼルファさん、どうしてここに？」

「君に見せたいものがあってね」

ゼルファさんが俺の手から荷物を取って肩に下げ、俺を手招いた。

傾斜のきつい斜面を戸惑いながらついて歩く。足元は露《つゆ》を湛えて地面を這う高山植物が多く生え、小さな木が赤い実をつけていた。その向こうでは雪解け水が細く岩場の間を流れ落ちている。

ふと背後を見上げれば、岩がせり出しているような頂《いただき》があった。

「ここはまだレオニダスですよね、この山はどのあたりですか？」

「東北部の山岳地帯に近い山だ。もっと北に行けば、ドラグネアとの境になる山脈があるが、ここはそこまで遠くないし高くもない」

頭の中の地図がだいたいの位置を指し示すが、今一つはっきりしない。多分東のヘレニアの森よりは王都に近い北方だろう。

そんな俺に自然に手を伸ばして肩を引き寄せたゼルファさん。なんというかそれに慣れてしまった自分にも驚く。ゼルファさんはあそこが目的地だと指をさす。

「あれは？」

見えたのは視界を埋め尽くすように咲く白い花。低木の小さな葉の中に、丸みを帯びた五枚の花弁を持つ花が咲きこぼれていた。

「あの花の香りがわかるかい？　ちょうど風向きが変わったから」

「え、あっ、この甘い香りは」

「そうだ、あれがシャクヤの花だ」

確かに甘く、けれどもそれはほどよい甘さで心地よい香りがする。

くんくんと思わず鼻を鳴らしてしまうほどの香りは、比較的嗅覚の優れた熊族である俺だから嗅ぎ取れているのかもしれない。

「小さな花なんですね。それに、あまり強い香りでもない。だけど、ひどく印象的な香りです」

「だろう？　俺の故郷の村では祝い事や日常の中でもよく使われる花なんだ」

「確かに、ゼルファさんが使っている香水の香りですね。生花の自然な香りをここまで忠実に再現されてるのはすごいな」

「ああ、そうだな。この香りはアーデにも似合うと私は思うよ」

「そうですか、だったらうれしいですね。この香りは俺も好きですから、今度同じ香水探してみようかな。医師はあまりそういうものをつけることができないから、一人で楽しむだけになりそうですけど」

「ならば、私と会う時につけてくれるとうれしいな」

ゼルファさんがうれしそうに笑い、俺も微笑む。誰だって自分が好きな物を好きだと言われたら嬉しいだろうなと思ったから。

「今度街に出た時に、お店を教えてもらえますか？」

「店か……そうだな。あれを買ったのは露天商でね。まだあればいいんだが、もしなければ私の物を君にあげるよ」

「いえ、そんな」

ふっと笑みをひそめたゼルファさんが背をかがめ、俺を覗き込む。

見つめる強いまなざしに、俺の胸が大きく鳴った。息がしづらいほどの緊張感が俺を襲う。

「ゼ、ゼルファさん？」

思わず呼びかけたら、不意にゼルファさんが笑いかけた。その途端に緊張は解れ、息がしやすくなる。

「アーデからあの香りがすると食べたくなってしまうかな？」

「まさか、俺なんて美味しくないですよ。というか、ゼルファさん、お腹空いたんですか？」

からかい気味に言われたから、俺もからかい気味に返す。確かに俺もそろそろお腹が空いたかも。出発した時は午前中で、なんだかんだ言ってもう太陽は高い位置にある。

「弁当でも食べるか。あっちのほうなら日当たりもいいし、少しは暖かいだろう」

「えっ、もしかしてそれってお弁当ですか？」

放牧地で持たされた荷物、思ったよりも重かったそれは今ゼルファさんが目の前にかざすようにぶら下げていた。


「空の旅と言っただろう？　当然弁当持ちだ」

「それって携帯食じゃ」

「ちゃんとした弁当だ。遠征でもないのに携帯食はないだろう」

「あっじゃ本当に」

「もっとも弁当屋のできあいのものだが。美味いと評判だから買ってきた」

「うわ、ありがとうございます。何もかもゼルファさん任せで、申し訳ないです」

「何を言ってるんだ。私が無理やり連れ出したようなものだろう？」

「それでもです」


ゼルファさんが示した場所は確かに日当たりがよく、暖かい。

幸いちょうどいい岩があって、そこなら風も遮られ、尻も濡れそうにない。もっとも、ちゃんと防水の敷布を出してくれるのがゼルファさんなんだけど。


だけど取り出された弁当を見て、思わず吹き出しそうになった。

「これっ『チカが愛情こめて握りましたおにぎり屋』の……」

「ああ。急いだのと、私も好きなところだからなんだが」

そうだったと今更ながら気がついたように苦笑を浮かべるゼルファさん。

まあ確かにこの店は城下に多い。

「いえ、別に俺も好きですよ。忙しい時には買いますし。ただなんかこういうところで母の名前を見ると、母のなんとも言えない顔が浮かぶというか。いえ、美味しいんです。味もいいです。名前だけどうにかならなかったのかなといつも思うだけで、本人もいまだに必死の抵抗を続けてはいるんですが……」

なんだか訳のわからない言い訳になってしまったが、この名前を気にしないのはベルクぐらいだろう。他の兄弟はなんとも言えない表情でこの名前を見てしまうのだから。

ただ母さんの味の再現性は高く、結構美味いのは確か。だからか、俺もこの弁当は好きだ。母さんには悪いけど流行ってよかったと思う時もある。まあ母さん本人には言えないけど。

互いに感想を言い合いながら食べるお弁当はとても美味しく感じた。

やはりゼルファさんは話し上手だし、医療関係者でない人と共に食べるのはずいぶんと久しぶりだ。ルクスの店には一人で行くことが多いし、最近家族もそれぞれが忙しくてなかなか時間が合わない。

そういえば、ルクスにゼルファさんと二人でいたところを見かけたとからかわれたことを思い出す。

「本当にかっこいい人だったね。アーデせんせと並ぶとかっこよさの暴力って感じで周囲からの視線を二人じめしてて驚いちゃった。鷹族でもあそこまで立派な翼を持った人は初めて見たんだけど、何よりアーデせんせとお似合いすぎてちょっと妬《や》いちゃった」

とからかうような口調でルクスが言った途端に、店主ができあがった料理をカウンターにぶちまけて大騒ぎになったことも同時に思い出す。

おかげでそれ以上、ルクスにからかわれることはなかったが。

ルクスも妙なことを言うものだと思う。ゼルファさんと俺が並んでお似合いとか目でも悪くしてるんだろうか？

「弁当は口に合ったようで何よりだが何か考えごとでもしているかい？　いや、それより、思ったより気温が低いな」

「え、ああそうですね、まだ昼すぎなのに」

言われて空を見上げれば、太陽が傾いた分だけ影の部分が多くなっていた。確かに少し肌寒いなと、見上げながらぼんやりと考えていると、突然傍《かたわ》らから光が溢れる。

それが獣型に変化する時の光だとなんとなく眺めて、なんでだ？　と遅れて疑問が湧いてきた。

「えっ、ゼルファさん？」

『どうした、この姿を〈観察〉するために来たんだろう？』

「えっ、あっそうでした。でも、えっ？」

戸惑う間なんてなかった。

すっかり観察の約束など忘れていた俺は、鷹の姿になったゼルファさんを呆然と見上げた。しかもそんな俺を、翼で覆うようにしながら彼はやや強引に引き寄せる。

「いや、ちょっと近すぎて見られない。あの、尾羽とか見たくて」

『離れると寒いだろ、このままでも観察はできると思うが』

「そうですけど、ちょっと遠くからでも。……ああ、じゃ、そのままで……」

とりあえずそこに立っていてほしいとお願いする。

俺の頭より高い位置にある大きなくちばしの向こうから向けられるまなざしは鋭いけれど優しい。

鳥の顔の表情は読み取れないけれど、なんだか苦笑されているような感じがする。

その足元、太い脚の先にある爪は大きく、巨体を十分に支えるだけの力があるどころか、小さなものなら踏み潰してしまいそう。

鳥族と言えば全体的に弱々しい印象なのに、猛禽類《もうきんるい》である鷹族ならではの凛々しい姿は、他の鳥族とは一線を画している。

背からすらりと伸びて地面近くまで伸びる尾羽は、翼に劣らず綺麗な紋様付き。

「翼の骨、すごく大きくてこれはきっと一本一本の骨の構造が太さはあってもきっと軽くて……。って、えっちょっ」

広げてもらった翼が俺を押す。

たたらを踏んで抗議の声を上げたが、そのままますっぽりと翼と胸元の間へと包まれてしまった。

『風が強くなった』

「だからって……。うっ……何これ、ふわっふわだ。

ゼルファさんの羽毛、なんだかすごく温かくて気持ちいいです」


その場に座ったゼルファさんの胸から腹を覆う羽毛はふわふわで、俺の身体が半ば沈んでしまう。

空の上で感じた温かさと同じ、じんわりとぬくもりに覆われる感じは心地いい。

確かに温かい、温かいんだけど。

だが、ゼルファさんに抱き寄せられる感覚は慣れない。

緊張して縮こまっていると、ゼルファさんの喉元が俺の頭の上にのせられた。重くはなく、ただのせられているだけ。

それだけの体格差があるし、こうなってしまうと俺はもうここからは逃げられない。押したぐらいでは動きそうにない翼は、これほどの巨体を浮遊させるだけあって大きく、俺を完全に包み込む。

羽根にそっと触れると、なめらかで気持ちいい。上に手を伸ばせば、大きくて硬いくちばしが、戯れのように俺の手のひらを突いてきた。

とても硬くて、丈夫そうで、大きいくちばし。そのくちばしが俺をもっと奥へ来いとばかりに誘い込む。

包み込まれた分、首筋から背中のぬくもりが強くなる。なんだろう、生き物のぬくもりというのはこんなに気持ちよかったたっけ。

まるで温泉にでも入ったかのような温かさに身体が勝手に弛緩して、脱力した手がぽすっと羽毛の中へと埋もれてしまった。


「ゼルファさんは寒くないんですか?」

『元々が高地暮らしだからね、寒さには強いようだ』

「ああそうでしたね、やっぱり生まれ育った場所の影響って大きいんでしょうね」


緑深いヘレニアの森でも、冷気漂う高山でも、空の旅の時にも感じていたぬくもり。

今も俺を覆うようにして暖をくれるゼルファさん。ものすごく安心できるのは、彼の優しさもあるからだろうか。

今日も俺のことを思ってだろう、こんなところまで連れてきてくれたのは。

ゼルファさんに言われる前から、休めとみんなに言われてはいた。今日だって本当は休日で、俺が無理やり出勤していただけ。派遣されて来ているから、彼らも強くは言えなくて、仕方ないと諦めて受け入れているのは知っている。
そんな俺に休めと、気分転換に連れ出してくれるのは、いつもゼルファさん。
部屋に押し込んでも、きっと起きて勉強すると見越して、仕事から切り離すために連れてきてくれた。
それは彼の優しさだ。強くて逞しくて、そして俺の気持ちを伝えておかなければならない人。

「ねえゼルファさん」

心地よすぎるぬくもりの中、込み上げてきた睡魔に囚われかけながら、俺は頭上のゼルファさんに話しかけていた。

「俺、本当はもっと騎士団にいたいんです。あと数日しかない、なんて考えたくなくて。けれども実際はあと少ししかいられなくて。だから、どうしたらいいかってそればっかり考えてしまって」

気がついたら眠れず朝を迎えることもある。
それはここ数日顕著で、だから考えないようにしたくて、学術書や論文、気になることを調べて気を紛らわせていた。
そうすれば、いつかは眠れるから。

「俺、祖父達のこと好きですし、なぜ反対されているのかその理由ももちろんわかっているつもりです。それでも俺は頑張りたい。ねえ、ゼルファさん」

本当は自分でなんとかしないといけないとわかっている。だけど弱い声音のままにつぶやく言葉は止まらない。

「俺、騎士団にいたら駄目ですか？」
『いや、アーデは騎士団に必要だ』

だから、しっかりとした口調で返されて、俺は温かな羽毛に埋れたまま微笑んだ。うれしくて、ほっとして、彼に言われたことがとても幸せで。

太陽が雲に隠れてしまい、風が更に冷たくなってきた。

それでもゼルファさんの中は暖かく、だからかぼうっとしてしまう。どこか夢見心地のまま、睡眠不足もあったせいか、睡魔に襲われた。

さすがにここで眠るのはと頭を振るが、ぬくもりの心地よさに抗えない。

「ゼルファさん、俺……」

『アーデ、君は疲れているんだ。もっと私に身体を預けなさい』

何を話そうとしたのか、途切れた言葉の先を続けられない。しかもゼルファさんのくちばしがそっと俺の頬に触れる。あやすように撫でる動きも心地いい。

見上げる先で、ゼルファさんの空色の瞳が笑っているようで、俺も笑い返したところまで覚えている。

ゼルファさんのそばはただもう気持ちよくて、強い睡魔に逆らうことなどできなかった。


次に気がついた時、空の色はゆっくりと橙色に変わり始めていた。

「ゼルファさん……俺、寝てました？」

『少しだけだ、もっと寝ていても大丈夫だが』

「えっと、すみません。俺、もう大丈夫ですから」

慌てて身体を起こしてみたが、座ったまま眠っていたにもかかわらず、身体は少し強張っていたぐらい。肩や首の痛みもなく、それどころか楽になっているような。

何より、やっぱりこのぬくもりから出ていきたくないような……極上の寝具に包まれている気分になっていた。

だが太陽の傾き具合からして、いつまでもここにいては帰り着くころには真っ暗だ。

「そろそろ帰りますか。遅くなりそうです」

『……そうだな。今日は早く帰す約束だったたな』

「……そうですね」

そんな約束をしたことを後悔することになるとは、あの時は思わなかった。

行きの時と同じように、ゼルファさんの背に乗せてもらう。

浮遊感の後、滑るように空を飛んでいく。

向かうのは西南にある王都。


『アーデ、君は騎士団にとって必要な存在だ。私もそう思う』

「そう言ってもらえると本当にうれしいです」

『だが、それだけでは駄目なのか？　君は遠征への従軍を希望しているとも聞いている』

「あっ、やっぱり知ってたんですね……。あの夜のあの経験が俺に覚悟を決めさせてくれました。俺は、俺にできることであなた達の助けになりたい」

『……それは君じゃなければいけないのか？　本当に君でなければ……』

突然ゼルファさんの声のトーンも身に纏う雰囲気も変わってしまう。

さっき俺を騎士団に必要と言ってくれた人とは別人のように。

「それは……技術的に不安な部分はあるかもしれませんが、経験や年齢を考えれば俺は最適な人材の一人だと自負しています」

『そうじゃない、そうじゃないんだ。……やはり、君の決意は固いようだな』

「すみません。ゼルファさんが言いたいことがよくわからなくて……。危険な任務であることも理解はしています。ですが、足手まといには――」

『違う！　そうじゃないんだ……。いや、大声を出してすまない。――君の意志を尊重してやりたいが私にはそれが……』

突然ゼルファさんから発せられた声に俺は何か間違ったことを言ってしまったのかと身体がびくりと震えてしまう。

自分のような者が遠征についていくなどやはり不安要素になるのだろうか……。

大きな声に驚いてしまい、一瞬風の障壁が乱れたことでゼルファさんの声を最後まで聞き取ることはできなかった。

「ゼルファさん、……俺は騎士団にいたいんです。皆の助けに……」

だから、少なくとも反対されないだろう言葉を紡ぐ。

『ああ、そうだな』

言葉少ななゼルファさんに悲しくなる。

なんとなくこれ以上言葉を交わすことが怖くなって、俺は口を閉じた。

ゼルファさんも俺と同じように黙って空を飛翔する。

空は次第に闇の色が強くなり、あたりも薄暗くなっていく。

視線を巡らせば、遠くの地平線から銀の大きな月がその姿を現そうとしていた。ゆっくりと昇ってくる月は、すぐに小さな朱の月と共に俺達を追いかけてくる。

その代わりに太陽が地平線へと沈み、世界は深い闇の色へと変わり、遠くに王都の灯りが見え始める。

その時にはもう広い草原で俺たちの帰りを待つアーヴィスの姿が夕闇の中でもはっきり捉えられて、直後俺達は静かに地面へと降り立った。

胸の奥で発したい言葉、問いたい疑問が澱《よど》みのように溜まり、喉元まで出てきている。

俺の決意、俺の思いをゼルファさんにも応援してもらいたい。

だけど結局俺がその言葉を口にすることはなく、ゼルファさん自身もその後の口数は極端に少なくなってしまい、それは別れるまで続いた。

❋❋❋

先日のベルクとの話し合い、それとゼルファさんとの一件があったから……というわけではないが俺は今日時間を作ってゲイル父さんの実家、フォレスター家へと向かっていた。

今までのこと、そしてこれからのことを一度きちんとバージル爺ちゃんとリカム婆ちゃんへは話しておいたほうがいいと思ったからだ。いや、今までそれに気付いていながらあえて逃げていた自分にケリをつけたかったという思いもある。

貴族の邸宅が立ち並ぶ閑静な地域を抜けた先に、フォレスター家の邸宅は、家主の気質を示すように無骨で簡素に佇んでいた。それでも広い庭の木々や花々には庭師の手が入り、無骨な館と見事な調和を見せている。

幼いころから何度も訪れた家、兄弟で泊まったことだって何度もある。

だけど、今はひどく緊張していてその足取りは重い。

だが、意を決して俺は呼び鈴を鳴らす。

すぐに顔を見せたのはこの家の全てを取り仕切る執事のセバスチャンだ。

「アーデ坊ちゃま!?　どうなさったのですか？　いらっしゃるのであれば先にご連絡をくだされればよろしいのに」

「うん。突然来てごめんね。爺ちゃんと婆ちゃんいる？」

「お二人でしたら先ほどまで来客が……。いえ、客間にいらっしゃいますよ。ただお客様がお帰りになったばかりで片付けが」

「俺が突然来たんだから気にしないで、入ってもいいかな？　二人に話があるんだ」

「もちろんでございます。すぐにお茶をお持ちいたしますのでどうぞ中へ」

相変わらずのセバスチャン。きっと、俺が来た理由も何もかも全てお見通し。

頼もしいけどたまに怖くなる。爺ちゃんの前の代からこの家に仕えているという自称熊の獣人。

そんなセバスチャンに促されるまま俺は客間の大きな扉の前に立ち、軽く扉を叩く。

「爺ちゃん、婆ちゃん、俺だけど入ってもいい？」

「アーデ!?　ああ、早く入りなさい」

扉の奥から聞こえてきたのは、僅かな驚きが混じるリカム婆ちゃんの声。

俺はそのまま扉を開けて中へ入る。

そこには立派なソファに腰掛けたバージル爺ちゃんとリカム婆ちゃん。

バージル爺ちゃんはゲイル父さんとよく似た厳つい顔を更にしかめて、全身から穏やかな気配を発するリカム婆ちゃんはその目を細めて、俺を迎えてくれた。

そして、ふと気付く。二人に対面する形でテーブルの上に飲みかけのお茶が入ったカップがあることに。

そこに残るのはわずかな香り。高地に咲くという白い花。それはシャクヤの花の香水を愛用しているあの人がさっきまでここにいたという証。

「さっきまでちょっと騎士団関係者が来ていてね。ほら、立ってないで座りなさい。話があるんだろう?」

バージル爺ちゃんの溺愛ともまた違う、リカム婆ちゃんの常に穏やかな孫への接し方。どこか母さんに似ているなと思うことがたまにある。

俺は促されるままソファに腰をかけ、すぐに本題へと入った。

「うん。爺ちゃん、婆ちゃん。多分もう気付いてるよね、どうして俺がここに来たのか。だから単刀直入に伝えるよ。俺は騎士団の分院で働きたい。それに、騎士団の遠征にも同行したいと思ってる」

「騎士団や医務局ではなく、ここにそれを言いに来たということは、もうわかってるんだね。バージルが裏で手を回して、アーデにいろいろと干渉してきたことを」

「薄々……というか、はっきりと確信したのは今回いろいろな事件があってから、ベルクからも話を聞いて、ああそうなんだって」

「だそうだよ、バージル。何か言うことがあるんじゃないかい?」

「……わかっている。儂《わし》とてアーデを思い悩ませることは本意ではない。今までしてきたことは……、アーデのためと思っていたがやりすぎたという自覚はある。アーデ、すまなかった」

爺ちゃんが俺に向かって頭を下げる。俺は慌ててそれを止めた。

「謝る必要はないんだよ爺ちゃん。俺はうれしかったんだ。爺ちゃんが俺のことをこんなに大事に思ってくれてるって。それに俺が婆ちゃんと同じ『アニムス』なのは変えようのない事実だから」

「ならば、それがわかっていてなぜだ！　騎士団の専属医師という件はともかくとして、遠征に同行するのがアニムスのお前である必要はないはずだ。それでなくともアニムスは数が少ない。差別をするつもりはないがお前は騎士であるリカムともまた違うんだ」

バージル爺ちゃんからの力強い言葉。純血種の熊族、俺みたいな中途半端な熊族とは違うその圧倒的な獣気に気圧《けお》されそうになるがそれも一瞬だった。

「バージル。それについては散々もう話し合っただろう？　孫可愛さ故のアーデへの干渉にはこれまで目を瞑ってきたんだ。だが、これはアーデ自身が考え抜いた上での望みであり、アーデの将来に関わることだと納得したんじゃなかったのか？」

同じ熊族なのにリカム婆ちゃんはいつも笑顔を絶やさない。その細い目は俺達孫を祖父達とは違った温かさで見守り続けてくれている。

「元々医師不足から、地方への派遣と医師の育成が優先事項だと考えたのは騎士団全体の総意だったんだ。


チカ殿は従軍医の必要性をわかっていたけれど、貴重な医師を騎士団で独占すること、ましてや危険な場へと連れていくことなど、望むべくもなかった。それを自分の孫であるアーデ、お前が気付き、こうして行動に移してくれていることが俺はとてもうれしいんだ。アーデ、お前は俺の誇りだよ」

「それは儂とて同じだ。だがそれでも割り切れないものはある」

目の前の祖父母の気持ちを本当にありがたいと感じる。確かに過保護だと思う部分もあるけれど、それであっても俺の気持ちをくみ取り、誇りとまで言ってくれる人達。

「それは……。確かに俺は婆ちゃんみたいに爺ちゃんのそばで共に戦うことはできないよ。だけど俺にも守りたいものがようやくできたんだ。討伐部隊の騎士達と一緒に過ごすうちに……、怪我を隠してこっそり討伐に出るような問題児もいるけど、今は彼らを家族のように感じてる。だから、俺が彼らのことを守りたい。そう思ったんだ」

静かに扉を開けて入ってきたセバスチャンがお茶を淹れたカップを目の前に置いてくれる。喉はカラカラだった。自分の思いを他人に伝えるというのはなかなか勇気のいることで、セバスチャンが淹れてくれた柔らかい甘さのある果実のお茶が喉に染み入る。

「子供の成長というのは早いものだね。この間までこんなに小さかったのに、もうすっかり大人になってしまって。うれしいことではあるけれど、少し寂しくもある。ゲイルの時にも同じことを感じたはずなのに不思議なものだと思うよ」

「リカム、感慨深いのは儂も同じだが、お前は本当にそれでいいのか!? アーデが危険な目に遭うかもしれないんだぞ」

「それは俺だってお前と同じ気持ちさ。アーデにはこの王都で医師として命の危険なんて感じることなく、安全に暮らしてほしい。だが、同じ孫であるリヒトやベルクは騎士として己の選んだ道を己の意志で歩んでいる。だからこそ、俺はアーデの願いを叶えてやらなければならないと思うんだ。アーデを鳥籠に囚われた鳥にしてはいけない」

「婆ちゃん……」

ゆっくりと諭すような婆ちゃんの口調は俺の胸に染み入っていく。

それは爺ちゃんも同じようで、理解はしているけれどどうしても譲れない何かが見え隠れする。

「もちろんアーデはあの子達とは違う。戦いや命のやりとりというものを知らない。アーデ、決して無理をしてはいけない。命があってこそなすべきことができるんだ。言っている意味はわかるね？」

俺は大きく頷いた。

自分を知れと、どこまでできて何ができないのかを見きわめろと。そして、俺を助けてくれる人達を頼れと婆ちゃんは言ってくれている。

そんな気がした。

「そこまで言われて反対すれば、儂はただの頑固爺ではないか。本当はお前をどこにもやりたくない。この気持ちに変わりはないが……、アーデ、絶対に危ないことをするんじゃないぞ。お前はチカ殿から医師としての強い志や精神を受け継いでいる。だからこそ、儂は危うさを感じてしまうのだ」

「約束するよ。騎士の皆の言うことを聞くし、絶対に無茶はしない。俺だって自分の命は大事だから」

俺の言葉に小さくため息をついて、バージル爺ちゃんは目頭を押さえる。

「その言葉が一番信用できないと、ゲイルとダグラス様がよく言っていたのを思い出す。チカ殿は自己犠牲と献身があまりに強いと。アーデ、儂はお前のことを信じているからな。お前もベルクも他の兄弟達も皆儂にとって命よりも大切な存在なのだ。どうか忘れないでくれ」

そう言って爺ちゃんは立ち上がって俺の頭をぐしゃぐしゃと撫で回す。

「ちょっと爺ちゃん、痛いって」

「大事な孫との触れ合いだ。これぐらいは許せ。さて、儂がいては話しづらいこともあるだろう。あとはリカムとゆっくりしていくといい。どうも、お前は人のことには気が回るくせに自分のことにはだいぶ無頓着なようだからな。そういうところもチカ殿によく似ている」

そう言って爺ちゃんは部屋を出ていってしまった。

正直その心遣いはありがたかった。

婆ちゃんにしか聞けないことを俺は聞いておきたかったから。

「やれやれ、好き放題言って勝手な奴だな。多分あの様子だと理解はしていても納得はしていない。近いうちにゲイルとベルクを誘って山で暴れ回る姿が目に浮かぶよ」

「何それ、どういうこと？」

「おや、アーデは知らなかったのかい？　あの三人はよく似てるだろう？　何か鬱屈したものが溜まったり、それを発散したい時は領地の山へと獣体で分け入って暴れ回るんだ」

「嘘だろ……」

　その様子を想像して俺は絶句する。

「おかげでうちの領地の山々の治安はとても良くてね。凶暴な魔獣が出ないと狩人からも評判で……」

「いや、わりと衝撃の真実というか。婆ちゃんは混ざらないの？」

「俺ではあの三人にはついていけないよ。さて、アーデ。俺に話があるんだろう？　熊族の『アニムス』である俺に」

　婆ちゃんの声のトーンが少しだけ変わる。

　どうしてうちの親族はこうも察しがいいのだろうか？

　俺は観念して正直な思いを伝える。

「そんなに俺ってわかりやすいかな？　優しい家族に囲まれて、何不自由なく育って、今も俺のわがままを皆が聞いてくれているのに、どうしても心にわだかまりが残るんだ」

「アーデのこれはわがままではないよ。だから、なんでも言ってごらん。俺とアーデでは同じところはあっても立場も置かれている状況も違う。どこまで俺の言葉がアーデの求めているものになるかはわからないけど、大事な孫のことは俺も知っておきたいからね」

「ありがとう、婆ちゃん。じゃあ、率直に聞くよ。婆ちゃんは自分が『アニムス』であることを嫌だと思ったことはないの？」

　正直、とんでもないことを聞いている自覚はある。己の存在意義について否定するようなことを俺は問いかけているのだから。

　だけど婆ちゃんは俺の質問に嫌な顔を一瞬たりとも見せず答えてくれた。

「あるよ。それも一度だけじゃない。物心ついて、自分がアニムスだと知ってからそれが重荷でしょうがなかった」

「それは、婆ちゃんが騎士になりたかったから？　それとも熊族だから？」

「どうだろう……その両方かもしれないね。大型種の身体にもかかわらず俺はアニムスだった。自然と筋肉はつくし、特に鍛えていたからなおのこと。世間一般のアニマが求めるアニムスではないのに、自分は子をなす身体。抱かれる身体なんだと思うとやりきれないこともあったよ」

「それは俺も同じかな……。婆ちゃんほど鍛えてはないけど。アニマだったらいいのにとか、アニムスであることがもったいないっていう、そんな相手の軽口すら上手く受け流せないんだ」

婆ちゃんとの間に僅かな沈黙。それは俺達二人にしかわからない悩み。

セバスチャンがタイミングを見計らったかのようにやってきてお茶を新しいものに替えてくれる。

「だけど、俺はバージルと早くに出会ってしまったからね。俺はアニムスだけど獣性は強いほうだから、一目でバージルが『番《つがい》』だとわかってしまった。辛かったのはむしろそれからかもしれない」

「なんで？　『番』だったら、無条件で爺ちゃんは婆ちゃんを愛してくれるはず。それは爺ちゃんに抱かれることに抵抗があったってこと？」

「おいおい、アーデ。ずいぶんと直球を投げてくるじゃないか。孫とする話じゃない気もするが……それは違うんだよ。なんで俺みたいなのがあの人の『番』なんだろうって、俺がアニムスじゃなければあの人にはもっといい人がいるはずだとずっと考え悩んでいたんだ」

「婆ちゃんは爺ちゃんが好きだったんだろう？　それでも？」

「アーデ、その答えはお前が一番よくわかってるんじゃないのかな？　『番』であることは俺にとってはむしろ呪縛だった。俺みたいなアニムスがあの人を好きになってはいけない。あの人のそばに俺はふさわしくない。俺とではあの人は子が望めない。そんなことばかり考えていたよ」

その言葉で脳裏にゼルファさんの姿が浮かぶのは婆ちゃんの言葉が核心をついていたから。

俺はあの人に惹かれている。

その自覚がもう俺にはあった。

だけど、俺はアニムスである俺自身を受け入れることができない。

だからこそ、同じアニムスである婆ちゃんを頼った。

「その表情だと、アーデも俺と同じ悩みを抱えているみたいだね。だけど、俺はそれに正解となる答えをあげられないよ。アーデと俺では状況も違う。俺はバージルに半ば押し切られて……いや、バージルに救ってもらったようなものだから」

「わかってるんだ。婆ちゃんと俺では獣性も違う、生き方も違う別の存在なんだって。それに婆ちゃんと爺ちゃんは『番』っていう強い絆がある。だけど俺には……」

「アーデ、そこだけは間違ってはいけないよ。『番』は確かに惹かれ合う存在だ。だけど、その相手を好ましいと思っていなければたとえ『番』であろうと俺は受け入れない。お前の両親を見てごらん、もしあの三人が『番』という絆で結ばれていなかったとしたら何かが変わったと思うかい？」

婆ちゃんの言葉が母さんの言葉と重なる。

たとえ、父さん達が『番』でなくても自分はきっと二人を愛したと幾度となく言っていた。

「アーデ、自分のことが嫌いなんだね？　アニムスである自分が嫌でたまらない。そうなんだね？」

婆ちゃんの言葉に返事ができない。

それは、本当のことだから。

「俺にはそれがわかるよって偉そうなことを言ってしまうけれど、俺達にしかこれはわからない。だから、可愛い孫に俺は伝えたい。アーデ、自分を好きになるんだ。アニムスであるアーデをお前が認めてやるんだ。アニムスだろうとアニマだろうとアーデの価値が変わることなんて決してない。俺が保証するよ。アーデは俺の自慢の孫だ」

気がつけばポタポタと目から雫《しずく》がいくつも零れていた。

それがズボンにいくつもの染みを作っていく。

ああ、そうか。俺は誰かに俺を認めてほしかったのか……。アニムスであってもいいんだと誰かに言ってほしかったのかもしれない。

　気がつけば婆ちゃんが俺の前に立っていた。


「あんなに可愛かった小熊がこんなに大きくなって、今まで辛かっただろう。もっと早くに俺が……」

「そんなことはないよ。多分、今だから婆ちゃんに聞けたことなんだ。ありがとう婆ちゃん。俺も婆ちゃんの孫で幸せだよ」

「やれやれ、お前達は皆俺にはできすぎた孫達だ。リヒトも、ヒカルも、スイも、ベルクもアーデも全員が俺達の誇りだ。こんな幸せを俺達にもたらしてくれたチカ殿には本当に感謝しなければいけないな。きっとチカ殿もアーデ、今の俺と同じ気持ちのはずだ。だから、自由に思うままに自分を愛して生きるんだ」

　いい年をして恥ずかしいけど、涙はぼろぼろとその勢いを増ししばらく止まらなかった。

　そんな俺を婆ちゃんはずっと抱き締めてくれていた。


　婆ちゃんに話を聞いてもらって、俺の中にわだかまっていたものはだいぶすっきりした気がする。だからと言って、全てをいきなり受け入れられるわけではない。

　泣きはらした目がそうだとわからなくなるまで婆ちゃんに最近の俺の仕事の話に付き合ってもらった。

　夕食を一緒にと誘われたが、あんな話をした後で爺ちゃんも交えてとなるとなんだか恥ずかしくて、断ってしまったが小腹は空いていた。

　そうして、ルクスのいるあの馴染みの店で俺は遅い夕食をとっていた。

　残っているのはいつもの常連客ばかり。美味い食事に美味い酒。

　婆ちゃんと話して、俺の中でいくつにも分かれていた俺自身が少しその距離を縮めた気がする。だからこそ妙に酒が進んだ。

　その勢いで暇そうにしているルクスに声をかけてしまった。


「ルクス」

「ん？　どうかした？　アーデせんせ？」

「もし、俺がアニマでルクスのことを好きだと言ったらルクスは俺の恋人になってくれたかい？」

厨房のほうで盛大に何かを落とす音がした。

そして常連達の様子が何やらおかしい。

「ちょ、急にどうしたの？　何かあった？」

「まぁ、いろいろと。正直自分がアニムスだってことから今まで逃げてきたからね。アニムスらしいアニムスのルクスにも助言をもらおうと思って」

「なんだ、そういうこと。びっくりするからやめてよね。えっとね。とりあえず質問の答えは恋人にはならないと思う」

俺の酔っ払った勢いでのくだらない質問にルクスはなぜか真剣に答えてくれる。

「僕はせんせのことは好きだけどそういう好きじゃないからね。もし、そういう好きだったらせんせがアニムスだって関係ないもん」

「そういうものかな」

「うーん。人それぞれだとは思うけど、僕に限ってはそう。アニマとかアニムスとか僕の中ではあんまり意味のあることじゃないんだ。確かに、アニムスが大型種のアニマに惹かれるっていうのは事実だよ？」

「そうだな」

「だけど、僕はこれっぽっちもそんな気持ちは湧かないから……」

それは過去のトラウマがいまだにルクスの心を苦しめているという証。

「そんな僕でもこの人ならって最近思える人ができたんだ」

「それは初耳だ」

「うん。その人は僕が一番苦手な、身体が大きくて獣性がとっても強い大型種のアニマ。だけど、誰よりも僕に優しくて、美味しい料理を作ってくれて、僕の身体のことをいたわってくれるんだ。すごく不器用なんだけどその不器用さがまた愛おしくって」

「おいおい、ずいぶんのろけるじゃないか」

「そっ、ちょうどいい機会だからね。だから、人を好きになるってアニマとかアニムスとか獣性が強いとか弱いとかそういうことだけじゃないんだなって。まぁ、その人が僕の気持ちに気付いてくれてるかはわかんないんだけどね」

ルクスがちらりと厨房へと視線を送った。

ああ、なるほどそういうことか。

「というわけで、マスター。鷺族って嫌い？　自分で言うのもなんだけどわりとこれでももてるほうなんだけど、ちょっと翼が傷物だけどそれでもよければ――」

「そんなことは関係ない！！！！」

厨房から飛び出してきてルクスを抱き締めたのはあの強面の猪族の店主。その身体にすっぽり収まるほどにルクスの身体は小さいけれど、大型種のアニマである彼に抱き締められても恐れている様子はどこにもなかった。

ああ、そうか。

人を愛するっていうのはこういうことなのか。

店の奥では常連達が祝杯だ‼　と皆で高い酒を勝手に杯についで乾杯をしている。

俺もそれに合わせて密かに目の前の二人の前途を祝して杯を高く掲げた。

そんな一幕が馴染みの店で繰り広げられた翌日、少し早めに出勤をする。

少し早めに出勤した理由。それは病院長のところへ向かうためだ。バージル爺ちゃんの説得がすんだことを伝え、正式な異動を願い出るためだ。

だが、俺の意気込みとは裏腹に、すんなりと俺の騎士団分院への異動は決まった。

戸惑う俺に院長は苦笑いを浮かべながら答えてくれた。

そろそろ本腰を入れて、騎士団の問題に対処しなければと母さんと動き始めるところだったそうなのだ。

そこへちょうど現れたのが俺。ネックとなっていた過保護の祖父という問題も解消された今、俺の申し出は渡りに船だったと。

「アーデ先生、私達は本院から貴重な医師を、それもとびきり優秀な医師を騎士団のために手放すことになるのです。この意味はわかりますね？　こちらの人員の調整は私がどうにかしますから気にする必要はありません。ですから、君はあちらで君のもてる限りの力を振るい、自分がなすべきことをなしてください。君自身のために、そして騎士達のために」

「……っ！　はい！　ありがとうございます！　王立医務局の医師として恥ずかしくない働きを騎士団でも必ずします！」


そう答えると院長は満足げに頷いて、「さあ患者が、アーデ先生を待ってますよ」と部屋から俺を送り出してくれた。

そうだ、俺はもう今この時から騎士団分院の医師なのだ。

そう思うと、気分は高揚してくる。

もちろん、この病院で働くことにやりがいがなかったというわけではない。

だけれど、もう俺の中で俺の居場所は騎士団なのだ。

頭の中に担当患者の数と状態を思い浮かべ、今日自分がやらなければならないこと、そして出すべき指示をまとめていく。

高揚する気持ちは自然と俺の足を前へと進める。気がつけば俺は駆け足で騎士団分院へと向かっていた。


騎士団へ勤務地が変更になって、数週間。

そこがすっかり自分の居場所になったころ、ついにゼルファさんが隊長を務める辺境討伐部隊に出撃命令が下った。

今回俺は初めてそれに医官として同行する。

その間、騎士団分院へは俺の直属の部下だった新人達が派遣されるのだという。

それも本人達の希望でだ。俺が変な影響を与えてしまったのかと申し訳なく思ったが、新人達は俺が自分達の理想とする医師なのだからそれに近付くために一番早い道を選んだと言ってくれた。

あの時の気持ちをどう言い表せばいいのかよくわからない。

うれしかったし、気恥ずかしさもあった。だけど、何よりも自分の行いを家族以外の皆が認めてくれていることを知ってなんとも面映ゆい気持ちになったのを覚えている。

そして、今は王都を発ち辺境へと向かう道程の途中。

といってもあと数刻もすれば目的地へ着くところだ。

緊張していないわけではない。というより、むしろ常に緊張感を保っておかなければいけない任務だと覚悟はしている。

騎士団の遠征に同行する医師としての準備も覚悟もとうの昔にできている。

だから何も問題はない……はずだった。

だけど一つだけ大きな問題が俺個人の中で発生していた。

リカム婆ちゃんと話してからずっと気になり、自らの思いの行き先として自覚してしまった存在。

いや、きっと彼のことはそれ以前から気になっていた。

共に過ごした期間はまだ短い。けれど確実に彼は俺の中で存在感をどんどんと増していっている。

だが、今はそのことについて己の心としっかり向き合っている場合ではない。

なんといっても遠征へと同行する医師の第一号なのだ。仕事に、いや……任務に集中しなければ……。

だから、割り切ろうとしていた。彼のことは遠征が無事に終わったらまた考えようと。

それなのに、なぜか遠征へと出発してから、あれだけ距離感が近かったゼルファさんの態度が妙にぎこちない。

いつも通りに顔は笑っているのだ。だけど、その空色の瞳は笑っていない。

遠征中、医師である俺には常に警護の騎士がついてくれる。

申し訳ないとは思ったが、下手に俺に何かあったらそのほうがよっぽどまずいし、自分が無事でなければ己のなすべきことは果たせないと思い、素直に頭を下げてお礼を言った。

隊長であるゼルファさんが直々に警護を担当してくれることもあるのだが、なんともいえない時間だった。

互いに喉元まで出かかっている何かを言い合おうとしてやめる……そんなことの繰り返しで、気がつけばゼルファさんからアーデ先生と呼ばれていて更にモヤモヤとした処理し切れない感情を胸に抱いてしまう。

まさに今もそうだ。

「討伐部隊は討伐対象近くの村に後方拠点を置くんだ。そこでまずは、周囲の状況や他に討伐すべき魔獣がいないかを斥候《せっこう》班が確認。必要であれば討伐部隊が出向くこともある」

「その村を拠点として、周囲の安全が確保されたら本命の討伐へと赴くんですよね。そして、俺はその村で後方支援班として待機、重傷患者をいつでも受け入れられるように準備しておく……と」

「討伐へと向かう際にはアーデ先生の護衛と村の守備のための騎士、そして何人か衛生兵も残していく。それが会議で決定されたことだったはずなんだが、なぜかアーデ先生が村で仮設の診療所を開くことが、直前になって計画に加えられている」

確認事項を読み上げるゼルファさんの声が硬い。

「それは病院長とも相談して決めたことです。辺境討伐部隊が向かうような場所は医師のいない地域がほとんどですから、今後俺以外にも同行する医師がいたとしても同様です。もちろん、最優先は騎士団員の治療ということに変わりはないですから安心してください」

「そういうことを言ってるんじゃないんだが……。討伐遠征というのは、鍛錬を欠かさない騎士ですら肉体的にも精神的にも消耗するものなんだ。そんな中で、医師としての本来の仕事までして大丈夫なのか？」

「大丈夫も何も、俺は戦っても足手まといですからよほどのことがない限り、戦いの場へ出向くことはないじゃないですか？　それに、遠征といっても今みたいにアーヴィスが引いてくれる獣車の中で休ませてもらってますから逆に何か問題があると思います？」

「わかった。だが、くれぐれも無理をしないように。何かあったらすぐ私やベルクを頼ってくれ」

そう言いながらやはりゼルファさんの表情も声もどこかよそよそしい。

俺は彼に何かしてしまったのか？　それとも俺がこの遠征についてくることが不満なのだろうか……。

そんな俺の気持ちを知ってか知らずかゼルファさんは今回の討伐の目的を改めて確認してくる。

「今回の目的地は王都より北西部。ウルフェア奥地、樹海のほど近くに大量発生したグレルルが討伐対象だ。

既に近隣の村に被害も出ている。それ以外の魔獣の情報もいくつか入っていて非常に危険な場所だ」

「それもベルクから聞いています。有翼の魔獣らしいが詳細は不明だと」

「ああ、だから君は絶対に後方拠点である村から出ないこと、間違っても樹海へは足を踏み入れないこと」

「わかってます。俺だって危険な目に遭いたいわけじゃないですから、それに俺に何かあったらゼルファさんや騎士の皆さんの責任問題にもなるでしょうし」

「責任などは考えなくていい。君が安全であることが第一、それを優先してくれ。あとは――」


それから読み上げられるものは確認事項というよりは、初めてお使いに出かける子供に言い聞かせる注意事項のような、俺の行動に特化したものばかりで。

最初のうちは一つ一つ頷いていたが、それも十個を越えたあたりで、頬が引きつり、浮かべていた笑みは強張った。

「あの、そろそろ目的地の村に着きそうですし、仮設の診療所について詳しく話をしておきたいんですが……。治療方針や治療費、治療道具や消耗品の扱いなどの件は俺のほうで話をまとめてあるんですけど、村のどこでどうやってどういう建物でというのは騎士団の方に任せるようにと言われているんです」

「ああ、それなら心配はないよ」


その言葉と同時に獣車が止まる。

どうやら目的の村へと着いたようだ。

その村はなんの変哲もない、辺境の小さな村。その一言で片付けられてしまうような村で特別珍しいものがあるわけではない。

ただ、俺の目の錯覚でなければそこに似つかわしくないものが存在している。

「村の案内は後からでいいだろう。アーデ先生にとっては、これが一番気になるものだろうから」

そう、まさに今俺は混乱していた。

俺の目に映るのは、村で一番大きな集会場のような建物より、更に大きなしっかりした建築物。

多少の無骨さはあるものの、レオニダスの王都や街道沿いの街で個人の医師が経営している診療所とほぼ同じか、それより大きいようにすら見える。

「ゼルファさん、もしかしてこれが……」

「ああ、ここがしばらくアーデ先生が患者や騎士達の治療にあたるアーデ診療所だが？」

ごく自然にゼルファさんは答えてくれたが、おかしい。

この村にこんな建物があるなら既に医師がいるはずだし、他の建物よりも明らかに新しい。

「アーデ先生が従軍してくれることが決まってから我が部隊の工兵隊が張り切ってしまってね。先遣隊と共に先に出発して、一週間もかからずに造り上げたという話だ。アーデ先生、君は騎士達にずいぶんと人気があるみたいだな」

ゼルファさんに返事をすることを忘れるくらいに俺は驚いていた。

これを一週間で……。

診療する場所がしっかりしているのはありがたいことだが、目の前の現実がうまく飲み込めない。

「普通これぐらいの建物を建てるのって王都でも最低一月ぐらいかかりませんか？　専門外で詳しくないんですけど基礎工事とかこう、いろいろあるって話だけは知ってるんで」

「我が隊の工兵は有能だからね。元々あった村の倉庫を改築したらしいが確かによくできているな」

表情を変えずに答えてくれるゼルファさん。

有能、その一言で納得していいのだろうか……。

「わかりました。こちらを診療所として使わせてもらいます。後で、衛生兵の人達とも改めて打ち合わせしないとだめだな……」

正直、簡易的な天幕で患者を診るぐらいの気持ちだったのでだいぶ勝手が違ってきてしまう。

「ここで問題ないようであれば荷物を運び込もう。アーデ先生の荷物はずいぶんと多いから早めに取りかかったほうがいい」

「あっそうですね。ここまでの案内ありがとうございます。あとは自分でできますからゼルファさんは隊長としての任務に戻ってください」

「？　いや、一緒に荷物を運び込もうと言ったつもりなんだが？」

確かに、念のために多めに持ってきた道具や薬などの医療関係の品々は俺の後ろで山積みになっている。だからと言って、一人で運べない量でもないのだが……。

「討伐部隊の隊長としてこの後の打ち合わせとかいいんですか？」

「我が隊の副官は有能だからね。そのあたりは既に出発前にすませているし、今も陣頭指揮をとっているはずだ。何より、今の時間の君の護衛は私だぞ。それに君は私の得意技を忘れたのかい？」

なんのことだろうと思い、ゼルファさんへと目をやればちょうど彼の空色の瞳と視線が交わる。

ゼルファさんの頭上高く広がる青空と彼の空色の瞳が妙に馴染んで見えた。風がそよぐと彼の翼が風の精霊と遊んでいるようになびき、風向きのせいか俺のところへと彼がつけている香水の香りが届いてきた。

甘くて、少しだけ爽やかな緑の香りが混じっていて、この香りを嗅ぐと自然と彼の背に乗り空を飛んだ時のことが頭に浮かぶ。

そして強い風が一瞬吹いたと思えば、山積みにされていた医療器具や薬から力強い風の精霊の気配を感じる。

彼の得意技――ああ、そうだった。風の精霊の力を使って、物の重さを操れるそれは確かに助かるかもしれない
「納得してくれたかな？　それではさっそく荷物を運び込もう。重さはないといっても慎重に扱わなければいけないものが多いと聞いているからね」

「わかりました。それじゃ、割れやすい瓶に入ったものは俺が運びますから、それ以外を……」

お願いしますとゼルファさんに言いかけたタイミングで現れたのは俺の一番よく知る顔。

「アーデ、俺も手伝おう。隊長、あっちの人数は十分です。かまいませんか?」

ゼルファさんは一瞬何か言いたげだったがすぐに頷いた。

肩越しにベルクが親指で示した方向を見れば、大きな天幕が張られ、騎士団の荷物は既にどんどん運び込まれていた。

まぁ、規模と人数が違うからこっちが遅れているのはしょうがない。

すぐに両手いっぱいの荷物を持ったベルクと、ぱんぱんに医療器具を詰めてしまい膨れ上がっていた鞄をいくつも抱えたゼルファさんが、荷物を運び始める。

慌てて俺もそれに続いて、液体の薬剤が入った箱を一つ持つ。落として割ってしまっては取り返しがつかないので慎重に一つずつ。だけど、ゼルファさんの魔術のおかげか重さはほとんど感じない。

「本当に、すごいなこれ……」

「人を運ぶのに比べれば気楽なものさ」

既に一往復目を終えて背後から現れたゼルファさんがなんでもないことのようにつぶやいた。

つまり、彼は今まで何度もこうして……あの日の夜のように自らの手で死へと向かう部下を抱えて運んできたということで。

「アーデ、重いなら俺が持つが」

「あっごめん。ベルク、これはちょっと取り扱い注意だから俺が持っていくよ。少しぼうっとしちゃっただけだから」

そう言いながらゼルファさんをつい見てしまう。

あの人は今まであの腕の中で何人の部下を看取ってきたのだろうか……。

それを繰り返してきたあの人はどんな気持ちでいたのか、今の俺には想像することさえできない。

いや、簡単にわかった気になってはいけないような気がした。

屈強な騎士二人と、アニムスといえども熊族の俺、そしてゼルファさんの精霊術のおかげで大量の荷物はあっという間に仮設の診療所内に収まった。

そして、俺は最後に残しておいた薬瓶の入った箱を診察室内のどこに置くか考えていた。使う頻度の少ない薬ばかり、それであればあそこだと目をつけたのは診察室内でも最も高い位置にある作り付けの棚の上。

手近なところにあった木でできた椅子に上り、棚へと手を伸ばした瞬間室内にメキッという音が響き渡った。

身体のバランスが崩れてそのまま前に倒れ込んでいく。それをどうすることもできず、変なところを折ったりしなければいいなとどこか冷静な自分がいたのだが、いつまで経っても俺の顔面が床に打ちつけられることはなかった。

俺の顔は目の前の騎士服を着た屈強な胸元に押しつけられ、バランスを崩した身体は、二本の腕と巨大な翼で抱き込まれるようにして支えられていた。

「アーデ先生。君は私の言ったことを聞いていたのかい？」

「……すみません」

「君に何かあったら……」

そう言ったゼルファさんの腕の力がやたらと強まる。

そのせいで俺の身体は彼の分厚い胸元に顔が歪むほどに押しつけられてしまう。

そこからはゼルファさんの命の鼓動、そしていつも彼がつけているシャクヤの花の香水が香り、否応なしにそれに意識がとられてしまう。

ただの接触のはずなのに、俺の心臓は徐々に早鐘を打ち始めていることに気付いて少し慌てた。

「ゼルファさん。不注意だったことは謝ります。ですから……、ちょっと痛いです。離してもらえませんか？」

「ん、ああ。こちらこそすまなかったね。ちょうど君が倒れるところだったから慌ててしまって。この椅子はきっと元からここにあったもので朽《く》ちてたんだな。危ないから処分しておくよ。そろそろアーデ先生の警護をベルクと替わる時間だ。ちょうどいい」

そう言いながら、ゼルファさんは俺をその場でしっかり立たせると椅子を片手に部屋を出ていってしまう。

その様子がどことなくいつもと違うと思うのは俺の気のせいだろうか。

何か僅かな動揺というかぎこちなさというか……。

そういえば、さっきゼルファさんの胸元に顔が押しつけられた時、彼の心臓の鼓動はずいぶんと速かった気がする。

そんなゼルファさんと入れ替わるようにベルクが診察室へと入ってくる。

ゼルファさんに感じる違和感はこの遠征が始まってからずっとのことだ。彼の気持ちが全くわからない。

突き放されたような気もしていたのに、さっきのようなことがあればなおさら俺は混乱してしまう。


「どうしたアーデ。何かあったか？」

「いっいや、大丈夫だ。手伝ってくれてありがとな、ベルク」

「礼を言う必要はない。俺達のためにお前は来てくれたのだから」

「それでも、お前の気持ちが俺はうれしいから」

生まれた時から共にいる存在。今までは誰よりも身近に感じていたベルク。

ベルクといるのは楽しかった。ベルクは俺のことを誰よりもわかってくれていたから。

だけど、今は……。


「なぁ、ベルク。この遠征が始まってからゼルファさんの様子、少しおかしくないか？」

俺は診察に使う細々としたものを引き出しや使いやすいところへ置きながら尋ねる。


「隊長が……？　いや、任務にあたる姿はいつも通りだが」

「そうか、それならいいんだけどさ」

「だが、今の隊長はお前のことをとても……心配しているのだと思う」

「ん、え、何？　どういうこと？」

俺は隣のベルクを見上げて、太い指で包帯の束と格闘しているその顔をまじまじと見つめた。

「なあ、ベルク、ゼルファさんのこと、どういうことなんだ？」

「隊長は、アーデがこの討伐に従軍することに反対していた」

その言葉に愕然とした。あの人は、あの人なら俺の気持ちをわかってくれていると思っていたからだ。あの人の背に乗り、一人の命を救ったこと。

あの時、俺とあの人の気持ちは確実に同じだと思ったのに。

だけど、どこか腑に落ちた。彼がどこかよそよそしくなったのはあの日、シャクヤの咲く山で遠征へと参加したいという意志を彼にはっきりと告げてからだから……。

「勘違いするな。医師の必要性は隊長も感じている。だが、それがお前であれば話は別だということだ」

「俺だけが駄目ってことなのか？」

「隊長はアーデの従軍について、バージルお祖父様達に直接話しに行ったとも聞いている」

そしてふと思い出す。あの日、俺がバージル爺ちゃんのところへ直談判に行った時、入れ違いとなったゼルファさんのことを。

「俺、あの人の前で何かやらかしたか？　そんな心配に思われるようなことをした覚えはないんだが……」

「わからない。だが、本来であればアーデの警護は俺を含め三人の騎士が交代で務めるはずだった。そこに、隊長は自分を無理やりねじ込んだ」

そのベルクの言葉に俺は頭を抱えそうになる。

今日の子供に言い聞かせるような注意事項といい、俺はあの人の目にそんなに危なっかしく映っているのだろうか。

いや、確かについさっきもそんなところを見せてしまった覚えはあるのだけれど。

「アーデ、俺がお前を好きなように、お前を嫌いな奴はこの騎士団にはいない。それは隊長も同じはずだ」

「それとこれとは話が違う気もするんだが」

「いや、好きなものは守ってやりたい。俺は、アーデに絶対に危ない目に遭ってほしくない。死んでほしくない。だから、隊長もそう思ったのだろう」

そう言われるとそうなのかもしれないと納得してしまう自分もいる。

好き嫌いは別としても、医師である俺の身に何かあれば今後の騎士団への医師の派遣にまた新たな問題が発生する可能性が大いにあるというか、ほぼ確実にある。

だから俺という医師の存在が心配で仕方ないのだろう。

けれど、だからと言って何もアーデ先生と呼ばなくてもいいだろうにと思う。

公私をしっかり分ける人といえばそうなのかもしれないけれど……。

「アーデ、俺も他の騎士もそして隊長もお前のことは命に代えても守る」

「いや、命に代えられるのはちょっとな……。俺はそれに応えられる自信はないよ。必要なことなんだろうけど、命の重さに順番をつけることを俺はどうしても受け入れられない」

そんな覚悟ではいけないのかもしれないが、相手がベルクだからこそ漏らせる本音。

「気持ちはわかる。それでも、俺達が倒れてお前だけになった時は全力で逃げろ。幸い、アーデは獣体になれる。お前は獣体に慣れていないかもしれないが、それでも逃げるのであればこの姿よりも有利だ。これは忘れないでくれ」

確かに俺は普段獣体とあまり縁がない。

獣体は身体能力的には強くもあるが、本能が強まりすぎるせいである意味無防備にもなってしまう。

獣体で母さんにブラッシングをされる父さん達がいい例だ。

それにアニムスである俺には獣の姿で何かと戦いた

いと思うほどの強い獣性も備わっていない。

だが騎士であるベルクは、そうではない。戦いの中、必要に応じて獣体になる重要性もよくわかっているのだろう。

「アーデ、何かあったら迷わず獣化だ。その判断が生死を分けることもある」

不器用な言い方だがこれはベルクなりの俺への気遣い、そして助言なのだろう。何かあった時に身を守る術として熊族であることを利用することも重要だと。

確かに言われていなければ俺に熊の姿へと変じるという発想はとっさに出てこないだろう。

「わかった。ベルクの言葉だ。絶対に忘れないさ」

俺は強く頷いた。

❖❖❖

仮設の診療所の準備を終え、一緒に任務にあたることになる衛生兵達との打ち合わせも終えたころには夕暮れが近付いてきていた。警護の騎士もベルクから別の騎士へと交代。そんな中、さっそく第一号の患者がやってきた。

その村人は高齢の猪族で、多分孫であろう同じ猪族の子に支えられ、杖を突きながら診察室へと入ってくる。

さっそく、俺は診察を開始する。

主訴はふくらはぎにできた巨大な膿瘍《のうよう》。

最初は小さな傷だったものに薬を塗っていたが、どんどん腫れ上がっていったのだそうだ。

痛みが強く、足をつくことすら困難で杖を使い、孫にも支えられる始末で情けないと嘆いている様子には心が痛んだ。

そして、俺は説明をする。できるだけわかりやすく、医学の知識がなくともこれからやる処置が必要であることを理解してもらうために。

傷口に悪いものが入ったことでこうなってしまっていること。その悪いものは今から薬をきちんと飲めば抑えていけるということ。しかし、中に膿《うみ》が溜まっているままだとそれも効果がないということ。そのためには、膿瘍部分にメスを入れて中の膿を出して洗浄しなければいけないということ。

　メスという刃物で腫れているところの切開をするという説明のあたりで患者本人ではなく孫の顔色が変わる。

「そう、君が怖いと思う気持ちは俺にもよくわかるよ。体を切るんだもんな。でも、切っても痛くないように麻酔っていう特別な薬があるんだ。それに、これは俺の一番の得意分野だから安心してほしい。お爺ちゃんの足、必ず治してあげるから俺を信じてくれないかな?」

　患者や家族に対して必ずという言葉は使うべきではないのはわかっている。だけど、ここはまだ、医学というものがあるらしいという程度しか知識を持たない村人達が住む村なのだ。ある程度の柔軟性は必要だろう。

「本当に爺ちゃん痛くないの?　俺も包丁で手を切ったことあるけどとっても痛かったんだ」

「それは痛かったね。その時、俺がいたらその傷も手当てしてあげられたんだけど。お爺ちゃんのここを切る時は、特別なお薬を使うんだ。それを使うと不思議なことになんにも感じないんだよ。もちろん切った後に傷口をきちんと綺麗にしてあげることも俺にはできるんだ」

　それでもまだその子の不安は拭い切れていないようだった。心配そうに祖父の顔を見つめる孫に、老人は笑った。

「爺ちゃんと風呂に入ったことあんだろう?　ほれ、背中にも腹にもいろんな傷があったの覚えてるか?　それでも爺ちゃんは平気だったんだ。目の前にいるのは、王都から来てくれたえらーい先生。そんな先生が治してくれるって約束してくれてるんだ、爺ちゃんは運がいいんだぞ?」

　そう言って、その猪族の老人は孫の頭を優しく撫でた。

　その行動、そしてその言葉だけで幼い彼の不安は綺麗に消え去っていた。

やっぱり家族にはかなわないなと苦笑いが零れてしまう。

「お爺ちゃんの言う通りなんだよ。俺はえらーい先生じゃないけど、お爺ちゃんの今悪いところは治してあげられる。俺を信じてくれるかな？」

元気よくその子は頷いた。

さすがに処置をするところは見せられないので衛生兵に頼んで処置室の外へと連れ出してもらう。

「それでは説明した通りに、今から処置に入りたいと思います。麻酔の注射だけチクリとしますがその後は大丈夫ですので」

「なーに、先生。さっき言ったのは嘘じゃねぇ。俺の身体は傷だらけでよぉ。少々の痛みで泣き喚《わめ》いたりはしねーから安心してやってくれ」

「それは頼もしい。それでは今から、膿瘍の切開と内部の洗浄、その後患部の保護を行います。患部の消毒と麻酔の準備をお願いします」

既に俺の背後で準備を始めていた衛生兵の騎士へと指示を出す。さすが、母さん仕込みだけあって動きに無駄がない。

俺も負けていられないと止血鉗子《かんし》や己の武器となるメスの確認を今一度。

「それではよろしくお願いします」

俺の言葉で処置は始まった。

実際に膿瘍を切開すればそれはかなり深く、このまま放っておけば、足の切断が必要になるか、全身に感染が広がり最悪の事態が起こっていた可能性があるほどに状態は悪かった。

猪族の患者とその孫には患部を清潔に保つよう説明し、母さんと同じ異世界人で薬剤師であるスバルさん特製の鎮痛剤と抗生剤を処方した。

患部の様子は後日また見せに来るように伝えて、自宅での処置については衛生兵が丁寧に説明をしている。

祖父の処置が無事に終わり、足に巻かれた包帯を見た孫の顔はとても明るく、そんな孫を見つめる祖父の瞳は優しいものだった。

ふと、幼いころから俺のことを可愛がってくれたバージル爺ちゃんやリカム婆ちゃん、ヘクトル爺ちゃんのことを思い出し軽い郷愁に駆られる。


診察を終えて松葉杖を突きながら出ていく祖父とそれを支える孫の姿を見送る。自分の手で一人の患者の命を救えたという充足感を得ながらも、辺境の地への医師派遣が差し迫って解決の必要な重要課題だと改めて思い知らされ、頭が痛い。

ただ、全ては解決できなくとも今回のように辺境への従軍という形で医師不足についても少しでも貢献できたら……、せめてこの両手で救える人達は救いたいと新たに俺に決心をさせるには十分な出来事だった。

それからも患者は次々にやってきて、目が回るような忙しさが続いたが、王都の病院では味わえない不思議な充実感を覚える一日目となった。

すっかりあたりの日も落ち切ったころ、ベルクが夕食だと俺を迎えに来てくれた。


村内に騎士全員が宿泊できるような建物はないので、設営された複数の天幕でばらばらに寝泊まりすることになっている。

天幕自体は真ん中の大きな柱――現地調達らしい――に同心円状に布を被せ、円周となるところに真ん中より低い柱を何本も立てて壁を作る。円すい型の天幕は、更に縄で固定されて、簡単には風で飛ばされないようになっていた。

その中でも一際大きな天幕の周辺を食堂にあてているらしい。


そこで俺はベルクと食事をとった。

簡単なものばかりだったがどれも美味しかった。

ただ、どれも極端なほどに量が多く、俺には食べきることができない。残したものは全てベルクの胃に収まった。

騎士という生き物は皆こうなのだろうか……。

食器は水の精霊術を使える人が一気に洗うらしく、俺の分をベルクがまとめて持っていってくれた。

空はもうすっかり星が煌めき、姿を見せた二つの月

――特に大きな銀の月のおかげで夜道は明るい。

さて、この後はどうしようかと考える。

少し腹ごなしに村の中を見て回ってもいいかもしれない。ただ、そうなると警護の騎士もそれに付き合わせてしまうことになる。

ベルクにその役をお願いして……とも考えたがベルクはきっと日課の鍛錬をしたいはずだ。

それなら診療所でカルテの整理でもしたほうが迷惑にならないかもしれない。

そんなことを考えていると背後から聞き慣れた低音で話しかけられた。

「アーデ先生はこの後、どうするのか決めているのかい？　まさか深夜まで診察を続けたりはしないのだろう？」

振り返ったそこにいたのはゼルファさん。

月の光をその一対の翼に受けて、不思議と輝いているように見える。

「急患が来たら別ですが、そこまで切迫した状況ではないようですからやりませんよ。自分の体力も残しておかないといけませんし。ただ、少し悩んでいました。村を見て回るか、カルテの整理でもするかと。今日だけでも結構な数の患者さんが訪れてくれたのでもう少ししっかり、患者さんの情報を見ておくのもいいかもしれないと思って」

「アーデ先生は、仕事が恋人。分院の看護師が言っていたのはどうやら本当らしいな。本院のほうでも有能で患者思いの医師だと皆から慕われているともっぱらの評判だ」

ゼルファさんの口からもたらされるのは過剰な評価。面映ゆさに思わず否定しようと顔を上げた俺とゼルファさんの視線が絡んだ。

いや、俺とゼルファさんは頭一つ分の背の差があって、俺が見上げても、ゼルファさんが俺を見ていなければ視線は合わない。

「アーデ先生は医師としての仕事にいつも一生懸命だ。そして、君の頭の中にあるのはいつも患者のこと、命を救うという己の責務なのだろう。ただ、もしよかったら……」

ゼルファさんの視線が外れない。真剣な表情で語る俺への言葉が俺の四肢を縛りつけたように固定する。

どうしたのかと心臓が激しく鼓動している。

何か言ってくれるのかと期待する自分がいた。だがそれでいいのか、ここで彼に言わせていいのかと惑う自分もいる。

息が詰まり、息苦しささすら感じた時間は長いようで現実には一瞬だった。

不意にゼルファさんは俺から視線を外し、離れていった。

「ああベルク、ちょうどよかった。あとは頼むぞ」

何か言いかけたのではないか。それが言えなくて離れたのか、それともベルクが来たから離れたのかは俺にはわからない。わからないままに、俺はゼルファさんを見送ることしかできなかった。

❖❖❖

翌日、村の外の樹海の中まで偵察に出ていた騎士達が戻ってくる。

大型魔獣の痕跡は確かにあり、発見者の話と合わせてやはりこのあたりで確認された魔獣はグレルルだと確定された。その数が明らかに多く、異常発生していることも事実だったようだ。

そうなれば騎士団の動きも慌ただしくなり、天幕の中では何度も作戦会議のようなものが開かれている。少ない人数と限られた期間での派遣なので、一人一人何かしらの責務があり、いつでも全員が走り回っているような印象だ。

そんな中、俺は変わらず仮設の診療所で患者を診ていた。時には往診に行ったり、薬草に詳しいという人からこの村で使っている薬草を見せてもらったり。

小さな村でも大なり小なり皆どこか不調を抱えているようで今日も診療所は盛況だった。中には偵察に出た際に怪我をしたという騎士も混じってはいたが、綺麗な切り傷だったので、縫合してあとは安静にしておけば大丈夫だろう。

そしてまた一日が終わる。仕事をしている時というのはどうしてこれほど時間が早く経つのだろうと、疲れた身体を椅子に沈めて一瞬だけ目を瞑る。

「やはり、無理をしているんじゃないのか？」

耳元で囁かれた声に俺は驚き、目を見開いた。

振り返ると至近距離にあの人の顔。

この近さ、以前無理やり休みをとらされた時のことを思い出す。

「無理……はしていませんよ。この部隊の衛生兵の皆さんは優秀ですから、大いに助かってます。仕事っていうのは、どんな仕事でも疲れるものじゃないですか」

「……君がそう言うのであればこれ以上は何を言っても無駄なのだろう。だが、夕食ぐらいはゆっくり食べてくれ。ちょうど警護の交代時間だから持ってきたんだが、ここで食べても大丈夫だろうか？」

「ああ、ありがとうございます。昼ご飯を食べる時間がなかったのでありがたいです」

その言葉にゼルファさんの目が細められた。

しまった、余計なことを言うんじゃなかった。

そして差し出されたのは巨大なおにぎりと具だくさんの豚汁。

どっちも俺の好物だ。特に豚汁は両親にとって思い出深い食べ物でもあるらしく、我が家の食卓にはよく並んだものだ。

我が家の食前の挨拶、いただきますを一人でしてからまずは豚汁を一口。

我が家のより塩辛く感じるのは騎士という職業が肉体労働だからあえての塩分濃度なのだろうか。だが、空腹だった胃に染み渡るようにその温かさが広がっていく。

俺は隣に座ったゼルファさんへと視線を走らせて、今更ながらにその近さに気がついた。

ゼルファさんと二人で食事をする時、ゼルファさんが座るのは俺の隣。椅子はいくつもあるのだから別に対面でもいいだろうにと思うのだが、ゼルファさんはわざわざ椅子を引き寄せて、隣に座る。

大きな翼を持つゼルファさんは、隣に座る時はその翼を少し後ろに広げて、俺はその翼に包み込まれているような気持ちになってしまう。

これは俺が警護の対象だからそうしてくれているのかなと思いつつも、その近さを意識するたびに不思議と俺の心臓は早鐘を打つ。

それを無視して今度は、おにぎりにかぶりついた。

中の具はカリルの酢漬け。母さんが梅干しと呼ぶこれはかなりの酸味があるので苦手な人も多いらしい。実際、ダグラス父さんは悪魔の実と呼んでカリルの酢漬けを恐れている。幸いなことにダグラス父さん似の俺にそれが受け継がれることはなく、むしろ好みの部類に入る。

だが、俺の横で俺と同じようにおにぎりにかぶりついていたゼルファさんは硬直していた。


「あれ？　もしかしてゼルファさん、カリルの実苦手なんですか？」

「うっ……実はそうなんだ。酸味が強すぎて舌がしびれる感覚が苦手でね。騎士でありながら恥ずかしいことだ」

「いや、騎士とか関係ないでしょう。うちの父なんて悪魔の実って呼んでるぐらい苦手ですよ？」

「お父上というとゲイル殿が？」

「あっいや、俺とよく似ているほう。ダグラスのほうです」

その答えにそうかそうかと深く頷くゼルファさん。


「どうかしました？」

「いや、アーデ先生の父上ほどの方でも苦手……というか、なんというか免罪符を手に入れてしまったよ」

「命に関わることだったらあれですけど、食物の好き嫌いぐらい騎士だってあっていいと思いますよ。過酷な現場だとそうも言ってられないかもしれないですけど」


俺はそう言いながら、ゼルファさんが一口かじって皿の端に除けていたおにぎりと、自分の皿の具材がサラモスであることを確認したおにぎりを交換する。

「アーデ先生、何を」

「幸い俺はカリルの実は好きなので交換しましょう。サラモスは大丈夫ですよね？」

「サラモスはむしろ好物だが、私の食べかけだぞ？」

「一口かじっただけでしょう？　俺は気にしませんよ。あっゼルファさんが気持ち悪ければやめておきますけど」

「……いや、すまない。厚意に甘えさせてもらうよ」

「いえいえ、こういうのはお互い様ですから。といっても俺は食べられないものほとんどないんで今度交換ってわけにもいかないですね」


そんなたわいない話をして、互いに苦笑いを浮かべる。


そう、この人とのこの距離感。居心地がよくて、共にいて楽しいと感じてしまう距離。

ともすれば、もっと詰めたくなってしまうそれ。

だけど、それでも俺の中であの日、チーズ料理の店でゼルファさんと共にいる時に見た『普通』のアニマとアニムスのカップルの姿が脳裏に浮かぶ。

自分はいったいどうしたいのだろうか。自分で自分がわからない。

常に白衣のポケットに入れて、肌身離さず持っているゼルファさんの羽根に無意識に手を添えた。


自然とこみ上げるため息を零れる前に飲み込んで、俺は食器を片付けようと立ち上がるゼルファさんをじっと眺めた。

だからだろうか、ほんのささいな違和感に気がついたのは。


「ゼルファさん」

「ん？　どうかしたかい？」


食器を持って立ち上がったゼルファさんがほんの僅かに左足をかばったように見えた。

それはきっと本人も意識すらしていないもので、『観察』が趣味の俺だから気付いたもの。

あまりにささいなことすぎて普段であれば見過ごしても問題がないほどの小さな違和感。


「あの、足見せてくれませんか？　左の」

「急にどうしたんだい？　別に構わないが私はベルクのように怪我を隠す理由なんてないぞ？」

「それはわかります。あなたがそんなことをしないのは知っている。だからこそ診せてください」

こういう時は臆さず、笑顔で、有無を言わせないようにゼルファさんを見つめる。

　俺はそのまま診察台へと彼を促す。

　そうすればゼルファさんも素直に診察台へと座ってくれた。

　自分の手を洗い、左足の靴を脱がせて、足首を見る。視診でわかる異常はない。すらりと伸びた足は、筋肉質なふくらはぎからきゅっと細くなり、ゴツゴツしたくるぶしを見せ、しっかりと地面を掴む鍛えられた足をしていた。少し長い足の指が、鳥の時の鉤爪を想起させる。


「少し触りますよ」


　そう言って触れた途端にゼルファさんがびくりと震えたのは、俺の手が冷たかったせいか。

「すみません。手を洗ったばかりですから冷たかったですね」

「いや、そうじゃ……ああいや、問題ない」

　謝りはしたが、既に俺の意識は彼の足首にある。腫《しゅ》脹《ちょう》も熱感もないが……。

「足首を動かしますから違和感があったら教えてください」

　関節の可動域を確認する。

　左右に外転と内転を確認するが問題はない。それならばと上下へ、背屈《はいくつ》を確認して底屈《ていくつ》へと足先を下げた時にゼルファさんが反応した。

「今、足を下に下げられた時、足首の上の部分に違和感があった。だが痛みもないのによく気付いたな」

「前に教えたでしょ。『観察』が趣味だって。今日何か足を強く地面へとつくことがありましたか？」

　俺の問いかけにゼルファさんは記憶をたどっているようだった。

　ゼルファさんは鳥の姿に変化せずとも、風の精霊術と自らの翼を使うことで滑空のようなことができる。

その着地の衝撃がなんらかの影響を与えていたとしてもおかしくはない。

「朝の偵察任務に出た時、着地の時に木の根に足を引っかけたが……」

「それですね。ただ、捻挫というほどでもありません。ここにある靭帯が少しだけ炎症を起こしていて、身体が勝手にそれをかばっているんだと思います。獣人は本能的な部分が強いですから無意識なんでしょうけど」

「そういうものなのか。アーデ先生はすごいな」

「偶然ですよ。本来であれば自然治癒するんでしょうけど、ゼルファさんの滑空からの着地というのは足首に負担がかかります。少しだけ薬を塗っておきましょうか」

手頃な高さの台が手の届く範囲に見つからず、俺はゼルファさんの足を膝の上に引っ張り上げた。

「なっ、アーデっ」

驚いたせいか先生呼びが抜けている。なぜか焦っているゼルファさんを無視して、引きずり寄せたワゴンから鎮痛剤と消炎剤の軟こうを取り出した。

「少し冷たいですよ」

「ああ、っ」

ヘラですくい上げ、ぺたりと足首に付ける。反動でまるで俺を蹴るように動いた足は、僅かな動きにとどまった。

だがその動きを感じた瞬間、俺は先日の月夜のゼルファさんを思い出した。

——なんだこれ。

顔が熱い、太腿の触れた部分が熱い。

俺はゼルファさんの足しか見ていなくて、視界もそれだけで占められている。

そして、伏せた俺の頭頂部にゼルファさんの視線を強く感じた。

それは明らかになんらかの感情がこもった強い視線だと顔を伏せたままにわかるほどに。

「く、すりを塗ったら包帯巻いておきますから。固定はする必要ない……ので」

「了解した」


なぜだろう、ものすごく近くで聞こえた気がした。

ぞくぞくと背筋に走る疼き、それはまるで初めて感じる性的な快感と不安感。

これはなんだと問う俺と、もうその答えを知っていると言う俺。

ふわりと漂うゼルファさんから香るあの香水の香りもそれを助長する。

俺は普段ではあり得ないほどにぎくしゃくとした動きで包帯を巻き終えた。

息がしづらい。

少しでも早くここから離れたい。

何度も何度も心の中で深呼吸をして、高ぶった意識を落ち着かせる。


「なぁ、アーデ先生」

「どうかしましたか？　あっ動いたり歩いたりは平気ですよ。高いところからの着地にだけ気をつけておけば、数日もすれば違和感もなくなると思います」

「そうだな。足を手当てしてもらった人間が言う言葉でもないんだが、少し外に付き合ってもらえないだろうか？　私の散歩に付き合ってほしい」


この人は突然何を言い出すんだろう。

俺は今、どんな顔をしてこの人を見ているのだろうか。

驚いて顔を跳ね上げたせいで癖っ毛の髪が顔にかかる。

そんな俺の様子を見て、ゼルファさんはなぜか笑っていた。


「少しだけなら……」


どうして俺は断らなかったのだろう。

それは何かを期待しているから？


「ではどうぞ」

「なんですかそれ」

恭《うやうや》しく差し出された手に思わず吹き出しそうになるが、そんな姿も絵になるのだからこの人はずるい。

今回は躊躇せずに手を取った。ざらついた手の感触、節々や皮膚が硬い戦う人の手だ。

ゼルファさんに促されるまま少しだけ村の中を歩く。そうして行き着いたのは、一軒の空き家になっている建物の裏側。その家の裏には川が流れており、周囲を遮る物がなくあたりをよく見渡せる。

家と川との間の僅かに傾斜がついた草地に並んで座った。


「すまないね。何か敷く物でもあればいいのだけれどあいにく手持ちがないんだ」

「大丈夫ですよ。気にしないでください。ですけど、よくこんなところ知ってましたね」

「たまたま先日見つけてね」

「ああ、騎士の皆さんは夜に村の中を巡回されてますもんね。だけど、本当に綺麗だ。川に反射して空を見上げなくても星がよく見える」


そうつぶやいたのと同時にくしゃみをしてしまった。恥ずかしくて鼻を小さくすすっているとゼルファさんに顔を覗き込まれる。

「少し寒いな」

「ええ、結構冷えますね。ここはドラグネアの山岳地帯にも近いですし、北からの風が降りてくるせいかな……」

確か目の前を流れている川も山岳地帯の積雪の雪融け水のはずだ。だから普段着に白衣を羽織っただけの俺の恰好では寒いのは当たり前。

「そうだな。私の故郷と同じ風を感じる。だが、寒いのならばこうすればいい」

そう言うとゼルファさんはその背にある翼を広げ、俺の身体を包み込む。驚いて離れかけたがゼルファさんの力強い腕で抱き留められてしまう。

それはまるで彼の翼に閉じ込められているような、守られているような……。

「ゼルファさんこれはちょっと……」

「まだ寒いのかな？」

「いえ、十分暖かいですけどそうじゃなくて」

俺の動揺はその腕と翼を通して十分すぎるほど伝わっているのだろう。ゼルファさんは小さく笑っている。

「だけどこれは、近すぎませんか？」

「何か問題でもあるかい？　このほうが互いに暖かいだろう。自慢の翼だ。手入れは欠かしてないぞ？」

そういう問題ではないとしばらく僅かな抵抗を試みたがそれも無駄だとすぐにわかり、おとなしくそのまま身体をゼルファさんへと預ける。

至近距離になったゼルファさんの顔。

彼はいつもと変わらない、整った顔をしているがどこかうれしそうに見える。

「寒い中を連れ出してしまってすまないね。だが、私は君に謝らなければならないことがあるんだ」

突然真剣な表情になるゼルファさん。

「謝るって何をですか？　この遠征が始まってからゼルファさんの態度がおかしいことには気付いてましたけどそれが関係しています？　あと、先生呼びも」

「そうだな。そんなに私はわかりやすかったか……。部隊を預かる者としては失格だな。しかも、自らの気持ちが整理できないから君に不快な思いまでさせてしまった」

「不快というわけでは……。ただ、どうしてとは気になってましたけど」

ゼルファさんの翼に包まれているとあの香りが、シヤクヤという花の香水の香りが強く感じられて、酩酊《めいてい》したような心地よさを覚える。

「もうベルクから聞いていると思うが私は君がこの遠征に同行することに反対だった」

「はい、それは聞いています」

「それを聞いてどう思った？」

「それは……少しだけ残念な気持ちにはなりました。俺のやりたいこと、そして思いを一緒にあの日、空を飛んでくれたゼルファさんならわかってくれていると思っていたので」

「ああ、そうだな。わかっていた。きっと、誰よりも君の思いを私は理解していた」

「だったらどうして？」

なんとか冷静に振る舞おうとして失敗した。

問い詰めるような口調になってしまったことをひどく後悔する。

「君を危険な目に遭わせたくなかった。いくら後方支援だといっても、私達の任務は常に危険がつきまとう。万が一の可能性すら考えたくなかった。ただの私欲でアーデ、君の気持ちを私は踏みにじったんだ」

「いや、ちょっと待ってください。その……、あなたの言っていることの意味はわかるんですが、それを俺なりの解釈で受け止めると……その……」

「私は君のことが好きなんだ。これはベルクがよく言う好きではないよ？　君のことを愛している」

求めていたはずの言葉。でも……。

この人は一体何を言っているんだ。

あまりに、突然のことすぎて思考が完全に停止してしまう。

「初めて会った時、医師としての真剣な姿から視線を外すことができなかった。部下達を治療して回る君の姿を見るたびに、君と話し、君のことを知るたびに自分の中の思いは強くなっていったよ。それが恋だと自覚するのにそう長く時間はかからなかった」

「あの、ですから……ちょっと待って……」

「そんな君を危険な討伐任務に連れていくなんて考えたくもなかった。だから、私はバージル殿とリカム殿の下へ向かったよ。許可を出さないでくれと頼むために」

駄目だ。自分の中の思いがうまく整理ができない。

うれしいはずなのに、待ち望んでいたもののはずなのに。

俺という人間の本質を知られてしまうのが恐ろしく

て仕方がない。

「バージル殿は私と同じ思いだということはすぐにわかった。だが、リカム殿に言われたよ。『君はうちの孫を籠の鳥にしておきたいのかい？　あの子は確かにアニムスだ。だけど、君が思っているほどうちの孫達は弱くはないんだよ。俺は、アーデの気持ちを尊重してやりたいし、誇りに思っている。ゼルファ君、君のその想いが本物なら、もしあの子が危険な目に遭うことがあればどうか守ってやってくれ』と諭されてしまったんだ」

「祖母はあなたにそんなことを……」

そうか、あの時のリカム婆ちゃんはもう全部わかってて……。それで、俺にもあんなことを……。でも、だからといって、俺は……。

「それなのに、私の心は揺らいだままだった。だから、自らの意識を切り替えるためにアーデ、君のことを医師のアーデ先生だと思うことにしたんだが、とても無理な話だったよ」

「だから……、あのすみません。ゼルファさんは本当に俺のことが好きなんですか？　だって俺ですよ？」

俺の問いかけにゼルファさんは不思議そうな顔をする。

「君に付き合っている人がいるという話は聞いたことがない。もちろん君が今想いを寄せている人がいるというのであれば……。諦め……ることはできないな。その場合は、時間がほしい」

「いや、そういうことじゃなくてですね。俺は確かにアニムスですけど見たらわかりますよね？　ベルクとは比べものになりませんが熊族で、顔も身体もどちらかといえばアニマの特性が出てますし、獣性も弱くはないんです」

「それの何が問題なのか私にはさっぱりわからない。君が私のことを嫌いなら仕方がないが、それならば私のことをもっとよく知ってもらいたい。長期戦は覚悟の上だ」

この人は事の本質が本当にわかっていないのだろう

か。

俺はアニムスであることがもったいないと言われてしまうような人間だというのに。

「好きとか嫌いとかそういうことじゃない。確かに、俺の容姿はある程度の魅力はあるんだと知ってるさ！　だけど、成人してから、それ目当てに近付いてきた人間に言われ続けてきたんだ！　アニマだったらよかったのに、アニムスだなんて気持ち悪いと！」

語気を荒らげる必要なんてどこにもない。

それがわかっているのに俺の口は止まってくれない。

「俺だって恋の一つや二つしたことがある。だけど、彼らは皆獣性の強いアニマで庇護欲をそそる可愛らしいアニムスを求めていた！　お前どう見てもアニマだろ？　勘弁してくれよと言われた時の気持ちを忘れたことは一度だってない!!」

「それは、君が恋した相手に見る目がなかっただけだ」

「そうじゃない！　俺には！　俺みたいなアニムスには誰かに愛される価値なんてないんだ！」

そこまで言って気付いた。今の言葉はリカム婆ちゃんへの、そして、この世界に存在する俺のような大型種のアニムスに対するとんでもない侮辱であることを。

そんな醜《みにく》さを抱え続けていた自分があまりに情けなく、頬に液体が流れ落ちてくるのを感じる。

そんな俺をゼルファさんは、一度力を緩めそして再び腕と翼で抱き締めてくれた。

「落ち着きなさい。アーデは今混乱しているだけだ。それでも、最後の言葉は駄目だ。それはわかるね？」

ゼルファさんの胸の中に頭を埋め俺は小さく頷いた。

「それならいいんだ。それに、私は幸運だ。君の周りのアニマが見る目のない者ばかりで本当によかった。こんなに可愛らしく、そして優しく強いアニムスに恋をしないなんて趣味がよくないんだな、そいつらはきっと」

「……趣味がよくないのはゼルファさんのほうだと思いますよ」

「そんなことはないさ。実際私はこのまま君を自分の腕と翼の中にずっと閉じ込めたいと思っているよ。さて、他人の評価なんて関係ない。できれば君が俺のこの気持ちをどう受け止めてくれているか聞きたいのだが？」

「……っ」

それにすぐ答えられない自分が情けない。答えなんてわかり切っているのに、それなのにその一歩が踏み出せない。

身動きがとれないでいると、ゼルファさんに髪の毛に軽い口づけをされ、耳元で囁かれた。

「アーデ、どうか自分の価値を見失わないでくれ。君は君が思っているより魅力的な人間なんだ。そこにアニマやアニムスなんて関係ない。アーデという存在を、自分自身を受け入れてやってくれ、君は自分をもっと認めてやる必要がある。……きっとそれをリカム殿も望んでおられるのではないかな？」

わかっている。そんなことわかってる。

だが同時に、そんなに簡単に信じていいのかという言葉が頭の中に響いていた。期待をしてはいけない、過去何度も落胆したあの思いを忘れたのかと囁くのは、俺を守ろうとする俺自身。

駄目だ。一度崩れてしまった自分を取り戻すには少し時間が欲しい。

リカム婆ちゃんも、しっかり悩み考えなさいと言っていた……婆ちゃんはここまで予見していたというのだろうか……。

そうだリカム婆ちゃんが言っていたではないか、アニムスである自分を認めろと。アニムスだろうとアニマだろうと俺の価値が変わることなんて決してないと。その言葉の意味を、俺は理解したはずだった。

でも、人間はそんなにすぐ変われるものじゃないことだって俺は知っている。

「わかりました。ゼルファさんの気持ち、とてもよくわかりました。正直うれしいんです。うれしいんですけど少しだけ時間をください。そんなに時間はかけません……。少しだけでいいんです」

「もちろん構わないとも。もとより長期戦のつもりだ

ったのだがね。遠征への同行やさっきのあまりに可愛いアーデを見て我慢ができなくなってしまった。こんなところで想いを伝えてしまった私もよくなかったね」

「あっあの、可愛いっていうのはやめてもらえると……」

「すまない。根が正直なものだから嘘をつくことができないんだ」

真顔でそんなことを言う目の前の鷹の獣人を愛しく思う。

ほら、もう答えは出ているじゃないかと俺の中の誰かがつぶやく。

一人で大丈夫ですからとその場から逃げ出した俺は、早鐘を打つ鼓動を静めることができずに診療所の寝台に頭から突っ伏した。

✥✥✥

その報が斥候に出ていた騎士から入ったのは、俺達が村に着いて六日目のことだった。

凶悪な魔獣であるグレルル。

異常繁殖した群れの所在が判明したのだ。

発見場所はここから樹海に入り更に西に行ったところ、樹海の奥地からこちらへと群れで移動しているとのこと。

情報さえ得られれば、辺境での討伐という危険な任務に慣れた騎士達の動きは速い。

俺も診療所でベルクと共にその報を聞いて、とうとう戦いが始まるのかとにわかに不安が掻き立てられる。だが、それと同時に感じたのは助けられる命は必ず助けるという使命感。

そして、誰かが命を落とす可能性に対する恐怖。

結局あの晩の答えを俺はゼルファさんに伝えられていないまま。このまま戦いの場へと赴くあの人を見送るだけでいいのかと、俺の中でいくつもの声が上がる。あの人を戦いの場へ行かせたくないと思う自分もその中にはいて、そこでわかった!

俺をここに来させたくないと思ったあの人の気持ちが。

「ベルク、ベルクは戦うことを怖いと思ったことはないのか？　死ぬかもしれないんだぞ？」

そんな俺の口から出たのはあまりに今更な質問。今から騎士として魔獣と戦うベルクに投げかけていいものではない。

「悪いベルク。お前の気持ちを考えてなかった。忘れてくれ」

だが、ベルクから返ってきたのは思いもよらない答えだった。

「怖い……というのとは何かが違う。だが、常に自分の身に何が起こってもおかしくはないのだと覚悟はしている。その根底にあるのは死と向かい合う恐怖なのかもしれない。ゼルファ隊長がいつも言っていることだ。己の気持ちを偽るなと。恐怖をなくしてはならない、恐れを知らない者は強くあれない。その言葉を俺は忘れたことはない」

ゲイル父さんと同じ翡翠色の瞳に、戦いへと向かう興奮や迷いはなかった。ただ静かに、いつも通りの落ち着いた輝き。

「それに今回はアーデ、お前がいるからな。俺はいつもより更に強くあれる」

「だが俺は……」

「アーデ、これはお前にとっての初陣だ。何をすればいいのかと焦ってしまうのだろう？　戦いに対する不安があるのだろう？　俺達のことを心配してくれているのだろう？　だがアーデはアーデでなすべきことをなせばいいだけだ」

いつになく饒舌《じょうぜつ》なベルクの言葉にドキリとした。

俺の中の全てを見透かされているようで、下手をすれば俺のゼルファさんへの気持ちすら知られているようで心臓に悪い。

まさかベルクがともう一度顔を見上げるが、そこにはなんの含みもなく少し安心した。

まぁ、ベルクの場合それを知ったとしてもそうなのかと淡々と受け入れるだけなのだろうが……。

だが、ベルクの言葉で俺も覚悟を決めることができた。

ここに来たいと願ったのは俺自身。

今俺がすべきことは感情に流されず、何があろうとも医師として冷静な診断、治療を行うということ。

そしてもう一つ。

「なぁベルク、今ゼルファさんがどこにいるか知ってるか？」

「確か村人達への状況説明を行っているはずだ。この近辺の地理に詳しい若い村人が騎士団に同行を申し出てくれているから、それも含めて」

「そうか……。今、少しだけでもゼルファさんと話すことはできると思うか？」

「問題ないだろう。全ての準備は終わっている。あとは、出立の時を待つだけだからな。村人への説明もそう時間がかかるものではないはずだ」

俺は医師としての覚悟は決めた。

だから、一人の熊族のアニムス、アーデとしての覚悟も決めよう。

俺はベルクにゼルファさんの下への案内を頼み、診療所から村の中央にある広場へと向かう。

避難をする村人もいるのだろう。人が忙しなく行き交う広場のちょうど真ん中でゼルファさんを見つけた。

彼の高い頭の位置より更に上に、いつもと同じように立派な翼がその存在を主張していた。

村人への説明を行っている表情は威厳に満ちていて、あの人が精鋭部隊の隊長なのだということを改めて感じさせてくれる。

だが、俺の視線はそこにあるものを見つけ止まる。

それと同時に彼の下へと歩みを進めていた足まで止まってしまう。

俺の横ではベルクがどうしたのかと声をかけてくるがそれに答えられなかった。

ゼルファさんの逞しい腕に、細い腕が絡まっていた。

その腕の持ち主はゼルファさんのすぐ隣に立つ、ゼルファさんの胸元にも満たない小柄で華奢な青年だ。

頭上には三角に尖った耳、自身の足に巻きつくようにしている薄茶の長い尾。

彼はこの村の村長の長男で、若者達のまとめ役として騎士団に協力している猫族の子だ。

茶褐色の直毛の髪を一括りにして、少しつり上がり気味の目は意志の強さを感じさせ、彼の魅力をその金色の瞳と共に際立たせている。すらりと伸びた手足の動きはとても綺麗だなと、診療所で出会った時に思ったことがある。

　彼は本当にアニムスらしいアニムスで……。

　その手が伸びて、ゼルファさんに触れている。

　その様子を見た途端、俺の身体は硬直して、頭の中は真っ白になってしまった。

　そんな俺に気がついたのか、ベルクが首をかしげながらも何も言わず俺の様子を見守ってくれる。さすが生まれた時から一緒にいるだけのことはある。本当に頼もしい存在だ。

　ゼルファさんのそばにいるあの子は賢い子だ。自分の持つアニムスとしての魅力を十分に理解しているのだろう。他の騎士からは、可愛い子だ、伴侶にするならああいう子がいい、恋人はいるのだろうかという声も上がっていた。

　そしてゼルファさんは大型種ではないものの、アニムスの目から見れば魅力的だということは今目の前で繰り広げられている光景でいやでもわかる。

　それは、俺自身も感じていることだから。

　そんな二人の姿を見て、胸の奥に鈍い痛みが続く。


　──お似合いだな。


　こみ上げるのはひどく暗い感情。自分の存在価値がなくなるような、嫌なものが俺の中でとぐろを巻いて居座っていく。

　この胸の痛みの理由は知っている。

『アニムス』らしくない自分のことが俺は嫌い**だった**からだ。

　それは一種の諦めのようなもので、俺は仕事に打ち込むことでその問題から逃げ続けてきた。

　だけど、今は違う。

　俺はポケットの中のゼルファさんの羽根を右の手で握り込む。

　思い出されるのはあの夜のこと。

『アニムス』である俺を……いや、ただのアーデを求めてくれた彼の言葉が今は俺の背を押してくれる。

　胸の中に湧き上がっていた重く暗い感情は消え失せ、真っ白だった頭も正常な思考を取り戻す。いや、むしろ今は冴え渡ってすらいる。

　俺は一歩一歩、しっかりと前へと足を踏み出す。

村人への説明も終わったのだろう。ゼルファさんの周りにいた村人達は去り、残ったのは猫族の彼だけ。

「ゼルファさん！」

「アーデ、どうしたんだい？　ベルクまで連れて」

「少し診療所でお話が。お時間をいただいてもいいですか？」

「ああ、構わないよ。そういうわけだから君も、村の皆と避難をしなさい」

「僕が同行して案内するお話はやっぱり駄目なんですか？」

「そのことは散々話し合って決まったことだろう。君には村長の代理として、村の皆をまとめる役割がある。それが大事なことだと理解しているはずだ」

ああ、やはり彼はゼルファさんのことを。

だけど、ごめんな。

君にゼルファさんは渡せない。

「ゼルファさん」

そう言って俺はゼルファさんの手をとった。

そんな俺の行動に、ゼルファさんが驚いているのは明らかだ。

「お話が終わっているのなら、診療所のほうにお願いします」

「あっああ、構わないよ。だが、アーデ、これは」

「ベルク、その子のこと頼んだよ」

俺はゼルファさんの手を引き、診療所へと向かって早足で歩き出す。

その背後では猫族の彼が呆然とした様子だったが、すぐに何かに気付いたようで肩を落としてうなだれていた。

やはり聡い子だ。

同じアニムスとして感じとるものがあったのかもしれない。

だから心の中でもう一度だけ謝っておこう。

ごめんな、この人は俺のだから。

診療所へと向かう道すがら何かゼルファさんに話しかけられたが早足で進む俺の耳にそれは届かなかった。

そしてようやく診療所のドアを閉め、診察室で二人きりになる。

「アーデ、いったいどうしたんだ？　君らしくないというか、そんなに息を切らしてしまって大丈夫かい？」

「ええ、ご心配なく。俺は大丈夫です」

そして、手を繋いだままだったことに気付き慌てて離した。

その行為自体、ゼルファさんにとっては不思議だったようで再度怪訝《けげん》な顔をされる。

「ゼルファさん。お願いがあるんです」

「アーデ、とりあえず一旦落ち着こう。ゆっくり息を吸って、吐いて。ほら、水を飲みなさい」

「ああ、すみません。ありがとうございます」

ゼルファさんが手渡してくれたグラス一杯の水を一気に飲み干す。

気付かないうちに喉は渇き切っていたようで、砂地に染み込むようにして水が喉を、身体を潤してくれる。


「そうだ。そしてそこに座ろうか。大事なことなんだろう？」

「はいとても、とても大事なことです」

二人で椅子にかければ、ゼルファさんはやはり俺の横並びに座る。そして、あの夜と同じように俺を翼で包み込んだ。

「あの夜のことと関係していると思ってもいいのかい？」

「そ……うですね。あの時は、逃げてしまってすみませんでした。だけど、俺なりに考えて、考えて……」

「そうか、大丈夫。ゆっくり、落ち着いて」

ゼルファさんの翼だけでなく腕が俺の腰を引き寄せる。

近付けば香るシャクヤの香水の香りと徐々に近付く空色の瞳。

普段であれば至近距離で止まるそれ。だが、俺はそのまま自らの顔を進めた。

ゼルファさんの唇と俺の唇が重なり、すぐに離れる。

「アーデ、君は」

「今の俺の精一杯の返事です。どうしてもまだ言葉にするのが怖くて……。ですが、戦いに赴くあなたに俺の気持ちを知っておいてほしかった」

「それで十分だ。それなら、私の気持ちももう一度受け取ってもらおうかな」

俺の言葉にゼルファさんは穏やかな笑みを浮かべて、今度は彼のほうから俺へと口づけをくれた。

「どうか、無事に帰ってきてください。絶対に無事に……。もちろんゼルファさんだけじゃなく、騎士団の皆も。俺はここで待つことしかできませんが、何かあればすぐに駆けつけます。運び込まれた怪我人の治療に全力を尽くすと約束します。だから……」

「ああ、騎士として君に誓おう。必ず無事に戻ってくると。そしてその時には君が思っていること、感じていること、その全てを私に教えてほしい」

そう言うとゼルファさんは、椅子から降りて片膝をついて俺の片手をとった。

「本来であればここで誓約の言葉を述べるのだが、君には言葉ではなく私の気持ちを受け取ってほしい」

そう言い終えると、俺の手の甲へと口づけを落とし、その背中の翼を大きく開く。

勢いよく開かれた翼からは何枚もの羽根が抜け落ち、あたりへと舞い散る。

その光景を俺はなんと表現していいのか言葉にすることなんてできなかった。

「ゼルファさ……、ゼルファ。お願いがあるんだ」

翼を大きく広げ俺の手を持ったまま彼は空色の瞳を柔らかく俺に向けてくる。

そんな彼に、俺は自分のポケットからあの日拾って勝手に自分の物にしてしまった彼の羽根を差し出した。

「これ、分院の診察室の前に落ちてたのを拾ってそれからずっと……」

彼の羽根を持つ俺の手は震えていた。

「気持ち悪い真似をしてごめん。でも、身につけていると気持ちが落ち着いて……」

差し出した俺の手からゼルファは自分の羽根を受け取り、興味深そうに見つめている。

「もっと早く言ってくれればいいものを」

「いっ言えるわけないだろう……。正直、自分でもどうかと思ってるんだから」

「こんな勝手に抜け落ちた羽根を私だと思われるのは心外だな」

そう言いながら、ゼルファは自らの胸元のボタンをいくつか外してそこから細い紐のようなものを取り出した。それは首飾りで、今まで見た羽根の中でももっとも見事な鷹の――ゼルファの羽根がついていた。

それをゼルファは、俺の首に何も言わずにかけてくる。

「えっこれって……」

「俺達の種族は成人した時に抜け落ちた羽根の中から、もっとも立派なものを成長の証として持ち歩く習慣があるんだが、これがそれなんだ」

「いや、なんとなくそんな気はしてたけど、それをなんで俺の首に……」

「アーデにもらってほしい。その髪につけている羽根飾りのような特別な力や価値もないただの羽根だがアーデさえよければ」

「もらえないよ!? ようはこれってゼルファの成人の証みたいなものなんだろ? 大切なものだってのは、種族が違う俺でもわかる」

「だからこそ、アーデ。君にもらってほしい」

俺が呆然としてる間に、その首飾りはゼルファの手によってするすると俺の胸元へとしまい込まれていく。

「本当に俺がもらってもいいのか？ っ……俺も何か代わりになるものをあげたいんだけど、熊ってこういう時不便だな……」

「気を遣わないでくれ。私は君からたくさんのものをもうもらっているのだから」


その言葉に再び俺の顔は熱を持つ。


「それでも……。落ち着いたら何か必ず……。えっと、これありがとう。絶対大事にするから」

「ああ、君が持っていてくれるのなら私もうれしい。常に君のそばに私がいるのだと思うと心が年甲斐もなく弾んでしまうよ」


そう言ってゼルファは笑った。だから、俺も同じぐらいの力強さで笑い返した。

今抱いている不安を全て吹き飛ばすかのように。


「ゼルファ、どうか無事で」


そして、今の俺がかけられる言葉はそれだけだった。

戦いに赴く彼を見送る前にどちらからともなく、唇だけの優しい口づけを交わした。

第五章

樹海へと分け入っていく討伐部隊の本隊を見送って、村に残ったのは避難が難しい僅かな村人と俺のための警護の騎士、そして衛生兵が数名。

一日目は何事も起こらず、結局俺の杞憂だったのかと考えていたが、討伐隊が出立して二日目の朝、村の入り口に次々と怪我を負った騎士達が運び込まれてきた。

グレルルの群れに遭遇する前に、コーリューという魔獣と遭遇し戦闘になったらしい。

コーリューは空を飛ぶ魔獣で、鉄剣をも噛み砕く硬いくちばしとその鋭い牙で人々に恐れられている。人間の数倍の大きさがあり、羽毛はないが鳥に似た赤褐色の身体と、大きな皮膜付きの翼で自在に空を駆け、その翼端にある鉤爪と脚をも使って獲物を襲う肉食の魔獣。

空中から奇襲を受けると不慣れな騎士や冒険者はあっという間に命を刈り取られてしまう凶悪な魔獣。

だが、そこは精鋭ぞろいの辺境討伐隊。重軽傷者は出たものの全て撃退することができたそうだ。何より、木々の間を滑空しながらその手に持つ長剣でコーリュ一の翼を切り落としていくゼルファの活躍はすさまじいものだったと後方輸送を担当した騎士が話してくれた。

現地での衛生兵の治療だけでは厳しいと判断された重傷者が輸送兵によってここに運び込まれたのだが、確かにこの傷は衛生兵の手には余る。俺はいつでも使えるようにと準備していた処置室へ重傷度順に患者を運び込んでもらい、治療を行った。

やはり、コーリューの鉤爪やくちばしによるものなのか皮膚だけでなく、肉まで切り裂かれる大きな裂傷を皆が負っており、一番の重傷者はあと一歩間違えれば内臓にまで達するほどに傷は深かった。

一人、また一人と傷口の浄化と洗浄、そして創傷の度合いに応じた処置を施し、最後に縫合。全ては打ち合わせ通り、衛生兵も輸送兵もその動きは完璧で俺は自分の視線の先の患者の治療に専念できた。

朝から始まったそんな俺の戦場も昼ごろには落ち着きを見せ始め、今は処置を終え鎮痛剤が効いたのか深い眠りに落ちた傷ついた騎士達の様子を見て回っているところ。

幸い誰も命を失うことはなかった。

それを自分の手柄だとは思わないが、自分の存在意義と俺の願いは間違っていなかったのだと僅かな高揚感を感じる。だが、同時に手が震えた。

今回は全員の命を救うことができた。しかし、もし手遅れの者がいたら？　俺はそれを受け止めることができるだろうか……。今まで受け持ち患者を亡くしたことがないわけではない。それでも……。

いや、今はそんなことを考えるのはよそう。

今も樹海の奥ではゼルファやベルクが戦っているのだから……。

一仕事終えた俺は、少し外の空気が吸いたくてあの夜、ゼルファに連れていかれた空き家の裏を流れる川へとやってきた。

靴を脱いでその足を流れる川へとつけるとやはり冷たい。だが、その冷たさが俺に冷静さを取り戻させてくれる。

これはただの始まりかもしれない、今からまだ怪我人が運び込まれる可能性はいくらでもあるのだから。

そんなことを考えていると警護のために残っていた騎士が姿を見せる。

「アーデ先生、出掛ける時は一言お願いしますよ。僕がゼルファ隊長に怒られるんですから」

「悪い悪い。ちょっとした散歩のつもりだったんだ。それにこの村に残ってるのは俺達だけだ。危険なんて──」

「先生！　こっちに！　急いで！」

突然上げられた緊張感に満ちた大きな声。何事かと慌てて俺は彼の下へと向かう。

狼族の彼は、三角耳を細かく動かしてその鋭敏な聴覚でなんらかの音を拾っているようだった。

その鋭い視線が向かうのは空だ。

そこに俺には見えない何かがいるとでもいうのか、それも俺達に危害を加える何かが。

俺も耳を澄ますと、すぐに甲高く鋭い音──風切り音が一瞬聞こえ、耳障りな鳴き声があたりに響き渡った。

「っ！」

声にならない音が喉の奥で鳴る。

「これは……コーリューです」

「まさか!?　どうしてここに!?」

「コーリューは同族意識が強く、執念深いんです。生き残りか同じ群れの仲間が別の場所にいたか……。血の匂いでこっちに招き寄せられたのでしょう」

「戻ろう。診療所の患者達が心配だ」

「いえ、あちらは大丈夫です。僕以外の騎士が応戦しています。耳を澄ましてください。きっとアーデ先生の耳でも聞こえるはずです」

そう言われてみると遠くから聞こえてくるのは、剣戟の音。彼が言う通り残っていた騎士達が戦っているんだろう。

「だが、大丈夫なのか？　そのコーリューに襲われた騎士達を俺は治療したばかりなんだが……」

「それは大丈夫です。ここに残った僕達は、『アーデ先生』の護衛のためにゼルファ隊長に選ばれたんですから」

強調された自分の名前を聞いてその意味を理解する。

つまり、彼らは精鋭ぞろいの部隊の中でも更に精鋭なのだろう。ベルクが拠点にいる間は俺の警護についていたように。

だが、あの人の過保護さが今は正直ありがたい。

「アーデ先生は静かに、ちょっと待っていてください」

そう言って彼は音も立てずに空き家の屋根の上に跳躍する。改めて感じる狼族の俊敏さに我が目を疑った。いや、狼族が全員こうなのではなく、彼がその中でもすごいのかもしれないが。

そんなことを考えているといつの間にか目の前に彼が戻ってきていた。

「診療所は問題なさそうですね。運よく弓が得意な騎士が二人ほど残っていたのでうまく応戦できてます。診療所自体の建物も頑丈ですし……、ただ問題は」

「問題？」

「コーリユーは群れで獲物を襲います。最低でも三体以上、今診療所で戦闘に入っているのは目視できただけでも二体、となると残りは」

「残った村人か!?」

コーリユーの鉤爪や牙であれば、この村の家のほとんどを占める木造の家屋なんて一瞬で破壊されてしまうだろう。

そして今村に残っているのは怪我や病気で動くことが難しく、避難をしなかった村人達。そんな彼らがコーリユーに襲われたらひとたまりもないはずだ。

「行くぞ！」

「アーデ先生、今俺はあなたの護衛です。この意味わかってもらえますよね？」

「ああ、わかった上で言っているんだ。俺を守ってこのまま安全な場所へと避難させるのが本来の君の役目だろう。だけど、この状況でゼルファは俺だけの安全を本当に望むと君は思うのか？　君達の隊長ならどんな命を下すかそれを考えてみてくれ。俺は君達みたいに戦うことはできない。だけどな、患者を背負って走ることぐらいならできるんだ！」

俺の訴えに目の前の狼族の騎士はすぐに答えてくれた。

「こんな人だからゼルファ隊長はアーデ先生を選んだんでしょうね。アーデ先生を狙ってた他の騎士達を隊長があれだけ牽制してた理由もよくわかりました。残った村人は西にある家に集まっているはずです。そちらへ僕と一緒に」

その言葉に合わせて俺と彼は走り出す。狼族の足の速さにはついていけないがなんとかその後ろを追うようにして。

「僕も全力を尽くしてあなたを守ります。ですが、アーデ先生。あなたはご自分の身の安全を第一に考えてください」

「了解した。自分が無事でなければ患者を助けることはできないからな……。そこは善処する。あと、一つ聞きたいんだが俺を狙っていた騎士っていうのはどういうことだ？」

前を行く彼が驚いたように一瞬こちらを振り返る。

「えっ、アーデ先生、全く気付いてなかったんですか!? アーデ先生が騎士団に着任してから軽い怪我を負った騎士が妙に医務室に増えませんでした？」

「そう言われると……、看護師の処置だけですむような傷も多かったな……。だが、小さな傷でも大事になることはある。騎士は健康な身体が資本だ。いいことだと思ってたんだけど」

「はぁ、やっぱりアーデ先生ってベルクの双子の兄弟なんですね……。どんな相手でも懸命に治療をしてくれるあなたのような存在は騎士団の独り身のアニマ達にとっては、目に毒なんですよ」

「君、本気で言ってるのか？」

「本気も何も、先生が最初に手術した獅子族のあいつも、ゼルファ隊長と先生が遠征先で命を助けた豹族のあいつも、アーデ先生にベタ惚れですよ!? 全く気付いてなかったんですか!?」

それを聞いてもまだ信じられない。

自分がアニマから見てそういう対象になるのだと考えたことがなかったから。


「ああ、これはゼルファ隊長も大変だ……。あっ僕は伴侶がいるんで安心してください。さて、軽口はここまでです。やっぱりこっちに来て正解です。いますよ奴が」


その言葉に意識は一気に現実へと引き戻される。

早鐘を打つようなこの鼓動は全力で走ったからだけではない、コーリューの恐ろしさを俺は父達から聞いていたからだ。

昔、冒険者時代にコーリューと戦い仲間を失ったことがあるらしい。

父達は無事だったがそれでもその悔しさは忘れられないらしく「長い付き合いじゃなかったが仲間を殺られた口惜しさと後悔はいまだに消えねえ」と悔しそうに言うダグラス父さん。「だが、未熟な自分を見返すことになったいい機会でもあった。今ならあんなみっともない戦い方は絶対にしない」とどこか遠くを見て語っていたゲイル父さん。

二人のあんな様子を見ることは滅多にないので記憶によく残っている。若かったとはいえ、あの父さん達が苦戦した、そんな相手に立ち向かわなければならないのだから。


「コーリューの動きは速い、しかも仲間を殺られて殺気立っています。僕が囮《おとり》になって引きつけますから、アーデ先生は村人の避難をお願いします。村の中であれば診療所へと誘導するのが一番安全かと」

「わかった。君も無茶はしないでくれよ」

「こう見えて意外とやるんですよ。ご心配なく――」


その瞬間、頭上で金属がぶつかるような衝撃音がし、その寸前俺の身体は強い力で押し飛ばされ、二転三転して道の端まで吹っ飛んでいた。

きっと騎士の彼が俺をかばって突き飛ばしてくれたのだろう。

さっきまで俺がいた場所ではコーリューがその鋭い鉤爪で狼族の騎士を襲っていた。

目の前の光景に息を呑むが、彼は双剣を使って攻撃を受け流し、逆に傷すら負わせている。

「くそっ、もう一匹いたのか！　アーデ先生、逃げてっ！」

立ち上がった俺に鋭い声が飛び、気がついたら目の前に影が降ってきている。

――コーリューのめんどくせえとこは、時々滑空してくっから接近する時の音がしねえんだよ、だからよっぽど気配に鋭敏か、必ず視界に入れとくか、どっちかでしか避けられねぇんだよな。

ダグラス父さんの言葉を思い出した時には身体が宙に浮いていた。

なんだ？　と思うより先に、駆け寄った彼に再度突き飛ばされ、俺は気がついたらまた地面に転がっていた。

ずいぶんと飛ばされてしまったようで、コーリューによって既に破壊された家屋が目に入る。

なんとか身体を起こして、自分がすべきことを考えた。

目の前の彼は二匹のコーリューに交互に攻撃を受け、防戦に徹するしかない。

今は攻撃を綺麗にさばいているが、援軍が来なければこのままでは危ないだろう。

そんな風に考えていたのは一瞬だったはず。だが俺の中では何もかもが走馬灯のように浮かび流れ去っていき……。

不意に俺はベルクからの忠告を思い出した。

――アーデ、何かあったら迷わず獣化だ。ここではその判断が生死を分けることもある。

その瞬間、俺の身体は光に包まれた。

❖❖❖

自分の身体が変化していく。その感覚と共に視野が低くなり、前方に伸ばした手のひらから着地し、後ろ脚の爪が大地に深い溝を作る。

全身が明るい茶の獣毛で覆われ、獣化の影響で感覚が鋭敏になる。そのおかげで、今まで感じられなかったものを感じることができる。

そして俺は、強化された聴覚と視覚で近くの壊れた家の陰にいる存在を知った。それはこの村で初めて俺の患者となったあの祖父と孫。

あの足では避難するのに時間がかかると村に残っていたのだろう。そして、俺達が来るまでは彼らがコーリューの標的だったというわけだ。

自分の選択に間違いはなかったことに胸を撫で下ろし、俺は目の前で騎士に襲いかかっている二匹のコーリューに視線を向ける。

騎士がコーリューの攻撃を受け流す、激しい剣戟の音が更に鋭敏なものとなって耳に入ってくる。

「先生!?　いったい何を!?」

『壊れた建物の陰に俺の患者がいる！　一体なら君の相手ではないはずだ。だから、頼む！』

「無茶です！」

『死ぬつもりはない！　君のことを信じている！』

それ以上、彼の答えを待つ時間はなかった。

俺は、威嚇の遠吠えを空へと向けて放つ。

それに騎士から一旦離れていたコーリューが反応する。

いいぞ、そうだ。

来ればいい、俺はここだ。

俺はタイミングを見計らい、その瞬間全力でコーリューと相対するように走り出した。

自分より大きな魔獣に向かって走るのは正直怖い。

だが、俺は守らなければならない。俺の患者も、俺を守ろうとしてくれている騎士も。

だからと言って死ぬつもりなんてない。

俺は熊族、レオニダス一の武勇を誇るフォレスター家の一員。

ゲイル父さん、ベルク、爺ちゃんに婆ちゃん……見ててくれ！

全力でコーリューへと向かって走りながら、俺はその時を待つ。

滑空するコーリューの速度は速くその時はすぐに来た。

今だ！

俺とコーリューが正面からぶつかり合うその瞬間、俺は身体を地面へと伏せた。

標的を見失ったコーリューが俺の頭上を通り抜ける

その一瞬、後ろ脚で立ち上がり背を伸ばし、腕を振るう。メスで皮膚を切るのとは違う、生々しい感触を爪に感じながら、俺は走り抜けた。

背後でコーリューが憤怒《ふんぬ》の鳴き声を上げている。羽ばたきによる風圧を感じるが、その全てを無視して俺は一目散に森へと逃げ込む。

空を自在に飛ぶコーリューだが、木が密に生い茂る森の中ではその機動力が半減する。そんな父さん達の話に倣い俺は森の中を疾走する。人の姿では到底叶わぬ速度で、盛り上がる根を飛び越え、太い枝をくぐり、足場の悪い道を突き進む。

背後をちらりと振り返れば父さん達の言葉は正しく、俺の動きにコーリューも遅れを取っている。

だが俺はコーリューの視界に必ず姿を晒した。何度も鳴き声に咆哮で応え、あいつの怒りを助長した。

今あちらに戻られては意味がない。彼がもう一体のコーリューを倒し、俺の患者を保護してくれるまではこちらに引きつけておかないと。

既に何体も仲間を殺られているコーリューもまた怒りで我を忘れているのか、手頃な獲物である俺に執着してくれている。

ならばなおさら好都合だと、俺は走り続ける。不思議と息は切れず、どこまでも走れるような気がした。

どれぐらい駆けていただろうか、それすらもあやふやだがここまで来ればもう大丈夫だろう。俺は奴の目に留まるようにと手頃な太さの木によじ登り、誘いかける。

高さがないなら、こちらで高さを作ればいい。

太い枝の上でこちらをうかがうコーリューに吼《ほ》えかければ、俺の声は不思議なほどに響き渡り、木霊を繰り返す。

久しぶりの獣体のせいか、熊としての野生の本能が強く俺に働きかける。

あれを倒せと、俺のモノを傷つけた敵を許すなと、俺の中の熊の本能が人としての理性を食い尽くしていく。

俺にとって、俺を迎え入れてくれて共に働く騎士団は身内も同然だ。村人も俺の患者であり、俺が助けようとしている者達だ。

俺はここだと咆哮する。

無謀な行為だとわかっていても、理性よりも感情のほうが強く働き、止められない。

滑空し木々の中を突っ込んできたコーリューが、枝葉に邪魔されるのも厭わずに俺へ向かってきた。俺に今ある武器はこの爪と牙だけ、それでも傷の一つでも付けられるはず。

だから突っ込んでくるのも構わずに俺は右手を大きく振りかぶる。

俺の今の願いは、皆で生き延びてゼルファ達に再会すること。

生きてゼルファに会いたい、彼と共にいたい。

できることならこの先の未来も共に。

今の俺にできることは、そう願うことだけ。

視界に映るコーリューの姿がもっとも大きくなるその時、俺は全身の力を込めて腕を振り下ろし――。


「ギィィッ――っ！」


響き渡るコーリューの鳴き声。

俺は空振った右手を振り下ろした状態のまま一瞬呆ける。さっきまで視界にいたコーリューが一瞬で消えたのだ。


「ギイア、ギャアッギャ！」

『キィアーィー！』

不意にコーリューとは別の鳴き声に気付き、俺は上を見た。そんな俺の視界に入ってきたのは、巨大な鳥。

濃灰褐色と淡灰褐色が作る独特の紋様は鷹斑。あれを持つのは鷹族だけで、その姿になれるのも一人だけ。紋様を翼に散らした巨大な鷹がコーリューを捕らえ、その爪と鋭いくちばしで攻撃をしている。


『あれは、どうして……ゼルファ!?』


間違いない、あの翼の紋様、そしてどこまでも澄んだ空色の瞳。

最前線でグレルル討伐の指揮をとっているはずの彼がどうしてここにという疑問はあっても、目の前の存在は現実のものだ。

あり得ないと思うと同時に、来てくれたという強い安堵感に俺は木の上だというのに枝に座り込んだ。

羽ばたく音があたりに響き、巻き起こる風が木の葉を巻き上げる。空中で羽ばたいては攻撃を繰り返すゼルファの強さは圧倒的だった。

コーリューも目から血を流しながらも牙をむき、脚で蹴りを入れながら、激しく羽ばたきゼルファの攻撃に必死の抵抗を続けているが、やはり優勢なのはゼルファ。

羽ばたきながら鉤爪のついた太い脚でコーリューの身体を押さえつけ地面へとそのまま落とし、とどめの一撃をコーリューへと加える。

何度か痙攣《けいれん》を繰り返したコーリューはそのまま命の鼓動を止めたように見える。

その光景に、助かったんだという安堵感が胸いっぱいにひろがってきた。

身体から力が抜けて、そのまま枝からずり落ちそうになるところをなんとか堪《こら》え、するすると木から下りていく。ただ最後にはどしんと尻から落ちて、無様にひっくり返ることになってしまったが。

『痛っ、子どものころとは勝手が違うな』

『アーデ、大丈夫かっ！』

『大丈夫、木登りは得意だったんだけどなぁ。大人の身体だと重さが……』

『そういうことを聞いているんじゃない！』

成長した分身体が重く感じる。思わずぼやいた俺に、鳥の顔なのにわかるほど眉間に深くしわを刻んでゼルファは怒り始めた。

『それより、なんで君が戦っている。いったい何がどうなっている！』

『俺も戦うつもりはなかったんだけど……。詳しい説明は後でさせてもらうから』

『それでもどこかに身を隠すなり何か方法はなかったのか！　空から見つけた君は真っ向から戦おうとしていたぞ！』

ぐいっと鋭いくちばしを突きつけられて、眼光鋭い瞳で見つめられては迫力満点で、俺もじわじわと後ずさりながら視線を外して口ごもる。

自分を囮にしたと伝えたらとんでもないことになってしまいそうだ。

『もちろん逃げようとはしたよ。ただ、コーリューの

数が多くて、近くに村人が隠れていることもわかって
あの時、自分にできたことはこれぐらいで……』
『それでもだ。森の中でコーリューと対峙《たいじ》している熊が君だと気付いた時の俺の気持ちがわかるか!?』
『本当に悪かったって、ごめん』

本気で怒ってくれている。だからこそ、ゼルファが俺を心配して言ってくれているのは伝わってくる。

俺自身、今目の前に彼がいることがまだ信じられない。だが同時に感じているのは安心感と果てしない喜び。

ああ助かったんだと今更ながらに身体の力が抜けて座り込んでしまいそうだ。


『けど、俺もいきなりゼルファが飛んできて驚いた。本隊のほうはどうしたんだ？』

コーリューの村への襲撃を討伐部隊へと伝える暇なんかなかったはずだ。

『私達の部隊もコーリューに襲われたのは知っているのだろう？』

『ああ、負傷した彼らの治療を終えて外に出ていたところを襲われたんだ。あっ、皆命に別状はないから安心してくれ』

『それはよかった……。が、よくはないな。その時、討伐したコーリューの巣を斥候班が見つけたんだ。その規模と討伐したコーリューの数が合わない。そして私達の本隊を襲いに来る様子もなかった』

『血の匂いを追いかけて仲間の復讐のためにこの村へ？』


俺の言葉にその通りだとゼルファは猛禽の目を閉じ頷いた。


『その報告を受けた時には、既にグレルルとの戦闘に入っていたんだ。だが、下調べに時間をかけたおかげか不意をつくことができてね。怪我人を出すこともなく戦闘は終わりかけていた。だから、あとは副官やベルクに任せて私は一足先にこちらの様子を見に来たんだ』

『その途中で俺を見つけた？　あっ、村にもコーリュ

ーがいるんだ。急いで戻らないと』
『それは心配ない。空から見た限り、あちらのコーリユーは全て討ち取られたようだ。それを示す狼煙《のろし》もあがっていたよ。だから、空から君を見つけたときは本当に驚いた』

ここまで来て互いの緊張も解けたのか俺達は獣体から人間へと姿を変える。

その途端、ゼルファに抱き締められた。

腰に腕を強く回され、そして翼でも俺を抱き締めているかのように。


「心配させてごめん。だけど、警護の騎士を叱らないでやってくれ」

「どんな状況だったのかはアーデがここにいるということで想像がつく。各自が最善の行動をした結果だ。それを咎めるつもりはないよ。だから、少しだけこのままで」

彼の要求に戸惑い、視線を逸らすが、その視線を追うように彼がそっと頭を俺の顔に擦りつけてくる。それが心地よくて、俺はされるがままに自然と目を閉じた。

互いに互いを自然と求め合い、どちらからともなく口づけを交わしていた。

それはあの時とは違う、もっと濃厚なそれぞれ気持ちを確かめ合う甘い口づけ。

こんな時でも、ゼルファのつけているシャクヤの花の香水の香りは甘く俺を魅了する。

だけどその中に何か違うものを感じた。


「ゼルファ。コーリユーのとは違う血の匂いがするんだけど、どこか怪我を？」


見えないからこそ、嗅覚が強く働き、俺はその血の匂いを感じとって目を見開いた。それよりこの香り、今まで気付かなかったけど香水とは何か違うような気がする――いや、今は血の匂いのほうが優先だ。

意識が別のほうに流れそうになったのを慌てて引き寄せて、俺はゼルファの血の匂いの元を探す。

ゼルファには傍らの木にもたれかかって座ってもらう。

足のほうか。

「ゼルファ、血が染みてる。足を、診せて」

「今ごろ痛みが増してきたな」

「これは……ちょっと深いな。コーリューの爪か、牙がかすった？」

「爪だな、寸前で避けられたかと思ったが最後に引っかかったようだ」

そこには鋭く切り裂かれ、えぐれた状態で血を流す無残な傷口があった。

「ひどいな、これ。すぐに止血を……動脈までいってないのは幸いだけど。しまった、道具がない……」

俺は自分が着ていた白衣を引き裂いてゼルファの足をきつく縛る。

しかし、持っていたはずの医療器具の入っていた鞄がどこにも見当たらない。

あれがなければこの深さの傷の処置は難しいというのに。

「大事な道具か？　どこでなくした？」

「どこだろ、ここにないとなると」

ぐるぐるとその場を回ってあたりを探すが、すぐ近くには落ちていない。診療所から出る時には常に肩にかけるようにしていたから、そうなると獣化した時か、その前に何度か突き飛ばされた時か。

「探しに行って戻ってくるより、一緒に村へと戻ったほうがいいと思う。ゼルファ、飛べそう？　それとも俺が支えれば一緒に歩ける？」

「それはどちらでも問題はないが……。アーデ、君は治癒術を使えるかい？」

「もちろん。だけど、この深さに治癒術は相当な負荷がゼルファにかかるから」

「いや、それなら――っ!!　アーデ！　伏せろ！！」

立ち上がり村へと戻る準備をしようと、ゼルファに答えた時だった。

いきなりゼルファに押し倒され、身体が地面に押しつけられる。

すぐに激しい風圧が俺達を襲い、多量の枝葉がちぎれて飛び散る。まるでいきなり嵐の中に飛び込んだようにに強い風の中で俺はゼルファにかばわれるようにして数度地面を転がった。

何が起こったのかわかったのは、俺の背が地面に付いて完全に止まってからだ。俺に覆い被さったゼルファの身体の背後にそれはいた。青い空と緑の木々を背景にして、さっきゼルファが倒したものより一回りは大きな灰色のコーリューが皮膜の翼を広げて浮いていた。

その姿を視界に収めた途端、全身が総毛立ち、ドクンドクンと心臓が早鐘を打つ。何かが違う。あれは普通のコーリューではないと本能にも近い恐怖が湧き上がる。それでもなんとかゼルファに支えられてゆっくりと、それから視線を離すことなく身体を起こした。

「コーリュー、まだいたのか……。だけどあの色は……」

村を襲ったコーリューは赤褐色だったはず、だがこいつは違う。

今にも飛びかかってきそうな殺気を放ちつつも、こちらの出方をうかがっているように見える。

「最悪だな……。灰色で生まれるのはコーリューの雄。しかも、身体能力の優れた変種の色。俺が倒したコーリューはこいつの雌だったのかもしれないな。それで、俺に復讐をしにわざわざお出ましになったようだ。アーデ、君は逃げろ」

「そんな!?　その怪我で戦うのは無茶だ。ゼルファも一緒に」

「アーデ、徒歩で逃げるのは無理だ。そして、君を背中に乗せていては追いつかれてしまう。コーリューは地上の生物を優先的に狙う本能がある。だから――」

「嫌だ。絶対に。ゼルファを囮にして俺に逃げろっていうなら断る」

思わず口調が強くなってしまった俺に、ゼルファがコーリューから視線を外さないままに話しかけてくる。

「逃げるんじゃない。村から援軍を呼んできてほしいんだ」
「同じことじゃないか!?」
「違う。私は死なない。君が援軍を連れて戻ってくるまでここでこいつの足止めをするだけだ。アーデ、君ならわかってくれるはず。俺が愛した君ならば」

その言葉を言い切る前に、彼の身体が獣化の光に包まれる。

体長が伸びて、横に広がり、翼が身体に沿い、立派な脚が巨体を支え、尾羽が綺麗に伸び切った。

翼に浮かぶのは猛禽類でも鷹族に伝わる独特の紋様で、普段のゼルファの背にあるのと同じもの。

その翼が大きく羽ばたく。枯れ葉を巻き上げた羽ばたきが更に強くなったその瞬間、変化を終えたゼルファの身体が浮かび、変種のコーリューに向かっていく。

コーリューはそんなゼルファを見つめたまま、その場で待ち構えているようにすら見える。

ギャ――ワッ!

『キィヤァ――!』

二つの鳴き声がぶつかり、互いの身体が絡み合う。

村から援軍を呼んでくる? ここから村までどれだけ距離があると思っているんだ。

足止めをする? 片足にすぐにでも処置が必要な怪我を負ったままで?

俺を逃がすための囮。そんなの断るって言ったじゃないか。

ひらひらとあたりに舞い散る白い灰褐色の羽根はゼルファのもの。

彼を置いて逃げることなんてできなかった。

変種のコーリューがどれだけ強いかなんてわからない。だけど、ゼルファの表情でそれが絶望的な戦いだということはわかっていた。

だからこそ逃げられない。

血の匂いが、ゼルファのシャクヤの花の香りがここまで届く。まるで目に見えない血の滴《しずく》が降っているのではないかと思うほどに濃厚に。

灰色のコーリューは獣体のゼルファより一回りは大きかった。鋭い足爪も牙も、皮膜の翼の先の鉤爪も、普通のコーリューとは比べものにならないほどに全てが巨大。

ゼルファの身体から何度も羽根と血が飛び散り、俺の喉から声なき悲鳴が上がる。

しかもゼルファはそんな中でも俺からあいつを離すために移動しようとしている。俺にどうして逃げないんだと訴えかけるように。

このまま一人で逃げるのは嫌だった。

それでも空中で戦うゼルファは俺からどんどん遠ざかっていく。


『なんで、なんでだよ。ようやく見つけたんだ……。だから、俺を置いていかないでくれよ!!』


怒りと焦りと悲しみとがない交ぜになった感情が俺の中で爆発する。

次の瞬間気がつけば俺は再び熊の姿へと変じていた。

置いていくな、置いていくな、俺を置いていくなっ！

心の中で叫びながら必死に追いかける。

空中を駆ける鳥と地上を走る熊、その速度の差は大きく次第に離されていく。空から届いていたゼルファの香りまで俺から離れていってしまう。


『あっ、あぁっ！』

不意にゼルファの身体が落下を始めた、と思ったらまたすぐに浮上する。だがその動きに力強さはない、遠目にも風切羽《かざきりばね》がボロボロになっているのが見える。

『い、いやだ、嫌だ嫌だっ、ゼルファっ、ゼルファっ!!』


遠すぎて返事など期待できなかった。

なのに俺の耳は確かに彼の悲痛な声を捉えていた。


『村へ行け、こちらに来るなっ！』

『わかってる、わかってるけど無理だ。あなたから離れたくない。俺のことはいいから、俺のことなんて気にせず戦って、そして生きてくれ！　ゼルファっっ!!』


叫びながら泣いていた。そばにいさせてもらえないことが悲しくて、辛くて、涙が溢れてくる。

俺は、こんなにも、こんなにも彼を求めている、欲しているというのに。

彼は俺にとって唯一無二の存在、芳しい香りを放つ俺のモノ。

香水だと思っていた。だけど違った。これは彼の香りだ、血の一滴にすら感じる香り。

どうして気付かなかった。いや、気付こうとしなかった。

アニムスである自分を認められないばかりに。いくら獣性が低くても本来であれば気付けたはず。

だが今、俺の本能は彼を求めて叫んでいて、もう俺はそれがなんだか知ってしまった。

最初から駄目なのだと諦めていたから、あの香りが香水のものだなんて思ってしまって。

だが今の俺はそれがたまらなく愚かなことだと気付いていた。

諦め切れるわけがないのだ。

こんなにも焦がれる存在を。

俺に触れてほしいと願う存在を。

俺がいまだかつて味わったことのない感情を揺さぶるモノを。

どうして諦めてやれるものかっ！

俺の感情の高ぶりに合わせて、自分の中の魔力が高まっていくのを感じる。

あまり得意ではなかった精霊術。

だけど今耳元で、風の精霊達が俺に囁きかけてくる。

俺の魔力を解放しろと。

ああ、好きにすればいい。全部、ありったけを持っていけ。

だから――。


『風達よ、頼む!! 俺の愛する人を助けてくれ！！！』


俺の叫びと魔力に応えるように風の精霊達が悦《よろこ》び集まってくるのを感じる。

穏やかだった風はあっという間に激しい竜巻となり、狙いを定めたように天へと舞い上がる。それは俺自身が驚くほどの激しさで大気を乱した。

以前、ゼルファは言っていた。風の精霊とは仲が良いのだと。そんな彼らがゼルファを護《まも》りたいという俺の思いに呼応してくれたのか。

そして、上がった悲痛な鳴き声は耳障りなコーリューのもの。

その隙を見逃さず、灰褐色の翼を持った鷹はその鉤爪でコーリューの皮膜を引き裂いた。そのせいで一気に体勢を崩したコーリューが最後のあがきとばかりにゼルファの翼に嚙みつく。

俺の視界の中で二体は絡まり合い、揚力を失った翼が天に細長く伸びたまま落ちてくる。


『ゼルファっ、ゼルファっ！』


俺は叫びながら必死になって落下地点へと走った。

二体の身体は一つとなり、そのまま落下してくるように見えた。だけど、途中で体勢を立て直したのはゼルファだった。

風切羽はボロボロでどうしてそんなことができるのかと一瞬考えたがさっき自分がしたことを思い出す。

風の精霊術だ。それでゼルファは自分の身体を浮かせているのだ。

そしてそのまま変種のコーリューはすさまじい音を立てながら地上へと墜落した。

続いて地上に降りてきたゼルファがその喉元へと飛びかかる。響き渡るのは骨が砕ける音と断末魔の鳴き声。

彼の鉤爪のついた脚がコーリューの喉を踏み抜いたのだ。それこそ、どんな生き物でも致命傷となるべきその場所は、衝撃で砕け、潰れ、血を吹き出した。


これで終わり。

俺は本気でそう思った。だからこそ、次に起きた光景が信じられなかった。


『ぐぅっ！』

『ゼルファっ！』


目の前でコーリューの折れたはずの皮膜の羽根が大きく動いた。先端にある鋭い鉤爪がその重さそのままに、ゼルファの翼から肩へと落ち、一気に彼を切り裂いた。

自分が上げた悲鳴が脳を揺さぶる。吹き出す血潮が俺の視界を真っ赤に染めた。

衝撃で後ろにのけ反ったゼルファの身体がコーリューから滑り落ち、緑の苔《こけ》の上に倒れ伏す。

その背に生える翼は無残に折れて、片方は根元から引きちぎれているのが目に入った。


『あ、あっ……あっ』


俺の四肢がバラバラに動く。よたよたと駆け寄ると、鼻先で触れたくちばし近くはまだしっかりと息をして動いていた。だが空色の瞳は閉ざされており、胸の鼓動は弱い。

ちぎれた翼の根元からの出血が止まらない。


『ゼルファっ！　ゼルファ、聞こえるっ？　俺の声が聞こえたら返事をっ！』


さっきまで動いていた。

さっきまでしゃべっていた。

だからまだ大丈夫、まだっ。


『……ア、アーデ』


『ゼルファっ、すぐ助けるからっ。絶対に大丈夫だから』

『ん……くっ……大丈夫っだ。……だから、そんな……泣きそうな顔を……しないで……くれ』

『泣いてなんか……!!　とにかく……ああでも……』


今の俺には何もない。それでも敏感な嗅覚で血の発生源を探り、よく聞こえる聴覚で血流の様子を探る。できるのはそれぐらい。


『止血をしないと、あとは固定、……頸動脈は大丈夫、首の骨は……何よりこの根元の出血をどうにかしないと』

『アーデ……、……なあ、可愛い……私の熊さん。大丈夫、私は……そう簡単に死……なないさ』

『そんな、ああ……もうしゃべらなくていい。ああ、誰か……』


ここまで来て誰かに助けを求める自分の弱さ。

だけど彼に今の俺ができることなんて……。

俺は、落ち着けと自分に向かって言い聞かせながら、まずは人の姿へと変化した。

新人達にも教えたはずだ。医師は常に冷静でいろと、患者に不安を悟られるなと。

『大丈夫だ、アーデ……。ようやく……見つけた俺の大事な……ぐっ』

「だからしゃべらないでくれ。ほら、咳き込んでっ……くそっ、肺からの出血か……」

外傷すら道具がなくては何もできないというのに、こんな場所で道具もなしに身体の中まで治療なんてできやしない。

そんなことを考えていたら、いきなりゼルファの身体が光に包まれ始めた。

「えっ、ちょ、ちょっと待って。今そんな魔力を使うことなんかしたら、ゼルファ……！」

「……この姿じゃ、ないと……げほっ、君に触れられない……」

完全に人の姿に戻ったゼルファは、獣体の時より更に傷だらけなのがわかる。腕も足も、身体も、胸なんて何本ろっ骨が折れているんだろう。それにあの立派な翼も……。

それなのに手を伸ばして俺の頬に優しく触れる。その冷たさは命が消えゆく証。たまらず涙が零れてしまう。

だけど、今彼の魔力が一瞬強くなったことで感じたのはあの香り。

そうだ、そうだったと俺の中で希望が湧き上がる。

「……アーデ、アーデ」

ゼルファはうわごとのように繰り返す。

目の前に俺がいるのにもう見えてはいないようだった。

「ゼルファ。俺は、ここにいるよ。ねえ、俺はここだ」

「ああ……アーデ、愛して……る。ずっと……君の……ことを」

「わかってる。だから、俺はあなたを死なせたりしない」

「アーデ、アーデ……俺の、いと、しい……アーデ……」

「ゼルファ。俺もあなたのことが好きだよ。大好きだ。この気持ちは『番』だからじゃない。だって俺は、そのことに気付けていなかったんだから」

そう、俺とゼルファは『番』。

ことここに至ってようやくそこにたどり着いた。

『番』であれば治癒術で彼を治せる。

母さんが父さん達を治したように……。

だけど、ダグラス父さんの腕を再生できたのは母さんの魔力と知識が合わさってこそ。

その奇跡は母さんの魔力量であっても足りず、生命力で補ったと聞いている。

さっき風の精霊達に魔力をほとんど持っていかれた俺にどこまでできる？

俺の治癒術は母さんやスイ兄さんより遥かに劣る。

その俺にどこまでのことが……。

だけど、なぜだろう。俺の中から力が湧き上がってくる。

俺の命を魔力に変えて、そして俺にできる方法で彼を助けよう。

あたりにはなぜか風が渦巻いていた。そこで先ほど力を貸してくれた風の精霊達が見守ってくれているように。

その風に煽られて、俺の胸元でゼルファからもらった、彼の大切な羽根が姿を見せていた。

俺はその羽根を強く握り、己に誓う。

絶対に彼を助けると。ようやく結ばれた彼との縁をここで断ち切らせたりはしないと。

そう強く願ったその時、閉じかけていたゼルファの澄んだ空色をした瞳が俺へと向けられた。

「ゼルファ……」

「……アーデ」

思わずつぶやいた俺の声に、ゼルファの声が重なる。

誘われるように彼の左手を取って、両手で包み込んだ時、分かれていた何かが一つになった。俺とゼルファ、二つの力が混じり合ったようなそんな感覚が身体の中を駆け巡った。

別々だった二つの色が均等に混ざり合い、単色へと変化して体内へと広がり、それは光となって外へと解放される。

何が起きたか理解するより先に、俺は自分の手へと視線を落とした。身体を巡る力を持った何かが十本の指先へと向かっていて、俺はその感覚を維持したままゼルファへと手を伸ばした。

自分で何をしようとしているのかよくわかっていない。

だがわからないままに俺はなすべきことがわかったように動いていた。

「まずは肺の出血と翼の出血を止めないと」

ゼルファの傷へと伸びた指先から幾筋もの光の束が溢れ出す。

それはまるでメスのように皮膚を裂き、見えない器具で切開口を開いた。

そこにあるのは治すべき場所。傷口の前にはろっ骨があるというのに、指から伸びた様々な光の筋はそこを通り抜け、傷口に直接届く。

切開、止血、接合、縫合……麻酔や消毒まで。

その光は俺の知識が許す限りのことを俺の意志に従って自在になしていく。

気がつけばゼルファの意識はもうなかった。だが指先から伸びる光の束から届く心拍は正確に鼓動を刻み、血圧も血流も異状がないと教えてくれる。

なんだこれはと自分でも思うが、それでも俺の手は止まらなかった。

これは母さんやスイ兄さんの持つ力とも違う。

だけど、今はこれがなんなのか分析している場合ではない。

俺はゼルファをその力を使って治していった。

命に関わる中枢から末梢に向けて、折れた翼とちぎれた翼もだ。

折れた骨を正常な位置で繋ぎ合わせ、固定して光の束が接合する。切れた神経も、血管も、繋ぎ合わせ、光の糸で縫合を繰り返す。

最後に残ったのは足の傷だった。

抉られた傷をそのまま縫合はできない。浄化し、指先から伸びる光を薄く膜のように張って創傷保護材のごとく、そこを覆う。光は傷口を覆うと消えていき、傷つく前の皮膚の姿を取り戻す。

遠くから足音や誰かの呼び声が聞こえてくる。

だけど、俺が意識を保っていたのはそこまでだった。

第六章

あの事件が起きてから今日でちょうど一週間。

俺とゼルファはあの場で意識を失った状態で駆けつけた騎士達に発見され、そのまま王都まで送り返された。

グレルル討伐は無事に成功し、死者はなしという成果と共に。

騎士団遠征の事後処理やら、関係各所への説明――かなりの部分が俺の親族関係だったというのはどうかと思ったが、もうそこは考えまい。

何せ俺自身、あのまま昏倒して意識を取り戻したのはつい二日前。気がついたら実家の自分の寝台に寝かされていたという始末。あの後どうなったのか、ゼルファの容態、騎士団の動向など、なんとかベルクから聞き出すことができただけ。

結局、俺を信じて送り出してくれた人達を俺は裏切ってしまったのだろうか。

そんなことを自分の部屋の天井を見ながら考えていた。

「大丈夫だよ。バージル爺ちゃんが報告を受けた時に失神して、ヘクトル爺ちゃんがコーリュー殲滅《せんめつ》部隊っていう特殊部隊を組織したぐらいだから。もちろん、チカさんや父さん達を心配させたことは謝らないとだけどね」

いつからいたんだスイ兄さん。

それと、世界の生態系に影響を与えかねない物騒な言葉が聞こえた気がする。

「俺の意識が戻らないときに母さん、泣いてなかった？」

「チカさんは涙もろいけど強いからね。息子の成長を喜んで泣いてはいるかもしれないけど、アーデの寝顔を見てどちらかというと安心した顔をしてたよ。むしろゲイル父さんのほうがあれだったかな」

「あれって？」

「僕とチカさんが診てただの魔力切れと生命力消耗による一過性の意識障害だから、寝てれば治るよって説明してもずっと傍らを離れなくて困ったんだからね。ダグラス父さんもまぁ似たようなもんだけど」

いつも冷静な父さんが……。ダグラス父さんにも悪いことをしてしまったな……。

「わりと兄弟勢は冷静だったかな。ベルクはいつも通りだし、リヒト兄も騎士だからかな、きちんと状況が分析できてるっていうか。あっ、ヒカル兄はテオ兄が迎えに来るまで顔がぐちゃぐちゃになっちゃうぐらい泣いてた」

「ヒカル兄さんも医師なら俺の状態を見てわかってたろうに」

「わかっててそれなの。ヒカル兄はチカさんの博愛や自己犠牲を一番強く受け継いじゃってるから理性より感情が先に来ちゃうのはわかるでしょ」

スイ兄さんの言う通りだ。俺達兄弟はそれぞれ両親の何かを受け継いでいる。

「ちなみに意識を取り戻したバージル爺ちゃんをなんとかなだめたのはリカム婆ちゃんだからこれもお礼を言っときなよ。あとセバスチャンにも」

謝るのも感謝するのもいくらでもしよう。自分がしたことの尻拭いは自分でしなければ。

「それで、そろそろ行かなきゃいけないところがあるんでしょ？　身体も動くようになってるんだし、ゲイル父さんが差し入れたおまるを使ってないところをみると」

「なんで止めてくれなかったんだよ。父さん俺がこれにするまで部屋を出ないってすごい大変だったんだぞ」

「それはまぁ、ちょっと面白そうだったというか、皆を心配させた罰というか。というわけで軟禁生活はそろそろ解除。僕とチカさんでゲイル父さんは説得してあげたから、しっかりと感謝するように。あっ後で、意識を失う前に使ったっていう治癒術もどき、詳しく調べさせてよね」

そうだよな。スイ兄さんは絶対興味を持つよな……。

「正直どうやったかすら覚えてないんだ。もう一回やれって言われても無理だと思うよ。あれがなんだったのか自分でもわかってないんだから」

「まぁそうだよね。ただ、生命力を魔力に変える行為、これが関係してる気がするんだよね。実際、アーデがやったのは僕やチカさんが無から有を生み出したり、悪性のものを良性の正常なものに治したりっていう奇跡じみたそれとも違う。要は、魔力を使った手術みたいなものだと思うんだよね」

「確かに手術をしている感覚ではあったけど、あれはなんて表現すればいいんだろう。相手があの人だからできた。そんな気がするんだ」

「んー、それでも今度調べさせてね。それであの人──ゼルファさんのところ行くんでしょ?」

その名前を出されて一瞬戸惑ったが俺は力強く頷いた。

向かったのは騎士団の寮ではなく、ゼルファの家。

普段は家を持っているくせにほとんど帰らず、便利だからと騎士団の寮に居座っているらしい。

ただ、今は療養も兼ねて自宅で休暇を強制的にとらされているのだとか。

小さな庭を抜けて、その先に建つ住み心地のよさそうなこぢんまりとした家の扉をノックする。

少しして開いた扉の先にいたのは、再会を待ちわびていたあの人の姿。

空色の瞳でわずかに微笑み、その背には以前と変わらぬ立派な翼が見えていた。

ああ、やっぱりあれは夢じゃなくて現実だったんだ。家族からは聞いていても、ようやく現実として受け入れられた気がする。

「久しぶりっていうほどでもないかな? 身体のほうは大丈夫?」

「こんにちはと挨拶をするのもなんだかおかしいな。身体のほうはご覧の通り、どこにも異常はないよ。面白いな、治してくれたのは君だというのに」

「自分でもどうしてあんなことができたのかいまだに

わかってないんだ。しょうがないじゃないか……」

通された居間は綺麗に片付けられていて、ゼルファの性格を表しているように感じられる。柔らかなソファに座り、ゼルファが淹れてくれたお茶を飲む。

そして、もう定位置となった俺の横にゼルファが座る。

「私はずいぶんと早く目が覚めたが君は時間がかかったと聞いている。私のせいだ……とは言わないほうがいいんだろうね」

「あなたの察しのよさには助けられるよ。あれは、俺が自分の医師としての仕事をしただけだから、責任を感じられても困るんだ。それに、同じことを誰にでもできるわけじゃないしな」

その言葉が意味することはもう言葉にしなくてもいいだろう。

いつものようにゼルファの翼が俺を包み込む。

「あなたはいつから気がついていたんだ？　俺が『番』だということに」

「そうだな……いつからだろう？　ただ、初めて会った時から目の離せない存在だなとは思っていたよ」

俺の問いに微笑み、そんなことを言う。

ずるい人だと思う。

俺よりは確実に先に気付いていたはずで、だけど俺はそれに気付けなかった。

「香水をつけていたのもわざと？」

「いや、偶然だよ。ただ、君に『番』だからと変な先入観で見てほしくなかった。私という個人を見て判断をしてほしかった。だから、シャクヤの花の香水はそれを隠すのに都合がよかったというのはあるね」

だが、ゼルファはアニマでいくら大型種でないといっても獣性も弱いわけではないはずだ。『番』を目の前にしてよくもあそこまで理性的だったなと今更ながら思う。

まぁ、比較対象がうちの両親だからあまりあてにはならないのだけど。

ただ、俺の獣性の薄さと俺自身の抱えていたものが彼との間に壁を作っていたのかもしれない。

だけど結局、俺は自分の意思で彼を選んだ。


「それで、一応確認しておきたいから聞いてもいいかな？　あなたは俺のことが好きだということに間違いはない？」

「ああ、愛しているよ。この気持ちは決して誰かに作られたものなんかではない。君のことが好きだ」

「俺は確かにアニムスだけど、もう一度よく見てくれる？　世間には他に可愛いアニムスがいっぱいいるけど」

「そうだな。可愛いアニムスは確かに多いが、私にとってはあまり関係のないことだな。私の可愛い熊さん。なんだったら今から君の身体に証明してもいいんだぞ？」


俺の問いかけに微笑みを深くして、肩を抱かれた。

そんな彼から香る甘く、けれど爽やかな香りは俺の精神を甘く疼かせる。

沸き起こった身体の熱から意識を逸らし、俺はゼルファの身体を少し押して、問いかけた。

「前から思ってたけど距離感が近いというか、そういうところ直球だよな。うちの父の片方とどこか似た感じを受けるんだよな」

「心外……というのも失礼かな？　ダグラス殿はずいぶんと浮名を流したが今は君の母上に一途じゃないか。それに、私はもとより一途《いちず》な性質でね。どちらかというとゲイル殿寄りと思ってほしい」


その言葉にドキリとする。ゲイル父さん、すなわち熊族の性質は強い執着。一度手にしたものは決して手放すことはない。それは、恐ろしいほどの執着心だ。

ああそうか、ゼルファになぜか最初から親しみを覚えるのは二人の父を足して二で割ったような感覚を覚えていたからなのかもしれない。


「場所を移してもいいだろうか？」

その言葉の意味がわからないほど鈍感ではない。

俺はこくりと頷き、その手をとった。

案内されたのは思った通りの寝室で、広い寝台の端に二人で腰掛ける。

「あのコーリューと戦っている時、君の声が聞こえたよ。風の精霊の力なのか『愛する人』と、そうはっきり聞こえたけれど私はうぬぼれてもいいのだろうか?」

やっぱりこの人はずるい。

こんな言い方をされたら頷く以外の答えなんて見つからない。

だけど、俺ははっきりと伝えたいとそう思っていた。

だから頷いて、想いを告げた。

「ゼルファ、あなたの翼は本当に力強くて綺麗だ。その紋様も、翼端にかけての美しさも、今みたいに俺を包み込んでくれる温かさも。その全てが大好きだ」

最後は言葉を選べなかった。

自分の乏しい語彙力が嫌になるが目の前の獣人にはそれで十分だったようだ。

以前言われたことがある。

翼を持つ獣人にとってその翼を褒めるのは愛の告白に等しいのだと。

「ゼルファ、俺もあなたのことが好きです。愛しています。もっと早くに伝えたかった。だけど、こんなに時間がかかってしまってすみません」

俺の言葉にゼルファは目を見開いて頷き、俺へと視線を落としながら微笑んだ。

俺はうかがうようにその瞳を見て、その奥にある欲に気がついた。

自分へ向けられる強い感情に、求められる喜びと何よりも強い期待を感じ、背筋が小刻みに震え、身がすくんだ。それは背に触れた彼の手を介して伝わってしまっているだろう。

ゼルファの空色の瞳の中には俺がいた。ダグラス父さんによく似た髪がふわふわと彼の瞳の中で揺れている。

その瞳につられるように俺は問いかける。

「俺、でかいですよ?」

「私の腕にはちょうどいいぐらいだ」

「可愛くないですよ？」

「いいや、可愛いね」

「仕事中毒です」

「人の命を救うことは素晴らしいことだ」

「わりと面倒くさい境遇です」

「素晴らしい人々の血を受け継いでいるということだ」

「多分、祖父から何か言われます」

「騎士をクビになったら運送業でも始めるさ」

何を言っても蕩《とろ》けるような笑み付きで返されると、俺としては何も言えなくなってしまう。

俺のことを愛してくれていることが、彼の全身からはっきりと伝わってくる。

だから俺も彼を愛そう。

手を伸ばし、彼の頬に触れる。滑らかな肌に指を滑らせて、こめかみに、そして髪に指を絡めて引き寄せる。

「俺のことを愛してほしい。さっき、あなたが言ったように身体で証明してほしいんだ」

絞り出すように小さな声でつぶやいて、俺はゼルファの答えを待つ前に、彼の唇を俺のそれで塞いだ。

それは、戯れのような、親愛のこもった触れるだけの口づけだった。

だが俺が離れてすぐに今度はゼルファが俺を抱き寄せ触れてくる。

「本当に、私の熊さんはどうしようもなく蠱惑《こわくてき》的で、愛らしくて、可愛らしい」

囁く声が唇をくすぐり、その言われ慣れていない内容に戸惑い、だが脳が理解した途端に全身が一気に熱くなった。

俺から仕掛けた戯れは、すぐに主導権を握られて本気の口づけへと変わり、吸い出された舌が強く絡まり軽い痺れを覚える。だがその痺れは快感となり、次の快感への呼び水となって全身へと広がっていく。

背に触れるだけだったゼルファの腕は強く、彼の大きな翼が俺を囲い込んでいく。まるで俺達だけを羽毛の壁の狭い空間に閉じ込めたような形になった。日の光が遮られ、薄暗くなった空間で、口づけは更に深く俺の口内を犯していく。

まるでこの世界に自分達しかいないような空間は、ゼルファの持つ独占欲を俺に感じさせ、ぞくぞくとした疼きで全身を震えさせた。

抱き寄せられて密着した互いの下半身では、既に硬くなりつつあるものが自己主張していて、互いが互いを求めているのだと知らしめる。


「ゼ、ルファ……」

深い口づけに息が上がる。途切れ途切れに呼ぶ俺に、ゼルファが優しく、しかしどこか悪戯っぽく笑った。


「いいね。アーデのそんな顔、きっと誰も見たことがないんだろうな。私だけのものだと思うと胸が高鳴るよ」

「なんだよ。俺、そんな顔……んんっ」

「それにとても敏感だ」

不意に喉元に食らいつかれ、そのまま食われそうな感覚に怯える。だが甘噛みされたあたりから絶え間ない疼きが全身に広がり、漏れた声は甘くかすれていた。

縋り付く指の先はゼルファの逞しい腕、それが肘になり、手首になって、崩れた俺の身体は寝台へと横たえられてしまう。そんな俺の視界に存在するのは、どこか猛禽の力強さを感じさせるゼルファだけ。

翼をまるで障壁のように広げ、俺の視界全てを覆い尽くしている。


「アーデ、自分を恥じる必要なんてない。君の身体もその顔もどれだけ魅力的か知らないのは君だけだ。だから、今は私だけを見て、私だけを感じればいい」

「あうっ、ああっ、もうそこはっ」


大きく厚い手が俺の服を持ち上げる。日に焼けていない肌が露《あらわ》になり、隠れていた筋肉の薄い白い腹へと降りてきたのはゼルファの舌だ。そのぬめって熱い肉の感覚が俺の快感を膨張させ、下腹に耐えられない熱を送っていく。

快感に煽られ敏感になっていく肌は、ゼルファに与えられる全てを快感に変えて頭の中に伝えているようで、ああこれが脳が快楽物質を流しているということかと熱に浮かされた頭で思う。

なんとか理性を取り戻そうとするが、それ以上にゼルファの熱が、そしてあの甘く爽やかな香りが、俺のなけなしの抵抗を打ち崩す。

「あ、うんっ、くっ」

どんなに我慢しても声は零れる。

俺の声なんてと思うが、俺が声を漏らすたびにゼルファの動きは激しくなり、すぐに止めようという気すら起きなくなった。与えられる熱が身体の奥に溜まっていくごとに浮遊感というか、酩酊感というか、何かを摑んでいたくてたまらないほどの心許なさに囚われる。

「アーデ、こちらに」

促されたままに転がされて、うつ伏せになったら今度は寝具に染みついたゼルファの香りを胸いっぱいに吸い込んでしまった。媚薬なんていう物を試したこともないが、それでもこれこそが極上の媚薬なんだと、俺は荒ぶる本能に翻弄されたまま、どうしようもなさに泣き喚く。

そんな俺の背に触れるのは多分ゼルファの舌。

熱くて滑る肉厚な舌が不規則に這い回る。特に背筋を這い上がられると指から力が抜けてしまうような疼きに襲われる。

「ああ、ゼルファ、ゼルファっ、あう、それ止めてくれ」

「とても綺麗な背中だ。綺麗に筋肉がついていて、だが翼のない背中とは不思議な形状だな。この骨の先に本来翼があるはずなのに」

背中の大きな骨に触れる冷たい手のひらの感触。骨の辺縁《へんえん》に沿って撫でられて、それだけで快感は二倍増しになった。

「ひっ、あっんんっ、駄目だって、そこは……んんっ」

「アーデは翼があっても似合いそうだ」

「つば、さっ、ああ、それ。つばさっ、一緒に飛べ、たらっ」

「そうだな、ここに翼があれば」

与えられる刺激に身悶え、悲鳴にも似た嬌声《きょうせい》を漏らしながらの会話はどこか夢うつつで、非現実的な世界に俺を落とし込んだ。まるで自分が翼を持つモノのように、ゼルファの翼に俺の翼も重ね合わせれば、ここは互いの翼に囲まれた二人だけの空間になる。

そんな想像が更に俺の身体を熱く、快感に蕩けさせる。

正直性的な触れ合いなどしたことがない俺にあるのは知識だけ。知識だけなのと経験があるのとでは全く違うということは、経験豊かな兄さんより聞いてはいたのだが。

「ひぃっ、そこっ、嫌だ、こ、こんなっ」

いきなり尾てい骨《び》から背筋へと鋭い快感が走り抜ける。

「可愛い尻尾だ」

「駄目っ、触んなっ、ああっ」

「すまない。この可愛らしい尻尾が私に触ってほしいと訴えかけてくるんだ」

「ひぐっ、い、いじわる、くぅっ」

熊族特有の短い尻尾の根元にある性感帯をくすぐられて身体が跳ねて止まらない。そこから得られるものは性器に直接触れているような快感なのだ。

更にゼルファの指がそこから下へと移動して、尻を割りひっそり隠れていた場所を割り開く。

もうそれだけでまぶたの奥で白く爆《は》ぜるほどの絶頂に襲われる。なんで、どうして、と訳もわからぬままに叫び、縋りついても、止まらない。

嚙み締めようとした唇は身体の中から溢れ出る熱い喘ぎに開いてしまい、自分ではどうしようもない快感の渦の中で溺れていくだけだ。

知ってはいたが実感してはいなかったのだと、俺は今更ながらに思い知り、言葉は考えるより先に吐き出された。

「もっ、無理ぃ、そこ、ひぃ、嫌あぁっ」

「本当に嫌かい?」

それなのにそんなことを聞いてくる。

「ちがっ、嫌、じゃなくて、んんっ、そこはだっあぁぁ」

「駄目？　やめたほうがいいのかい？」

ああ、なんて意地悪な人なんだ、だけど責められない。俺の身体はそんなゼルファを欲して縋りつき、快楽に溺れた精神は更に快楽を欲して言葉を発する。

「いいっ、いいっ、すごい気持ちぃぃっ！」

身体も精神も思考も何もかもがまるで自分のものでないように、ばらばらになっていくような感覚が怖い。誰かに助けてほしくて、背後のゼルファをなんとか振り返れば、穏やかな言葉とは裏腹に獰猛な視線に射すくめられてしまう。

「そうかい。それなら、遠慮はいらないいな」

「ちがっ、あっ、待って、ああっ！」

俺の制止が聞こえているはずなのに、だけど聞いてくれないことに喜ぶ矛盾した気持ちもあって、俺はもう自分が何をしたいのかわからない。それでも縋りついたゼルファから離れる気はなかった。

これは俺のモノだ。

俺だけのモノ、絶対に離す、ものか。

俺の本能が叫んでいる。

だけどそれは自然とつぶやきになっていたようで。

「アーデ、そうだ私は君だけのモノだ」

「だ、って……俺は、ゼルファ、の『番』っ」

「そうだな、アーデの覚悟、受け取ったよ」

ゼルファさんの身体が小刻みに震えたのは、俺の言葉に笑ったからか。

「本当に可愛いな」

「あっ、あんまり可愛いっ……て、いう……のは」

「どうして？　本当のことじゃないか。　ほら、こうすればもっと可愛くなる」

「――やあっ、そこっっ！」

年はあまり変わらなくても、経験値は雲泥《うんでい》の差なのだろう。

何より、可愛いと繰り返されることに恥ずかしさを訴えた言葉はもう後が続かなかった。

さっきの会話は小休止に過ぎなかったのだと、体内に深く入り込んだ指の動きに俺は瞬く間に翻弄される。

今まで誰も触れてこなかった場所に入り込んだ他人の指、その太さにも驚くが、何より彼の指がとんでもなく奥に届いているような気がしてならない。

いつの間にか垂れされた香油のぬるりとした感触。彼の指の長さは今までの触れ合いで知っているはずなのに、彼の指が奥をえぐるたびに激しい疼きが背筋を走り、中が濡れていく感触にまた身震いする。


「んっ……」


だけど、翻弄されるだけではいられない。俺は身体をひねってゼルファを抱き締めるように引き寄せて、その首筋に吸いついた。

少し強く、前歯で触れての接吻に、ゼルファの声が漏れた。腕を絡めて引き寄せた喉元にそっと舌を這わせると、皮膚の下から命の鼓動が伝わってくる。そのまま舌は耳の下までたどり着き、音を立てて口づけた。

そのたびに俺の太腿近くに触れている彼のモノは勢いを増し、何度も大きく震えている。

それはさっきより更に大きくなっている。いったいどこまで大きくなるんだろうか。

俺と同じモノのはずなのに、逞しく雄々しいゼルファのモノの存在が、ひどく愛おしく感じられた。

全てが俺にとって決して手放したくないもので、このままずっと触れていたいと思う。

これもまた俺がアニムスである自分を受け入れたからなのか、運命の『番』だからなのか。


「ゼ、ゼルファっ、ああっ、もう、もうだいじょう……ぶだから」

「まだだ、まだもう少し慣らしたほうがいい」

「だ、大丈夫……。俺はゼルファの全てを、受け、いれたいっ」


だってもう、ゼルファの熱いモノはたち上がり、先端から雫を流してそんなにも俺を求めている。

「本当に、君ほど愛らしい存在はないというのに。見る目のない者が多くてよかったよ。騎士の中には見る目がある奴も多くて大変だったが……」

「あ、んん、そんな急にっ動かされたらっ」


力強く身体を返され、上向きにされて、予期せぬ動きに熱を持った肌が寝台に擦れる。そんな刺激でも今の俺には快楽へと変換される。

しかも真正面から相対して、改めて視界に入ったゼルファの獰猛な猛禽類の表情は、その鍛え上げられた肉体と空色の全てを見通すような瞳との相乗効果で、腹を見せて屈服姿勢の俺には目の毒だ。

食われる悦びと支配される悦び。それが俺の興奮に上乗せされて、心臓が早鐘のように鳴り響く。

そして俺の中にある期待は否が応にも高ぶっていくのが自分でもわかった。

「アーデ、君がいろいろ悩んでいたことは知っている。だが、君は俺にとって最高のアニムスだ」

「そ、それっ――あ、あっ、あっっ」

ああ、その言葉だけで、もうそれだけで俺は達しそうなほどの衝動に襲われた。

とっさに閉じたまぶたの裏は光点がいくつも煌めき、開いた口から声なき嬌声が零れた。吐き出した空気は喉を焼くように熱く、摑んだゼルファの腕に爪を立てる。

言葉だけでのけ反り身悶え始めた俺はどんなに淫らに見えるだろう。

だがゼルファはそんな俺を見下ろして愛おしげに、そして獰猛に笑ってのし掛かってくる。

中をえぐる指は限界まで肉の壁を緩め、広げられた肉が熱くうねっているのが自分でもわかる。しっとりと濡れそぼった中はもう、彼の雄々しいモノを受け入れたいと待ち続けていた。


「いくぞ、アーデ」

返事は必要なかった。する暇もなかった。

「うっ、あっ、あ――っ、あっあああああああ」

　奥へと入ってきた巨大な肉塊は、その孕んだ熱と共に俺の初めてを開拓していく。

　束ねた指より大きな肉の杭《くい》と化して俺を貫き、その熱さと圧迫感、そして強すぎる快楽という名の刺激に俺は何度も声を上げてゼルファに縋りついた。

　そんな俺を腕と翼で囲い込んだゼルファは、自身が入り切ってなお奥深くを目指すように身体を密着させてくる。それこそ触れられる全てを触れさせて、食い込ませて、俺の奥を暴こうとしていた。

「ひぐっ、ふかっ、あっ、そこっ」

「なるほど、アーデの奥はこんな風になっているんだね」

「や、嫌だ、そんな、はずかしっ」

「アーデ、煽らないでくれ。これでも手加減しているんだ。こんな風に軽口でも叩いていないと私の理性はもう飛んでしまうよ」

「んあああっ、あっっぅっ」

　嘘だろそれ、と叫びたい声は途切れ、ただ空気を肺に取り込むだけで精一杯だった。

　言葉とは裏腹に、ゼルファの動きが止まることはなく、その切っ先は俺の最奥《さいおう》を貫き、痛みも何も感じる間もなく、怒濤《どとう》の快感の嵐の中に突き落とされる。

　激しく中を抉られ、疼くなんて言葉が使えないほどの快感に全身が爆発しそうだ。

　思わず閉じそうになる股は強い手の力で開かされ、その間に入った身体に足で縋りつくことしかできない。

　翻弄される快楽にむせび泣き、抱き締めた背に爪を立て、なんとか自分を保とうとするけれど、ほんの少しでも動かされるともう無理だ。いっそ噛みつきたいと思う喉元に縋りつき、揺すられるのに合わせて嬌声を上げていく。

「ひっぁっ、ああ、奥、すごっ入って――っ」

「アーデ、少し緩めてくれ。君が辛いだろう」

「やっ、無理、無理……だ。ああ、ひあ、もうイク、イキたいっ」

「イケばいい、いくらでもイカしてやるから」

「んんっ」

腹に触れた熱い飛沫はすぐに互いの肌に塗り込められ、俺は吐精したばかりの荒い息の中、休む間もなく嬌声を上げる。

快楽に揺さぶられながらも視線を上げれば、そこには額に汗を浮かべ、張りついた前髪を後ろへと掻き上げるゼルファの姿。

その表情は普段では絶対に見ることのできない余裕のなさで、彼も俺で感じてくれているのだと更に胸の奥が熱くなる。

「アーデ、言っただろう。そんなに誘うな、煽るな。自分を止めることができなくなる」

「うそっ、まだ大き……、こんなっ」

「ああ、君のせいだぞ。君が可愛すぎるから、こうなるんだっ」

「違うっ、無理、無理だ……。こんなに、すごく、ああ」

バサバサと何かが顔に当たる。あの翼が、風を起こしながら寝台を叩いていた。


その中で、俺の身体はひっきりなしに揺すられ、全身から放出している熱に浮かされ、新たな快感にまた勃起した自身から射精した。なのに衝動は一向に止まらない。

それはゼルファも同じようで、今まで見たことのないような獣じみた欲を強く感じさせる表情で俺を見つめてくる。

彼の額から俺の腹へと一つ、また一つと汗が雫となり落ちていた。

柔らかく萎《な》える間もなく勃起した俺のモノが腹を打ち、震動にまた感じて悲鳴を上げる。

そんな中、俺を閉じ込めるように抱き締めたゼルファが耳元で囁いた。

「アーデ、君の中に出すぞ」

「え、何、ひぁ、深い——ああっ」

「ああアーデ。愛している。私を望んでくれてありがとう。必ず幸せにしてみせよう。愛しいアーデ」

囁かれる言葉に、脳までもが快楽に支配されていく。

ゼルファは一度出しただけでは止まらなかったし、

俺も何度絶頂を繰り返しても、ゼルファから離れたいとは思わなかった。

こんなにも止まらないものなのか、こんなにも気持ちいいものなのか、こんなにもよすぎて辛いものなのか、なのにこんなに幸せなものなのか。

そんな問いが浮かんで消え、ではもう止めるのかと言えば、嫌だという答えに行き着く。

何度も何度も繰り返し、俺達は交わった。

短いようでとても長い時間、気がつけば明るかった窓の外は暗く、二つの月が高く昇ったころ、俺達はようやく眠りについた。

✦✦✦

すごく満足げなゼルファが上機嫌で俺を見つめ、俺はというと寝台から起き上がれずに、後片付けも何もかも全てをゼルファ任せという始末。

いったいいつ、ことが終わったのか、俺の記憶にはない。

窓の外はまだ薄暗く、夜明けが来ていないのは確かだ。

……昨日ここへ来たのは何時だっただろうか。

曖昧《あいまい》な記憶を探るのを邪魔する倦怠感に負け、俺はただただ横になったままぼんやりと過ごしていた。そんな俺を抱き締めているのはゼルファ。

愛おしげな瞳は俺をずっと映し続けていて、夢と現を行ったり来たりする俺が目覚めるたびに微笑んでいた。

俺はしばらくゼルファを見つめていて、ふと問いかけていた。


「俺の身体でよかった？」

「質問の意味がわからないな。身体でわからせたはずなんだが、あれでは足りなかっただろうか？　ならば今一度、いや何度でも」

「いや、違う違うって。ごめん、変なこと言った。もうゼルファが俺を望んでくれていることはわかってる。だけど、つい」

そこまで言うと、ゼルファの厚い胸板にぎゅっと抱き締められる。

「皆まで言わなくていい。君が悩んでいたことを知っていて、それを私は利用したようなものだ」

「それは違うよ。ゼルファは俺の悩みを解決してくれただけだ」

そう言って互いに笑い合う。

そんな中で、ふと思いついたままに言葉を口にした。

「なんだか何もかもがあっという間だった。俺がゼルファに出会ってから」

「そうだろうか？」

俺が発した言葉に、ゼルファがピンとこないのか首をかしげる。

「だって俺達が会ったのはあの緊急呼び出しが初めてだろう？」

「ああそうだな。実際会ったのは確かにその時が初めてだ」

「ちょっと待ってそれはどういう意味だ？」

「アーデが私を知ったのはそうかもしれないが、私はアーデのことを前から知っていたからな」

「それはまあ、俺はともかくうちの一族はあれだから。多分俺とベルクが一番知られてないぐらいじゃないか？　四つ子達はまだ小さいから知る人も少ないし」

「それもあるんだが騎士団に所属する者でベルクとアーデという双子の熊の兄弟を知らない者はいないのさ」

「え、えっ？　ああでもそれは元騎士団長の孫だから？　リヒト兄さんのせい？」

「それらも理由の一つだが……」

「何かあるなら教えてくれよ。ゼルファらしくないぞ」

少しだけ何かを考えてゼルファは俺の疑問に答えてくれた。

「私がアーデを知ったのは、私が騎士団に入団した時だな。もちろんベルクのこともその時に知ったのだが。何しろ私は僻地《へきち》の出身だから、君達の一族の話は噂程度で詳しいことは聞いてなくて……、知っていたのは黒髪の異世界人――チカユキ殿の存在ぐらいだ」

「そうなんだ。でも入団の時になんで俺達のことがかるわけ？　そのころ、もう爺ちゃん達は騎士団長じゃなかっただろうし」

それでもなんかやってそうだな爺ちゃん達、そんなことを思ってため息を吐きかけた時だった。

ゼルファから衝撃的な事実を告げられたのは。

「いや、君達の誕生記念に作られた等身大の木彫りの熊があるだろう？　あれが、入団式の際には必ず騎士団長の隣に並べられるんだ」

「────────ッ!!　ど、ど、どういうこと──っ!?　いたたたたっ」

「無理をさせすぎた私が悪いのだけれど、急に動いてはだめだよ」

ゼルファが告げた事実、その内容を数秒遅れて頭が理解する。嫌すぎる光景が脳内に浮かび、両手をついて上半身を跳ね上げた俺は自分でもどうかと思うぐらいに声を張り上げた。

そして、腰に走った鈍痛に再び寝台に突っ伏す。その間数秒。

「ち、ちょっと待って……それ初耳、リヒト兄さんもベルクも何も言ってなかった……」

「ベルクの時もあの木彫り像はあったが、あいつは悠然としていて特に反応はしていなかった。リヒト殿は、どこか諦めを込めた目で木彫りの像を見ていたと聞いたことがあるな。あと、希望者は手乗りサイズのあの木彫りの像をもらえるんだぞ」

「もっもしかして」

「持っているけど、見るかい？」

「絶対見ない」

リヒト兄さん……きっと俺達に気を遣ってその存在について何も言わないでくれたのかもしれない、気遣いの人だし……。

そしてベルクはきっと外面に出さなかっただけで内心では茫然自失だったに違いない。いまだに俺よりもベルク通りを通ることを避けているところもあるし。

いや、それよりも、ゼルファがまだ何かを思い出している気配がして、ものすごく嫌な予感がする。

「その後、皆でその熊の前に整列して」

「そ、その話はもう……」

知りたいという好奇心もあるがもう止めとけと俺の中で警告音が鳴っている。だが話す気満々のゼルファは止めてなどくれなかった。

「その木彫りの由来を来賓として列席しているバージル殿が語るんだ、どちらが誰なのかとか、どのぐらい可愛い小熊だったのか、二人だけで市場に買い物に行った時の愛らしさとか、全部教えてもらった。そういえば、壺の中に何か入ってないか興味津々な様子は、今のアーデが何かに興味を持った時とそっくりだな」

「……っっっ！！！」

確かにあれが俺らしいですけどっ！

ベルク、お前はいったいどんな気持ちでその場にいたんだ……。

「あの時見た子熊がこうして俺の腕の中にいるんだなと思うと、本当に感慨深い。アーデのほうを可愛いと思っていたからね」

「も、その……話、なしで……」

しみじみと口にするゼルファは至って真面目だ。

「そういうわけで私の可愛い熊さん」

「可愛いかどうかは別として熊ですが」

「今度私の故郷に遊びに行かないかい？　私もずいぶんと長いこと帰っていなくてね」

「それは、行ってみたいけど遠いんじゃ？」

「なに、私の背に乗っていけばそんなに時間はかからない。君の医師としての仕事に大きな支障が出るようなことにはならないよ」

そういう心配でもなかったのだが、ゼルファの背中と聞いて胸が自然と高鳴る。

「ゼルファがいいならぜひ連れていってほしい。あなたが育った場所を見てみたいから」

「はあ、私の熊さんは本当にどこまでも可愛くて困ってしまう」

そう言ってゼルファは小さく笑い、その胸元へ引き寄せられた。

温もりと鼓動を感じる。見上げればそこには空色の瞳と俺を包み込む翼。

俺を見る目はとても優しく慈しむもので、俺はそのまま身を委ねて目を閉じた。

エピローグ

見上げれば霞《かす》むような位置に真っ白な雪と氷に覆われた尾根があった。

鋭く切り立った崖は垂直に近く、幾重にも頂が連なっている。

あの向こうにあるのがドラグネアだと言われて、確かにこれは簡単に行き来はできないなと自然と感嘆の声を上げてしまう。

「ゼルファは、この姿ならあの山を越えられるのか?」

ふと、俺を背に乗せ悠々と翼を広げて風に乗っているゼルファに問いかける。

『あそこは無理だな。高度がありすぎるんだ。あの山を越えられるのは竜族だけ。だから閉ざされた国と言われていたぐらいだから』

「そういえばそうだった」

『行きたいのかな?』

「いいや。それよりも、今俺はゼルファの故郷のほうがよっぽど気になってるかな」

『それならもうすぐだよ』

そう言われて見下ろす山肌はさっきまで見ていた山よりはなだらかで、それでも人が歩くには厳しそうな傾斜を持っていた。

あんな中にも人間が歩ける道があり、行商人も通るのだというから、本当に人間の力はすごい。

そんなことを思いながら眼下の光景を眺めていると、不意に身体が傾いた。

大きく旋回し始めたゼルファが徐々に降下しているようで、風の音が障壁越しに聞こえるが、俺の周りは無風状態。

彼ほど風の精霊術を巧みに使える人はいないだろうと思ったことは何度もあるが、このぐらいは彼の村の人はみんな使えると聞いて目を剝《む》いた。

だけどそれは、今は俺達だけの秘密。

暴かれないほうがいい秘密だってこの世界にはある。

世界は広い。力の使い方にしても、ゼルファのように『特別』な何かを抱えて生きる存在についても、俺の知らないことがまだたくさんあるのだろう。

視界を占める空が少なくなり、徐々に緑が多くなっていく。

ゼルファは切り立った崖を通り越し、緑深い中腹部近くをかすめ、その先に見え始めた村へと向かっているようだ。

「あれがゼルファの故郷？」

『そうだ、私が生まれ育った村だ』

小さな風車が回っていた。

村の中心部には清涼な小川が流れ、近くには畑も見える。周りは放牧地なのだろう、広がる草原は歩きにくそうなほどの傾斜がある。それなのに、そこにいる獣も翼を持つ人達もみんな気にせず歩いていた。

その全てが街暮らしの俺には新鮮で、珍しいものばかり。

「すごいな、あのチーズもここで作ってるんだよな？」

『ああ、今日帰ることは伝えてあるからね。嫌というほど自慢のチーズ料理を食べさせられるはずだぞ』

「はは、それは今から楽しみだよ」

耳を澄ませば遠くで鳥の鳴き声がする。

ゼルファもそれに呼応するように喉を鳴らし、甲高く声を張り上げた。

『キィヤァ――――！』

その声に気付いたのか、村にいる人達が手を振ってきた。

そんな彼らの姿がもう俺の目にもはっきり見える。

濃灰褐色と淡灰褐色の鷹斑を浮かせたゼルファさんが年をとったらこうなるだろうっていう人と、鳶色《とびいろ》の翼を持った優しげな人が並んで大きく手を振っている。

『あれが私の両親だ』

「ああ、すぐにわかったよ」

ゼルファは小さく笑い、そして旋回を繰り返しながら彼らの下へと降りていく。

「ゼルファ、お帰り。君も遠くからよく来てくれたね」

「お帰りなさい、ゼルファ。そしてアーデさんも、何もないところだけどゆっくりしていってくださいね」

降り立ち翼を閉じたゼルファの下にやってきた二人が、にこやかに俺達を迎えてくれる。

「ああ、ただいま父さん、母さん。それから、ようこそアーデ、俺の故郷へ」

俺が降りるより先に人の姿へと戻ったゼルファが肩越しに振り返る。

その悪戯めいた笑顔を指先で突っつきながら、俺はゼルファにおんぶをされた状態でつぶやいた。

「別にいいけどさ。これはちょっとかっこ悪いんじゃないかな?」

俺のつぶやきに返ってきたのはゼルファとご両親の穏やかな笑い声。

それに、風の精霊が起こす戯れのようにまとわりつく優しい山の風。

そして、家々の軒先に飾られたシャクヤの花の優しい香りだった。

Fin.

『鋼のベルク』は愛を知る

夏の終わりの日差しに包まれた我が家の庭は、どこに目をやっても今が盛りと言わんばかりに、色とりどりの花が咲き乱れ芳醇《ほうじゅん》な香りをあたりへと放っている。

双子の片割れアーデや兄達、そして家族でこの庭でのんびりと過ごした日々は忘れがたい思い出だ。

咲き誇る花々の中でも特別といっていいほどに見事なのはフラリアだ。

ゴツゴツと厳《いか》めしい幹から伸びる繊細な枝と、その先で乱れ咲く白に近い桃色の花。時折頬をくすぐる気まぐれな風に舞う花弁は、見る者に季節外れの雪を連想させる。

「今年も見事に咲いたな……」

一陣の風と共に手のひらに舞い降りた花弁。俺はその薄い花弁を指先でそっと撫でた。

まだ俺が生まれる前に、二人の父が愛する『伴侶』――俺の母のために植樹したというフラリアの木。

異世界人である母の戻ること叶わぬ故郷には、これとよく似たサクラという名の木があるそうだ。そんな母はどんな気持ちでこのフラリアを見ているのだろうか。

俺にはそれがわからない。

他の兄弟達は、それぞれがこの木と母に対して何かしらの思い入れがあるようだが、俺にはそれすらもない。

この木を見ていると思い出す。ずっと昔……俺がまだ幼かったころ、この木の前で母に尋ねた。

『母さん、人を愛するってどういうことですか？』と。

我ながら突飛な質問だったが、俺は本当にそれがわからなかったのだ。いや、今もきっとわかっていないのだろう。

俺は何かが欠けた人間。血の繋がった父ゲイルに俺は姿も中身もよく似ていると言われている。無口で強面《こわもて》で感情を表に出さない。確かに自分でも思い当たる節がある。だが、そんな父は『愛』を知っている。

それは、両親の姿を見ていればわかる。そのことはわかるのに、俺はわからない。

そんな俺に呆《あき》れることもなく、母はどこか困ったように眉を寄せながらも、すぐに優しい微笑みを浮かべて答えてくれた。

『ベルクはとても難しいことを考えているんだね。愛の形は人それぞれで、算数の問題みたいに何が正解で何が不正解かなんていう答えはないんだよ。だけど私は……私にとっての愛は、父さん達から与えられたもの。そして、父さん達へと私から返すもの。もちろんベルクやアーデ、他の大切な私の子供たちにも注《そそ》ぐもの……。ああ、だめだね。これじゃ、ベルクの質問に答えられていないよね。だけど、そうだね。ベルク、急ぐ必要はないんだよ。私も本当の愛を見つけるまでにとっても長い時間がかかったんだ。だから、今は自分がどうしてそれを知りたいと思ったか、その気持ちを大事にしておきなさい』

母は今思えば答えづらかったであろう俺の質問に、真剣に向き合ってくれた。

母が俺に与えてくれた答えは本心そのものなのだろう。父達が母を愛し、母が父達を愛しているのは間違いないことだからだ。

結局俺はいまだに母が最後に加えた言葉通り、『愛』を知りたいと思ったその時のまま、疑問をずっと心の奥底に抱えて生きている気がする。

俺とて概念としての『愛』がわからないわけではないのだ。

俺は間違いなく両親や兄弟達を大切に思っているし、家族達からも大切にされていることを身をもって感じている。これももちろん『愛』なのだろう。普段口には出さないが、俺も自分の家族を愛していて、もし誰か一人でも欠ければひどく悲しい。

いや、家族だけではない。向かいのミンツ一家やお祖父様達にセバスチャン、何かと我が家に顔を出すガルリス殿、同じ騎士団の同僚達も大切だ。

しかし、それが俺の知りたい『愛』じゃないこともわかっている。

家族や友人に対してではなく『番《つがい》』や『伴侶』、あるいは恋人に向ける愛というものには、とてつもなく強い感情がこもっているように俺は感じている。

けれども、その感情の出どころが俺にはわからない。

俺の両親は周知の通りたいそう仲睦まじい。それはもう、世間の常識からかけ離れた強さで常に互いを求め合っている。あの他を寄せ付けないほどの強烈な感情、それが愛であるならば、やはり俺には理解しがたい。

もしかしたら、両親が互いに向ける感情の強さはあの人達が運命の『番』故なのか？

だが、それを聞けば両親はそろって否定する。『番』でなくとも、自分達は互いを愛したと。

この世のどこかに必ず居るという、己にとって唯一無二の『番』。世界中の誰もが渇望して止まぬ奇跡の存在。

一般的に『番』と巡り会える確率は極端に低く、広大な砂漠でたった一枚の金貨を探すようなものだと言われている。しかし、なぜか俺の一族は異常なほどに『番』を『伴侶』とする確率が高い。

だからこそ浮かぶ疑問なのかもしれないが……。

運命づけられた『番』という存在。それによって結ばれるものが『愛』なのか？

『愛』したから『番』なのだろうか？　それとも『番』だから『愛』するのか？

俺には世界に運命づけられた『番』という存在は、どこか歪《いびつ》なもののように思えてならない。

獣人であれば——特に俺のように獣性の強い大型種は『番』を望む。

だが、俺自身には『番』を希求する気持ちがついぞ湧いてこないのだ。


いや……『番』どうこう以前に、俺は他人と身体を重ねたいとすら思わない。きっと俺のような人間は、死ぬまで愛や恋を理解できないのだろう。

そもそも、愛と恋の違いはなんだ？　どちらも恋人に向ける好意なのに、分ける必要がどこにある？　恋をしていた相手が『伴侶』になると、感情の名前が恋から愛に変わるのか？

そして、どうして恋をしている人間は誰も彼もあんなに幸福そうなのか？

わからない。俺には何ひとつわからない。

わからないからといってなんの不自由もないのだが、母がくれた言葉は、俺が抱いたその疑問を忘れてはいけないと戒《いまし》めているようにも感じていた。

双子のアーデは俺のような疑問は持っていないようだったが、あれほど俺と同じように愛や恋に興味がないような姿を見せておいて、今では愛を知る者になってしまった。

同じ双子なのにと、軽く裏切られたような気分になるのは俺の卑屈さ故か。

俺は学生時代から今に至るまで、リヒト兄さんやヒカル兄さん、そしてスイ兄さんほどではないにせよ、幾度となくアニムス……時にはアニマからも愛を告白されてきた。

けれども、俺にとって彼らの行動原理は今もって謎のままだ。

多少なり付き合いのあった者ならばまだしも、挨拶《あいさつ》すら交わしたことがないにもかかわらず、愛を投げかけてきた者はいったい何を考えていたのだろう？

告白してきた相手に対し、『俺は君と面識がないのだが……これはどういうことだろうか？』と尋ねたところ、なぜかその場で号泣されたことがある。俺は周囲から悪人を見るような目で見られたが、悪いことはしていない……はずだ。


「やぁベルク、今日は非番かい？　夕飯は家で食べてくの？」

「ああ、久しぶりだなスイ兄さん。今日は午後から休みだったんだ。夕方には騎士団の宿舎に戻る」

「そっか残念。久しぶりの一家団欒《だんらん》だったらチカさんも喜んだのに」

「それはすまないと思っている。兄さんこそ忙しいと聞いているが無茶なことはしていないか？　リヒト兄さんが心配していたぞ」

とりとめもなく思考を巡らせていた俺に声をかけてきたのは、すぐ上の兄だった。

今の俺が持つ疑問なんて多分最初から持っていないであろう、人を『愛』することに長《た》け、『愛』されることにも長けている兄。

それをうらやましいと思うわけではないが、純粋にどうしてそこまで人を愛せるのかが疑問だ。一度、兄に質問したら大爆笑の末に結局答えはもらえなかった。


「大丈夫だよ。忙しいは忙しいけど上手《うま》くやってるから。リヒト兄の心配はまた別の方向だし。それよりせっかくの半日休みに実家の庭の散策？　ベルク、ちょっと枯れすぎなんじゃないの？　ベルクはゲイル父さんに似て顔も悪くないし、騎士で身体もできてるし、アニムスからモテモテなんだから、つまみ食いでもすればいいのに」

「似ているのは確かだが、モテモテはよくわからない。つまみ食いとは何を食べるんだ？」

「はぁ、中身まで若いころのゲイル父さんそっくりってダグラス父さんが言ってたのマジなんだろうな……。

あのね、若いアニムスはベルクみたいな頼りになってて顔もよくて性格も……悪くないアニマが皆大好きなの」


相変わらず口を開けば人をからかってばかりの兄に、俺は思わず苦笑する。確かに騎士団が行う王都の巡回中に菓子の差し入れなどを受けたりもする。しかし、それは街を守る騎士団全体への感謝の気持ちであり、俺個人に対してではなかろう。


「相変わらず兄さんの言うことはよくわからないな。ところで、兄さんも今日は休みなのか？」

「そうだよ。ここのところちょっと気になる症例があって研究室に泊まり込んでたからね」

「それでさっき、家に帰ってきたのか」

「ううん、家には荷物を置きに寄っただけ。これからデートなんだ」

「そうか、楽しんできてくれ」


俺には愛や恋と同様『モテる』という概念もよくわからないが、おそらく世間ではスイ兄さんのような人を『モテる』と表現するのだろう。

スイ兄さんは俺と同じ熊族の父を持つヒト族のアニムスだ。母から『至上《しじょう》の癒《いや》し手《て》』という異能を受け継いだ兄は、この若さでレオニダスで将来を嘱望される優秀な医師であり、『番』に焦《こ》がれることなく愛する相手を取っ替え引っ替えしている自由人である。

それなのに兄さんは俺に『愛』を教えてくれない。


「なんだか難しそうな顔をしてるけど、僕はもう時間だから行くよ。これ、僕の部屋に置いといてね！」

「あ、ちょ……兄さん!?」


スイ兄さんは荷物を俺に放ってよこし、軽やかな足取りで行ってしまった。それはその先に楽しいことが待っているという確信をもった軽やかさで。

自由な兄が謳歌している『愛』というのは、それほどまでにいいものなのだろうか……。

✧✧✧

「ん？　もうこんな時間か。おいベルク、昼飯を食いに行こう」

「ああ、確かにいい時間だな。それで、今日はどこに行く？」


翌日、いつものように宿舎から騎士団詰所に出勤した俺は、午前中の訓練を終え同僚のカタンと昼食を取りに行くことにした。

カタンは騎士には珍しい馬族だ。馬族は細身の者が多く獣性が弱い故に、冒険者や騎士といった戦う職につく者は少ない。だが、馬族の中でも大型種であるカタンの体格は、俺のような獣性の強い大型獣人と並んでも全く見劣りしない。むしろ獣体になった姿など、アーヴィスに勝るとも劣らぬ迫力を持っている。

もっとも、普段の彼は少し長めの金栗毛色の髪をきっちりと後ろに撫でつけ、黒目がちで大きな瞳が印象的などことなく愛嬌のある人物だ。


「よくぞ聞いてくれた。とある筋からいいものを手に入れてだな。ちょっと付き合え」

「いいもの？」

「これだ」

カタンが得意気に出してきたのは、弁当屋の割引券だった。


「それがいいものなのか？」

「新しくできた店だが、同じ系列店よりも美味いと評判だ。多分、いや絶対、お前の好きな味だ。何より、ヒト族や小型の可愛い子達がたくさん働いている」

「たまには弁当も悪くないな。お前のお墨付きなら、味と量も期待できそうだ」

「いや、お前マジで後半まるっと無視したな」


なぜかため息をつくカタンだが何かと俺のことを気にかけてくれるのは正直ありがたい。

俺自身、人好きのする性格でないことはわかっている。それに、黙って立っているだけでも俺の容姿は恐ろしく見えるらしく、人付き合いも上手くはない。

だからといって騎士というものは一人で仕事ができる職ではない。何よりも大切なのは仲間との信頼関係。いざという時の連携が己の命を守ることにも繋がる。

だからこそ陽気で世話焼き、誰とでもすぐに打ち解ける性分の彼とは、こうして行動を共にすることが何かと多かった。

「少し歩くぞ」

「問題ない」

俺は小さく鳴いて空腹を訴える腹を宥めながら、カタンと並んで足早に歩く。

するとその時、突然道の脇から小柄な人影が飛び出してきて、俺の前に立ち塞がった。

思わず剣を抜きかけたが、悪意や殺気を感じなかったためにその手を止める。

「あ、あ、あの！　ベルク様ですよね!?」

その小柄な人物は、耳の形からして栗鼠《りす》族だろうか。

「ああ、俺はベルクだが……君は？」

「ぼ、僕は、エルゥと言います！」

「何かあったのか？　ずいぶんと緊張し、焦っているようにも見えるが……。大丈夫だ。俺とカタンが君を必ず守るから落ち着いてくれ」

エルゥと名乗った彼は、ひどく言葉を詰まらせるほどに緊張し、顔は興奮しているのか朱に染まっている。もしかするとなんらかの事件に巻き込まれて、隙をついて逃げてきたのだろうか？　彼らのような小型種は抵抗する力を持たない者が多い。だとすれば、俺達は騎士として呑気《のんき》に弁当屋に行っている場合ではない。ただちに彼を保護せねば。

「えっと、その……ど、どうか……これを受け取ってください！」

「これは？　何かの証拠物か？」

「は、はい！　ぼ、僕が焼いたクッキーです！　召し上がっていただきたくて……ッ！」

「クッキー？」

クッキーを差し出す彼が涙目で震えている理由は不明だが、とりあえず彼の身に差し迫った危険があるわけではないことだけは理解した。

しかし、この絵面は誤解を招きそうでいささかよろしくない。

　まるで俺が、善良な市民を恫喝《どうかつ》してクッキーを押収しているようではないか。ここは一つ、なるべく穏当に事情を聞くとしよう。

「君はなぜ、俺にクッキーを？」

「おいおい、ベルクマジで言ってんのかよ？　本日二回目のマジで案件だぞ」

　隣でカタンが肩をすくめているが、事情がわからぬならば聞くしかあるまい。

「そ、それは……騎士様をその……おっお慕い……いや、えっと……騎士様に……」

「なるほど」

　真っ赤になって答える彼に、俺はようやく合点《がてん》がいった。

「何か、我らのような騎士が君の役に立ったのだな。だが、騎士にとってそれは当然のこと、このように気を遣う必要などないのだ。これは……、そうかその騎士が誰かわからないから騎士団へ差し入れをするということなのか。わざわざありがとう。これは皆でありがたくいただく。きっと、君を助けた騎士も喜ぶはずだ」

「いや、だからお前……ぷぷッ……ッ」

「おい、カタン。なんだその態度は、彼に失礼だろう。わざわざこうして差し入れまで、用意してくれているんだぞ。そうか、騎士を探すのであれば、俺ほどわかりやすい奴もいないだろうからな。名前も、この図体も」

　俺は笑いを噛み殺そうとして失敗しているカタンを嗜《たしな》めた。カタンはいい奴だが、なぜか時折礼儀知らずになるのが玉に瑕《きず》だ。

「あの、これは……その……」

「君の気持ちはありがたく受け取らせてもらう。だが、本来であればこのような礼は不要だ。君達のような者を守ることこそが、騎士の使命なのだから。君を失望させないように、今後も職務に励む。できればその騎士も探しておこう。名前はわかるだろうか？」

「は、はい……ッ。名前……いっいえ、大丈夫です……！　もう十分ですから！　ありがとうございました！」

直立不動で俺達を見送る彼は、拭《ぬぐ》いもせず滂沱《ぼうだ》の涙を流していた。何かよほど深い思い入れが騎士にあるのだろう。彼のような無辜《むこ》の民を守るためにも、俺達騎士団は日々気を引き締めて職務をまっとうせねばならない。

「なあベルク、俺はお前を友人だと思ってる。お前は間違いなくいい奴だよ。それに騎士としてお手本のような存在だ。本当に素晴らしい。俺はお前が友人でよかったと思っている」

「突然なんだ？　藪《やぶ》から棒に」

カタンは定期的にこういうことを突然言い始める。そこだけが欠点だ。

俺もカタンのことは同じように思っているがそれを口にされるのは正直恥ずかしい。

「だけどな、ベルク……お前はもう少し人の心の機微《きび》とか感情とかそういうものを学べ。お前自身と周囲の人間のために」

「だからいきなりなんの話だ？　俺がそういうのが苦手だというのはお前が一番よくわかっているだろう？　それにお前こそ、騎士としてさっきの態度はどうかと思うぞ」

「いや、もうお前のそれは鈍感とか朴念仁《ぼくねんじん》とかそういう問題じゃないんだわ。多分、このままじゃ被害者が増える一方というか、既にもう数え切れないほど出てるんだ。だからな？」

笑いすぎて過呼吸気味になりながら、訳のわからないことを言うカタンに俺は顔をしかめる。カタンは悪い奴ではないが、時々意味がわからない。

「あぁさっきの子、立ち直ってくれればいいんだけどな。まぁベルクの本性がわかってすっぱり諦められたかもしれないな。おっとほら、あそこだベルク。人が並んでるだろ？」

ブツブツ独り言を言うカタンと共に歩いていると、カタンはその足を止め、店から道路にはみ出すぐらい多くの人が並んでいる行列を指差した。

「ずいぶんと盛況だな」

客が集中する昼飯時であることを差し引いても、これだけの列ができるということはかなり美味い店なのだろう。

「まぁ、お前のお袋さんの店なんだけどな、これ」

「何？」

ニヤニヤと笑うカタンの指差す方向を見れば、そこには『チカが愛情こめて握りましたおにぎり屋』と大書された看板が掲げられていた。

母が祖父に何度お願いしても店名を変えてもらえなかったという、いわくつきの店だ。『あんな語呂も悪くて恥ずかしい名前、絶対流行《はや》らないと思います！』と、母は祖父へと訴えていたが、その予想に反してあの系列店はどれもが大繁盛しているのだから、母にはなすすべもない。

「な？　言っただろ？　絶対お前が好きな味だと。なんせお袋さんの味だもんなぁ？」

「そういうことか……。だが、母の故郷の料理を再現しただけで、店舗によってその味付けや調理方法は任せていると聞いたことがあるぞ」

そう、異世界人である母は医療だけではなくワショクという食文化をこの世界へと根付かせた。それには、父の実家で執事を務めるセバスチャンも大きく関わっており、多忙な母に代わってこういった店での技術指導はセバスチャンが行っているそうだ。

型にはまった全く同じワショクを提供するのでは面白くない、創意工夫を奨励することで向上心を持たせ、更なるワショクの発展を促すのだとセバスチャンは言っていた。

だからこの系列の店は、店舗によってそこに勤める料理人のこだわりで味付けや調理方法に違いがある。

この目の前でニヤニヤと人の悪い笑みを浮かべる悪《いた》

戯《ずら》好きな同僚は、それを知っていてここに俺を誘ったのだろうか。それとも母の名前の店を見て、俺が恥ずかしがるとでも思ったのだろうか？

まぁ、そこまで考えてはいないのだろう。純粋に俺と美味いモノを食べたいと誘ってくれたはず。家族の名がついた店や通りが存在することは、俺自身もう諦めがついている。さすがにベルク通りだけは話が別だが……。だから、母には悪いが正直それをどう思うこともないというのが本音なのだ……。

そんなことを考えながらカタンと列に並んでいると、ようやく俺の順番となった。

「ご注文はお決まりですか？」

それはひどく印象的な声だった。柔らかく、まるで天上の調べのようにあたりに響きわたる声。

「日替わり大盛り弁当を二つ」

「はい、日替わりの大盛りが二つですね。ありがとうございます！　少々お待ちください」

またた。目の前の店員から発せられる声があまりに印象深く、ただただ不思議な気持ちになってしまう。

ちなみに今日の日替わり大盛り弁当は、特大おにぎり四つにカラアゲ五つ、ハンバーグ二つにサラモスの塩焼き、タマゴヤキに野菜の煮物、そして新鮮な野菜を使ったサラダ。それらを詰め合わせてある。

俺のようによく食べる者にとって値段に対してこの量の多さはありがたい。

「お待たせいたしました！　日替わり大盛り二つです！」

「ああ、ありが——」

弁当を用意してくれた小柄なヒト族に礼を言って受け取ろうとした刹那《せつな》、俺の全身に戦慄にも似た衝撃が走った。

目の前でニコニコと笑っているヒト族は、一言で言うとすればただ愛らしかった。いや、見た目だけでいえば素朴で素直で純粋そうな印象を受けるが、やはり愛らしい。

明るく淡い茶色の髪に、柔らかな灰色の瞳。華やか

な美しさならば兄弟達で見慣れているが……。兄弟に抱くそれとは根本的に違う、目の前のヒト族への庇護《ひご》欲《よく》が俺の中を駆け巡る。

俺は、彼から目を離すことができなくなってしまった。初対面の人間を理由もなくジロジロ見るのは、礼儀にもとる無作法な振る舞いだ。特にこの強面でヒト族などからは恐れられがちな俺は、彼から視線を外すべきなんだろう。

そうしなければ目の前の彼も俺を恐れ、顔をこわばらせ視線を逸らすに違いない。父親譲りの己の風貌が、今ばかりは恨めしい。

だが――。


「はい、こちらがお釣りです！　初めてのお客様ですか？」

「あ、ああ……」

「ぜひまた来てくださいね！」

目の前の小さなヒト族は俺から視線を外すことなく、屈託なく笑っている。その表情に、俺の心臓が早鐘のように激しく脈打った。


「わかった。約束しよう。明日も買いに来る、必ずだ」

たかが弁当を買う、それだけのことを俺は全力で彼に誓った。初対面で俺の視線を正面から受けてもたじろがない彼の存在は、俺の中に強烈な印象を焼き付けた。

＊＊＊

「ベルク、今日の昼飯は――」

「俺は弁当を買いに行く」

「お、おう……」

翌日、俺はヒト族の彼との約束を果たすべく足早に弁当屋に向かう。なぜかカタンもついてきたが、きっと彼も弁当の味が気に入っているのだろう。

俺は弁当屋に着くと昨日の彼を探し、彼が受け渡しをしている列の最後尾に並ぶ。俺は彼と約束したのだから、彼から弁当を受け取るのが筋だ。

しかし、それにしても列が長い。腹が減って死にそうだが、それ以上になぜ彼の前に行くまでに、こんなに時間がかかるのだ。こんなにも並ぶことを苦痛に感じたのは、人生で初めてかもしれない。

「お待たせしました！　次のお客様どうぞ」

ようやく巡ってきた順番に、俺は若干早足で彼の前に出る。

そこには華奢《きゃしゃ》な身体での立ち仕事な上、この忙しさで疲れているだろうに、心からの笑顔を絶やすことなく客をもてなす彼がいた。

その笑顔は、見ているだけで元気をもらえる。俺の中で彼の好感度が更に上がったことを自覚した。

「ご注文はいかがいたしますか？」

「き、昨日と同じでいい」

当然注文を聞かれたが、彼に気を取られすぎていた俺は何も考えておらず、とっさに昨日と同じものを頼んでしまう。美味かったから問題はない。

「ちょっと待てお前。『昨日と同じの』って、その子が覚えてるわけないだろ？　毎日どんだけ客の相手をしてると思ってるんだよ」

しかし呆れ顔のカタンに言われてみれば、全くもってその通りだ。

「あ、いや……すまん。その――」

「日替わり大盛り弁当ですね？」

「――！」

覚えていてくれた。昨日初めて弁当を買っただけの俺を、彼は覚えていてくれた。そのことに俺は震えるほどの喜びを覚える。こんなにも他人の言動に激しく感情を揺さぶられたのはいつぶりか……もはや覚えてもいなかった。

「うちの店の日替わり弁当はカラアゲとタマゴヤキは固定で、もう一つの主菜と副菜、魚料理とサラダの種類が変わるんですよ」

「そっ、そうか」

俺に説明しながら、彼は手際よく菜箸《さいばし》を動かしておにぎりとおかずを弁当へと詰める。

「今日は生姜焼きに白身魚のマリネです。揚げ物とサッパリしたマリネが合うんで、僕のオススメです」

「ああ、それは楽しみだ」

微笑みを湛《たた》えた彼の小さな手から俺に弁当が渡され、俺の武骨な手から彼に金が渡る。束の間のやり取りに、俺の鼓動がうるさいほどに高鳴った。

そして理由もわからぬままに、この時間がもっと続けばいいのにと願う。

弁当の説明を楽しそうにする彼の声を聞いていると、不思議と俺まで楽しいような……幸福な気持ちになるのだ。そこにいて自然に振る舞っているだけで、他者をそうした心持ちにさせるという意味では、彼は少し母に似ているかもしれない。

「お釣りをどうぞ」

「ありがとう」

「ぜひまたいらしてくださいね！」

「明日も来る」

そして俺は今日もまた、明日の約束を彼と交わした。

「なぁベルク、お前どうしちまったんだよ？」

「何がだ？」

公園のベンチに腰掛けて購入したばかりの弁当を頬張っていると、カタンが珍獣を見るような目で俺を見て不思議そうに首をかしげた。

「二日続けて同じ弁当屋に行って、あの店員への態度……。おまけに明日も行くとか……そんなにここの弁当が気に入ったのか？」

「そうだ。ここの弁当は美味い」

「ふーん？　本当にそれだけか？」

「おい……なんだその目は」

黒目がちなカタンの瞳が愉快そうに細められる。

「確かにここの弁当は俺も好きだ。安くて美味いからな。だが、お前が毎日通い詰めるほどか？　なんなら実家でお袋さんがいくらでも作ってくれるだろうに」

「……母の作るものとは、似ているが違う」


なぜカタンはこんなことを聞くのだろう？

安くて美味くて量もある弁当を、感じの良い店員が笑顔で売ってくれるなら、誰だって食いたいと思うのが普通だ。それに俺は――。


「彼と約束をした」

「約束？」

「彼は俺に『またいらしてくださいね』と言った。俺はそれに対し『明日も来る』と答えた」

「クハッ！　お前、それって……ッ！　プハハハ！」


何がそんなにおかしいのか、カタンは箸でサラモスのフライをつまんだまま爆笑した。行儀が悪い上に、友人とはいえ他人の交わした約束を笑うのは無礼だろう。


「おい、いい加減に――」

「あのな？　店員が客に言うそれは挨拶の一種だぞ？」

「挨拶……？」

「服とか買うと言われないか？『お買い上げありがとうございました。またのお越しを！』って」

「言われる……な」


確かに家族で洋品店に出向き大量購入した後など、店員総出で『またのご来店を一同心よりお待ちしております！』と見送られる。けれども、弁当屋の彼のそれは少し違うようにも思えるのだが……。


「で、お前はそういう店の連中と、いちいち約束とやらを交わすのか？」

「それは……」

「まぁ、いくらお前が無愛想でも、社交辞令として『また来る』程度は言うかもしれないな？　だけど、それに対して律儀に『約束を守らねば！』って思うか？」

「思わない……な」

相手によって態度を変えるのは人としてよろしくない……反省しよう。

「ちなみに、俺はお前を責めちゃいないぞ？　だから反省とかはしなくていい。むしろ思ってたらヤバイ。それにいい傾向だ」

「確かにそんなにあちこちでしょっちゅう買い物をして『また来る』と約束していては、家の中が物で溢《あふ》れてしまう」

「プハハハ！　当たり前だろ？　俺が言いたいのはそういうことじゃない。お前がなんで約束を――いや、これはまだ早いか。相手はベルクだ。ことは慎重に運ぶべきだな」

俺はカタンの意見に賛同したのだが、なぜかカタンは一人でぶつぶつと何事かつぶやいている。俺はそんな友人を弁当を食べながら見守る。

「よしよし！　なんとなくわかったから、明日も一緒に弁当買いに行こうな？」

「いや、別にお前がいなくても、俺は弁当くらい一人で買えるぞ」

「そう言うな。俺に『鋼《はがね》のベルク』が心に纏う、誰も崩せなかった壁が崩れ去る様を特等席で観せてくれ」

「鋼のベルクとはなんの話だ？」

「こっちの話だ、気にするな」

カタンはしばしば、よくわからないことを言う。こういう時のカタンは、少しだけスイ兄さんに似ている気がする。

❖❖❖

弁当屋に通い始めて三日目。今日も俺はヒト族の彼が忙しく立ち働く列に並び、自分の番が来るのを今か今かと待ち侘びている。そんな俺の隣には、宣言通りカタンも並んでいるのだが、まさか本当にくっついてくるとは思わなかった。

「なぁベルク、せっかくだから今日はあの子に名前でも聞いてみたらどうだ？」

「な……っ!?」

唐突なカタンの提案に俺は硬直した。

「なんだ、知りたくないのか？」

「いや、知りたくないわけでは……」

知りたい。正直に言えば、ものすごく知りたい。

「なら聞いてみればいい」

「無茶を言うな」

だが、騎士服を身に纏った俺のような人間が突然そんなことを聞けば、まず間違いなく彼を怖がらせてしまうだろう。

実際俺は通行人に道を尋ねただけで尋問と勘違いされ、『私は何もしてません！　無実なんです、信じてください！』と、泣きながら土下座されたことがある。不本意ながら、俺はそういった周囲の反応には慣れているものの、それでも彼にだけは怖がられたくない。

……どうして彼にだけは怖がられたくないのだろうか……？

ふと自分の中に疑問が浮かぶ。

「無茶？　たかだか名前を聞くだけのこと、なんなら俺が聞いてやるぞ？」

「余計なことをするな！　聞くなら自分で聞く！」

俺はほとんど反射的に、自分でも思いがけぬことを口走っていた。

彼に怖がられるのは嫌だ。けれども俺以外の誰かが彼と親しく言葉を交わし、彼の名を聞き出すのはもっと嫌だ。

なぜそんな風に思うのかは、自分でもわからない。ただ——たとえそれが同僚のカタンであっても、それは嫌だった。

「自分で聞けるならそれでいい。馴染みの客が店員の名前を知りたいと思うのは、別に自然なことだと思うぞ？　見守っててやるから頑張れ」

「……いや、あまり見るな」

その謎の保護者目線はいったいなんなんだ。

「お次のお客様……あ、また来てくださったんですね！」

俺を見た彼がうれしそうに笑う。これもカタンが言うように、彼が店員で俺が客だからなのか。本来不満を持つような話ではないが、それを寂しいと思うのはなぜなのか。

「あ、ああ……君と約束したから」

「約束……そのためにわざわざ来てくださってるんですか!?　あっ、でもそれだけうちのお弁当を気に入ってくださってるってことですよね。ありがとうございます。それで、今日はなんになさいますか？」

「いつものを」

俺が注文を伝えると、彼は昨日と同様日替わりの内容を説明しながら弁当を詰める。見ていて気付いたのだが、彼はただ決められた量を適当に詰めるのではなく、少しでも見栄えがよくなるよう工夫を凝らし、とても丁寧な仕事をしている。これだけの行列だ。目の回る忙しさだろうに。だからといって彼の前の行列の進みが遅いわけではない。

より素早くよりいいものを客に提供したい。そんな気持ちが強く伝わってくる彼の仕事ぶりに、俺はますます彼を好ましく感じた。

「お待たせいたしました！」

「ありがとう」

「行け、ベルク！　今だ！」

俺が弁当を受け取ろうと手を伸ばしたまさにその瞬間、カタンの言葉と平手が俺の背中を思い切り押した。

「きっ、君の名前を教えてくれるだろうか？」

聞いた。

聞いてしまった。

それもかなり不審者めいた勢いで。

「え？　僕ですか？　僕はヨファです」

「ヨファ……そうか、ヨファか」

だが彼――ヨファはそんな俺に戸惑う様子も見せず、かといって怯えるわけでもなく自然な笑顔で、釣り銭を優しく手のひらに乗せてくれた。

「よかったな、ベルク。ヨファ君、こいつは熊族のベルクだ。そんで俺は馬族のカタン。見ての通り騎士だ。ここの弁当諸々の虜《とりこ》になっているから、よろしくな？」

「はい！　またのご来店お待ちしております。ベルクさん！　カタンさん！」

「ああ、必ず来る。毎日、通う」

俺は温かな弁当を抱え、雲の上を歩くような心地で詰め所に戻った。

それにしてもヨファ……彼はヨファと言うのか。

「ヨファ……ヨファ……」

その名を何度も口の中で繰り返す。

誰かの名を呼ぶだけで、こんなにも胸の奥がチリつくのは初めてだ。

「いや、予想以上に面白いものが見れて俺は大満足なんだけどな。そろそろ飯を食えよ。お前、完全に端から見たらヤバイ奴になってるぞ？」

「お前には、この名前のよさがわからないのか？」

なぜかカタンが軽く引いている気がする。おかしな奴だ。

この日、俺の頭からヨファの名が離れることはなく、自主鍛錬《たんれん》をする時も気がつけば彼の名を口にしていた。彼の名を唱えるだけで無限に力が湧いてきて、俺はカタンに止められるまで剣を振っていたらしい。

「煽《あお》った俺が悪かった。そんで熊族の持つ特性のことも忘れてた。いや、お前にとってはある意味人間味が芽生えたということで喜ばしいことかもしれん。ただ、他の連中が本気で怯えてるからそろそろ一旦休め。そして頭を冷やせ、な？」

「そうだな……頭も身体もひどく熱い」

忠告に従い風呂場で頭から水を被り続けていたら、またカタンに止められた。

✵✵✵

その後も俺は、ヨファとの約束を違《たが》えることなく連日弁当屋に通い詰めている。当然と言わんばかりにカタンがついてくることには、もう俺は突っ込まない。なんとなく気にしたら負けな気がするからだ。

「ベルクさんこんにちは！」
「やぁ」
「いつものにしますか？」
「頼む」

ヨファはすっかり常連になった俺を見ると、明るい笑顔で話しかけてくれる。俺にはそれがたまらなくうれしい。今や弁当屋での一時は、俺の一日でもっとも大切な時間だ。

「あの、ベルクさん……もしよろしければ、お持ち帰りできるお味噌汁もご一緒にいかがですか？」
「もらおう」

ヨファの言葉に俺は迷わず味噌汁を購入した。フィシュリード特産の、母が味噌と呼ぶ素材を使ったこのスープは、若干好みが分かれる味ではあるのだが、母の手料理で育った俺には馴染みのある味だ。

ヨファから弁当と味噌汁の入った容器を受け取り、また明日の約束をする。そして、詰め所へ戻るか公園でカタンと共に弁当を食べる。ここまでが俺の日課になっていた。

「美味い……」

公園のベンチに腰掛けて啜《すす》った味噌汁は文句のつけようがないほどに美味かった。

「おいおい、大袈裟《おおげさ》な奴だな！　味噌汁は味噌汁だろうが……。おい、どこ見てんだ。おいって、目がいっちまってるぞ。なんだその味噌汁、ヤバイ茸でも入ってんのか？」

軽口を叩きながらカタンが啜っているのは海藻入りの澄まし汁だ。海藻や干した魚から取れる出汁《だし》に塩を加えたシンプルなスープを、カタンは日頃から好んで飲む。

「茸は入ってないが、この味噌汁は本当に美味い。母の作るものも好みの味だが、出汁がよく利いているところとその出汁を殺さない味噌の選び方がとてもいい」

「へえ？　お袋さんの手料理で舌の肥えたお前にそこまで言わせるとは、それを作った奴はよっぽど腕のいい料理人なんだろうな」

母の味噌汁は確かに美味い。しかし、ヨファに勧められたこの味噌汁は、母のそれとよく似ているがどこか違う。より深く俺の舌に染み入り、瞬く間に血肉と化す——そんな未知の感覚に俺は震えた。とりあえず、明日も必ず味噌汁を買おう。

翌日、カタンと共に弁当屋に足を運んだ俺は、いつもの弁当に味噌汁を追加した。

「お味噌汁、気に入ってくれたんですね？」

「美味かった」

紙のカップに注がれた、素朴な味噌汁。具材も特別なものは何も入っていなかった。なのに俺の舌には、昨日からあの味が染みついて離れない。

「うれしいです。あの味噌汁は僕が作ってるんですよ。あっ、今日のこれもなんですけど」

「君が？」

「はい！　昨日から汁物を任されるようになりました。だから、ぜひ常連のベルクさんに飲んで欲しくて」

「そうか……あの味噌汁は君が……」

ヨファが作った味噌汁。

弁当を詰めるだけでもあれほど丁寧な仕事をする彼のことだ。味噌汁一つ作るにも、並々ならぬ努力と創意工夫をしているのだろう。

俺が感じた味噌汁の美味さは彼の努力の結晶なのか。

あれほど俺好みの味噌汁を作れる彼のことを、俺はますます好ましいと思ってしまう。

好ましい……？　俺はヨファを好ましいと思っている……？　それは間違いない。

だがこの好ましいはどういう好ましいだ……？


「どういうことだ……」

「ベルクさん？」

「わからん……」

「ベルク……さん？」


味噌汁を美味しく作れる努力家であるヨファが好ましい？

誰にでも丁寧に接客をし、細やかな心配りを忘れない彼の気持ちが好ましい？

俺を見ても恐れることのない、彼の屈託のない笑顔が好ましい？


「これはなんだ……？」

「え、ちょ、ベルクさん!?」


突然湧き上がった疑問の数々で頭がいっぱいになった俺は、気がつけば会計もすまさず弁当を抱えたまま歩き出しており、俺の分の代金を立て替えて慌てて追いかけてきたカタンに怒られた。


「なぁベルク、お前いい加減腹くくれよ」

「なんの話だ？」


いつものベンチに腰掛け、日替わり弁当の味噌カツを頬張っていると、隣で澄まし汁を啜っていたカタンが不意に言葉を発した。


「あの子のことだ」

「あの子……ヨファのことか？」

「そうだ。お前、あの子が好きなんだろ？　弁当屋に通い詰めてかれこれ三週間、そろそろ次の行動に――って、ベルク？　おい！　ベルク!!」


『あの子が好き』。カタンが突然発したその言葉に、俺は脳天を射貫《いぬ》かれ頭の中が真っ白になった。

確かに近頃の俺は、寝ても覚めてもヨファのことばかり考えている。彼が働く弁当屋に行くのが毎日の楽しみで、昼休みになると同時に駆け出しているのも事実だ。

しかし、だからといって『好き』というのは飛躍しすぎではないか？

もちろん、明るく感じのいいヨファを嫌う理由は何一つないが。

「カツを頬張ったまま固まるな。とりあえずよく噛んで飲み込め。頼むから喉に詰まらせるなよ？」

「ん、うむ……」

俺はカタンに促されるままに味噌カツを飲み込んだ。おかしいな、美味いはずなのに味がしない。

「カタン……俺は確かにヨファを好ましい人間だと思っているが、それはその……あくまで人としてというか……そもそも俺はまだ彼と知り合って三週間で、ろくに会話をしたこともなくてだな――」

そんな付き合いで好きだのなんだのと、それではかつて俺に『愛』を告げてきた者達と同じではないか。

「はいはい、わかったわかった！　今のは、俺の言い方が悪かった。好きっていうか、お前はあの子のことがえらく気になっている。どうだ？　これなら納得か？」

「そうだな……気になっている……うむ、それはそうだな」

「で、どうしてそんなに気になってるんだ？　よくも悪くも他人に対して淡白で、誰にでも平等に特別な関心を寄せないお前が珍しいよなぁ？」

「それは……」

俺はカタンの質問に答えられなかった。やましいことは何もない。ただただ自分で自分の気持ちがわからないのだ。

きっとこの気持ちの答えを知るには、もっとヨファのことを知らなければならないのだ。

「カタン、俺はその質問に答えることができない。俺はこれから、もっとヨファのことを知ってみるべきだと思う」

「そうだな、それがいい。まずは知らなきゃ始まらない。これを機に、お前はもっと他人がお前をどう思ってるかということや、お前自身も相手のことを――」

「カタン、悪いが急ぎの用事ができた。先に帰らせてもらう。まずはお祖父様かテオドール兄上に頼んでヨファの身辺調査か戸籍関連の書類を手配してもらおう。あとは、病歴がないかはアーデに頼めばいいだろう。厄介な事件に巻き込まれていないかどうかは、騎士団で扱った事件の記録を俺が調べればいい」

「待て、待て待て待て。俺が言ってるのはそういうことじゃ――」

「カタン、半休の申請は任せたぞ」


俺は弁当の残りを急いで平らげ、立ち上がる。とりあえずはヘクトルお祖父様の下へ行こう。きっと力になってくれるはずだ。

全力で走る俺の背後でカタンが何かを叫び続けているが、すまない、俺にはやるべきことができてしまったのだ。急用であれば追いかけてくるだろう。

❈❈❈

「なんてことだ……ッ！」

俺は思わず手にした資料を握り潰しそうになった。

ヘクトルお祖父様にヨファの身辺調査をお願いした後、俺は自分でもできることをしようと、騎士団の資料室で過去の記録を片端から調べ上げた。

その結果、俺は由々しき事態を知ることになる。

そう、ヨファは今までに幾度となくヒト族特有のトラブルに巻き込まれてきたのだ。

魔力が高く獣人の子を宿しやすいヒト族は、過去から現在に至るまで様々な犯罪の被害者となってきた。誘拐から人身売買、果ては奴隷化などその最たるもので――俺の母やキリル伯母様も心と身体に深い傷を負わされたと聞く。そして、その加害者となるのは俺達獣人だ。

今では町中で見かけるヒト族も、俺達が生まれる前はレオニダスですらほとんどその姿を見かけることがなかったという。

テオドール兄上が治めるこのレオニダスは、もっとも治安のいい国の一つであり、今では多くのヒト族が安心で安全な日々を過ごすことができるようになっている。それは彼らヒト族を愛してやまぬヘクトルお祖父様の代から、アルベルト伯父上と現国王であるテオドール兄上まで三世代に渡るヒト族保護政策の賜物《たまもの》だ。

しかし、それでも他種族と比べヒト族がもめ事や事件に巻き込まれやすいという現実は存在している。特に獣性の強い大型獣人のアニマにとって、ヒト族とはある意味魔性の種族であり、そこに悪意がなくともトラブルになることが多々あるのだ。

そうなると、その根本的原因が生物としての本能に根差しているだけに、問題の根絶は困難である。本能が求める存在である一方で、獣人がヒト族を虐《しいた》げてきたという事実もいまだ消えず、それぞれの種族に深い傷跡を残したままだ。

だからこそ、俺達のような騎士が事あるごとにそういった問題には介入するのだが……。

「許せん」

ヨファはつい先日も、無理やり大型種の獣人に関係を迫られていた。これが合意の下であれば問題ないのだが、被害届が出されているということは、そうではないのだろう。そしてあろうことか、再三の騎士団からの警告にもかかわらず、今もその加害者につきまとわれているというではないか……！

「絶対に、許さん」

力を持たぬ弱い者に対し、力を持つ者が己の欲望を満たすためにその力を使う。それが過去に獣人とヒト族の間に起きた悲劇の原因だとどうしてわからないのか……。

全く嘆かわしいと言うしかない。

それからの俺の行動は我ながら早かった。

俺は三日間ヨファに気付かれぬよう彼の身辺に張り込み、彼につきまとう不逞《ふてい》の輩《やから》の存在を改めて確認した。驚くことにヨファは報告に上がっていた獣人だけでなく、他にも数人の獣人に狙われていたのだ。

そして俺はその不逞の輩どもを背後から路地裏に引き込み、二度とヨファに近づかないようにしっかりと……わからせた。

そのことをカタンに気付かれて、殺してないだろうなと犯罪者を見るような目つきで見られたのは心外だ。

多少……多少脅しはしたが俺は暴力など振るってはいない。ただ剣に手をかけ、獣人とヒト族の間に起きた悲劇の歴史を語って聞かせてやっただけだ。そして、俺はそのようなことが二度と起きてはいけないと思っていると……しっかりとわからせた。ただ、それだけだというのに。

それにしても、ヒト族とはなんと危なっかしい種族なのだ……。家族にヒト族が多い上に仕事上関わることも多い。その特異性は理解していたつもりだが、ヨファという子はヒカル兄さん並に危なっかしい。そしてスイ兄さんとも、また違った方向性で危なっかしい。

件《くだん》のつきまとい犯達には十分わからせてやったが、この調子ではいつまた新たに不逞の輩が現れてもおかしくはないだろう。それなのにヨファ本人はいささか能天気とでも言おうか、自己防衛本能に欠けるのか、危機感が薄いから困る。俺が張り込んだ三夜だけで、不逞の輩とは別に彼に獣欲の混じる視線を送る者が少なからずいたというのに、本人はまるで気付いていないのだ。

「なんとかしなくては……」

善良な市民を守る騎士としても、毎日美味い弁当を提供してもらっている常連客としても、俺は可能な限り彼を守ってやりたい。

彼を知れば知るほど、その気持ちは強くなった。

そうか、カタンが言っていたのはこういうことか。

そうした俺の行動を知ってか知らずか、俺とヨファの関係は今日も変わることなく続いている。俺は弁当屋で日替わり弁当と味噌汁を買う常連客で、ヨファは美味い弁当屋の感じのいい真面目な店員。

その関係に不服などあろうはずもないのに、最近俺は少し物足りない。

彼ともっと話がしたい。

彼の作った味噌汁を彼と向かい合って啜り、その場で美味いと伝えたい。

彼のことを考えると無闇に胸が高鳴り、奇妙に落ち着かなくなるのはなぜだろう……。

カタンが言ったように、俺が彼のことを一人の人として気に入っており、好ましく思っているからなのだろうか。


「ヨファ……何か変わったことはないか？」

「え？　ないですよ、何も」

「もし何かあれば、いつでも俺に言ってくれ」

「はい！　なんといってもベルクさんは、騎士様ですしね。頼りにさせてもらいます」


弁当を買うたびに確認するが、ヨファは朗《ほが》らかに『何もない』と言うばかり。きっとそこに嘘はないのだろう。だが、彼の少し危なっかしい性分を知ってしまったからには、本人の感覚をどこまで鵜《う》呑《の》みにしていいのかわからない。

俺が呑気におにぎりを頬張っている今も、無自覚な彼を誰かが監視していて、気付いた時には取り返しのつかぬことになりはしまいか……心配で喉が詰まりそうだ。

「ベルク、茶を飲め。隣で窒息死はやめてくれ」

「……すまん」

俺はカタンに差し出された茶で喉を潤し、おにぎりを無事完食した。

✦✦✦

「おはよう、ベルク。今日も朝から元気だねぇ」

「スイ兄さん……また朝帰りか？」

「そうだよ。昨日の相手はなかなかしつこくて……、見た目もそっちも満足させてくれたけど、なかなか離してくれなくて困ったよ」

俺は休みの前日はたいてい実家で夕飯を食べ、そのまま自分の部屋に泊まる。そして朝は習慣で早起きし、こうして庭で剣の素振りをするのだが——。

「熊族ってホント絶倫な上に嫉妬深いというか独占欲が強すぎるんだよね。抱かれるこっちの身にもなって欲しいよ。ゲイル父さん達がなんであんなにうまくやれてるのか本当に不思議。あっ、ベルクもいい子ができても優しくしてあげなよ。束縛されるのが好きなタイプもいれば、僕みたいなタイプもいるんだからね」

「スイ兄さんの今の恋人は熊族なのか？」

「恋人じゃないよ。ただ昨日の相手がそうだったってだけ。だからこそあんまり独占欲を見せられると、ちょっとこっちは引いちゃうんだよね」


それにしても、早朝から首筋にはっきりと情事の痕だとわかる赤い印を浮かべた兄に出くわすというのは、そこはかとなくばつの悪いものだ。


「そういうベルクはどうなのさ？　相変わらず『鋼のベルク』というか、独り寝の朴念仁やってるの？」

「寝るのは一人だな」

「ふーん……もったいないなぁ、せっかくゲイル父さんそっくりでこんなに顔も身体もいいのに。いや、こんな言い方すると僕がファザコンみたいだな。ちょっと撤回」

「……やめてくれ、兄さん」


母と同じ顔をした兄が父と同じ色の瞳で俺を見つめ、白く華奢な手で俺の顔を撫で回す。そこに深い意図がないとわかっていても、気恥ずかしいことに変わりはない。


「でもさ、気になる相手くらいはいるんじゃない？」

「……ああ、それなら一人いる」

「え!?　嘘!?」


自分から尋ねておいて、兄は飛び上がらんばかりに驚いた。


「……それって、本当？」

「事実だ」

「ちょっと鍛錬なんていいから詳しく聞かせてよ。ほら、キッチンでお茶淹《い》れてあげるから行くよ！」


スイ兄さんの瞳が好奇心でキラキラと輝く。彼がこの目をしたならば、その追求から逃れることは至難の業《わざ》だ。汗を拭く暇すら与えられずキッチンのテーブルへと連行された俺は、スイ兄さんの対面に座らされる。

スイ兄さんの淹れてくれる茶は、少し薬草のような癖があったが、まるで鍛錬で流した汗を補ってくれるかのように、飲み込むたびに身体に染み込んでいく。

「それでそれで！　ベルクが気になる子ってどういう子なの！」

何がそんなに楽しいのかわからないが、スイ兄さんは心から愉快そうに俺を見ている。仕方なく俺は、今までの経緯とヨファという存在のことを正直に告げた。

「えっ、ちょっと待って。わりとベルクがしてることもやばい気がするんだけど……。あっ、まぁバージル爺ちゃんとリカム婆ちゃんのことも考えたらそういうものなのかな……。でも……、まあいいや、後でヘクトル爺ちゃんに手を回してもらおうっと」

「兄さんどうしたんだ？」

どこか遠い目をしてブツブツとつぶやくスイ兄さん。俺にあれほどヨファのことを説明させておいて、どうしたというのだろうか。

「いや、ごめん気にしないで。だけどそんなにいろんな獣人に目をつけられるなんて、そのヨファって子はずいぶんモテるんだねぇ。ヒト族としてもちょっと異常な気がするけど」

「ヨファはモテている、のだろうか……」

やはり俺には、『モテ』がいかなるものなのか、今ひとつわからない。リヒト兄さんのように公式ファンクラブでもあればわかりやすいのだが……。

「もしかして、陰じゃイケイケなタイプとか？」

「イケイケ……とは？」

「えっと、つまり僕みたいな感じってこと。自分から好みのアニマにアプローチをかけて、わりと自由に楽しんじゃうタイプ」

「違う！」

俺は自分でも驚くほどの勢いで、スイ兄さんの発する言葉を否定してしまった。

「ちょっと……何その反応？　別に僕は悪いことをして

ないと思うんだけど？　さすがにそれはちょーっと傷つくんだけど？」

「……すまん」


そうだ。俺はスイ兄さんの生き方を否定するつもりはない。スイ兄さんがどこで何をしていようと、人の道から外れてさえいなければ、それは本人の自由だ。

だが、スイ兄さんと同じことをヨファがしていると思うと、なぜか胸が潰れそうになった。

言葉を選ばずに言うならば絶対に許せないし、そんなヨファを見たくない。

そして、そんなことを思う己の傲慢さにゾッとする。

いったいいつから、俺は他人の生き方に是非を定めるほど偉くなった？　周囲は最速で騎士になった俺を褒めそやすが、それはたまたま俺が恵まれた環境に生まれ、幼少期より武芸を学べたからに過ぎない。

俺は人の人生に口出しできるほどの人間ではない。まだまだ未熟者だ……。

「ちょっとそんなマジに受け取らないでよ！　そんなことで僕が傷つくわけないじゃん。なんかもうベルクの調子もいつもと違ってこっちも調子が狂っちゃうよ。これは本物だね。間違いない」

「兄さん……？」

まるで大好きな玩具を見つけたように愉快そうにクスクスと笑う兄さんに、俺は戸惑う。

「つまり、ベルクが気になってるヨファ君は、自分から冒険しまくるタイプじゃない。なのにやたらと面倒事に巻き込まれるんでしょ？」

「そうだ」

「それってね、完全な『引き寄せ型巻き込まれタイプ』だよ」

「なんだ、それは？」

初めて聞く単語に首をかしげる俺を見て、兄さんはますます笑みを深める。

「本人の意思とは無関係に、自動的に面倒事を引き寄せちゃうタイプの人。我が家で言うと、チカさんやヒカル兄さんがそのタイプかな？　まぁ、あの二人はお人好しが過ぎるから、ある程度自分から首を突っ込んじゃう部分もあるんだけどね」

「なるほど……」

兄の言葉には嫌な説得力があった。むしろ、そうとでも考えないとヨファのトラブル遭遇率の高さに説明がつかない。


「それで聞くけどベルクはその子が好きなの？」

「それは……、わからない。俺がそういうことを理解できない人間だとスイ兄さんも知っているだろう」

「もちろん知ってるよ。だけど、ゲイル父さんの若いころとベルクは見た目も中身もそっくりで、それなのに今のゲイル父さんはああだよ？」

「それは……父さん達は『番』だからじゃないのか」

「『番』ね……。便利な存在だよね。運命が与えてくれる決められた相手。確かに『番』であることはベルクみたいな獣人にはとても大事なことだと思うよ？　だけど、僕は『番』という要素が人の心まで操作しているとは、とても思えないんだ」

「どういうことだ？」

「うーん、ごめん。うまく説明はできない。根拠があることでもないから、医師である僕が言うことではないと思うけど……世界の仕組みに『番』というものが組み込まれていること自体に、何か違和感があるんだよね。人を好きになるっていうその気持ちまで、あらかじめ決められているなんておかしいと思わない？」

「兄さんは難しいことをいつも考えているな」

もう一杯お茶を飲み干せば、スイ兄さんもしゃべって喉が渇いたのか俺と同じようにカップに口をつける。

「そういうわけでもないんだけどね。なんといっても我が家の一族や周りには『番』が多すぎると思うんだ。だからいつも思ってるよ。好きが先なのか、『番』であることが先なのかって」

「結論は出たのか？」

「いや、永遠に出ることはないんじゃないかな？　だって証明のしようがないし。ただチカさんや父さん達を見てると思うんだ。きっとあの人達は『番』という運命の後押しがなくても、今と同じだったんだろうなって。だから、一旦その結論で僕は満足」

この母に似た兄はいつも突飛なことを考えている。『番』が愛し合うのは、この世界の常識。常識に疑問を持つ者など普通はいない。

「えっと、話がすっかりずれちゃったね。好きかどうかって聞いても答えられないけど、ベルクはその子のことを好ましいと思ってるし、彼が僕みたいにいろんなアニマと遊んでたら嫌なんだよね？」

「それは間違いない。兄さんの言う通りだ。それに、もし彼に危害が加えられたらと思うと……俺は何をするか自分がわからない。なあ、兄さん。これが恋というものなのか？」

「それに答えられるのは自分だけだよ」

その言葉に、幼いころ母に言われたことを思い出す。

『愛を知りたいと思ったその気持ちこそを大事にしろ』と言った、母の言葉を。

「そうか、そういうことなのか……。俺は恋しいと思える相手を、それを俺に教えてくれる相手を待ち望んでいたんだな。そして俺にそれを教えてくれたのは……」

「結論は出た？　でも、それならますます心配じゃない？　僕は自分の身は自分で守れるけど、聞いた感じその子はただの弱いヒト族の子みたいだし。また危険な目に遭う前にベルクが守ってあげなくっちゃ。ベルクは騎士なんだから、それも仕事じゃないかな？」

「……確かに、彼を守ることは俺の職務の一環だ。ありがとう、兄さん」

「どういたしまして。よし、これで何かあったらきっといい感じに二人はくっつくはず……。うちの真面目すぎる弟を嫌いなヒト族は少ないはずだし……。この性格さえ受け入れてくれればきっと……。ベルクがストーカー化する前にいい感じに落ち着けばいいんだけど、これも手を回しておこっと……」

兄はまた一人でぶつぶつと何かをつぶやいていた。

だが、俺は兄の言葉に背中を押され、今日からでも個人的にヨファを見守ることにした。

この時の俺は忘れていたのだ。スイ兄さんは面白いことが大好きで、すぐにそれに首を突っ込んで事態を掻き回す人だということを。

そして、巻き込まれた者達を手のひらの上で、自分の思うように踊らせる名手だということを……。

✵✵✵

ヨファの見守り警護を始めて一週間。俺は騎士団の勤めと睡眠時間以外のほとんどを、彼の警護に費《つい》やしている。

今夜のヨファは弁当屋の厨房で遅くまで翌日の仕込みをしてから、近場の食堂で一人夕飯をすませ、いくらか酒を飲んだらしくほろ酔い状態で店から出てきた。

成人した人間に酒を飲むなとは言わないが、ふわふわと上機嫌で歩く彼は一見して無防備で危なっかしい。

「え……あの、なんですか？　ちょ、やめてください！」

俺がヒヤヒヤしながら見守っていると案の定、ヨファは凶悪な面構えの獣人四人に囲まれた。

「なぁ、そう怖がるなって。このへんは悪い奴も多いんだ。俺達と一緒にいたほうが安全だと思うぞ？」

「だから、俺達と楽しく飲もうぜ？　ほらよく見てみろって、あっちからお前さんに明らかにあれな視線を投げかけてる奴がいるだろ？」

「そうそう、一人だと絶対危ないって！　可愛いヒト族が危ない目に遭うのも見たくねぇし、酒でも飯でもおごってやるからさぁ」

「何もお前を取って食おうってわけじゃねぇんだ。なっ、こっちに来なよ」

四人の獣人は口々にヨファを惑わす言葉を吐き、馴れ馴れしくもいやらしい手つきでヨファの肩を抱く。

ふざけるな……彼と知り合って一ヶ月以上経つ俺ですら、まだ手に触れたことしかないんだぞ？

それも釣り銭の受け渡しをする、時間にしてわずか数秒だ。

思わず奥歯を嚙み締めてしまう。

「いえ、大丈夫ですから。離してください」

獣人の一人に腰を抱き寄せられ、ヨファはか弱い抵抗を続けている。彼の声に含まれる明らかな拒絶。それを聞いた瞬間、俺の中で何かが弾けた。

「……その子に触るな」

自分でも驚くほどの低い声が、唸り声混じりに歯列の間から吐き出された。白状すると、俺は他者に対してここまで明確な殺意を覚えたことはない。

獣体にならなかったことは奇跡というしかない。俺の自制心がそれを押しとどめたのだ。ただ、俺の獣性と殺気は一直線に不逞の輩へと向けられる。

これでもフォレスター家の血を継ぐ熊族なのだ。俺の獣圧に耐えられる獣人など、身内ぐらいしかいない。

「ひっ――――ッ!?」

「す、すんません！　本当に悪気はなかったんす!!」

「に、二度としねぇ！　あんたの連れだって知らなかったんだ！」

「こ、殺さないでくれ！　本当にここに一人でいちゃ危ないと思って声かけただけなんだ！　たっ助けてくれ！」

俺から放たれる殺気と圧は効果てきめんだったようで、獣人達は一目散に逃げ出した。

ヨファを守るためであれば最悪の事態も考えたが、剣を抜くことなく事を収められたのは重畳《ちょうじょう》。

ヨファの前で血を流すような事態は、可能な限り避けたい。きっと俺のそんな姿を見れば、彼は俺のことを恐れてしまうだろうから。

「えっ、ベルクさん？」

「大丈夫か？」

「はい！　ベルクさんのおかげで助かりました！　冷静に考えるとそんなに悪い人達じゃなかったのかもしれませんけど、自分では断れなかったと思うので」

ヨファは曇りのないキラキラとした瞳でまっすぐに俺を見上げ、感謝を伝えてくる。

「でも、どうしてベルクさんがここに？」

そう問われて言葉に詰まってしまう。

君をずっと見守っていたと言えばいいのか……？

いや待て、もしかして俺がヨファにしたことは、他の獣人達が彼につきまとったのと同じことなのか……？


「すっ、すまない。その……」

「あっ、ここ食事するところも多いですしね。ですが、本当にありがとうございます」

「いや、そうではなくてだな……」


『ありがとう』と繰り返すヨファを見ていると、いまだかつて感じたことのない強烈な熱さが胸に込み上げる。

ただただ、彼のことが愛おしく狂おしいほどに胸が締めつけられる。

間違いない、これが『恋』なのだろう。いや、もう認めるしかない。

俺はヨファが好きで、ヨファに『恋』をしているのだ。

それならば正直に告げなければ。


「ヨファ、突然のことで驚くだろうが、どうやら俺は、君に恋をしているようだ。だから、トラブルに巻き込まれがちなことを知って、君のことを見守っていた」

「……え？」

「勝手なことをしてすまない。これでは俺も他の不逞の輩となんら変わりはないな……」

俺が事実を伝えると、ヨファは一瞬ポカンとした表情を浮かべ、それから見る間に顔を赤く染め上げた。


「あ、あの、いきなりのことで、その……ちょっと驚いています」

「そうだな。俺も驚いている」

「で、でも……うれしくないわけじゃなくて……えっと、これはその、ベルクさんとお付き合いをするかどうかをお返事したほうがいい感じですか……？」

「君がそういう風に思ってくれるのであれば、いつか返事をもらえるとありがたい」

本来であれば今すぐにでも返事が欲しかった。

だが、俺は自分の恋心に気付くまで、ずいぶんと時間がかかった。ならばヨファにも同じだけ時間を与えるのが筋だろう。

「わかりました。必ずお返事はするので、少しだけ時間をもらえませんか？」

「もちろんだ。ゆっくり考えてくれ」

そして、さすがにこれ以上つきまとうのはまずいだろうと、背を向けその場を立ち去ろうとしたところでヨファに声をかけられた。

「あの……もしご迷惑でなければ、ここからすぐなので家でお茶を飲んでいきませんか？　たいしたおもてなしもできませんが……」

「いいのか？　俺は君を好きだと言っている人間だぞ」

「はい、僕もベルクさんをもっと知りたいですし。ベルクさんのことを信じてますから」

こうして俺は初めて恋を自覚した夜に思いを告げ、そのまま相手の家に招かれた。

ヨファの警戒心のなさに少なからず不安を覚えもしたが、俺を信頼してくれているのだと思えば喜ばしくもあった。

そこから十分ほど歩けばヨファの家へと着いた。

「どうぞ、上がってください」

「邪魔をする」

思えば俺は、成人してから他人の個人的な住居に上がったことなどなかったなとふと思う。子どものころから慣れ親しんだミンツ家や、騎士団の職務で行った家宅捜索を除けば、だが。

「狭いし片付いてないし……お招きしておいてすみません」

「そんなことはない」

一人暮らしをしているヨファの家は、階下に大家が住んでいるタイプの二階建ての下宿で、本人が言うように決して広くはない。だが、その手狭とも言える空間に工夫して物を収納した部屋は、生活感と清潔感がほどよく同居していて居心地がいい。

まさに住んでいる人間の在り方をそのまま映したかのような部屋だった。

「あの……、あまり見ないでください……。ちょっと、恥ずかしいです」

「す、すまない――ッ。いい部屋だと思って、ついジロジロと見てしまった。許して欲しい」

俺は部屋に巡らせていた視線を慌ててヨファに戻し、己の非礼を率直に詫びた。

「ベルクさんが僕の家を気に入ってくれてうれしいです。職業柄きっといろいろなことを観察して気を張っておかなければいけないんでしょう？　えっと、すぐお茶を淹れるので、そこに座っていてください」

「あまり気を遣わないでくれ」

「いえ、せっかく来ていただいたんですからできる限りのことは」

俺は勧められるままにローテーブルの前に置かれたクッションに座り、小さな台所でお茶の支度をするヨファの、儚《はかな》いほどに華奢な後ろ姿を見つめる。

ヨファは小さくか細く弱いヒト族だ。守らなければという強い気持ちが湧き上がってくる。

もちろん騎士として民の平穏な暮らしを守るという使命は常に頭にあるが、これはそれとは違う。

彼を見ていると、レオニダス王立騎士団所属の騎士ベルクとしてではなく、一人のアニマとしての気持ちが強くなってしまう。父であるゲイルやバージルお祖父様が母やリカムお祖母様に限り見せる、熊族特有の強烈な庇護欲とはこれのことだったのか。

この感覚はあまりに危険だ。今すぐにでも目の前のか弱いヒト族を、俺が守る巣の中へと連れ込みたい。絶対に安全なその場にヨファを囲ってしまいたい。そんな気持ちが次々に溢れ出してくる。

「どうぞ。急だったのでこんなものしかないんですが」

「いや、十分だ」

蜂蜜とミルクの入ったお茶は、驚くほど俺の舌に馴染んで美味かった。

「もしよかったらお菓子もどうですか？　僕の手作りなので、お口に合うかわかりませんが」

「いただこう」

おずおずと差し出されたブロック型のクッキーは、ややしっとりとした生地にバターの風味が香ばしい。

「美味い……」

口中に広がる素朴な味に、俺はクッキーに伸ばす手を止められない。

「気に入ってもらえてよかったです。僕はワショクの料理人になるのが夢なんですが、お菓子作りは完全に素人《しろうと》仕事なので自信がなくて」

「これでか？　店で売っているものよりずっと美味いぞ」

「そう言っていただけるとうれしいです。これは僕の母のレシピなんですよ」

少しはにかんだように笑い、ヨファはつまんだクッキーを一口囓《かじ》った。

人は皆、それぞれ『家庭の味』を持っている。『家庭の味』はその人の人生を左右するものだと母は言っていた。ヨファの持つ『家庭の味』を手ずから振る舞われた俺は、彼に受け入れられた気がしてうれしかった。

「ヨファ、君の家の味を分けてくれて感謝する」

深く頭を下げた俺に、ヨファはどこか照れたような笑みを返してくれた。

＊＊＊

翌日、俺はいつものように弁当屋に向かい、ヨファのいる列に並んで日替わり弁当と味噌汁を買う。今日の日替わりは味噌カツにサラモスの粕漬、いずれも俺の好物だ。

「ベルクさん、昨夜は本当にいろいろとありがとうございました！　少しだけどお礼を入れておいたので、召し上がってください」

「俺は……礼を言われるようなことはしていない。だが、君の気持ちはありがたくいただこう」


ヨファから渡された袋の中には、大量のクッキーとオマケのおにぎりが一つ余分に入っていた。おにぎりはともかく、これだけのクッキーを昨日の今日で焼くのは手間だったに違いない。彼が早起きして焼いてくれたかと思うと、申し訳なさを上回る喜びが込み上げてくる。


「おいおいおいおい。お前ら何があったんだよ!?　そういえば、昨日は帰りがえらく遅かったな!?　あの子とナニかあったのか!?」

「いや、何も」


俺は見透かすように目を細めるカタンに、ほとんど反射的に嘘をついた。昨夜の出来事は、俺とヨファだけの秘密にしておきたい。なぜかそんな気がしたのだ。


「絶対嘘だ！　ま、いいけどな。ほら、弁当食うぞ」

カタンはそれ以上追求することもなく、いつもの公園でベンチに腰を下ろし、自分の弁当をさっさと開く。今日の彼の弁当は、カモウ鳥の腿肉を卵でとじた親子丼だ。


「それで、お前あの子と少しは進展したのか？　というかようやく自覚したんだな？」

「うっ……それは、どちらの意味でもした……と思う」

「お？　そんで、やったのか？」

「下世話なことを言うな。ヨファが汚れる」


カタンはいい奴だが、こういった事柄に関してあけすけすぎる。


「その様子じゃまだみたいだな」

「……悪いか？」

「いや、時間をかけるのも一興だ。それにしても、手作りクッキーのプレゼントとはうらやましい。しかも、可愛らしいお手紙つきだ」

「何!?」

言われて初めて、俺はクッキーの袋の中に、小さく折り畳まれた手紙が同封されていることに気付いた。

「読まないのか?」

「ここでか……?」

「俺はここまでお前に付き合ったんだ。それに助言もしてやったよな? ちょっとくらい内容を知る権利があると思うぞ? そもそも、あの弁当屋にお前を誘ったのは俺だ」

「……そうだったな」

俺がヨファと出会い恋を知ったのは、あの日あの昼、カタンが弁当屋に誘ってくれたからだ。そういった意味で、彼は俺の恩人と言える。

「……」

緊張に震える手で手紙を開き、文面を目で追う。

『ベルクさんへ
昨夜はいろいろと、ありがとうございました。

ベルクさんへのお返事をすぐにできなくてすみません。

ですが、ベルクさんのことを僕はもっと知りたいと思っています。

なので、次のお休みに僕の家にいらっしゃいませんか?

僕の作るワショクをベルクさんに食べてもらいたいので、夕食を一緒にどうでしょうか?

ベルクさんのお好きなワショクをたくさん用意して待ってます。

ヨファより』

「――ッ!!」

「おい! 大丈夫か!? おい!」

得体の知れぬ熱で胸がいっぱいになった俺は、しばらく手紙を握り締めたまま胸を押さえていた。

俺はまた一つ新しいことを知った。

恋をすると、幸せなのに胸が苦しくなるということを。

✱✱✱

気が遠くなるほど長かった一週間を終え、ようやく迎えた週末。たまたま二人の休日が重なったこの日に、俺は二度目になるヨファの家に足を運んだ。

『好きな相手の家に行くんだろ？　だったら手ぶらは駄目だ。若いアニムスが喜びそうな、可愛らしい菓子か花の一つくらい買ってけよ』とカタンに言われ、色鮮やかな砂糖菓子を買ってはみたものの……呼び鈴を押す指が緊張のあまり震えてしまう。

「はーい」

深呼吸を一つして、おもむろに押した呼び鈴。それに応える明るく元気なヨファの声。

「ようこそベルクさん、待ってたんですよ」

「邪魔をする。それとこれを」

俺はカタンに言われて用意した砂糖菓子の包みを渡す。アニムスに人気があるのだとスイ兄さんが教えてくれた店のものだ。

「えっ、そんな気を遣わなくても……ってこれ予約しても半年待ちだっていうあの超人気店のお菓子ですよね!?　本当にいただいていいんですか!?　っていうかどうやってこれを」

「少しばかり知り合いの伝手《つて》があってな。遠慮なく受け取ってくれ」

「ありがとうございます！　一度食べてみたかったんですよ、これ！　でも、高いのに……僕の料理でそのお返しになるか……。あっこんなところで立ち話もなんですよね。さあ、上がってください」

迎え入れられた彼の家は、食欲をそそる匂いで満ちていた。

「すごいな……」

居間兼キッチンに置かれたローテーブルの上は、カラアゲにトンカツ、ドーリーのテリヤキに白身魚のミゾレ煮に味噌汁と炊きたてのラヒシュなど、美味そうなご馳走で埋め尽くされている。

「君が一人で全部作ったのか？」

「はい。ワショクの基本的な料理ばかりで、凝ったものじゃなくて恥ずかしいんですが……。たくさん食べてもらえたらうれしいです」

「俺の好物ばかりだ。そういうことなら遠慮なくいただこう」

俺はヨファの手料理に舌鼓を打った。我が家の人間は母の手料理のおかげで大概舌が肥えているが、それでもヨファの料理は格別美味い。

この若さでこれだけ美味しい料理を作れるというのは本人の才能なのか、努力の賜物なのか、それともヨファが作ったという事実が何よりの調味料なのか。

楽しく美味い食事をいただきながら、ヨファは俺に様々な話をしてくれる。

「ヨファはここに住んで長いのか？」

「いいえ。僕は今年学校を出たばかりで、この下宿に引っ越してきたのもほんの三ヶ月前です」

「あの弁当屋で働き始めたのも最近なのか？」

「そうですね……卒業してしばらくは、お給金のいい別の料理店で料理人兼給仕係をしていました。ですが、給仕の仕事ばかりでほとんど料理を作らせてもらえなかったので……」

ヨファの言葉に、俺はなるほどと納得した。ヒト族という種族はその容姿も含めて獣人から人気が高い。だからこそ、若いヒト族は接客業に就くことが多いのだ。

むろんそれらは正規の職であり、ヒト族から不当に搾取《さくしゅ》しているわけではない。むしろ体格や体力が獣人に比べて劣るヒト族は、労働対価の高いそれらの仕事を歓迎している。

「でも、僕はやっぱりワショクの料理人になりたくて、あのお弁当屋さんに再就職しました。だいそれた夢だけど、いつか自分のお店を持ちたいんです」

灰色の瞳を輝かせて将来の夢を語るヨファは、生き生きとした魅力に満ち溢れて眩《まぶ》しいほどだ。

「君が店を出したなら、俺はその店の最初の客になる」

俺が放った何気ない一言に、ヨファはなぜか驚いたような表情になった。

「ベルクさん……あなたは笑わないんですね」

「笑う？　何をだ？」

「弁当屋の味噌汁係が、自分の店を持ちたいだなんて――」

ヨファの言葉に俺は驚いた。真剣で真っ当な他人の夢を笑うなど、相手がヨファでなくてもあり得ない。

「君の作る味噌汁は美味い。ここに並ぶ料理も見事なものだ。俺は君ならば夢を叶えられると思っている。ワショクを食べて育った俺が保証する」

「？　ワショクを食べて……？　珍しいご家族ですね。ワショクは外で食べるものっていう人が多いのに……。ですが、ありがとうございます。ベルクさんにそう言ってもらえるとなんだか自信がつきました！」

お世辞ではなく、俺の本心であり、事実だったのだが、危うく我が家の特殊性がヨファにばれてしまうところだった。

「ベルクさんはどうして騎士になられたんですか？」

「俺は――」

正直、俺は自分のことを語るのは得意ではない。だが、ヨファが俺に興味や関心を持ってくれるのはうれしい。

「俺は獣人で熊族だ。この身体が戦うための身体だというのはヨファにもわかるだろうか？　本能として戦うことが好きなのだろうな……。君から見れば野蛮なことかもしれないが」

「そっそんなことはありませんよ。ベルクさんみたいな騎士の人達が魔獣を退治してくれて、街の治安を守ってくれているんですから！」

「そう思ってくれるのであればありがたい。幼い頃から祖父母の影響で武芸には興味があってな。兄弟は勉学が得意な者が多かったんだが、俺には父や祖父母のように獣人らしく戦うことが一番性に合った。そして、それを一番活かせるのは騎士だったというわけだ」

隠すことでもなかったから、俺は正直に答えた。

「え？　ということはお父様だけじゃなく、お祖父様やお祖母様まで騎士なんですか!?　すごいですね！」

そのヨファの反応は想定外だった。そうか、騎士になるというのはすごいことなのか……。身内が騎士だらけ故にそんなことにも気が付かなかった。

彼のキラキラとした目が眩しい。また、うちの一家の特殊性についてぼろを出してしまうところだった。

俺は家族を大事に誇りに思っているが、今はまだ特殊すぎる家族及び親族関係のことを伝えたくはない。

だが、あいつのことは伝えておくべきだろう。

「ちなみに俺は双子なんだ。同じ熊族で名前をアーデという。この国で医師をしている」

「えっ!?　ベルクさん、双子なんですか!?　それにお医者さん……ベルクさんのご家族はとても優秀な方ばかりなんですね」

「俺はともかくあいつは確かに優秀だ。医師として何人もの命を救ってきている。命を奪うだけの俺の手とは違う」

そう言うと、ヨファは俺の手をそっと握った。

「そんなことはないですよ。僕の母はヒト族です。母がいつも言うんです。自分のようなヒト族が安心して暮らせるのはレオニダスの王様やベルクさん達のような騎士様のおかげだと。もちろん僕も、魔獣や危ない人達から守ってくれているベルクさんの手は、お医者さんのアーデさんと同じぐらい大切なものだと思います」

「俺がアーデと同じ……か」

自然と俺の視線は視界の端に姿をちらりと見せるアーデとそろいの羽根飾りへと向けられる。

ヨファもそれに気付いたのか興味津々といった様子で声をかけてきた。

「そういえば、その羽根飾りって何か特別なものなんですか？」

「特別といえば特別だな。祖父からの贈り物なんだがアーデは左に、俺は右にそろいでつけているんだ」

だが俺はその特別がどう特別なのか説明することができなかった。

アーデから教えてもらったこの羽根飾りの正体を今ヨファに明かすことは決してできない。

「あっそういうことなんですね。実は、ベルクさんが装飾品をつけているのが意外で。あっ似合わないとかそういう意味じゃないんですよ？　だけど、ずっと気になっていたんです。とっても綺麗な色の羽根飾りですし、双子のアーデさんとおそろいって素敵ですね」

「そっそうだな……。もう身体の一部のようなものだからな……」

きらきらとした純粋なヨファのまなざしがひどく眩しく見える。

大切な人に隠し事をするというのはこんなに辛いものなのかと感じながらも俺は極力自然に話題を変える。

「ヨファの母上の話が出たが、ヨファのご家族はどうしておられるんだ？」

純粋にヨファの家族のことを彼の口から聞きたい気持ちもあり、俺は少し強引に話題を変えた。

「僕の両親はこの王都から少し離れた町で元気に暮らしてますよ。犬族の父は仕立て屋で、ヒト族の母はその手伝いをしています。兄もヒト族で、王都の洋品店で服飾関係の仕事についています」

「そうか、ヨファのご家族が皆健在で俺もうれしい。ご家族との仲が良いであろうことは、君の顔を見ればわかるしな」

「はい！　僕の両親は一緒になって二十年を過ぎてる

のに、とても仲がいいんです。いまだに手を繋いで外を歩いたりして……両親のそんな姿はちょっと恥ずかしくて」

恥ずかしいと言いながら、ヨファの様子からはご両親を慕う気持ちが伝わってくる。

何よりその程度のことを恥ずかしがるヨファを見て、育ってきた環境でここまで感覚が変わるものなのかと妙な感慨を覚える。

「ちなみに五つ上の兄とはちょくちょく会って、食事をしたりしてますよ。ベルクさんのご家族は？」

「うちも家族仲はかなりいいほうだと思う。熊族の父と、獅子族の父にヒト族の母、それにたくさんの兄弟がいる」

「お父様が二人いらっしゃるんですか!?　あっすみません。アニムスが複数の伴侶を持つことがあるのは知っているんですけど、自分の周りではあまりいなかったので」

「……そうだな。確かに珍しいかもしれない。だが、両親は三人ともとても仲よくやっている」

「それは……なんというか想像がつきませんね。二人の人から同時に愛されて、その分を二人へと平等に返さないと……。あっ、すみません。ベルクさんのお母様のことを悪く言うつもりではなくて――」

「大丈夫だ。わかっている」

アニムスは複数の伴侶を持つことが認められているが、実際のところそういう形をとる家庭は多くない。一番の理由はやはり、アニマ複数にアニムス一人というアンバランスさを埋められないことだと、スイ兄さんは言っていた。

だからこそ我が家のように両親それぞれが仲が良いというのは珍しいケースだ。母の友人であるミンツさんの一家もうちと同じだが。

そして、我が家の両親の睦まじさは、はっきり言って世間的な常識で推し量れないものがある。ヨファにはいずれ説明すべきだが……手を繋ぐどころか父が母を抱いて移動している事実を、いったいどう伝えたらいいものか。

しかし、それにしても不思議なものだ。

俺はヘクトル お祖父様に頼んだ身辺調査によって、

ヨファが語ってくれた内容はあらかた知っていた。それなのに、こうして目の前にいるヨファの口からヨファの言葉で紡がれると、まるで未知の物語を聞くように新鮮で興味深い。

　ヨファの家族が仲睦まじいこと。五つ上の兄上と親しく行き来していること。母上が子供達のために美味しいクッキーを焼いてくれる優しい人であること。この短い時間だけで、俺の持つヨファの物語は加速度的に色彩を増し鮮やかになった。


「そういえばベルクさん、ベルクさんはお酒は好きですか？」

「普段はあまり飲まないが、嫌いではない」

「だったら、これを一緒にいかがです？」

　そう言ってヨファが出してきたのは、ヨファの母上が作られたという自家製果実酒だった。

「成人した僕が一人暮らしを始める時に、母が持たせてくれたんです。辛いことがあった夜も、うれしいことがあった夜も、僕はこれを飲んで頑張ってきました」

「そうか、これはヨファの母上と――いや、ご家族とヨファを繋ぐものでもあるんだな。そんな大切な酒を、俺が飲んでもいいのか？」

「はい。大切なものだから僕はこれを、ベルクさんと飲みたいんです」

「そうか……ありがたくいただこう」

　その自家製の果実酒は、酒精はあまり強くないが美味かった。複雑に絡み合う果実の甘味と酸味の中に微《かす》かな渋味、そして最後に絶妙なスパイスの刺激が鼻に抜けて後を引く。


「どうですか？　お口に合いますか？」

「とても美味い。果実酒と言えば甘酸っぱいものが多いが、最後に感じる渋みとスパイスが俺好みだ」

「さすがはベルクさん、味覚も大人ですね」

「そうだろうか……」

　こんなことで感心されると、ひたすらに照れくさい。

「ベルクさん……僕は、最初この渋さとスパイスの刺激が苦手でした。だから母に聞いたんです。『甘酸っぱいだけのほうが飲みやすいのに、どうして余計なものを入れるの？』って」

「それで、母上はなんと？」

「甘酸っぱいだけのお酒ももちろん美味しいけれど、長く飲んでると飽きてくることもある。だから、他の人とは違うものを作り上げたいし、それを愛した人に美味しいと思ってもらいたいと。なんかかっこいいこと言ってるなとその時は思ったんですけど、要はただ単に父の好みの味なんですよ」

「なるほど……」


ヒト族であるヨファの母上。その年頃であれば、ただただ平穏に生きてこられたわけではないはずだ。おそらく言うに言われぬ苦労を重ねてこられたのだろう。

それでも、人生の伴侶として獣人である父上と結ばれた。そこには俺のような若輩者では計り知れない何かがあるのだろう。

「だけど、父と母が結ばれたから僕はここにいる。だから、これは僕にとって母の人生の味なんです」

「そうか……貴重なものをありがとう」

「いつか僕も母のように、自分の人生だと胸を張って言えるようなお酒を作りたいけれど……その時はベルクさんのお好きな果実を使って、ベルクさん好みに仕上げてもいいですか？」

「――――ッ！」


潤んだ瞳で見つめられ、俺ははしたなくも唾を飲む。緊張でどうにかなりそうだ。

これを伝えるためにヨファはあの果実酒を飲ませてくれたのか。母上が愛する父上の好みに合わせて作った果実酒。それを俺のために作ってくれるということは……。


「嫌なら嫌とハッキリ言ってください。これが先日から保留にさせてもらっていたベルクさんへのお返事です」

「嫌ではない。いや……こちらからお願いする」

「ベルク……さん」

「ヨファ……」

もう言葉は必要なかった。

俺達はどちらからともなく唇を合わせ、そのまま深く口づける。

俺が初めて他者と交わす大人の接吻《せっぷん》。それは舌が蕩《とろ》けそうに甘く、狂おしいほどに蠱惑的《こわくてき》な香りがした。

際限なくいつまでも嗅ぎ続け、溺《おぼ》れたくなる危険な香り。夜明けの森林と雨露の香りとでも言おうか……こんなにも心地よく高揚する匂いを、俺はいまだかつて嗅いだことがない。

駄目だ。このままこれを嗅いでいたら、俺はヨファを――。


「はぁ……ッ」

長い接吻の後、ヨファは顔を真っ赤にして肩で息をする。


「すまない……夢中になって、つい……」

「……いえ、大丈夫……です」


俺が謝るとヨファはクシャリと笑い――。

「あの……ベルクさんからすごくいい匂いがするんですけど……。何かつけてますか？」

不思議なことを言い出した。

「いや、確かにいい香りはするが……それは俺からではなく君からだぞ？」

「……え？」

俺達は互いに顔を見合わせる。

「ヨファ、君が言ういい匂いとは、もしや夜明けの森林のようで雨露に似た香り……だろうか？」

「あ、それです！　そんな感じです」

「どういうことだ……」

俺達が言う『いい匂い』は間違いなく同じものだ。それでいながら、その出処は互いの身体。これではまるで――。

「君が俺の……そうか、そうだったのか……ッ」

二人が共有している夜明け前の森林と雨露の香り。それが『番』の香りであることを、俺は唐突に理解した。

否――きっと俺の本能は、ヨファを見た瞬間から『それ』を知っていたのだ。

スイ兄さんの推論は当たっているのかもしれない。俺は彼を『番』だと認識していなくても、彼に恋をしたのだから。

「ベルクさん……？」

「……君は俺の『番』だ」

「――ッ!?」

ヨファの目が驚きに見開かれる。当然だ。この世界で『番』が巡り合う確率は恐ろしく低いのだから。

「俺は君が好きだ。だが誤解しないでくれ、それは君が『番』だからじゃない。現に俺は、今の今まで君が俺の『番』であることに気付かなかった。本当なんだ、信じてくれ」

「ベルクさん……」

「ヨファ、俺は愛というものを知らなかった。だが、君を欲しいと心から願っている。それは『番』だからではない。君が俺の愛するヨファだからだ」

「信じてます。僕達ヒト族は『番』に対する欲求は薄いんですよね。ですが、僕もベルクさんが好きです。僕を好きだと言ってくれたベルクさんの様子は『番』だから、という単純なものではありませんでした。悩んで、自分の気持ちと向き合って、そうして僕にその気持ちを伝えてくれた。僕はそう感じましたから」

「ヨファ、ヨファ。ああ、君が愛しい。君の言葉がうれしくてたまらない。ヨファ、俺は君が……君が欲しい。君のことをどうか愛させてくれないか……」

頭が熱い。

身体も熱い。

果実酒など一瓶飲んでも果汁と大差ないはずが、今日に限って酩酊《めいてい》している。

ただし、俺を酔わせているのは酒じゃない。

俺はヨファに酔っている。俺達二人だけの特別な匂いに包まれ、身体を深く繋ぎたい。
それが愛故なのか、『番』であることを自覚したが故に本能が暴走しているのか……。
だが、わかることはただ一つ。今の俺は狂おしくヨファを欲しているということだけだ。

「はい、ベルクさん……。僕にベルクさんをください。僕もベルクさんに愛されたいです」
「ヨファ……ッ」

俺は覆い被さるようにして、胸と腕の間でヨファを強く抱き締めた。俺はもうヨファを離したくない。いや、離せない。この胸を壁に、二本の腕を檻《おり》に変えてでも閉じ込めたい。
俺はこんなにも支配的な考えを持つ己に恐怖した。だが、ヨファへの独占欲が全てを塗り潰し、俺の雄を痛いほどに滾《たぎ》らせる。

「本当にいいんだな?」
「はい、きてください。……ベルクさん……」

なけなしの理性で最終確認を取る俺の首に、ヨファは両腕を回して引き寄せ自分からキスをした。

「ヨファ、好きだ。愛している」

俺はそのままヨファをラグの上に押し倒し、より深く彼の唇を貪る。人生二度目の俺の接吻は、きっと不慣れで不格好で下手くそに違いない。それでも俺は本能の赴くままに舌を伸ばし、ヨファの内側を余す所なく味わい尽くす。
小さな歯、固く引き締まった歯茎、柔らかな頬肉、緩いアーチを描く上顎。舌で触れる何もかもが愛おしく、喰らい尽くしたい衝動に駆られた。

「ん……ぅん……」

少し息苦しそうなヨファの吐息が、鼻にかかった音となり外に漏れる。そうしてそれが二人で奏でる水音へと変わるころ、俺達は互いに激しく舌を絡ませ合い、より深く相手を貪らんと無我夢中になっていた。

「……ベルクさん……実は僕……こういうことするの……初めてなんです……」

長く深い接吻の後、ヨファは恥ずかしそうに顔を赤らめたが、彼の年齢的にそれはなんら不思議なことではない。

「学校の友達は皆……在学中にすませてたのに、僕はそういうことに疎《うと》くて……」

言われてみれば、俺の同級生もだいたいそうだった気がする。だが、こういうことは早ければいいというものではないはずだ。少なくとも俺は……愛を知らなかった俺にそれを教えてくれたヨファに全てを捧げたいと願っている。

「だからその……もし面倒くさかったらごめんなさい……」

「君が謝る必要はない。君の最初で最後の相手になれるなら、こんなにうれしいことはない」

もし仮に、ヨファが過去に誰かと関係を持っていたとしても、俺のヨファへの気持ちは何一つ変わらない。自分と出会う以前のことにまで口を出すのは、あまりに傲慢で理不尽だ。

だが……本音を言えば、俺はヨファがまだ誰のものにもなっていなかった事実に歓喜している。俺はヨファを文字通り『俺だけのもの』にできるのだ。

「ヨファ、俺も君が初めてだ」

そして俺もまたヨファだけのものになる。俺達二人の間には誰も何も入らない、入れない。俺とヨファは、完全に閉ざされた一つの円になる。これ以上に美しく素晴らしい関係があるだろうか。

「え……？　ベルクさんが？」

「この年になるまで経験がないのはやはり気持ちが悪いか？」

「いいえ、そんなことはないです。ただ……」

「ただ？」

言葉に詰まるヨファを、俺はやんわりと促す。

「すごく意外です」

「なぜだ？」

「だって……ベルクさん、見るからにモテそうだから」

「モテる……か」


ヨファの口から出た単語に、俺は思わず苦笑する。


「よく言われるが、俺にはそれがどういうことなのか、今一つわからないんだ」

「モテるがわからないって……ベルクさん、これまでにプレゼントをもらったり、告白されたことは……？」

「ああ、それならば月に一度程度はある」

「それはモテてるんですよ！」


なるほど。モテとは俺の感情とは無関係に発生するものなのか。


「だが、彼らには大変申し訳ないのだが……俺には向けられた好意に感謝する以上の感情はない。むしろ、ほとんど接点のない相手から好意を向けられる意味がわからず、その都度軽く悩んでいた」

「真面目なんですね……ベルクさんは」

「それもよく言われるが、自分ではよくわからない。俺は……何かが欠落した人間なんだろうな。だがその一部をヨファ、君が埋めてくれた。……いい歳をして初めての男は嫌か？」

「いいえ……僕もうれしいです」


そう言って俺に身を寄せてくるヨファが愛しい。

組み敷き、牙を立て、何もかも貪欲に喰らい尽くせと俺の中で獣が吼《ほ》える。

だが本能を抑えろ。ヨファはか弱いヒト族、俺のような獣人とは身体の造りからして違う。

ヒト族の母と兄弟を持つ俺が、『わからなかった』『知らなかった』ではすまされない。

今宵《こよい》は俺達にとって初めての交わり、間違ってもヨファを傷つけるような真似はしたくない。


「俺は不慣れだが、決して君に無体はしない。痛かったり嫌だと思えば、正直に言ってくれ」
「はい……ベルクさん」

俺は獣としてではなく、人として可能な限り丁寧にヨファを抱こうと心に決めた。
この交わりが彼にとって優しく幸せなものであって欲しいと願う。

「あの……ここではなくて、ベッドに行きませんか？」
「ああ、そうだな」

ラグが敷いてあるとはいえ、固い床の上ではヨファの肉の薄い身体には堪《こた》えるだろう。

「気がつかなくてすまん」

俺は己の気遣いのなさを詫びてからヨファを抱き上げ、彼をベッドへと運んだ。

「べっベルクさんこれはちょっと……」
「君は軽いな」
「いえ、そうではなく。恥ずかしいんですけど」

その言葉はあえて聞こえないふりをする。
俺にもわかってしまったのだ、父が母をこうして抱き上げて運ぶ理由とその悦《よろこ》びが。
予想はしていたが、羽根のように軽い彼の身体は、ことさら俺の庇護欲と征服欲を駆り立てた。

「生まれたままの君を見せてくれ」
「……僕も、ベルクさんの全部を知りたいです」
「ヨファ……！」

ベッドへと下ろした彼のいじらしい言葉に煽られ、俺は半ば剝《は》ぎ取るようにして着ていた物を脱ぎ捨てる。

「すごい……」

その途端、ヨファは灰色の瞳を見開いた。きっと大型獣人の裸体など見たことがないのだろう。フォレスター家の血筋は大柄な人間の多い熊族の中でも、格別体格に優れた者が多いと聞く。実際俺の父と祖父は、どこを切り取って見ても太く大きな身体をしている。

むろんそれは、彼らが騎士や冒険者としてたゆまぬ鍛錬を続けているからだ。しかし、同じ鍛錬をすれば誰もがあの肉体を得られるかといえば……残念ながら答えは否である。

努力なしには何も得られぬが、正しく努力すれば最大限の報いを得られる資質。俺が父から譲り受けた血は、間違いなく筋肉に祝福されている。俺はその血を誇りに思って生きてきた。

しかし、やはりヒト族で不慣れなヨファには刺激が強かったのだろう。


「ヨファ、どうか怖がらないでくれ。騎士の名誉とヒト族の母に誓って、絶対に乱暴はしない」

「あ……えと、大丈夫ですよベルクさん。その、ベルクさんのがあんまり大きくて……少し驚いてしまっただけですから」

「俺の……？　すまん、君に触れていたら、つい」

ヨファの視線の先にある俺の雄は、恥じらいもなく天を突いていた。少し恥ずかしいとも思うが生物学的にそれは自然な反応であり、もし仮にこの状況で兆《きざ》さなければアニマとして大問題だろう。恋をするというのは、こういうことを含めたもののはずだからだ。

だが、改めて凝視された上で大きさに言及されれば、やはり羞恥を感じずにはいられない。

「僕を見てこんなにしてくれるなんて……なんだかうれしいです」

「――――ッ！」

ヨファの指が柔らかく俺自身に絡み、優しいためらいを含んで上下する。

「ヨ、ヨファ――――ッ‼」

愛する者に触れられたそこが、甘く痺れてビクビクと震えた。

「気持ちいい……ですか？」

「ふっうぅ……ぐるるぅッ」

俺の口から言葉ではなく唸りが漏れる。もはや気持ちいいどころの騒ぎではない。

世間で『堅物』『生真面目』『朴念仁』と評される俺でも、時に己を慰めることくらいはある。だが、ヨファの手によって為されるそれは、別世界の快楽と言っても過言ではない。

「ヨファ……ヨファッ……ッ！」

俺は引き裂かぬよう細心の注意を払ってヨファの部屋着を脱がせ、あまりにも薄い胸に顔を押し付けた。密着すると、より一層『番』の匂いが香り立つ。

「あ……ふぁ……んッ」

そして舌の付け根から先端までを駆使して彼の肌を味わい、慎ましい胸の突起を転がしてやれば、たちまち漏れる愛らしい鳴き声。

もっと鳴かせたい。

もっともっと、声が嗄《か》れるまで鳴かせたい。

恋情、欲望、庇護欲、嗜虐心、征服欲。

本来矛盾するはずの様々な感情が、俺の中から同時に溢れ出しては独占欲に集約され、この身体を突き動かす。

「ひんッ……！」

少しだけ、ほんの少しだけ硬く尖った突起に鋭い犬歯を立てると、ヨファは上体を反らせ甲高く啼《な》いた。

「ふぁ、あ……ベルクさん、ぼ、僕……おかしく――ッッ」

「ヨファ？」

俺の腕の中でヨファは激しく身体を震わせ、やがてビクリと硬直するとそのまま果てた。

「あ……ふぁ……ご、ごめん、なさい……僕だけ、勝手に……ッ」

「謝ることはない。君が悦《よ》くなってくれたなら俺もうれしい」

何よりその快楽を与えたのは、他の誰でもない俺なのだ。人を愛す喜びの一端に、この時俺は触れた気がする。人と交わる歓《よろこ》びとは、もしかしたら快楽を得る以上に与えることにこそあるのかもしれない。

「俺は君の全てが欲しい」

「あ……やだ、汚いからぁ……！」

俺はヨファの制止を振り切り、吐き出された欲に濡れた彼の下穿きを取り去った。露《あらわ》になったヨファの自身は欲の残滓《ざんし》を纏い、慎ましいながらもまだ硬さを残している。

「可愛いな、ヨファ」

「や……恥ずかしい……見ないで」

「恥ずかしいことなど何もない」

俺は濡れそぼったヨファをためらうことなく全て口に収めた。

「ひぁっ――――ッ!!」

「ん……」

跳ね上がろうとするヨファの腰を軽く押さえつけながら、俺は嫌悪感を欠片も抱かぬ己に少し驚く。

相手に口で奉仕する行為を知識として得た時、俺が持った率直な感想は『気持ち悪い』だった。するのもされるのも絶対に嫌だ……そう思ったのはいつだったか。それなのに、今はこうしてヨファに触れれば、余すところなく舌を這わさずにはいられない。

「ヨファ……君の全てを食べてしまいたい」

「ひう、あ、あぁッ！」

大型獣人の多くは、恋人や『伴侶』の全てを食らい尽くさんとするほどに、強く相手を欲する。

俺はそれが比喩的表現ではなく、真実であることを思い知る。

「ひん!?　べ、ベルクさん、そっちは……だ、だめ、や、んぁぁ！」

ヨファの自身が完全に硬さを取り戻すと、俺は彼の欲を蓄《たくわ》えた部分に舌を伸ばし、二つの球体の輪郭《りんかく》を舌先で丁寧になぞった。

「あ、あうっ……んッ……ひあぁんッ！」

そこが弱いのかヨファは俺の下で甘い声を上げ続け、その声に煽られた俺は更なる貪欲さをもって舌を蠢《うごめ》かせる。

「べ、ベルクさん……も……無理……無理ぃぃぃ」

存分にヨファを味わった俺は、自分でも不思議なほどに次にすべきことがわかっていた。

俺はヨファをうつぶせに寝かせ、その背後でごくりと一度喉を鳴らす。

淡く色付いた後ろの蕾《つぼみ》を舌で愛撫して開かせ、ゆっくりと中指を根本まで沈めてやると、ヨファは痛がる素振りもなく、待ち侘びていたかのようにギュウギュウと締めつけてきた。

だが、このままというわけにはいかない。この慎ましい蕾に俺のものをなんの助けもなしに挿入すれば、彼を深く傷つけてしまうだろう。

思案し、視線を上げた先にはヨファが育てているであろう植物が目に入る。袋状の花をつけ、その中に粘液のような蜜を蓄えているそれは、確か皮膚を乾燥から守る薬剤に使われるもの。

俺はそれを手に取り握り潰す。

「ヨファ、俺も……限界だ。君が欲しくてたまらない」

ヨファと繋がりたい。個として限界まで溶け合いたい。恋人との行為とは、そうした本能的な欲求を満たすためにあったのだ。

潰した花からは透明でたっぷりとしたとろみのある液体が溢れ出て、俺の手のひらを濡らしていく。

「来て……ベルクさん……僕を……全部食べて？」

「ヨファ、頼むからそんなに煽らないでくれ……ッ！」

俺は逸《はや》る心をなけなしの理性でねじ伏せ、猛る雄の証《あかし》に自らの手のひらでぬめっている花の蜜をしっかりと塗りつけ、ヨファの清楚な窄《すぼ》まりにゆっくりと押し当てる。

　こうして改めて見ると、ヨファは本当に小さく華奢だ。抱えた腰はあくまで細く、突き出された尻はひどく薄い。忙しなく呼吸するたびに膨らみ上下する胸とろっ骨は、彼の心臓を閉じ込めた鳥籠のようだ。

　こんなにも繊細な生き物が、俺と同じ世界で日々を懸命に生き抜いている。その事実に、俺は胸が詰まるほどの愛おしさを感じた。今ならば、二人の父の母に対する過剰な溺愛も理解できる。

「うあっ、は……ぁ――ッ！」

「ヨファ……大丈夫か？」

　先端を埋めただけで限界まで広がったヨファのそこは、初めてだからか解してなおきつく狭い。

「だ、大丈……夫……来て、ベルクさん……最後までちゃんと……して」

「ヨファ……」

　受け入れた衝撃で鳥肌の立った背筋を震わせ、それでも肩越しに振り返ったヨファは微笑んでくれた。

「好きだ」

　俺は心に浮かんだ言葉をそのまま口にし、本能に任せて腰を進める。初めての行為だというのに、俺は何をどうすべきか不思議と知っていた。

「あ！　んぁぁッ！　ベルクさん……ッ！」

「ヨファ！　ヨファ！」

　俺とヨファは互いの名を呼びながら、無我夢中で愛し合い、そして同時に果てた。

❖❖❖

「あの……おはようございます……ベルクさん」

「……おはよう、ヨファ」

　翌朝――小鳥の囀《さえず》りを聞きながら一つの寝台で目覚

めた俺とヨファは、昨日までよりもずっと近い距離感で、それでいて少し気恥ずかしいような心持ちで朝の挨拶を交わす。

こうしてみると、まるで昨夜のことが夢のようにも思えたが、シーツに残った情交の痕が俺達の現実を証明している。俺は夢でも幻でもなく、この愛しい者と結ばれたのだ。

「朝ご飯……簡単なものしかできそうにないけど、食べますよね？」

「君は疲れているんだ、無理をする必要はない」

ヨファの心遣いはうれしいが、身体的な消耗はどう考えても俺より彼のほうが激しいはずだ。母も『愛には思いやりが大切』と言っていたし、何より俺自身がヨファを大切にしたい。時折耳にする、交際中のアニムスをただで使える召使いのように扱うアニマのことが、俺には全く理解できない。

「無理なんてしてません。ベルクさんが優しくしてくれたから、僕は全然大丈夫です」

「……本当か？」

いつもよりいくらかガサついた声で話すヨファの身が、俺はとにかく心配だ。俺のせいで彼が体調を崩し、仕事に支障が出たら申し訳ない。

「はい、本当に大丈夫です。それに、僕の夢なんですよ」

「夢？」

「恋した人と愛し合った翌朝、その人と向かい合って僕の作った朝ご飯を食べること」

「ヨファ……君は――」

「僕の夢、一緒に叶えてくれませんか？」

むろん、俺に断る理由はなかった。自分の店を出すという大きな夢を持ちながら、日常のささやかな幸福を大切にするヨファ。俺はしっかりと地に足をつけて生きる彼が、ますます好きになった。

「残り物で申し訳ありませんが、どうぞ」

「いただきます」

「なんだかベルクさんがいただきますって言うと少し可愛らしく感じますね」

「俺がか……？　いただきますは我が家でも習慣となっていたから意識したことはないのだが」

「いえ、とても素晴らしいことだと思いますよ。ワシヨクの世界では常識ですけど、命をいただく、食物をあますことなくいただく感謝の言葉。僕もいただきます」

昨夜の残り物をアレンジしたピリ辛蒸し鶏のおにぎりに、作りたてのテポトとオニオルの味噌汁。簡素だが食欲をそそる朝食に、俺は心を込めてヨファと共に手を合わす。食材と作り手への感謝を込めて『いただきます』。

「今朝のお味噌汁はどうですか？」

「美味い……いつも店で買うものも美味いが、今日のは格別に美味い」

「お店で出しているものとは、お味噌と出汁が少し違うんですよ」

「そうか……」

売り物ではない、俺とヨファのためだけに作られた特別な一杯。それが美味くないはずがない。少なくとも俺にとってこの味は、幸せという概念そのものだ。

だから俺はありったけの勇気を振り絞り、ヨファに頼み込んだ。

「ヨファ……俺のために味噌汁を毎日作ってくれないか？」

「え？　味噌汁を？」

「そうだ」

俺は全身の筋肉をこわばらせて、彼の返事をじっと待つ。

「ベルクさんはお味噌汁が大好きなんですね。もちろんいいですよ、お味噌汁くらいいつでも作りますよ！」

「そうか……ありがとう」

あっさりとしたヨファの返事に、俺は内心叫び出したいほどの歓喜に沸いた。昨夜の今朝で性急かとも思ったが、ヨファは俺の求婚を受け入れてくれたのだ。

『味噌汁を毎日作ってくれ』とは求婚の言葉であると、母が以前教えてくれた。

だが、この時の俺の脳内からは、母が異世界人であるということがすっぽりと抜け落ちていた。

❖❖❖

そうと決まれば、自ら求婚したアニマたるものグズグズしてはいられない。ヨファと別れた後、俺はただちになすべきことをするために動きだした。

まずは実家に顔を出し、母に『大切な話があるから家族を集めて欲しい』と頼む。

残念ながら公務で国外へと出ていたヒカル兄さんは来られなかったのだが、次の休みには何事かと集まってくれた家族の前でヨファのことを告げた。

「ベルク……ベルクもとうとう愛を見つけたんだね」

「お前は俺によく似ていたからな。心配もしていたが……そうかお前も見つけたか……」

「ベルク、あのベルクが……。ああ、兄として祝福するよ。本当におめでとうベルク」

なぜか目を潤ませる母と父ゲイル、それにリヒト兄さん。

「マジか！　ゲイルよりだいぶ早かったなぁ。だが、よくやった！　アニマは守る者を手に入れてこそなお強くあれるんだぜ？　これからお前はもっと強くなれるぞベルク」

「いや、ちょっと待って。僕が思っていた以上の急展開なんだけど本当に大丈夫なの？　めでたいにはめでたいんだけど。ええ……、ちょっと心配というか」

「ベルク、よかったな。正直ずっと心配してたんだ。俺とは違った方向でベルクは愛や恋から目を背けているように見えてたから。今度一緒に飲みに行こうな」

愉快そうに笑うダグラス父さんになぜか複雑そうなスイ兄さん、穏やかに微笑む双子のアーデ。

「ベルク兄ちゃんおめでとう！」

「お嫁さんはいつ来るの？」

「ヨファさんってどんな人？」

「優しい人？」

　好奇心に目を輝かせ、口々に祝福の言葉をくれる四つ子の弟達。

　家族は皆、天変地異が起きたかのように驚きつつも、俺に婚約者ができたことを心から喜んでくれた。何よりも子ども達の思いを大切にしてくれる両親だ。はじめから反対されるとは思っていなかったが、やはり家族からの祝福はありがたくうれしいものだ。

　こうして俺は月末に休みを合わせ、家族にヨファを紹介する段取りをとりつけた。

　それまでに、別段特別なことがあったわけではない。だが、互いの休みを極力合わせてとり、騎士団寮住まいの俺は休日をヨファの家で過ごした。

　ヨファが作った料理を食べ、ヨファと一緒に買い物に出掛ける。ヨファに似合う服、ヨファが選んでくれた服を互いにプレゼントし合う。

　そして、幸福な夜をヨファと共に過ごす。

　それだけのことだというのに、その日々は俺の人生で今まで味わったことのないほどに満たされたものだった。

　いよいよ迎えたその日、俺は通い慣れたヨファの家までアーヴィスを飛ばす。

　俺の大切な家族に、こちらも大切で優しく愛らしいヨファを紹介し、皆で母の作った美味い夕飯を食べる。トラブルなど起こりようのない穏やかな顔合わせになることは、はじめからわかり切っている。それでも少しばかり緊張してしまうのは、俺がこうした経験に乏しいからだ。そもそも自分のために多忙な家族が集まること自体、なんとも言えず落ち着かない。

「待たせてしまっただろうか？」

「いいえ、少し前に支度を終えたばかりなので」

　ヨファは弁当屋での仕事着ではなく、襟元と裾に繊細な刺繍《ししゅう》の入ったよそ行きの服を着て下宿の前で待っていた。鮮やかな緑の上着と濃い紫の刺繍が、彼の持つ淡い色彩を引き立てて愛らしい。

「あの……僕、変じゃないですか？　服装、これで大丈夫ですか？　もし派手すぎるようなら――」

「問題ない。俺の家族と会うだけなのだから、そんなに身構えないでくれ」

「でも、ベルクさんのご家族って……お祖父様にお祖母様、それにお兄様まで騎士様でしたよね？」

「そんなことは関係ない。皆、ヨファに会いたいと言っているんだ。あまり心配する必要はないんだぞ」


確かに騎士は人々の尊敬を集めやすい職種だが、俺は誇りをもって臨む仕事に貴賤《きせん》はないと思っている。俺達騎士が民から必要とされるように、弁当屋や仕立て屋も人々の暮らしになくてはならないのだ。


「さあ、行こう」

「あの……これに乗っていくんですか？」

ここで初めて、俺はヨファがアーヴィスを怖々と見上げていることに気付いた。

「アーヴィスに乗るのは初めてか？」

「はい。乗るどころか、こんなに間近で見るのも初めてです」

「怖いか？　この子は俺の相棒でユーサという名だ。とても賢くおとなしい子で、プライドの高いアーヴィスにしては珍しく人なつこい。決して君を噛んだり、危険な目に遭わせることはないと約束しよう」

「そっそれなら……ですが乗り方が……」


幼いころから身近に乗騎魔獣アーヴィスや飛行魔獣ピュートン、果ては気軽に竜の姿で空を舞う知り合いまでいる暮らしで麻痺していたが、これが一般人の反応としては普通なのだろう。

「大丈夫だ。俺が君を抱いて乗る」


俺は申し訳なさそうに俯くヨファを抱き上げ、いつも父達が母にしているように、彼を鞍《くら》の前に座らせ緩やかにアーヴィスを走らせた。

乗り慣れたアーヴィスであり、走り慣れた我が家への道である。それなのに、この腕の中にヨファのぬくもりがあるというだけで、世界がまるで違って見えるのだから恋とは不思議なものだ。

「さ、着いたぞ」

俺は我が家の前でアーヴィスを停止させ、ヨファを両腕で抱き降ろす。

「ん？　どうしたんだ、ヨファ？」

だが、俺はヨファの様子がおかしいことに気付いた。

「注意したつもりだが、慣れないアーヴィスで酔ってしまったか？」

飛び跳ねるように走行するケルケスなどと比べれば、調教されたアーヴィスの走行はかなり安定している。しかし、初めての騎乗となればそれなりに疲れもするだろう。人によっては騎乗酔いしても不思議ではない。

「もし気分が悪いようなら――」

「いいえ、それは大丈夫です。でも……」

ヨファは引きつった顔で周囲を見回す。

「ここって……そのレオニダスでも一等地ですよね……？　高級住宅街というか、その、貴族の人達がいっぱい住んでる場所で……」

なるほど、そういうことか。俺はこの時点で次に来る質問を正確に予想できた。

「ベルクさん、ベルクさんってもしかして貴族なんですか？」

やはり、こうなる。

「ん、ああすまない、言ってなかったな」

すまないヨファ……『言ってなかった』のではない、『言わなかった』のだ。

「俺が父の跡を継ぐことになっているから、一応そうだな」

フォレスター家の現当主はバージルお祖父様であり、次期当主は父であるゲイルなのだが、父が母と暮らすあの家を離れることは終生ない。たとえこの世の終わりが来ても、あの父が母と離れることなどありえないのだ。

そうなると、実質的なフォレスター家次期当主は俺かアーデになる。俺は思考が柔軟で機転の利くアーデこそが当主にふさわしいと推挙したのだが、母と同じ医師の道を志すアーデは早々に家督継承権を放棄してしまった。その結果、祖父と同じく騎士になった俺が残った……それだけに過ぎない。

「だが、たいしたことではないので気にしないでくれるか？」

自分でも無茶なことを言っている自覚はある。それでも俺は、ヨファには『フォレスター家の次期当主』ではなく、『ただのベルク』として見られたいし愛されたい。

もし彼がなんらかの敬意を俺に払ってくれるとしたら、それは俺自身の努力で手にしたものに対してであって欲しい。そんなことを望む俺はずいぶんと欲張りなのかもしれない。

「でっでも……」

「それより、こんなところに立っていたら身体が冷えてしまう。さあ、家の中に入ろう」

「え、ええ……お邪魔します」

俺はアーヴィスを庭に繋ぎ、軽くヨファの肩を抱いて家に入るよう促したが、ヨファの顔と身体は緊張でこわばっていた。

王都随一の高級住宅地、美しい庭を備えた華美ではないが立派すぎる家、そして貴族の血統。俺はこれらが他者にどういう作用をもたらすのか、学校に通うまで理解していなかった。というより、考えたことすらなかったのだ。

しかしアーデが親しくなった級友を家に招くたびに、彼らが今のヨファと同じ反応を示すのを見るにつけ、俺は自分の家が世間的な『普通』から逸脱していることを知った。

それは仕方のないことなのだが、こうしたやり取りは何度経験しても苦手だ。

俺は家族に対して誇りと親愛の情を持っているが、ヨファは土地家屋以上に強烈な彼らを受け止め切れるだろうか……正直、不安しかない。

そしてその不安は玄関で早速現実になった。


「ひっ！」

家に入った途端、ヨファは短い悲鳴を上げて尻もちをついたのだ。

「ヨファ、大丈夫か!?」

そう……俺の家の玄関には、巨大な熊の木彫りが二体置かれているのだ。それは俺とアーデが生まれた時にバージルお祖父様から贈られた記念品なのだが、ほとんどの客人がこれを見て驚くことを、俺は今の今までうっかり失念していた。ヨファに悪いことをしてしまったと悔やまれる。

そして、居間で最初にヨファを出迎えたのは、母とゲイル父さんだった。付け加えると、母はいつものように父の膝に座っている……。


「ヨファ君、よく来てくれたね。ベルクの母のチカユキです。よろしくお願いしますね」

「父のゲイルだ。どうか息子をよろしく頼む」

「あ、あ、あぁ……ッ！　ワ、ワショクの神様が！」


母のワショクに魅せられ料理人を志したヨファは、両親の独特な着席スタイルよりもまず、『憧れのチカユキさん』の姿に感極まっている。ヨファが喜んでくれて俺もうれしい。

ただし、俺の母が『チカユキ』であることを伏せていた件に関しては、母とヨファに少しばかり叱られた。

優しいヨファが父の膝に座っている母の体調を心配する一幕もあったが、我が家ではそれが普通であると説明したら理解してくれたようだ。

ちなみに俺達兄弟は、学校に通うまで本当にそれが普通だと思って育ち、ヒカル兄さんは今もそう思っている節がある。自宅と隣近所という狭い世界から脱却するためにも、学校教育は大切だと身に沁みて思う。

スイ兄さんが突然登場するという兄さんらしい場面もあったが、そこはいつものスイ兄さんで別段ヨファが困惑することはなかった。

この後、ヨファはバージルお祖父様とリカムお祖母様との顔合わせをすませたが、二人が過去にレオニダスで起きた魔獣を巡る戦乱における英雄『勇猛《ゆうもう》なる刃《やいば》』と『不屈《ふくつ》なる盾《たて》』だと知るやひどく慌てふためいた。

無理もない……身構えられたくない一心で、黙っていた俺が悪い。

だが、ヨファにとって最大の試練はその次だった。

「久しぶりだなベルク。変わりはないか？」

「テオ兄さん。変わりがあったから僕達は無理を言って来たんだよ？　それもとってもおめでたいことでね？　そうでしょ？　ベルク」

「やぁベルク。その子がそうなんだね」

気さくな挨拶をしながら入ってきたのは、睦まじく寄り添うこの国の国王であるテオドール兄上とヒカル兄さん、そして騎士の正装に身を包んだリヒト兄さんだ。

「ねぇ、ベルクさん。どうして国王陛下や王妃様や黒獅子様がここにいらっしゃるんですか？　ベルクさん？」

「あっあのなヨファ……」

俺に詰め寄ってくるヨファの顔と声からは、見事に感情が消えていた。おそらく喜怒哀楽の限界値を超えてしまったのだろう。

「俺にはゲイル父さんと、もう一人ダグラス父さんがいると言っただろう？」

ことここに至っては、もはや正直に話すより他にない。俺はダグラス父さんの家系――レオニダス王家と我が家の関係について説明した。

「……ベルクさんのお母様は、『至上の癒し手』で『ワショクの伝道師』のチカユキさん……熊族のお父様は名門貴族フォレスター家の方で、現当主のお祖父様とお祖母様は『勇猛なる刃』と『不屈なる盾』……」

「ヨファ……？」

ブツブツと独り言をつぶやき始めたヨファに俺はギョッとする。

「もう一人のお父様は獅子の王族……？　前国王の弟で現国王の叔父……？　お兄様達は王妃様に黒獅子様……？」

「おい！　ヨファ！　しっかりしろ」

まずい。目の焦点が合ってない。

「あれ？　あれれ？　つまりベルクさんは……テオドール陛下の従兄弟――」

「ヨファ!!」

その言葉を最後に、ヨファは卒倒してしまった。

❋❋❋

「ヨファ、もう大丈夫か？」

「ええ……」

短い気絶から目覚めたヨファは、なんとか三人との挨拶をすませたものの、その顔色は優れず表情も硬い。

リヒト兄さんの勧めで気分転換に庭を散歩していても、彼との間に微妙な距離を感じる。わかっている、悪いのは全面的にこの俺だ。

「このフラリアの木の前は母が気に入っている場所なんだ。だから、ヨファにも見てもらいたかった」

こんな時、気の利いた話の一つもできないのが俺という人間だ。だから俺は下手な言葉の代わりに、ヨファをこの庭でもっとも美しい場所に案内した。

ここに来る前に、明らかに気配を隠し切れていないヘクトルお祖父様の姿が見えたが、今はそっとしておこう。

少し肌寒い空気の中で、小さなフラリアの花は今年最後の狂い咲きを見せている。母の故郷にあるというサクラが春の花であるのに対し、フラリアは夏の終わりから秋の終わりにかけて咲く。故に人はフラリアを『冬告《ふゆつげ》の花《はな》』と呼ぶ。

俺は咲くだけ咲いて潔《いさぎよ》く散るフラリアが好きだ。だが、今だけはそんな姿が哀しく見える。俺の初めての恋も、現実から逃げていた自分の臆病さのせいで散ってしまうのか……。

黙り込んだままのヨファを見ていると、心臓が締めつけられて苦しい。

「とても綺麗ですね。チカユキさんが好まれるのもわかる気がします」

フラリアを見上げたまま、ヨファはようやく口を開いた。その声を聞くだけで、俺は呼吸が楽になる。

「ですがベルクさん、僕はちょっと怒っています」

俺が家族のことを伏せていたばかりに、卒倒するほどのショックを受けたのだから当然だ。『家や血筋ではなく俺自身を見て欲しい』という我欲のために、愛する者を怯えさせた罪は重い。

いつか必ず露見することを先延ばしにしたあげく、最悪の結果を招いた俺は愚か者だ。

「ベルクさんのことを僕は好きです。だからこそ隠し事をして欲しくなかった」

「ああ、本当にすまない」

心から謝罪しながら、俺は己の心が沸き立つのを止められない。ヨファは俺を好きだと言った。彼の小さな唇がはっきりと動き、『好き』という音を紡いだのだ。恋をして俺は様々なことを知ると同時に、ひどく心が浮ついているようにも思える。

「まぁまぁ、許してやってくれんかの？　ベルクは奥手でこういうことに本当に不慣れなんじゃよ。それなのに見つけたのが自分の唯一であれば万全を期したいという気持ちもわからんでもない」

そこに先ほどからずっと、庭の隅からこちらの様子を見ていたヘクトルお祖父様が入って取りなしてくださった。

まぁ、『静《しず》かなる賢王《けんおう》』と呼ばれているお祖父様の、突然の出現にもヨファはだいぶ緊張していたようだが。
彼の心の広さとお祖父様の心遣いに感謝する。

「して、ヨファ君や。君にはご兄弟はおるのじゃろうか？」
「はい、ヒト族の兄が一人おりますが」
「ほほう、その者は独り身かね？　恐ろしい『番』が囲っておったり、嫉妬深い『番』が睨みをきかせておったりはせんじゃろうか？」

なぜかヘクトルお祖父様はヨファの兄上にひとかたならぬ興味を示されたが、きっといつものようにヒト族愛好家魂が騒いだのだろう。
ヘクトルお祖父様のおかげで緊張の解れたヨファは、四つ子達を連れてやってきたもう一人の父ダグラスやアーデとも和やかに言葉を交わしていた。
ゲイル父さんの子であるアーデがダグラス父さんにそっくりなことや、双子二組に四つ子一組という特殊な兄弟構成について質問された時は、俺もアーデも完全に目が泳いでしまったが……。

つい今しがたヨファから『隠し事をしないで欲しい』と言われたばかりとはいえ、さすがに幼い弟達のいる前でする話ではない。

「ヨファ君とベルクはそろそろ居間に戻ったほうがいいんじゃないか？　母さんが料理を作るって張り切ってたぞ」
「えっ、チカユキさんが作ってくださるんですか!?」

料理と聞いた瞬間、それまで控え目に振る舞っていたヨファの目が爛々《らんらん》と輝いた。そして本来ならばもてなされるべき客人でありながら、母と一緒に料理がしたいと熱心に申し出る。

「君は本当に料理が好きなんだな」
「はい！　憧れのチカユキさんの調理を間近で見られるなんて、夢のようです！」

好きなことに夢中になるヨファは、その内面から光り輝いているように見えて、いつにもまして魅力的だった。自分の夢に向かって常に前向きに努力する姿勢と向学心は、俺も騎士として見習うべきだ。

「さぁ皆さん、たくさん食べてくださいね」

この日の食卓には、母とセバスチャンの作ったメイン料理に混ざってヨファの味噌汁も並んでいる。言われずとも、俺には匂いですぐわかった。

親族そろっての夕食は、終始楽しく和やかな雰囲気で進んでいく。美味い飯は人間関係を円滑にする。単純だがこの世の真理だ。


「うん、美味い！　今日もチカの飯は最高だ！」

「俺の人生の半分は、これを食べるためにある」

「おふたりとも大袈裟すぎますよ……。ですが、今日はヨファ君も手伝ってくれたんですよ？」


獅子の父が母を膝に乗せて食事を与え、熊の父がそれをうれしそうに眺める。

我が家のいつもの光景だが、ヨファの目にはどう映っているのだろうか。


「ヒカル、次は何が食べたい？」

「兄さんが選んでくれるものならどれでも」

「ならばお前の好物の、チカ殿特製カラアゲにするか」

「ありがとう、テオ兄さん」


テオドール兄上がヒカル兄さんを膝に乗せ、ヒカル兄さんはテオドール兄上の胸に頬を寄せ、完全に二人の世界を作っている。

「え……あの……」


それは我が家ではありふれたいつもの光景なのだが、初めて目にするヨファはやはり少し驚いているようだ。まぁ……いずれは慣れてくれるだろう。

ところがここで、母を膝に乗せている獅子の父がとんでもないことを言い出した。

「ベルクもそんな取り繕った顔してっけど、本当はヨファ君のこと膝の上に乗っけたいし、デロデロに甘やかしたいと思ってんだろ？」

あなたという人は、なんてことを聞くんだ……！

「ベルクさん、そう思ってらっしゃるんですか？」

「う……」

違う、そんなことは思っていない……とは言えなかった。率直に言って、俺は愛しい伴侶を膝に乗せ、臆面もなく世話を焼き甘やかす父親達やテオドール兄上がうらやましくて仕方がない。

だが、そんなことをごく普通の家庭で育ったであろうヨファに頼めば、最悪気持ち悪いと思われまいか？

俺はもう、そこに思い至らぬほど子供ではなかった。


「ベルクさん？」

ヨファの声に、俺はつい……本当につい頷いてしまう。それほどまでに、彼を膝に乗せて愛《め》でるという行為は甘美な誘惑だった。

だが、ヨファの顔に浮かんでいるのは明らかな戸惑い。そこに嫌悪が含まれていないことは救いだが、ここで俺が無理強いすれば拒絶されるだろう。やはり俺は焦りすぎたのだ。

こういうことはもっとゆっくり、ヨファが我が家の風習に慣れてからでも遅くなかった。全く今日の俺は失敗ばかりで救いがたい。

「えっと、乗るだけでよければ……」

「……本当にいいのか？」

だから俺は、おずおずとしたヨファの申し出に心底驚いた。

「座るだけですよ？」

「十分だ……」

許しを得た俺はヨファを抱き上げ、羽のように軽い身体を膝の上にそっと置く。すると彼の体温が俺の身体にじんわりと伝わり、夜明けの森林と雨露の匂いがほのかに漂う。

「ありがとう、ヨファ」

「ふぁ……ッ」

俺がヨファの耳元で感謝を囁くと、彼はびくりと肩を震わせた。そういえばヨファは耳が弱かった……一瞬よぎった彼との営みに、俺の身体に知らず熱が宿る。

人前――それも俺達のために集まってくれた親族の前で欲情するとは、我ながら呆れるほどにはしたない。

俺はいつからこうも節操がなくなったのか？　否、その答えはわかり切っている。ヨファと出会い、そして愛を交わしたあの夜からだ。

あれ以来俺は、この身に宿る欲に夜ごと苛《さいな》まれていた。

「本当に……座るだけ、ですから……ね？」

「わかっている。だんだんに慣れてくれたらいい」

成人した人間が、衆人環視の中で他人の膝に座る。我が家では日常的なその行為が、世間的にはかなりの羞恥を伴うことを、大人になった俺はなんとなく理解している。

けれどもヨファは、顔を赤らめながらおとなしく俺の膝に座ってくれている。自分自身の恥じらいよりも、俺を喜ばせることを優先してくれたのだ。なんと愛しくいじらしいのだろう。

抱き締めたい。今すぐこの場で、ヨファを強く強く抱き締めたい。

「ああ、ヨファ君やっちゃったねぇ」

そんな俺達を無遠慮に眺めていたスイ兄さんは、愉快そうに笑い――とんでもないことを言い出した。

「一回味をしめると、父さん達やベルクみたいなこわ～い獣人は、もう君のことを離してはくれないよ」

確かに俺はもうヨファを手放すつもりは欠片もない。もしもどこかの誰かにヨファを奪われたなら、俺は相手が誰であっても殺す。どこに逃げても必ず見つけ出し、この手で真っ二つに引き裂いてやる。

だが、このタイミングでこれはない。こんな言い方をされては、必要以上にヨファが怯えてしまうではないか。

「おい、スイ。ちょっと言葉を選ばないか」

「こんなこと濁してもしょうがないでしょ」

見かねたリヒト兄さんに窘《たしな》められても、スイ兄さんは肩をすくめてどこ吹く風と、滑らかすぎるその舌をさらに加速させる。

「ヨファ君、僕達が子供のころ何日かに一度、かなりの頻度で爺ちゃんのところとかに子供達皆で泊まりに行ってたんだけど、なんでかわかる？」

「いえ、わからないです」

「うーん、それじゃ僕達がお泊りから帰ってくると必ず母さんはベッドで寝込んでたんだよ。これでわかるかな？」

「ちょっスイ！　やめなさい！」

母の慌てる声が聞こえ、ヨファはその意味合いに気付いたようだ。

俺の両親の赤裸々な性事情を聞かされたヨファは、顔を真っ赤にして俯いてしまう。

「わかったみたいだね。強い獣人に愛されるってのは、こういうことだよ」

「スイ……」

先頃ヨハンさんと結ばれたばかりのリヒト兄さんが小さく喘ぐ。思い当たる節があるのだろう。

「スイ兄さん、そこまでだ」

それでも、これ以上はダメだ。

だが、スイ兄さんが言っていることは嘘ではない。だからこそ、俺の口から告げなければならないことだったのだ……。

「ヨファ、スイ兄さんが言ってることは間違っていない」

「――――！」

ヨファの瞳が不安に揺れた。だが、俺はもう彼に嘘をつきたくない。

隠し事は彼への裏切りであり、裏切りは彼をひどく傷つける。

「俺達の愛は確かに重いかもしれないが、それで君を苦しめるようなことはしないと約束する。どうか俺を信じてくれ」

俺は事実を事実として認めた上で、己の心にある真実をヨファに伝えた。

「……」

だが、ヨファから返ってきたのは沈黙だった。

すぐに答えを出せるような問題ではない……理屈ではわかっている。今ヨファに必要なのは、落ち着いて心を整理する時間だ。しかし、わかってはいても胸に迫る寂しさはどうにもならない。

俺が話しかければ、いつだって笑顔とたくさんの言葉を返してくれたヨファ。そんな彼が俯いたまま押し黙っていることが、今の俺にはたまらなく悲しい。

生まれ落ちた瞬間から家族の愛に包まれていた俺は、恋をするまで本当の『寂しさ』すら知らない……図体ばかり大きな幸せな子どもだった。

この後のヨファの様子は明らかに心ここにあらずで、無難に受け答えはするもののその表情は硬かった。

「ヨファ、帰りも家まで送らせてくれ」

「……ありがとうございます」

食後のお茶を終える頃合いを見計らい、俺はヨファに声をかけた。拒絶こそされなかったものの、ヨファの声は硬く仕草はぎこちない。きっと傍から見れば、俺もそうなのだろう。

「ここで待っていてくれ」

「はい……」

ヨファを玄関で待たせ、庭木に繋いだアーヴィスを迎えに行く。二人きりの帰り道に、何か前向きな話ができるといいのだが……。

「すまない。待たせたか？」

「いえ、チカユキさんとお話ししていたので」

「そうか」

　玄関で親しげに母と言葉を交わしているヨファを見て、俺は少しだけ安堵した。

「これに懲《こ》りず、ぜひまた遊びに来てね」

「今日は私の弟がいろいろとすまなかったね。ただ、悪い子ではないんだ」

「スイ兄さんは昔っから変わり者でね。ただ、あれでも優秀な医者で、悪気はないというか多分、計算の上でわざとやっているんだ。それでも、君を不愉快にさせたなら本当にすまない」

　母とリヒト兄さん、それにアーデ。我が家のアニムス達がヨファを慰めてくれていたようだ……ありがたい。

「ヨファ君、いろいろと思うところはあるだろうが、俺の孫を……ベルクを頼むよ」

「リカム様……」

　祖母の言葉に、ヨファの顔が複雑な色を浮かべる。

「引き止めてしまって悪かったね。少し冷えるから、風邪をひかないように気をつけてお帰り」

「はい、ありがとうございます」

　玄関まで見送りに来た俺の家族に挨拶をすませたヨファを、俺は行きと同じように抱きかかえてアーヴィスに乗せた。

　すっかり暗くなった紺色の空には、銀色の大きな月と朱色の小さな月が今宵もまた睦まじく寄り添い輝いている。

「寒くないか？」

「大丈夫です」

「そうか……」

　何か会話の取っかかりを摑もうと無難な問いを発してみるも、周囲から口下手と言われ続けてきた俺はそこから先が続かない。

　今ここで何か話さなければ、取り返しのつかないことになるかもしれない。それはわかる。なのに、何をどこからどう話してよいのかわからない。

ヨファ……頼むから何か言ってくれ。

俺は腕の中で身体を固くしたままのヨファに、心の中で希求する。いつもなら二言三言発した俺の言葉をヨファが柔らかく受け止め、そこから様々な方向に話を広げてくれるのだが、その彼が黙りこくっていてはどうにもならない。

俺は会話一つするにもヨファに依存していた自分を思い知らされ、ひどく情けない気持ちになった。沈黙の重みに押し潰されながら、俺は努めて冷静にアーヴィスを駆る。

そうでもしていないと、苦しさに耐え切れず叫び出してしまいそうだ。

「……着きましたね」

「ああ……手を貸そう」

そうして俺は会話のきっかけを探しあぐねたまま、ヨファの家の前にアーヴィス――ユーサを停めた。

「……今日はありがとうございました」

「いや、こちらこそ」

俺達二人の間にあるぎこちなさは、ユーサから降りても変わらない。交わす言葉も一般的で簡素な挨拶のみ。いや……今日一日の出来事を思えば、目を見て挨拶してもらえるだけありがたいと思うべきだろう。

わかっている。頭ではわかっているのだ。だが、この胸に押し寄せる寂しさは如何《いかん》ともしがたい。

駄目だ。黙っていては駄目だ。なんでもいい、とにかく何か言わなくては。

「ヨファ！　また明日弁当を買いに行く！」

俺は家に入っていくヨファの背中にそれだけ叫び、返事は聞かずユーサに飛び乗った。

❋❋❋

昨夜ヨファを自宅に送り届けた後、俺は実家ではなく騎士団宿舎に戻り、そのまま眠れぬ一夜を過ごし最悪の気分で出勤。仕事に私事を持ち込まぬよう、職務に集中して午前中をやり過ごしたところだ。

「よぉベルク。そんなおっかない顔してどうした？」

「……なんでもない」

ところが目聡いカタンはいち早く俺の変化に気付き、すかさず絡んでくる。

「ん？　お前はなんでもないのにそんな怖い顔をしてるのか？　いや、いつも怖ぇ顔だけどいつもの三割増しでおっかないぜ？」

「怖い顔などしていない」

平常運転を心掛けている俺に向かって失礼な奴だ。

「おいおい、鏡見てみろよ。犯罪者もその場で自供する勢いでおっかないぞ？」

「……ひどいな」

カタンに向けられた小さな鏡。そこには陰鬱《いんうつ》そのものといった己の顔が映っていた。道理で朝から誰も俺に近寄らないどころか避けて通るわけだ。

「あの子と何かあったのか？」

「――っ！」

図星を指された俺は、思わずビクリと震え上がる。なぜだ？　なぜわかったのだ？　カタンには人の心を読む力でもあるのか？

「別に特別な力とかじゃないぞ？　わかりやすすぎるんだよ、お前は」

俺の脳内を見透かしたかのように、カタンは苦笑して立ち上がる。

「で、行くんだろ今日も？　弁当買いに」

「ああ」

俺は頷き、昼休みを告げる鐘と同時に猛然と駆け出した。

「おやおや、ずいぶんと急ぐじゃないか！」

小さく口笛を吹いて、全力疾走する俺に余裕で追走してくるカタン。その脚力はさすが馬族と言ったところだ。

駆けながら俺の頭はヨファでいっぱいになっていく。彼はいつものように笑いかけてくれるだろうか？

今日の日替わりと味噌汁の具について説明し、他愛のない世間話を一つ二つ……そんな日常を俺に与えてくれるだろうか？

正直、ヨファに会って話すことなど決めていない。ただ彼に会いたい。会って彼の顔を見て、声が聞きたい。

あぁそうだ、まずは謝ろう。俺の口から俺の言葉で、彼の目を見てしっかり謝るのだ。それができなければ始まらない――否、終わってしまう。

「嫌だ……絶対に、嫌だ」

こんなことでヨファを、俺に愛と恋を教えてくれた唯一無二を失ってなるものか。

「おいベルク、大丈夫か？」

「問題……ない……ッ」

弁当屋の最後尾に並んだ時、俺はひどく息が上がって軽い目眩《めまい》すら覚えていた。本来ならこの倍の距離を、完全武装で駆け抜けてなお息など切れぬというのに、心の乱れは如実に肉体の乱れをも招く。俺はまだまだ未熟で修行が足りない。

「お前さ、あの子と喧嘩でもしたのか？」

「……喧嘩などしてない」

「ならどうしたんだよ？」

列に並ぶ間、カタンが俺に事情を尋ねてきた。

「昨日、俺の家族と会わせただけだ」

「ああ、なるほどね。お前、どうせ身内のこと言ってなかったんだろ？」

「……なぜわかった？」

「だから、わかりやすいんだよお前は。けど、お前の気持ちも分かるぜ？　お前のところはちょっと一般人には刺激が強すぎる。慎重になりすぎてそれが裏目に出たってところか」

やれやれというように、カタンは肩をすくめ苦笑する。多くを語らずとも察してくれるのは助かる反面ばつが悪い。

「次のお客様、お待たせしました！」

呼ばれて俺とカタンは前に出たのだが、いつもヨファがいる列の先で俺に応対してくれたのは、彼ではなく巻き毛の羊族だった。

「今日、ヨファはいないのか？　ヒト族の、淡い茶色の髪をした子なのだが」

「ああ、あなたがベルクさんですね？」

「そうだ」

「でしたらヨファから手紙を預かってますよ」

「手紙？　ヨファは休んでいるのか!?　まさか体調でも崩したのか!?」

「ひぃっ――――!?」

思わず眉間に力が入った途端、羊族の店員が腰を抜かした。

「おい！　一般人に圧を飛ばすな！　お前の獣性はきついんだ、自重しろ」

「ぐぉッ」

そしてすかさず俺の後頭部にめり込むカタンの手刀。脱力と衝撃の塩梅《あんばい》が異様に巧みなこいつの一撃は、表面ではなく脳そのものに利く。

「お、お客様!?　大丈夫ですか!?　そ、それと、お弁当はいつもの大盛り日替わりでよろしかったですか!?」

「ああ……そうしてくれ」

腰を抜かして後退りしながら、それでも客を気遣い注文を取る羊族は、その見た目に反して商魂《しょうこん》たくましくプロ意識が高かった。

カタンと共にいつもの公園でベンチに腰掛けた俺は、右手に弁当、左手に手紙を持ったまま固まっている。

一刻も早くヨファの手紙を読むべきだ。それはわかっている……。そんなことはわかっているのだが……封筒を開くのが恐ろしい。

もし便箋に並ぶ彼の文字が、『ベルクさんとはやっぱり無理です。僕のことは忘れてください。さようなら』とでも告げていたら、俺はその衝撃で血の涙を流して死んでしまう。

ここはやはり、一度落ち着くためにも弁当を食ってから読むべきではないか？

いやしかし……下手に食ってから読んで衝撃を受けたら、俺は間違いなくこの場で吐いてしまう。どうしたものか……。


「食ってから読むのか、読んでから食うのか。さっさと決めろ」

「お前は……他人事だと思って気楽に言うな」

「ん？　だって他人事だろ？」


カツ丼を頬張りながら、カタンは悪びれずに宣《のたま》った。

確かにそうだが、言い方というものがあるだろう。

「で、どっちを先にするんだ？　俺的には、しんどいことの先延ばしは推奨しないぞ？　結局別のことをしていても、そっちが気になって落ち着かないからな」

「……先に読む」


同僚の前でこれ以上ぐずぐずして腰抜けだと思われたくない。俺はなけなしの矜持《きょうじ》に縋り、震える指先で若葉色の封筒を開いて同じ色の便箋を引っ張り出した。

『ベルクさんへ

昨日ベルクさんの実家に招いていただいたこと、とてもうれしかったです。

ですが、僕にはベルクさんや、ベルクさんのご家族のことを落ち着いて考える時間が必要だと思いました。

なので少しの間だけ、この王都から離れます。

どうかその間、僕を探さないでください。

僕に時間をください。

ヨファより』

そこに書かれていた内容は、俺が恐れていた『最悪』ではなかった。

しかし、いったいヨファは落ち着いて何を考えるのだ？

そんなことは決まっている。もちろん俺とこの先『付き合うか否か』だろう。

その結果、もし彼が『別れる』という結論に至ってしまったら、俺はどうすればいい？

どうなってしまう？

ヨファはしばらくこの王都を離れるというが、それは具体的にどのくらいの期間だ？

もし彼がこのまま俺の前から永遠に消えてしまったら——。


「ベルク!?　おい！　ベルク！」

どこか遠くで……カタンが俺を呼んでいる……。


俗に人は絶望すると目の前が真っ暗になるというが、俺の視界はまばゆいばかりに真っ白だ。もしかしたら、俺は今あの世の入り口に立っているのかもしれない。

そんなとりとめもない思考を最後に、俺の意識はプツリと途切れた。

❖❖❖

「ここは……俺の……部屋……？」

どういうわけか俺は実家の自室で使い慣れた寝台に横たわっていた。

「……俺は確か…………」

鈍く痛む頭を片手で押さえながら、ぼんやりとした思考をゆっくりと巡らせ記憶をたどる。

「そうだ！　ヨファ!!」

そしてすぐに思い出した。俺はヨファに謝りたくて弁当屋に走ったが、彼は不在で代わりに手紙を渡されたのだ。

そしてその手紙の内容が――。

「なぜだ……なぜなんだヨファ……」

もしかして、あれは全て悪い夢だったのではなかろうか？　俺は現実逃避気味に淡い期待を抱きつつ、ヨファからの手紙を再び開く。

しかし、当然そこに書かれた文言は一字一句変わらない。

「ヨファ……」

顔を覆った手のひらの指の間から涙が零れ落ち、ヨファが残した文字がジワリと滲《にじ》んだ。

「ベルク……」

その時、小さな音を立ててドアが開いた。

「スイ兄さん……」

「ごめん、寝てると思ったからノックしなかった」

そこに立っていたのは、洗面器とタオルを携えたスイ兄さんだった。

「痛みはない？　倒れた時に頭を打ったみたいだけど、吐き気や目眩はしない？」

「いや……大丈夫だ」

スイ兄さんは医者ならではの手際のよさで、俺の脈や熱を確かめながら問う。

「よかった。いきなり気を失って運ばれてきて三日も目を覚まさないから、さすがに皆心配してたんだ。病院に連れてって検査も全部やったんだけど異状はないし」

「三日!?」

さらりと告げられた衝撃の事実に、俺は思わず声を上げた。

「そうだよ。ベルクは三日前に公園で手紙を読んで気を失って、騎士仲間のカタンさんに家まで運ばれてきたんだ」

「……なんてことだ」


気を失ってしまったことは状況から推測できたが、まさか三日も寝ていたとは想定外の度が過ぎる。カタンにもひどく迷惑をかけてしまった。


「ねぇベルク……この前のことはさ、さすがに僕もやりすぎたと思ってる。反省してるよ、ごめん」

「いや……兄さんは事実をヨファに告げただけだ。俺はきっとスイ兄さんが言った通りに、ヨファをもう逃がしてはやれない。俺のヨファへの愛は、きっと父さん達が母さんへ抱くものと同じなんだ」


スイ兄さんがヨファに語ったことは、言い方はどうであれ全て事実だ。そして本来ならば、そうしたことは俺自身の口から彼に伝えるべきだった。

家族のこともだが、俺は言いにくいことを先延ばしにしてきたのだ。それはひどく不誠実なことであり、結果的に現状に至ってしまった。


「俺は最低だ。卑怯で不実な臆病者だ。だが、それでも俺はヨファと離れたくない……！　俺といることでたとえヨファが不幸になったとしても、俺はヨファをこの腕の中から離してやることができない」

「んー、今のこの事態はベルクが思ってるほど深刻なものじゃないんだよ。ヨファ君がベルクを好きなのは見ててもわかったし、それにチカさんともすぐに仲良くなってたからね。だけど、そんなことを言ってもベルクは真面目で優しすぎるから慰めにはならないよね」


スイ兄さんの白く繊細な手が俺の頭をそっと抱く。ヨファと同じヒト族の手だが、調理を生業とする彼の手は少しガサついていたことを思い出す。

俺は夢のために頑張る、働き者の小さなヨファの手が大好きだ。

「だから、僕は思うんだ。今のベルクが頼るべきなのはバージル爺ちゃんだって」

「バージルお祖父様？」

「そう。よく考えてみなよ。『その愛の行方』はさすがのベルクでも読んでるでしょ？　あの本のモデルは僕らの祖父母。バージル爺ちゃんは、一度逃げ出したリカム婆ちゃんを『伴侶』にしたんだ。これ、今の状況とよく似てると思わない？」

「確かに……」

祖父母のあまりに劇的な馴《な》れ初《そ》めと、そこから最終的に結ばれる経緯については、俺も名作『その愛の行方』を何度も読んで知っている。

あれが学校で読書感想文の課題図書になった時、まだ『愛』も『恋』も理解していなかった俺は頭を抱えたが、それでもセバスチャンの著したそれが文学的名作であることはわかる。なぜか本人達――特にリカムお祖母様はそのことについて黙して語りたがらないが、それはきっと祖母が奥ゆかしく生真面目な人だからだろう。

「そのあたりのことを、本人達に詳しく聞いてみたら？　今の現状を打破できそうな助言をしてくれるかもしれない人がせっかく身内なんだし」

「そうだな……ありがとう、スイ兄さん」

「ほら、身体に異状はないからすぐに行っていいよ。騎士団にはベルクを診断した医者として、僕から長期休暇を申請しておいたからね。ヘクトル爺ちゃんにも事情は伝えてあるからいろいろ融通してくれると思うよ」

「スイ兄さん……恩に着る！」

どこまでも抜かりのない兄に俺は深く頭を下げ、取るものも取りあえず獣体となって祖父母の家を目指した。


実家から熊の姿で駆けることに若干の抵抗はあったが、町中で獣体になってはいけないという決まりはない。子供のころから遊び慣れた緑豊かな庭園を抜けたところに、バージルお祖父様の屋敷は建っている。

大貴族フォレスター家の本家としてはかなり質素な造りの屋敷だが、俺は祖父母の人柄そのままに質実剛健なこの家が好きだ。少なくとも豪華絢爛《ごうかけんらん》な城よりも俺は落ち着く。絢爛さを否定するわけではないが、どうにも性分として馴染めないのだ。

人の姿へと戻り、呼び鈴を鳴らせばすぐにセバスチャンが現れて、中へと俺を入れてくれた。

「よく来たな、ベルク」

「お前が来てくれるなんて、うれしいよ。だけど、ずいぶん急だね。何かあったのかい？」

俺の来訪をセバスチャンに告げられた祖父母は、急な訪問であるにもかかわらず快く俺を迎えてくれた。

「突然押しかけてしまい、申し訳ありません」

「おいおい！　実の孫がそんな水くさいことを言うもんじゃないぞ」

非礼を詫びる俺の背中を、祖父は分厚く大きな手のひらで豪快に叩く。同じぐらいの体格の俺であれば問題はないのだが、時々祖父が力加減を間違えて、騎士団の新人が吹き飛ぶのを俺は何度か目にしている。

「ここはベルクの家でもあるんだ、いつでも好きな時に来て好きなだけいていいんだよ」

祖母も尋常ではない様子で現れた俺に、常と変わらぬ穏やかな笑顔を向けてくれた。思えば祖母はいつも優しく穏やかで、俺は厳しく叱責された記憶が一度としてない。

祖母は頭ごなしに叱らない。まずは俺の事情を聞き、共にどうすればいいのか、どうしたかったのかを考えてくれるのだ。母といい祖母といい、もちろん父や祖父達もだが俺は周囲の大人に恵まれて育ってきたことを今更ながらに実感する。

「さ、まずはお茶を飲んで落ち着きなさい」

祖母は俺を長椅子に座らせると、慣れた手つきでお茶を淹れる。通常フォレスター家ほどの大貴族ともなれば、こうした雑事は使用人に任せきりにしていてもおかしくはない。しかし、祖父母は執事のセバスチャンをはじめ雇っているのは屋敷や庭の状態を維持するのに必要な通いの使用人だけ。かなり庶民的な――裕福な商人程度の暮らしを好んで送っている。

「ありがとうございます、お祖母様」

祖母が淹れてくれた蜂蜜とミルクの入ったお茶からは、心を静める薬効のあるハーブが香った。こうしたさり気ない心遣いが胸に染みる。

「しかし、突然どうした。何か事件でも起きたのか？もしかしたら先日のヨファ君のことが関係しているんじゃないだろうな？」

「バージル！　急《せ》かすんじゃない。すまないねベルク。慣れてるとは思うけど、バージルはこういう人だから……。」

心配と好奇心の入り交じった目で俺を見る祖父を、祖母が軽く肘で小突いて窘める。幸福な『番』の『伴侶』同士が見せる親密な距離感が、今の俺には眩しく……うらやましい。

この他人をうらやむという感情も、かつての俺にはあまりよくわからなかった。他人と己は異なる人間であり、それぞれ長所と短所があって当然。うらやんだところでどうにもならず、努力して手に入るならそもそもうらやむ必要がない、そう思っていた。

それが今の俺ときたら……アニムスと良好な関係を築いてる全世界のアニマがうらやましくて狂いそうだ。

「いえ、お祖父様のおっしゃってることに間違いはありません。お祖母様も聞いてください。……今日はお二人に相談があって参りました」

俺は一度大きく息を吸って吐き、ヨファとの間に起きた出来事を包み隠さず伝え……俺を失神させた衝撃の手紙を見せた。

「なるほど……やっぱりヨファ君にとって、あの食事会は強烈だったんだね」

俺と祖父のカップにお茶を注ぎ足しながら、祖母は深いため息をつく。

「ただの騎士だと思っていた恋人が、蓋を開けたらフォレスター家の跡取りで、国王の従兄弟で王妃の弟。更に母親は『至上の癒し手』、兄の一人は有名な黒獅子。これだけそろったら、まず普通の家で育った子は腰が引けてしまうよ」

こうして祖母に事実を羅列されれば、まったくもってその通りすぎて何も言えない。

「俺が言うべきことを先延ばしにしていたばかりに……」

今更ながら、己の臆病さが悔やまれてならない。

「そう言えばベルク、お前はあの子に儂達のことを何も話してなかったそうだな」

ティーカップを片手に顎髭を撫でながら、祖父は眉間にしわを寄せた。

「それはいかんぞ！　儂はリカムに求婚するにあたり、何一つ隠し事をしなかった。己の全てをさらけ出してリカムに愛を乞うたのだ」

「……反省してます」

そうなのだ。この祖父は己を一切偽ることなく、ただまっすぐに祖母への愛を貫いたのだ。やはり騎士団長を務めるような人間は、俺などとは日常の気構えからして違う。

俺はバージルお祖父様の血を引く孫として自分が恥ずかしい。

「バージル、ベルクを責めるんじゃない。それに俺はベルクの気持ちもヨファ君の気持ちもわかるよ。特にヨファ君の不安やためらいはとてもよくわかる。彼はかつての俺だから」

「お祖母様……」

祖母が俺を見る目。祖母はいかつい容姿が多い熊族にもかかわらず、常に穏やかで人に安心感を与えてくれる。もちろん体格は熊族らしくしっかりしているのだが、母曰く祖母のような人を気は優しくて力持ちと言うらしい。

そんな祖母の、慈愛を溢れんばかりに湛えた瞳に俺は息を呑む。

「ベルクも知ってるだろうけど、俺は元々庶民の出身だ。しかも世にも珍しい熊族のアニムス……人並みに『伴侶』を得て子を産み家庭を持つなんて夢のまた夢。最初からわかっていたから、とにかく必死で努力して一人で生きていく覚悟をして俺は騎士になったんだ」

「そこで儂はこいつを見つけた。まさしくあれは運命の――」

「バージル！　俺は真面目な話をしてるんだぞ」

ドヤ顔で祖母の腰に手を回して抱き寄せようとした祖父の手を、祖母はベシリとはたき落とした。

「俺もバージルも獣性の強い熊族だから、俺はバージルが『番』であることにはすぐ気付いて……惹かれたよ」

過去を思い出しながら語る祖母の頬が、ほんのり薄紅色に染まる。祖父がいまだ祖母に夢中な理由が、今の俺にはなんとなくわかった。

「それでも俺は逃げ出した。そんな俺にバージルは一切の回り道をせず、怖いほどまっすぐ気持ちを伝えてくれた。だけど俺は……それをすぐには受け止められなかった。うれしいけど駄目だと思ったんだ。どうしてだかわかるかい？」

「それは……」

俺は祖母が大好きだ。この優しい人を傷つけるような言葉は、事実であっても口にしたくない。

「遠慮はいらないよ」

「……身分の差、ですか？」

それでも祖母に促され、俺は仕方なく思うところを答えた。

「そう、そこに付随する問題で俺は苦しんだよ。俺とバージルの間には、あまりにも高くて厚い身分の壁があったから……。身分の高い者は、その地位を代々継承していくことを求められる。俺は熊族のアニムスだ——力の強い獣人は子どもができづらいと言えば、お前でも意味はわかるだろう？　そして、その壁を前にして俺はすっかり怖気づいてしまった。それは愚かで臆病なことだとベルクは思うかい？」

「そんな！　お祖母様は愚かでも臆病でもありません。お祖母様がおっしゃってるのは世継ぎの問題でしょう？　それはお祖母様がお祖父様のことを思われているからこそ迷われたのだと思います。俺にはそういう人の心の機微をどうこう言う資格はありませんが……」

「ありがとう、ベルク。ヨファ君は幸いなことにヒト族だ。わかり切ったことを聞くけど、子をなしやすいヒト族だからベルクは彼を好きなわけではないのだろう？」

「もちろんです。もし、ヨファがどんな種族だろうと愛しました。彼に子供ができないとしてもこの気持ちが変わることは決してありません」

「それならいいんだ。それでもヨファ君はベルクと自分の間に高い壁を自分で作り出してしまったんじゃないのかな？　ベルクと自分は住む世界が違う、本当に自分がベルクと結ばれてしまっていいのだろうか、ベルクの子供を産むのが自分でいいのだろうか、と」

「そんな……。俺がヨファを想う気持ちに間違いはありません。もし、ヨファと俺とのことに何かを言う者が現れたとしても、俺が必ず守ります。いや、ヨファにそんな風に思わせてしまった俺が悪いんですね……」

「ああ、そうだね。ベルクがそう思っていると俺達家族はわかるよ。だけど、家族と恋人というのはまた違う存在だ。相手の真意は言葉にしてもらえないとわからないこともある。まだ一度会ったきりだけどヨファ君は聡明な子だという印象を受けた。だからこそ、今彼はベルクの幸せのことを考えて思い悩んでるんじゃないかな？」

俺の目から鱗《うろこ》が落ちた。ヨファが俺と距離を取ったのは、俺のためを思ってということなのか？

「ベルク、お前は賢いが馬鹿だ。人が人を想う時、そこに壁など存在しない。もし仮にそんなものがあったとしてだ、儂ならば全てを壊して取り除くだろう。なのに、お前ときたら無駄に悩みおって。まぁお前はゲイルによく似ているからな……」

「お祖父様……」

けれども熊族のアニマである俺は、祖父の言葉にこそ強く共感してしまう。

だがしかし――。

「それはね、バージルが全てを持っている側だから簡単に言えることなんだよ」

続く祖母の言葉に俺はドキリとした。俺はこれまで何か不自由をしたことがあっただろうか？　自分の置かれている立場に悩んだことがあっただろうか？　父や母、そして祖父母に手厚く庇護されて、その将来まで も保証されている。

きっと俺は、リカムお祖母様が言うようにバージルお祖父様と同じ持っている側の人間なんだろう。

「全てを手にしている者が『気にしない』ことは、本人の性格や周りの環境にもよるけど、そこまで難しい話じゃない」

確かに俺も家族も普段そんなことを気にしたことはないが、学生時代の友人や俺の出自を知った者の態度がころりと変わることは多々あった。

それが自分は不思議だったが、お祖母様がおっしゃっているのはそういうことなのだ。

「でも逆は違う。身分の問題だけじゃない、己の能力や立場、それら全てを考えた上で、相手に釣り合わない己を自覚して苦しむし、そんな自分と一緒になることで相手が不利益を被《こうむ》るんじゃないかと不安を感じもする。テオドール陛下と結ばれる前、ヒカルはそのことでずいぶん悩んだのをベルクも知っているだろう？」

「――！」

テオドール兄上と互いに深く愛し合い求め合いながら、国王の『伴侶』――この国の王妃として本当に自分はふさわしいのかと、散々思い悩んだ一番上の兄。特別な兄弟達と違い、自分には何もないと思い込んでいたその姿を思い出す。

レオニダス王家の血を引き、赤子のころよりテオドール兄上の寵愛を一身に受けてきたヒカル兄さんですら、一時は実家からもテオドール兄上からも距離を置くほど苦しんだ。

「そんなことは余計な心配なのだがな。儂にとってお前がふさわしい相手か否かを決めるのは、お前でもましてや世間でもない。後にも先にも儂だけだ。お前ほど儂にふさわしい相手はいないというのに、ずいぶんと遠回りをさせてくれたものだ」

対する祖父は、あくまでも堂々と祖母の抱えていた不安を一蹴してのける。その姿はまさに王者の風格、全てを守れるという自信があるからこそ言える言葉。

「バージルはそう言うけどね。俺みたいな生粋《きっすい》の庶民はそうじゃないんだよ。多分、これはバージルには一生理解できないことなんだ。それが悪いと言っているわけではないけどね。実際俺は今幸せだ。だからこそベルクとヨファ君のことが心配なのさ」

「だが結局、お前は儂のものになったではないか」

「それは結果論だよ。というか、あの時のお前は……いや、こんなことは可愛い孫の前で話すことじゃないな。だけど、俺には不安に駆られて逃げ出したヨファ君の気持ちも、そうなることを恐れて家族のことやその他諸々……言い出せなかったベルクの気持ちもよくわかる」

「……っ」

俺の背中を優しく撫でる祖母の手のぬくもりに、俺は目頭が熱くなった。

「俺はいったいどうしたら……」

「そうだね……手紙を読む限り、ヨファ君はベルクを嫌いになったわけじゃなさそうだ。ここは本人が望むように、彼に心の整理をする時間をあげないか？」

やはりそれしかないのだろうか。俺にとってヨファを待つ時間は拷問そのものだが、それこそが卑怯で臆病な俺への罰なのだ。

だが、祖父は思い切り顔を歪め俺を睨みつけてきた。その眼光は老いてなお鋭く、俺は思わず居住まいを正す。

「ベルク、お前は儂の孫で由緒あるフォレスター家の跡継ぎだ。それがなんだ？　惚れた相手に逃げられただと？　情けないとは思わんのか！」

「それは……」

「おい、バージル！　ベルクを責めてどうする!?　お前、ここまでの話聞いてなかったのか!?」

焦った祖母が祖父に摑みかかるが、熊族魂に火がついた祖父は止まらない。

「全て聞いた上で言っている。何が『逃げられた』だ！　逃がすな、捕まえろ！」

「捕まえる……やはり俺はヨファを追って気持ちを伝えるべきなのですか？」

「いやちょっと待てベルク！　ここはヨファ君の気持ちを尊重し、彼に考える時間をだな……」

「与えるな！」

祖母の穏健な意見を、しかし祖父はピシャリと否定した。

「探し出し捕まえて己の手中に囲い込め！　その上で二度と逃げる気なんぞ起こさんように、お前の虜にしてしまえばいい！　何も不安に思うことなどないのだと、お前が彼の全てを守ってやるのだと、その身体と心に刻みつけてやるのだ。お前は儂の自慢の孫だ。それは儂が保証してやる。だからこそ、お前に足りないのは押しの強さだ！」

「そうか……そうなのですね、俺がヨファを捕まえて教えてやればいいのですね！　何も不安に思うことなどないのだと、心にも、そして身体にも。俺の腕の中からヨファを決して離さなければいいのですね！」

「違うぞ!?　ベルク！　俺の話を今まで神妙に聞いていたよな？　それは違うからな!?　お前が今やろうとしていることは、このバージルがやった犯罪まがいのことと同じだからな!?　多分、きっと、高確率で！」

祖母は止めるが、俺はどうやら熊族の強い獣性に支配されてしまっているらしい。だからこそ俺の心は祖父の意見に傾いてゆく。

「いいか？　本当に大事なものならば、どんな卑怯な手を使ってでも手に入れろ！　目的のためなら手段は選ぶな！　俺はそうやってリカムをものにした！」

「はいッ！」

「ベルク！　いい返事をするんじゃない！　バージル！　あれは完全に拉致監禁からの調教や洗脳だったぞ⁉　ベルクも目を輝かせて頷くんじゃない！」

「儂はリカムのためなら手段は選ばん‼」

さすがはバージルお祖父様だ。その雄々しさに俺の心が打ち震える。

「行け！　後悔するくらいなら行動あるのみだ！」

「はい！　俺は行きます‼」

「行くんじゃないベルク！　冷静になるんだ！　一度ゲイルにも話を――」

「それでこそ我が孫！　それでこそフォレスター家のアニマ！　行ってこい‼　そしてヨファ君を二度と手放すんじゃない！」

「はいッッ！」

「落ち着け！　そうじゃない！　俺がいい感じにまとめてただろう？　バージルも煽るな！　おい、ベルクもいそいそと獣体になるんじゃない！」

祖父に一発背中を叩かれ、俺の中から迷いが消えた。

何があろうと、俺はヨファを諦めたくない。否、絶対に諦めない。どんな手を使ってでもヨファを手に入れてみせる。彼が何かを迷っているというならば、そんな必要はないと骨の髄までわからせるのみ。

俺は再び熊の姿となり、衝動のままに雄叫びを迸《ほとばし》らせ駆け出した。

背後で祖母が何か叫んでいたが、きっと俺を激励してくれたのだろう。

❖❖❖

俺はまず、ヨファが行きそうな場所を弁当屋の同僚に尋ね、それらをしらみ潰しに回った。

しかし、どこにもヨファの姿は見当たらない。

「そういえば、ヨファは兄上と親しくしていると言っていたな……」

ようやくそこに思い至った俺は、彼の兄上が住んでいるという区画を探し回った。幸いそう広い範囲ではなかったから、兄上の家は容易に特定できた。しかし残念なことに彼は留守で、付近の住民に聞き込みをしたところ、少し前に旅行鞄を持って出掛けたという。

「この状況下で旅行……」

もしかしてヨファも一緒なのではないか？

俺は直感的にそう思い、更に街の人間に詳しい聞き込みを行った。職務柄、俺は聞き込み調査には慣れている。俺が真剣な面持ちで質問すると、住民は皆すこぶる協力的な姿勢を示してくれた。やはり大切なのは誠意なのだ。

そうして俺は、ついに年配の狸族から有力な情報を得た。

「フェーゼ君なら、四日ほど前に弟さんと一緒に乗り合い獣車の停留所に並んどったよ」

「一人ではなかった、と？」

「うん、ありゃ間違いなく弟のヨファ君じゃった。あの子はよう遊びに来とるし、顔を合わせりゃ挨拶もしてくれる感じのええ子じゃ。わしゃ見間違えたりせんよ」

「そ、それで、彼らはどこに行くと!?」

これでヨファの下まで一直線に飛んでいける。俺は逸る気持ちのままご老人に詰め寄る。

「い、いや……わしゃそこまで知らんよ。なんせ、並んどる二人を向かいの通りから見ただけで、声をかけたわけじゃあないからのぉ」

しかし、物事はそうそう上手くいかなかった。

「そ、そうですか……」

「じゃが、ここの停留所から出る乗り合い獣車の終着点はメネラ、ジェノーシャ、リョダンの三ケ所。二人が並んどった時間帯からいって、おそらくは南のジェノーシャ行きに乗ったんじゃないかの？」

「ジェノーシャ……」

獣体になって休まず駆ければ三日……いや、二日で行ける距離だ。だが乗り合い獣車ということは、途中の停車駅を全て洗う必要がある。

「ところでお前さん……」

「なんでしょう？」

俺の姿を上から下まで眺めるご老人の視線に、俺は顔には出さず動揺した。

「あの子達を探してどうするつもりじゃ？　なんぞよからんことを考えとるんじゃなかろうの？」

祖父母の屋敷から飛び出した俺は、不眠不休で二日間ヨファを探し続けたのだ。当然身嗜みなどは疎《おろそ》かになってしまっている。よくないとわかっているが、今は一分一秒でも時間が惜しい。だが、これではヒト族の兄弟に付き纏う不審者だと思われても仕方あるまい。

「俺は彼らに危害を加えるつもりはありません。俺は彼と……ヨファ君とお付き合いをさせていただいてる者です」

「そうか、そうじゃったのか……。ああ、若いころはすれ違うことも時には喧嘩をすることもあるものじゃ。儂も連れ合いとは幾度となく……。だが、結局は落ち着くところに落ち着くんじゃ。頑張るんじゃぞ、お若いの」

「はい、ありがとうございます！」

俺は狸族のご老人に深く頭を下げると、さっそくジェノーシャ行き乗り合い獣車の停車駅を調べた。

ジェノーシャまでの停車駅は全部で十三。ヨファの向かった先が近場であれば、数時間後には彼に会える。仮に終着駅のジェノーシャであっても、俺の全速力をもってすれば二日。途中の停車駅ごとに聞き込み調査を行っても、数日後にはこの手にヨファを抱ける。

『ぐるる……待ってろヨファ。俺はもうお前を決して離さない』

俺は誓いも新たに熊の姿で駆け出した。

ヨファを探すこと三日。俺はジェノーシャの五つ手前の街ロベルタに到着した。

予定よりだいぶ行程が遅れているのは、土地勘の全くない街を騎士ではなく一個人として調査することが、俺の想像以上に困難だったからだ。二つ前の街では危うく通報されかけるなど、大小様々なトラブルが絶えない。

それは俺の姿や人相のせいもあるのだろうが、一度どこかで休んで身なりを整えてという選択肢が今の俺にはなかった。

『確かこの街には、ヨファの実家があるはず……』

俺は考えを改め、まずはヨファのご両親に会いに行くことにした。よくよく考えれば、ヨファが実家に帰っている可能性もあるのだ。むしろ兄上の家と実家は最初に探すべき場所だった。それに気付かず遠回りをした俺は、やはり冷静さを欠いていたと言わざるを得ない。

「……ここがヨファのご両親の店だな」

ヨファの身辺調査をした際の記憶をたどれば、彼の実家はすぐに見つけられた。思いの外広い洋品店は、どうやら勝手口を通してヨファの実家と繋がっているようだ。

「いらっしゃいませ！」

店に一歩足を踏み入れると、ヨファとよく似た穏やかな顔をした中年の犬族が明るく声をかけてくる。

「初めてのお客様ですね？　当店は既製品の販売からお仕立て、お洋服の修繕も請け負っております。もちろん生地の持ち込みも歓迎しますよ」

一見の客にも愛想よく店の説明をする犬族のそばにいたヒト族の声は、目を閉じて聞けばヨファのそれと聞き間違えそうだ。

間違いない。彼らはヨファのご両親だ。

「あの……お客様？　どうかされましたか？」

　無言でご両親を見つめる俺に、ヒト族である母上が微かに警戒の色を見せる。

　まずい、このまま黙っていて強盗と間違えられてては大変だ。今自分が騎士の姿ではないばかりか、決して胸を張れる身なりではないことを思い出す。何より彼らはヨファのご両親なのだから、挨拶をしておくのは当然だろう。

「このような姿で申し訳ありません。俺はレオニダス王立騎士団に所属しております熊族のベルクと申します。ヨファ君とはお付き合いをさせていただいておりまして、決して不審者ではありません」

「え？」

「騎士の方とあの子がお付き合いを……？」

　ご両親は驚きに目を見開いた。少し唐突だったかもしれない。

「ちょっとした事件がきっかけでヨファ君と親しくなり、先日俺の家族にも会ってもらっています」

「そ、そんな……俺は何も聞いてないぞ？　ヨルンは何か聞いてるかい？」

「いいえ、何も……」

　ご両親の困惑ぶりからヨファが俺のことを一切伝えていないのだと察し、俺の気持ちは少し沈んだ。だが、今はそんなことでへこたれている場合ではない。大事なのはヨファを見つけることだ。

「ちょっとしたすれ違いがあり、俺はヨファ君を探しています。俺はどうしてもヨファ君に話さなければならないことがあるのです。兄上と一緒にいたとの目撃情報は得ておりますが、行き先にお心あたりがあるならばぜひ教えてください。決して息子さんを傷つけるような真似はいたしません」

　俺はその場で直角に腰を折り、更に騎士としての最上級礼をご両親にとった。

「え……！　ちょ、やめてください！　騎士様がそんな……ッ」

「そっ、そんなことをなさらなくても教えますから！　おやめください。あなたが悪い方でないのはわかります。悪意のある獣人とは纏う雰囲気がまるで違う……。あなたは本当にレオニダスの騎士様なのでしょう。ヒト族である私にはその違いがわかりますから」

「ヨルンがそう言うのであれば間違いはないのでしょう。ヨファなら兄のフェーゼと一緒に、この先の温泉街ラガタに行ってます。必要でしたら宿泊先も教えましょう」

ご両親は俺の気持ちを汲んでくださり、欲しかった情報を詳細に教えてくれた。つまり、ヨファのご両親は俺をヨファにふさわしい相手だと認めてくださったと思ってもいいのだろうか。

「情報の提供感謝いたします。また後日、次はヨファ君とそして俺の両親を連れてご挨拶に参ります」

「は、はい……」

「お待ちして……おります？」

俺は彼らに一礼すると、すぐさま再び獣体へと姿を変え、ラガタを目指した。

＊＊＊

ロベルタから全力疾走すること数時間。俺は温泉街ラガタに足を踏み入れる。

小さな街だが薬効のある温泉を目当てに近隣から湯治客が集まり、大通りには温泉特有の匂いと共に活気が満ち溢れていた。そこにいるだけで元気が湧いてくる、ラガタはそんな街だ。

だが、俺の目的は温泉でも観光でもない。

『ヨファ……どこにいる？　ヨファ……』

俺は唸り声混じりに彼の名を呼びながら、ご両親に教えられた宿を目指す。

ヨファに会いたい。今すぐ会って愛を伝えたい。

彼の名を呼びこの腕に抱き締め、二度と俺から離れぬように生命の限り契りたい。

『ヨファ、ヨファァ……』

毛並みをボロボロにした異様な風体の熊を誰もが避けたが、そんなことはどうでもよかった。むしろ行く道が空いて都合がいい。

「お、お客様!? そのようなお姿のままでは困ります！ お客様ぁッ！」

温泉宿の主が悲鳴のような声を上げていたが、今の俺にとってそれは雑音にすぎない。俺は脇目も振らず露天風呂のある森へと進む。

『ヨファ、いるんだな、ヨファァ！』

そこからは間違えようもないヨファの香りが漂ってくる。彼が持つ甘い肌の香り。そして『番』だけが感じ得る特別な香り——夜明けの森林と雨露の香り。

それらが俺を狂わせる。俺から人としての理性を剝ぎ取り、むき出しになった獣の本能だけが残される。

『グルルルゥ、ヨファァ、やっと見つけたぞ』

湯船に浸かって兄らしきヒト族と談笑していたヨファを視界に捉えた瞬間、彼に向かって突進し、熊の短く強い前脚でヨファを抱き締めた。

ヨファの兄上がとんでもない悲鳴を上げていたが、今はそれどころではない。

「えっ、その声……もしかしてベルクさん？」

『ガルゥ……ヨファァ、なぜ何も言わず俺から逃げた。俺のことが嫌いになってしまったのか？』

そして驚愕に目を見開くヨファに、胸の中でずっと燻《くすぶ》っていた疑問を投げかける。

たとえヨファが俺を嫌いになっていてもかまわない。もう一度好きになってもらうのみだ。大事なものは二度と離さぬと心に決めた俺に迷いはなく、答えを待つ間にも彼の細い首を舐め、全身を前脚で愛撫する。

「いえ、そういうわけでは……ってベルクさんどこ触ってるんです⁉　っちょっこんなところでダメですって！　あっ……ちょっと！」

ヨファは俺から逃れようともがいたが、俺は決して彼を抱く力を緩めない。

もう二度と逃がしてなるものか。

『ダメだ。俺はもう君を離したくない。君が嫌だと言おうと離してやることはできない。だから頼む、俺に溺れてくれ』

この時、俺の中で愛に対する答えが明確に出た。そして、それがひどく歪んだものだという自覚も同時に……。

ヨファのことは大切だ。

自由にこの世界で羽ばたき、彼が望む好きな生き方をさせてやりたい。

もちろんワショクの料理人になって店を持ちたいという彼の夢は叶えさせてやりたいし、叶えてやりたい。祖父達に頼めばそれこそ一足飛びにその夢は叶うのだろうがそれでは意味がない。ヨファがヨファ自身の手でそれを掴み取らなければ……。それに、ヨファなら自らの力で夢を叶えることができると俺は信じている。

だがその自由なヨファを望む気持ちと、俺がヨファを逃がしてやることとは話が別だ。ヨファのそばから俺は離れることはできない。彼がもし他の誰かを愛したとしても、俺はそれを受け入れることができない。

俺は父達や母のような関係性を築くことは決してできない醜い人間だ……。

俺にとっての愛は、どんなことがあろうとヨファを手放さず愛し続けること。彼を俺の腕の中という檻に閉じ込めてもだ。

その上で、ヨファが夢を追いたいと願うのならそれは俺にとっての願いとなる。ヨファを支え、俺にできることならなんでもしよう。

だが、もしヨファが俺の腕の中から逃げ出そうとしたその時は……。

俺の愛は美しさや優しさとは無縁な、エゴに満ち溢れた恐ろしい代物《しろもの》だった。

だが、それでいい。ヨファと共に在れるなら、己の愛が醜かろうと心底どうでもいい。

ただヨファにはすまないと、本当にすまないと思う。

こんな醜い俺に愛されてしまったばかりに、彼はもう俺から逃げることはできないし、逃がさない。

俺は人の姿へと戻り、ヨファの細い身体に細部に至るまで触れる。

その傍らで、なぜか温泉に先回りしていたヘクトルお祖父様が、ヨファの兄上を担いでいずこかへと連れていった。一瞬お祖父様と目が合ったが、ここは任せておけとその瞳は物語っていた。

これでこの場にいるのは俺とヨファの二人きりだ。彼を愛するのに人目を憚《はばか》る必要はない。

「もう俺は君がいないとダメなんだ！　だから――！」

俺は胸に溜まった思いの丈を吼えるように吐き出し、ヨファの薄い胸に顔を押しつけ胸の突起に甘く牙を立てる。

人は己の足二本で自立できてこその大人。俺は少し前まで傲慢にもそう考え、おこがましくも己を一端の大人だと信じて疑わなかった。

だが、今は違う。ヨファなしで生きる未来など想像もできない。彼のいない世界で生きるくらいなら、俺は今この場でヨファを抱きながら終わりたい。

他者に依存する脆弱《ぜいじゃく》な精神が弱者の証であるなら、俺は世界で一番弱い男でかまわない。ヨファのためならば、俺は地位も力も名前すら捨てられる。ヨファの手紙を読んだ時の――彼に捨てられた喪失感を思えば、何を失うことも怖くない。

「ア――ちょっちょっベルクさん、えっこんなところでちょっ、アアアー！」

俺を突き放そうともがくヨファを強く抱き締め、口に含んでいた突起に牙を立てると薄い皮膚がツプリと裂け、ヨファが甘さを含んだ声を甲高く放つ。

立ち込める温泉の湯気に溶け込み、まるで質量を持ったかのように纏わりつく濃厚な『番』の香り。そこに供せられた、愛しい者が流した僅か一滴の血。

その甘美さに俺の獣性が燃え盛る。俺は己の中に眠る獰猛《どうもう》な野獣と初めて向き合うことになった。

もう自分でも止められない。いや、止める必要もない。

「ヨファ、俺は君の全てを食らい尽くすだろう……。許してくれとは言わない。俺は本当にひどい人間だ。君を……君をもう逃がしてやれない。この愛が醜くてもこの思いが止められないんだ。好きだ、ヨファ、君が好きなんだ」

「ベルクさん……。僕も……、ベルクさんに食べられたいです。愛に綺麗も汚いもありませんよ。本当のベルクさんを僕に見せてください。僕はもう、あなたから逃げません。大好きなベルクさん。僕は僕だけを見てくれる熊さんが大好きです……」

「ああっ、ヨファ！」

俺はヨファに覆い被さり、惜しみなく与え容赦なく奪う。

「ふぁッ！　あ！　あぁッ!!」

まだいくらか固さを残す蕾に猛る情欲を押し当て、肩と腰を押さえ込みそのまま押し入れば、ヨファは途切れ途切れに苦しげな声を上げた。

「ヨファ！　ヨファ!!」

「ひっ！　や、ベルクさ、もっと、ゆっくり――ッ」

しかし、今の俺にはヨファの懇願すら高ぶりを煽り立てる燃料にしかならなかった。

俺は間違いなくヨファを愛し、可能な限り大切に慈しみたいと思っている。

彼の淡い茶色の髪、生き生きとした灰色の瞳、細く繊細な身体、そして少し荒れた働き者の小さな手。俺にとってヨファの全てが何物にも代えがたい宝だ。

熊族が持つという強烈な独占欲と執着心を、これまで俺は理解できずにいた。熊族の父や祖父を否定するのではなく、恋や愛と同様ただ純粋にわからなかったのだ。

だが俺は、今や己の中に脈々と流れる熊族の血を痛いほど感じる。

「ヨファ、愛している！　この世界の誰よりも！」

「べ、ベルク、さん……僕も――」

「もう逃がさない！　どこにもやらない！」

「ふぁッあ！」

己の全てをヨファに納めてなお足らず、俺はより深く、より奥へと彼を求める。

誰も——ヨファ本人ですら触れたことのない領域に俺は触れたい。そこに触れるのは、未来永劫俺だけだ。

「君と、一つに……！」

「あふぅッ——ッッ!!」

「——!?」

行き止まりの更に奥。俺とヨファは、人の身体にそんな場所があることすら知らなかった。

「あ、あうッ……！　……ぅあ……あぁ——ッ」

温泉の中だというのに、ヨファは全身に鳥肌を立てて背をのけ反らせ、涙を流しながらガクガクと震える。

「ヨファ、俺の全てを受け止めてくれ」

「ひ……ぃッ……ベルクさん……ベルク……さんッ！」


俺はヨファと離れて過ごした気の遠くなるような時間を埋めるかのように、彼の中に強く長く欲を放った。

だが足りない。こんなものでは、まるで足りない。

俺はもっとヨファが欲しい。もっともっと欲しい。

俺の全てをヨファに注ぎ込み、ヨファの全てを俺で埋め尽くすまで満たされない。

目の前の愛しい獲物を貪り尽くせと、俺の中で熊の血が吼える。

「行こう、ヨファ」

「……行く……って……どこ……へ……？」

俺はのぼせてぐったりとしたヨファをタオルで包み、抱き上げて温泉宿に向かう。すると宿の主が飛び出してきて、丁重に離れへと案内してくれた。

「こちらは貸し切りになっておりますので、何日でもごゆるりと」

「感謝する」

一礼して去る主への礼もそこそこに、俺は部屋の真ん中に設《しつら》えられた寝台へとヨファの身体を横たえる。

「ヨファ……俺の愛を……、俺のことをもっと知ってくれ」

「べ、ベルクさん、ベルクさんの気持ちなら、僕はもう十分理解しま――」

「ダメだ。君はまだわかっていない。全然だ。俺のこの貪欲な愛の形を君は知らない。だが、君には知って欲しい」

「いえ、本当にもう十分。別にベルクさんから逃げたわけじゃなくて――」

「いいんだヨファ。わかっている、俺が全て悪いんだ。君を不安にさせた。俺のことを君に知らせなかったのは全て俺の罪。だが安心してくれ。これから全てわからせるから、俺に任せて君は何も心配しなくていい」

「ひぇッ」

今から俺は、全身全霊でヨファに今一度愛を伝える。言わなくてもわかってもらいたい、察して欲しい、そんな甘えた考えは捨てるのだ。

「一目見た時から、きっと俺は君に恋していた」

「ベルクさん……」

「それは君が俺の『番』だからじゃない。君だからだ。俺は君と初めて身体を重ねたあの夜まで、君が自分の『番』であることに気付いてすらいなかった」

俺は仰向けに横たえたヨファの上に覆い被さり、深く口づけながら指先で彼の蕾を愛でる。先刻俺を受け入れたばかりのそこは既に柔らかく綻び、まるで再びの訪れを今や遅しと待ち構えているかのようだ。

寝台のそばに用意してあった香油を垂らし、その蕾の奥へしっかりと指を進めて彼のイイところを責めてやれば、彼の身体は敏感に反応を返してくる。

身体の準備はもう十分だろう。俺は育ち切った自身へも香油をたっぷりと垂らし塗り込んだ。

「ヨファ、俺の『伴侶』になってくれ」

「んぁッあ……ッ！」

ヨファの両足を両肩に担ぎ上げ、彼の中に深く入りながら俺は懇願する。仮に拒否されても彼を手放す気など毛頭ないが、やはりヨファとは愛し愛され、両親や祖父母、兄弟夫婦のように幸福な関係を築きたい。

「どうだ、ヨファァ？　俺の『伴侶』になってくれるか？」

「あふぁっ、あ、あぅッ」

「ヨファ、答えてくれ、ヨファ。俺と共に未来を歩むとそう望んでくれ」

俺は答えを促すように、ヨファが強く反応する場所を狙って突く。どうやらヨファは、腹側に擦り上げられるより背骨に向けて押しつけられるほうが悦いらしい。

思えば、今まではこうした反応の違いを考える余裕もなかった。

やはり愛の交歓は独り善《よ》がりではいけない。この俺の身体でヨファを悦ばせ、その悦びごと全て俺が喰らい尽くすのだ。

「ひぁぁッ！」

一際高く啼いたヨファの慎ましい自身から、勢いよく快楽の証が迸った。

「ヨファ、俺と一つになれたことを喜んでくれているのか？　俺もうれしいぞ、ヨファ」

「あ……やめ、ベルクさん……そんな、汚い……からぁ」

俺は彼の吐き出した蜜を指に絡め口に含む。彼の生命が俺の血肉と同化する。その歓びに舌がひりつき心が震えた。

「これは君の一部……君が俺に愛された証だ。俺は君の全てを愛す」

「ひぁぁッ」

俺はヨファの首に噛みつき所有の証を刻みながら、再び強く腰を動かし彼の最奥《さいおう》を求める。俺の生涯で、こんなにも何かを所有したいと熱望したことはない。

「ヨファ、俺の『伴侶』になると言え。生涯離れないと誓ってくれ」

「あぁッ！　ひぁぁッ！　なりゅ……ッ！　なりまひゅッ！」


答えると同時にヨファの中がきつく締まって、俺の下腹が切なさを増す。限界はもう間近だ。

「誓うか？」

「ち、ちか、う、誓いまひゅからぁッ」

「ヨファ！　愛してる」


先ほど果てたばかりだというのに、ヨファの口から誓いの言葉を得た俺の熱は止《とど》まるところを知らず、勢いを増してその胎内へと吐き出された。

「あ……あふ……ぅ……」

俺と同時にその身を震わせて絶頂を迎えるヨファが愛おしい。

「ヨファ……もっとだ。俺はもっと君を愛したい。愛しても愛しても、愛し足りないんだ。食っても食っても、君を食い足りないんだ」


今の俺は飢えた一匹の獣だった。

俺は今度はヨファを抱え上げ、胡座《あぐら》を掻いたその上から俺自身で彼を貫くようにして座らせる。それだけで、ヨファの愛らしい先端からは透明な液体が勢いよく迸った。

それを見れば、もう我慢など利かない。今度は先ほどとは逆の首筋に所有の証である牙を立て、じわりとにじむ血をすする。

だが、ヨファの表情もどこか恍惚《こうこつ》としていて……。

こうして俺とヨファの長い夜が始まった。

＊＊＊

「ヨファ……俺は君に捨てられたと思い込み、少し……いや、だいぶおかしくなっていた気がする」

「ええ、そうですね……正直、僕もそう思います」

「だが……すまないとは思っても、後悔はしていない」

「……大丈夫です。ちょっと、こう、人間ってすごいんだなっていうか、スイさんが言っていたことが身に染みてわかったというか……。僕が僕じゃなくなる感覚ってあるんだとか、いろいろと新たな情報が多すぎて……今少し困惑中なだけですから……」

寝食を忘れて（もちろん水分や多少の食事はとったが）ヨファと愛を交わし続けること数日。精根尽き果ててそれぞれの限界を超えたところで、俺はようやく正気を取り戻した。

こうして落ち着いて冷静に振り返ってみれば、俺はかなりとんでもないことをしてしまっていた。思考もとんでもなく極端になっていた自覚もあるし、あれはいったいなんだったのだろうか……。

しかし、それでも俺のヨファへの気持ちは変わらない。あらん限りの欲を全て吐き出し切った今、もっとも純粋な愛だけが残っているようにすら思える。

「ヨファ、改めて君に頼む。どうか俺の『伴侶』になってくれ」

俺は裸のままベッドに正座し、ヨファの手を取り頭を下げて頼み込んだ。騎士ともあろう者が、恐ろしくてヨファの顔を直視できない。

「ベルクさん……どうか顔を上げてください」

そんな俺の頬に、ヨファの小さな手が優しく添えられた。

「ヨファ？」

「僕は、ベルクさんに毎日お味噌汁を作ってあげたいです……」

「ヨファ……ッ」

啼きすぎて掠れた声で告げられたその言葉に、俺の胸に何か熱いものが込み上げ目から溢れる。

「ヨファ……ありがとう、ヨファ……ッッ」

「えっ……ちょ、ベルクさん？　泣かないでくださいよ」

気がつけば俺は、ヨファの薄い腹に顔を押しつけ泣いていた。こんな風に人前で涙を流すのは、うんと幼いころ以来だ。

「もう……子供みたいですね、ベルクさん。今度ベルクさんの一番好きなお味噌汁の具材、教えてくださいね？」

そんな俺の頭を、ヨファはかつて母がしてくれたように柔らかく撫でてくれた。

❖❖❖

その後、俺とヨファは互いの実家に正式な結婚の挨拶をしに赴いた。俺の家族はもとより、ヨファのご両親と兄上も俺達の結婚を心から祝福してくれたのがありがたい。

ただ、俺の両親を伴ってヨファのご両親の下へと出向いた時に、ご両親の目がずいぶんと虚《うつ》ろで、心ここにあらずという様子だったことが少しだけ気にかかる。

ヨファの兄上に会いたいと、ヘクトルお祖父様まで挨拶に同行されたからだろうか……。

そして俺達の婚姻が決まってからの展開は驚くほど速かった。

まずは二人で住む新居がバージルお祖父様の屋敷の近くに建てられ、それと並行して結婚式の話が持ち上がる。

新居は自分で建てるつもりだったし、俺は華美なことはあまり得意ではないのだが……。

それを母に相談してみたら、母は『うん、ごめんねベルク。世の中、どうしようもないことや諦めが肝心なこともあるんだよ』と、どこか遠い目をして語っていたのが印象的だった。

それから数日、俺は実家へとヨファを連れていき、俺達の結婚式について話し合うことにした。その場には、やる気に満ち溢れたヘクトルお祖父様とバージルお祖父様、愉快そうな笑みを湛えたスイ兄さんもいた。

俺とヨファのために多忙な家族が集まってくれるのはありがたいが、ヨファはお祖父様達を前に固くなっている。

家族の初顔合わせの時のような失敗を二度と繰り返

してはなるまい。いずれお祖父様達という存在をヨファにもよく知ってもらえればヨファの心持ちも少しは変わってくるだろう。だが、それまでは俺が守ってやらなければな。

大丈夫だ、何も心配はいらない。そんな気持ちをこめて、俺はヨファを抱き寄せた。

「あの、ベルクさん……結婚式って、具体的にどんなものなんですか？　チカユキさんに心を強く持つんだよって言われたんですけど……。僕の両親は親族で集まって食事をしたくらいだし、僕の周りの人達もだいたいそんな感じなんですけど、やっぱり貴族の人達って何か特別なことでもするんですか？」

「その認識でだいたい合ってる……はずだ」

恐る恐るといった様子で尋ねてくるヨファに俺はそう答えたのだが――。

「ベルクや、フォレスター家の当主となるお前が、『伴侶』を得たのじゃ。それはもはやお前達だけの問題ではない。ヨファ君の立場を確固たるものにするためにも、結婚式は盛大に執り行わねばならん」

「そうだぞ、ベルク。こんなに可愛い嫁がお前のところに来てくれるんだ。これを祝わずして何を祝う？　それに、ヨファ君にフォレスター家という後ろ盾があると知れば妙な手出しをする輩も消えるはずだ」

ヘクトルお祖父様とバージルお祖父様からの言葉。それは確かに一理あるのだろう。俺には実感がまだ湧かないがこのフォレスター家はレオニダスの武を司《つかさど》るとも言われる血筋だ。その後継者となるには俺もこれからまだまだ学び、精進していかなければならない。そして、そんな俺のそばにいるという選択をしてくれたヨファも今まで通りというわけにはいかないのだろう。

だが、俺は決してヨファを俺の都合に巻き込みたくはない。ヨファにはヨファの夢を――ワショクの店を開くという彼の夢を自らの力で叶えて欲しい。俺もそれに協力は惜しまない。

だからこそ、俺はヨファに降りかかる重圧からその身を守る防波堤となり、互いを支え合いながらこの先歩んでいきたいと願っている。

「そんな……新居まで建てていただいたんですから……。僕はもう十分なことをしていただいていますし……」

バージルお祖父様の言葉に、ヨファの顔が赤く染まり、口から出るのは謙虚な言葉。そんな彼の様子はやはり愛らしい。

「いやいや、遠慮などしなくてもよいのじゃ。可愛い孫、そして可愛いヒト族のめでたい日！　それを祝わずして何を祝うと言うのじゃ！　儂もかつては賢王と呼ばれた者としてこの記念すべき日をよきものにするために全ての力を注いでみせようぞ!!」

「儂とてかつてはこの国の騎士団長を務めた身。そしてベルクは儂の跡を継ぐ者。決してお前達に恥ずかしい思いや惨《みじ》めな思いはさせないと約束しよう。どうか安心してくれ。なんといっても我が家にはセバスチャンもいることだしな」

祖父二人の口ぶりからは、俺とヨファの結婚式を国をあげての盛大な行事としたいらしいことがひしひしと感じ取れる。下手をすれば、俺達の結婚式の日が国の祝日になりかねない。

冗談ではなく、この人達にはそういう力があるのだ。

「式場は王宮の一部を貸し切りにして、親族はもちろん、騎士団に官僚、地方の貴族も呼ばねばなるまい。あとは、各国の王族や首長に送る招待状の準備からじゃな」

「ゲイル達がしたように、挙式後は獣車で市街を巡るのはどうだ？　騎士団から楽隊や、護衛騎士達も派遣しよう。壮観な光景になるはずだぞ」

「各国の王族!?　獣車で市街をっ――!?」

祖父達がなんでもないことのように話し合っているその内容に、ヨファの顔から血の気が引いた。

「あ、あ、あの……！　へ、ヘクトル様、バージル様！　お、お二人の、お、お気持ちは、た、大変ありがたく……！　で、でも、ぼ、ぼ、僕は……僕は――」

まずい、これは卒倒寸前だ。なんとかせねば。

俺が祖父二人の厚意を無駄にしたくない気持ちと、ヨファの気持ちを汲み取り守ってやりたいという気持ち。

だが、今優先すべきはどちらだ？　その答えは明確だ。

「ヨファ、大丈夫だ。お前のことは俺が守ると約束しただろう」

俺の言葉で血の気を失いつつあったヨファの顔があっという間に朱に染まる。俺の愛する者はどこまで可愛らしいのだろうか。

「お祖父様。お二人のお気持ちは大変ありがたいと俺もヨファも思っております。ですが、今回ばかりは俺のわがままを許してください。俺達の結婚式は俺とヨファでしっかりと考えて作り上げたいのです」

俺の言葉に驚いたのかその場にいた誰もが目を見開いていた。

「じゃが、ベルクよ。お前はこのレオニダスの貴族の中でも王家を支える武家の次期当主じゃ。この家の格式、お前の立場を考えるとやはり……」

「お前の両親も立派な式を挙げて、それは国全体を喜ばせた。それを知っているからこそやはりお前達もだな……」

やはり、俺の言葉で祖父達を納得させるのは無理なのだろうか。だがそれでも、ヨファのために俺は伝えなければならないのだ。口下手だからなどとそんな言い訳で逃げてはいけない。

案の定、祖父達はまだ式の立派さや豪華さについてその必要性を含めて俺に語りかけてくる。

改めてどう祖父達へと伝えるべきか適切な言葉を探していると、それまで黙って聞いていたスイ兄さんが、よく通る声で祖父達に声をかけた。

「はい！　そこまで！」

そういえば、スイ兄さんは俺達が結婚式の話をするというのを聞いてわざわざ時間をとって来てくれたのだ。少し不思議だったのだが、もしかしてこういう状況になるのを見越してのことなのだろうか？

「爺ちゃん達が、可愛い孫のベルクとヨファ君を盛大にお祝いしたい気持ち、それはすごくわかるよ？　もちろん爺ちゃん達に悪気がないことも」

「当然じゃ！　悪気なんてこれっぽっちもないぞい！　むしろ、これぐらいのことしかできなくて申し訳なく思ってるぐらいじゃ」

「そうだぞ、スイ。儂らは二人のめでたい門出を祝ってやりたいだけだ」

祖父達はスイ兄さんの言葉に、心外だとばかりに反論する。

「うんうん、わかってるよ。僕は爺ちゃん達が、僕達チカさんの子ども達を血の繋がりに関係なくどれほど愛してくれているか、きっと誰よりも知ってるし感じてる。僕達の兄弟は皆そう。でもさ、ヨファ君の様子を少しは見てあげてよ。さっきからヨファ君、爺ちゃん達がそばにいて、話すだけでも可哀想なほどに緊張してるんだよ？　多分、爺ちゃん達に自覚はないけど普通の人はだいたいそうだからね？　それにベルクはともかく、チカさんとヨファ君だとその立場も事情も違ってくることを二人とも理解できてないでしょ」

スイ兄さんの言葉に二人の祖父は押し黙ってしまう。二人とも聡い人だ。スイ兄さんの言ったことに気付いていないわけがない。

それでもそれ以上に、俺達への思いが強く、それが時に暴走してしまうだけだというのは、ヨファとの『愛』を経て様々な『愛』の在り方を知った今の俺であれば理解ができる。

しかし、だからと言って絆《ほだ》されるわけにはいかない。俺は何よりも誰よりも、ヨファを守ると誓ったのだ。

口下手な俺がそれをうまく伝えられるか心配してスイ兄さんは来てくれたのだろう。

「もう、二人とも本当はわかってるくせに。動き出したら止められないっていうその気持ちはわかるけどね。

だけど、今一番大事にしなくちゃいけないのはヨファ君とベルクの気持ち。そうだな……、そんなにお金をかけた派手な結婚式をしてくれるんなら、僕が結婚する時にとっておいて欲しいな？　僕は派手なの好きだし、もうチカさん二号だっていう自覚もあるし？　その時は僕のお願いを爺ちゃん達に叶えて欲しいいし、爺ちゃん達の全力で祝ってくれると嬉しいな」

「おお！　そういえばスイもまだ結婚をしていなかったな！　この爺、一生の不覚じゃ!!」

「スイ、お前の言わんとすることはよくわかった。さすが儂の自慢の孫だ」

スイ兄さんは自分の結婚式を餌にして、祖父の気持ちを見事に汲み取りつつ、俺達の気持ちも理解してくれている。

ありがとう。スイ兄さん。

だが、兄さんの役割はここまでだ。兄さんもそれはわかっているのだろう。俺の言葉を待ってくれている。

そう、これは俺が解決すべき俺の問題。

自分の口から思っていることは全て伝えなければ。

「本当にお祖父様達のお気持ちはありがたいのです。きっと、お祖父様達のしてくださることは若輩者である俺がフォレスターという家を継ぐ時にいい後押しとなってくれるのでしょう。ですが、俺がこの家の当主として力不足だ、頼りないと周りが言うのであれば自らの力で認めてもらいます。ヨファへと何か言う者がいれば俺が全力で守ります。今は何よりヨファの気持ちを大切にしたいのです」

「ベルクさん……」

ヨファの小さな手が、俺の手をギュッと握る。

すまない、ヨファ。俺はスイ兄さんのような柔軟さもなければ言葉も足りない。それでも俺は、俺のやり方で必ず君を守る。

「あの……、ヘクトル様、バージル様。僕は国のことか貴族のこととか何も知らない一庶民です。ですけど、僕なりに、ベルクさんの立場は理解している……つもりです。だから、そういう何かが必要だということも少しは……。なので結婚式は……僕の両親の気持ちも考えるとお二人のご期待に添えそうにはないのですが、少し落ち着いたら、ベルクさんの——フォレスター家の格にふさわしいお披露目？　という言葉が正しいのでしょうか。そういう場を設けてください。僕も覚悟を決めて、必ずお二人のご期待に添えるように頑張りますから」

ヨファの言葉にスイ兄さんが驚いているのがわかる。それに祖父二人も肩を震わせながら……いや、全身がぷるぷると震えている……？

「ヨッヨッヨファ君はなんといじらしいのじゃ！　そして、ベルクへの気遣いも忘れぬその優しさと強さ‼　まるで儂の伴侶を見ているようじゃ——！！！」

「ベルク、お前は幸せものだな。これほどまでに謙虚で欲の欠片も見当たらない伴侶を得るとは。本来であればもっと、もっと富や名誉を望んでもいい立場なのだが、このような小さな身体でベルクのことを何よりも考えてくれている。リカムもチカユキ殿もだが、我がフォレスター家はどうやら伴侶に恵まれる血筋のようだ」

祖父達もそしてスイ兄さんもそろってヨファの言葉に感動している様子。正直、俺も感無量だ。

だがしかし——。

「結婚式はヨファと俺の本当に大事な人達に祝ってもらえれば、今の俺達にとってはそれで十分なんです。それにヨファ、俺の立場や俺のことで無理に頑張らなくていい。焦る必要はないんだ。一緒に手を取り合って少しずつ、少しずつ前へと進んでいこう」

俺はヨファに笑っていて欲しい。

誰にどれだけ祝福されても、肝心のヨファに笑顔がなければ、なんの意味もない。

「ありがとう……ございます。ベルクさん」

「ヨファ……」

「はいはい、ご馳走様。まぁ、丸く収まってよかったよね。ベルクが自分の思いを伝えられるか不安で来ちゃったけど、ちょっと過保護だったかな。これじゃゲイル父さんのこと笑えないや」

寄り添う俺達に肩をすくめながら、スイ兄さんは笑顔で祖父達と俺達のカップにお茶を注ぎ足した。

❖❖❖

紆余曲折を経て迎えた結婚式当日。俺達は控えの天幕で、それぞれの正装に身を包んでいた。

ヨファの衣装は、かつて俺の母が父親達との結婚式で身に着けた、風変わりな意匠の白い服。俺も父であるゲイルが母との結婚式で身に着けたという、黒の騎士服だ。

ヨファにキラキラした目で見上げられ、とってもかっこいいです！　と言われた瞬間、その場に押し倒してしまいそうになったのは、仕方のないことだろう。


「ベルクさん……本当に、こんなところを使わせてもらってよかったんですか？」

「テオドール兄上の許可は得ている。何も問題はない」

身内や親しい人達だけを集めたささやかな挙式を望んだ俺達のために、ヘクトルお祖父様とバージルお祖父様は、別の意味でとんでもない場所を用意してしまった。

それは、いつの時代に建てられたかも知れぬ、古代の神殿遺跡。侵しがたく神聖な空気を放つそこを、レオニダス王家は何代にも渡り禁足地として保護してきた。

一般人はもとより、学術研究のためですらめったに開放されないその地で挙式など、おそらく前代未聞だろう。

華美に走らず、身内と親しい人間だけでこぢんまり。そんな俺達の要望を満たしつつ、特別で誰しもの思い出に残るであろうこの場を用意してくれた祖父達の手腕に、俺は今更ながらに畏怖を覚える。


「王家直轄の禁足地で挙式だなんて、まだ実感が湧きません。やっぱりベルクさんってすごい人なんだなって思ってしまって」

「俺がすごいわけではない、むしろヨファの気持ちに心を打たれた祖父達からの贈り物だと思えばいい。それに集まるのは親族と騎士団の仲間、それにヨファの友人達だけだ。少しは肩の力が抜けただろうか？」

「はい！　そこについては大丈夫です。ベルクさんのご家族はすごい人達ばかりなので緊張が全くないと言えば嘘になりますけど、そんなベルクさんのご家族に祝っていただけるのだと思うと、逆に僕は幸せだなと思えるようになりました」

「ヨファ……本当にありがとう」

俺達が式の始まりを待つ間そんな話をしていると、天幕の外から声がかかる。

「ベルク、俺だけど式の前に少しいいか？　ゼルファも一緒なんだけど」

「アーデか。ヨファはゼルファ隊長と会うのは初めてだったな、構わないか？」

「もちろんです」

やってきたのは俺の双子の兄弟であるアーデとその『番』ゼルファ隊長だ。

二人も今日は正装に身を包んでいる。アーデは普段の白衣を脱いで、ゼルファ隊長も騎士としての正装にその身を包んでいた。

そんなアーデの髪には俺と対称的な位置にあの羽根飾りが揺れている。兄弟の誰よりも俺とアーデは繋がりが深いと俺は感じている。時には二人で一人のような感覚すら覚えたこともあるほどだ。

そして、初めてヨファの家を訪ねた時に命を奪うだけだと思っていた自分の手を、命を救うアーデの手と同じだと言ってくれたことを思い出す。

双子というのは特別なものなのかもしれない。俺は大切な双子の兄弟、アーデの幸せを今更ながら強く願った。

それは俺がきっとヨファという存在を見つけたから改めて感じたことで、今まで特に何も思っていなかったそろいの羽根飾りが誇らしくすら思えた。

アーデのそばで、まるでアーデを守るようにしてその見事な翼の片翼を広げているゼルファ隊長。愛する人といる時はこんな顔や姿を見せるのかと、今の俺にはその姿がとても新鮮に映る。

二人が結ばれるまでにもいろいろとあったようだが、あのころの俺は二人の一番近くにいながらそのことに何一つ気付いていなかった。

アーデは俺のことをずいぶんと気にかけてくれていたようなのに情けない限りだ。

「アーデさん、今日は僕達のためにありがとうございます。ゼルファさん……とは初めましてですね。僕はヨファといいます。すみません。簡単な礼儀作法は教えてもらったんですけど、まだまだ不慣れで……」

そうして現れた二人に、ヨファは立ち上がり丁寧な挨拶をする。

「鷹族のゼルファだ。ヨファ君、気にしないでくれ。私もアーデとこうなってからいろいろと慣れないことも多かった。だから、君の気持ちも多少はわかっていると思う。何より今日から私達は家族だ。堅苦しい挨拶なんて必要ないさ」

そういえば、立場は違えど俺にとってのヨファがアーデにとってのゼルファ隊長。ヨファがあれだけ苦悩したのだ、ゼルファ隊長にも思うところはあったのだろうか？

「ベルク、改めておめでとうと言わせてくれ。俺は俺と双子として生まれたあのお前が愛を知って幸せを掴んだことを、心からうれしく思うよ。ヨファ君、ベルクはなんというか……とても熊族らしい熊族だから、いろいろ大変なこともあると思う。そんな時は、遠慮なく俺に相談して欲しい。熊族でアニムスの俺には、両方の気持ちがきっとわかるから」

「はい、ありがとうございます。アーデさん」

アーデの申し出に、ヨファは軽く涙ぐむ。俺としても、リカムお祖母様によく似たアーデがヨファに寄り添ってくれるのは実に心強い。

「辺境での仕事が少し立て込んでいてね。挨拶が式当日になってしまい、ベルクの上司としても申し訳ないが……私からも祝福させてくれ。ベルクに想い人ができたと聞いた時は、天地がひっくり返るほどに驚いたものだが、ベルクが君を見つめる表情でそれが本当なのだなとようやく実感できたよ。おめでとう」

「そんな……僕のほうこそベルクさんにはお世話になりっぱなしなので。ゼッ、ゼルファさんありがとうございます」

俺のような無骨者とは違う、凜とした佇まいのゼルファ隊長に見つめられ、ヨファの頬が朱に染まる。

隊長のことは騎士として尊敬しているが、俺以外の誰かにそんな顔を見せないで欲しい。

「おいおい、私はベルクの唯一を奪ったりしないぞ？　そんな恐ろしい顔でこっちを見るんじゃない。ヨファ君が頬を染めているのはお前とのことを私に言葉にされて照れているからだよ。私に何か思っているわけじゃない。それに、私にはアーデがいるからな」

「あ、いえ……失礼しました」

俺は自分が無意識にゼルファ隊長とヨファの間に割り込んでしまっていたことに気がついた。

「ヨファ君、ベルクは見ての通りの奴だし、君も身に染みてわかっているとは思う。そして、彼らの一族と縁を持つということは、なかなか大変なことだと思う。いや、実際大変なんだが……。まぁ、何か困ったことがあれば、いつでも私を頼ってくれてかまわない。私はベルクの上司ではあるが、出自は辺境の山里だ。君と近い視点で何か助言をしてあげられるはずだからね」

「ゼルファさん……。ゼルファさんもアーデさんもお心遣い、本当にありがとうございます。アーデさんをベルクさんはとっても大切に思っていて、ゼルファさんのことは尊敬していると聞いていたので……そんなお二人からそう言ってもらえると僕は……」

ヨファの瞳から、涙が一粒ポロリと溢れる。

それはまるで、朝露のように清らかで美しく見えた。

「ほらほら、本番の前に泣いたらダメだよ？　あーそうだな。そろそろ時間だからね。皆のところに行こうか。俺達は先に行ってるから、涙を拭いてゆっくりと来るといい」

「そうだな……ヨファ、大丈夫か？」

「はい、ベルクさん。行きましょう」

俺はヨファの手を取り、皆の待つ式場、古代の神殿遺跡へと移動した。

厳《おごそ》かな神殿遺跡、その周囲には我が家の庭にあるのと同じフラリアの木が群生しており、穏やかな風にその枝を揺らしていた。

その神殿跡地のそばに設えられた装飾の施された見事な天幕の中では今はそれぞれが思い思いの相手と挨拶を交わし歓談しているはずだ。

「おお、本日の主役のお出ましじゃ！　うんうん、可愛いのぉヨファ君。ベルクも実に凛々しいぞ」

「めでたい！　今日は実にめでたい日だ」

ヨファと共に入ると、祖父達を始め集《つど》った親族や友人が、口々に祝福の言葉をかけてくれる。

「ほ、本日は僕……いえ、私達のために、皆様ご多忙な中、ありがとうございます」

身内だけといってもそこにはどうしてもテオドール兄上やヒカル兄さんといった王族も含まれる。そんな彼らにも、ヨファは懸命に挨拶を返す。

もちろん兄さん達やアルベルト伯父上、キリル伯母上達もヨファやその家族、親族へずいぶんと心を砕いてくれているように見える。

ヨファ側の参列者のことをヨファ自身もずっと心配していた。ご両親や義兄上、そして親族に友人達。彼らが緊張のあまり楽しめないのではないかと……。

だが、それもヒカル兄さんを筆頭に王族の皆の気遣いや、そこにいるだけで人を和ませる母の存在や、リカムお祖母様、アーデやリヒトといったアニムス陣のおかげでずいぶんと打ち解けた様子で安心した。

もっとも、ヨファの義兄上だけは――。

「ほっほっ、久しいのフェーゼ君や。あのめくるめく温泉宿の夜以来じゃのお」

「へ、ヘクトル様……ッ」

満面の笑みを浮かべたヘクトルお祖父様から名指しで声をかけられ、裏返った声を出している。

そういえば、義兄上はヘクトルお祖父様にいたく気に入られていた。義兄上はヨファともまた違った愛らしいというよりも美しい容姿をしておられるから、ヒト族を愛して止まぬお祖父様がお気に召すのも無理はない。

「フェ、フェーゼ……お前、まっまさか……!! へ、ヘクトル様とその……そういうアレなのか!?」

「ち、違うよ！　ヘクトル様とはお酒を飲んで食事をして、少しお話ししただけ！」

もはや残像を出す勢いで震えながら問う義父上に、義兄上は顔を真っ赤にして叫ぶ。

「ヘクトル様！　誤解を招く言い方はおやめくださいい！」

「こ、これ！　お、お前は『静かなる賢王』様に向かってなんて恐れ多い！　へ、ヘクトル様、どうか息子の無礼をお許しくださいい！」

そしてその横では、義母上が血相を変えて頭を下げておられる。

「いやいや、そなたらはもう儂の身内じゃ。家族なのじゃから立場は同じ。そもそも儂はただの隠居爺じゃ、そう堅くならんで欲しい」

ヘクトルお祖父様は恐縮しきりな義母上の肩に優しく手を置き、少し悪戯っぽく笑いかけられた。

「ただまぁ、時々でかまわんからフェーゼ君と茶など飲ませてもらえると、儂の短い余生が潤うんじゃがのぉ」

寂しげに目を伏せるお祖父様。短い余生……？

俺達獣人の寿命はその獣性にもよるがずいぶんと長いはず……。お祖父様の余生がそんなに短いわけはないのだが……。

「も、もったいないお言葉でございます！　我が家の息子でよろしければ、いつでもお召しくださいませ！」

「か、母さん!?」

穏やかに外堀を埋めていくヘクトルお祖父様の手管《てくだ》は、やはり『静かなる賢王』としか言いようがない。

父であるダグラスがことあるごとにあれは腹黒いだけだと言うものの、それだけで一国の王は務まるまい。

「よお、お二人さん」

俺がそんなことを思っていると、カタンが俺とヨファの肩を後ろから抱いてきた。

「ようやく収まるところに収まったって感じだな！　おめでとう！　馴れ初めから今日に至るまで観察――いや、見守ってきた俺としては、実に感慨深いぞ。正直じれったくてしょうがなかった！」

そうだ。思えばカタンが弁当屋に誘ってくれなければ、俺はいまだ愛のなんたるかを知らずにいただろう。カタンは俺の恩人だ。

「ヨファ君もおめでとう。まぁ、これから大変なことも多いと思うが、その時は遠慮なく俺を頼ってくれていいからな？　俺は庶民出身だから、君のよき相談相手になれるはずだ。ゼルファ隊長も同じこと言ってるだろうけど、あの人もわりと自分が『特別』だって自覚がないからな。何より、伴侶の上司より友人のほうが気楽だろ？」

「ありがとうございます、カタンさん。これからはどうか友人として仲良くしていただけると僕もうれしいです。そして、困った時にはぜひよろしくお願いします」

「カタン、お前にはすっかり世話になったな。俺が今日の日を迎えられたのはお前のおかげだ、ありがとう。だが、俺抜きでヨファと会うのはダメだ」

「うわ……見守ってた時から思ってたけどお前どんだけ独占欲の塊なんだよ？　熊族やっぱり怖ぇな！」

おどけた仕草で首をすくめるカタンに、ヨファも自然な笑顔を見せた。母や祖母とは違うが、カタンのひょうきんさもまた人を和ませる力を持っている。俺にはとうてい真似できないが、それでいい。互いの不足を補い合ってこその仲間――親友なのだ。

「さて皆の衆、歓談中のところすまぬが、そろそろいい時刻じゃ。式へと移るとしようかの」

そうして皆が十分に打ち解けた頃合いを見極め、へクトルお祖父様が移動を呼びかける。
俺達が向う先は、件の神殿遺跡だ。禁足地であるその場所には、俺も初めて足を踏み入れる。

「ここが……」

もはや支柱と壁の一部、アーチ状の門しか残っていない——言ってしまえば廃墟である。
だが、そこにはなんとも言いがたい神聖な空気が溢れており、誰もが自然に頭を垂れてしまう。

「さ、皆はそちらへ。ベルクとヨファ君は門の前に立つのじゃ」
「はい……」

俺はヨファの手を引き、門の前に立つ。それだけで人を粛然とした気持ちにさせる、この場所にはそうした力があった。

「ベルクさん……僕、震えが……」
「大丈夫だ、ヨファ。俺がいる」

微かに震えるヨファの手を、俺は痛めぬように気をつけ強く握る。

「俺もこの場所には畏《おそ》れを感じる。だが、ここは恐ろしい場所ではない」
「はい……それは、わかります」

圧倒的な神聖さを前にした時の畏れ。俺とヨファは、今再び互いの『初めて』を共有している。場違いで不謹慎かもしれないが、俺はそのことに喜びを覚えた。
恋をして人を愛すると、途端にこの世界は色鮮やかなものになる。それを教えてくれたのもヨファだ。

「進行役はこのヘクトルが務めるが異論はないかの？」
「はい、お願いします、お祖父様」
「ヘクトル様にお願いできるなんて……光栄で、夢のようです」

ヘクトルお祖父様の申し出に参列者達からも拍手と賛同の声が上がり、なぜかヨファのご両親はそろって滝のように涙を流しておられる。

「ベルク・ヴァン・フォレスター、汝《なんじ》はヨファを終生『伴侶』として愛し、守り抜くと誓うか？」

「はい、騎士の名誉にかけて」

「ヨファ、汝はベルク・ヴァン・フォレスターの『伴侶』となり、彼を愛し、支え合わんと欲するか？」

祖父は俺に『終生の誓い』を求める一方で、ヨファには彼の気持ちを聞くにとどめる。

それは年若いヒト族のアニムスに過剰な重圧をかけないための、ヘクトル お祖父様らしい気遣いだった。

「いいえ」

「ヨファ……!?」

小さいが、はっきりと聞こえたヨファの答え。

嘘だろヨファ？　ここに来て、まさかそんな——。

「僕も……誓います。誓わせてください」

「ヨファア——ッ!?」

「そうか……儂の孫のために誓うてくれるか……感謝するぞ、強きヒト族の子よ」

微笑むヘクトルお祖父様の目に、溢れんばかりの慈愛が宿る。

俺と兄弟達は、ずっとこの目に見守られ大人になった。それはどれほど幸せなことであったか……。

「では、改めて問おう」

「はい」

「ヨファ、汝は熊族の騎士ベルクの『伴侶』として、終生彼に添い遂げ支え合うことをここに誓うか？」

「誓います」

力強く言い切るヨファの姿に、俺の胸と目頭が熱くなった。

結婚式でそれでなくても強面の俺みたいな奴が泣くものではない。

俺は懸命に涙を堪えたが——。

「ぐぉぉぉ！　ヨファ君！　なんていい子なんだ！

フォレスター家は永遠に君の味方だぞ！」

「バージル！　ちょっと！　式の最中だよ⁉　静かにして」

「ようございました……！　ベルク坊ちゃま、ようございました……ッ！　あのお小さかった坊ちゃまが……ッッ！」

「セバスチャンまで⁉」


参列席ではバージルお祖父様が号泣、セバスチャンもハンカチを片手にむせび泣いていた。

見れば父二人は涙を流す母さんを共に支えながらその瞳を潤ませていて、アーデとそのそばに立つゼルファ隊長にリヒト兄さん、お隣のミンツさん一家まで目を赤くしている。

スイ兄さんは、いつものように何かをなし遂げた満足げな表情だけど、俺はその瞳が潤んでいることを見逃さなかった。

ちなみにヒカル兄さんは、テオドール兄上の腕の中で号泣しながら二人の世界を作っていた。

そして、それはヨファの親族も同様で。

他者の幸福に喜びの涙を流せる人達。俺は彼らの家族や友人である幸福を噛み締めた。

「今日この場において、ベルク・ヴァン・フォレスターとヨファが永久の『伴侶』となったことを、ヘクトル・フォン・レオニダスの名において宣言する！」

「ヨファ……」

「……ベルクさん」


俺達は皆が見守る中で、誓いの接吻を交わす。甘く熱い、蕩けるような接吻。俺達を包み込む、二人だけの匂い――夜明けの森と雨露の香り。

皆の祝福と歓声を浴びながら、名残り惜しく唇を離した俺達は見つめ合う。ヨファの瞳の中には、はにかみながらも誇らしげな俺が映っていた。


厳かな式の後は、そろいの白い服を身に着けた四つ子達が参列者の間を回り、母とヨファが作った手作りの焼き菓子を配る。

どうやら俺とアーデの好物であるペイプルと、ハチミツを使った焼き菓子らしいのだが、四つ子達のその愛らしさには、誰もが目を細めた。

「ベルクさん……今日は本当にありがとうございました。ベルクさんが僕のことを愛してくれている、そして、一番に考えてくれているその気持ちを改めて感じることができて僕は本当に幸せです」

「ヨファ……！」

ヨファの屈託のない笑顔を見た刹那、俺は再びヨファを強く抱き締め口づけた。

俺はヨファを独占したい。未来永劫誰にも触れさせたくないし、どこにもやりたくない。

だがその一方で、この身がどうなろうともヨファには幸福であって欲しい。

俺の存在がヨファを少しでも曇らせるなら、消えてなくなりたいとすら思う。

究極的な自分本位のエゴと、極限とも言える献身。

今の俺には心が二つある。どちらが本当でどちらが嘘でもない。二つとも俺の偽らざる本心だ。

人を愛すると、誰もがこんな風に心を引き裂かれるのだろうか？

だが、今はただただ幸せだった。

愛する人と結ばれることを祝福される幸せ、ただそれだけを今は感じていよう。

ヨファは俺の突然の口づけに驚いたようだったが、すぐに笑顔を浮かべその身を俺に委ねてくれた。

その額にひらりと薄桃色の――フラリアの花びらが落ちてくる。

神殿遺跡の周りを埋め尽くしていた遅咲きのフラリアが今日を最後とばかりに、ヒラヒラと花弁を降らし続ける。

それはまるで俺達の姿を世界から覆い隠すかのように。

◆◆◆

そしてこの時の俺とヨファは知る由もなかった。

セバスチャンが俺とヨファの馴れ初めを題材として、『その愛の行方―時を経て再び―』を執筆、出版し、世界的なベストセラーになってしまうことを。

それを知ったヨファが再度失神し、リカムお祖母様に慰められ、その絆が更に深まることを。

「ベルクさん、朝ご飯ができましたよ」

「おはようヨファ。今日も美味そうだ」

俺の朝は、ヨファの作ってくれた味噌汁から始まる。

「ヨファ、新しい家にはもう慣れたか？　もし何か不都合があるなら遠慮なく言ってくれ。すぐに改修する」

「いえいえいえいえ、不都合だなんてとんでもない！　こんな立派なお家を用意していただいて……ベルクさんはともかく、僕にはもったいないくらいです」

「そうだろうか」

結婚式の後すぐに引っ越した新居を、ヨファがことのほか気に入ってくれたようで俺もうれしい。

「でもベルクさん……この家は、さすがに僕達二人が住むには広すぎませんか？」

「いや、これからこの家には子供達がどんどん増える」

「え？」

「どんどんだ。逆に手狭になる可能性すらある」

「ど、どんどんって……」

ヨファの頬がほんのりと染まる。、彼のその奥ゆかしさも好ましく愛おしい。

「それを踏まえて、増築しやすい設計にしてある。俺達はきっと何組もの双子や四つ子に恵まれるだろう」

「双子……？　そういえばベルクさんのご兄弟も、スイさん以外皆さん双子や四つ子ですよね？」

黄色も鮮やかな甘いタマゴヤキを口に運びながら、ヨファは不思議そうに首をかしげた。

「ああ……それには一応理由があってだな……」

俺はあの日うやむやにした双子や四つ子ができる条件を――つまりアニマがアニムスを深く愛しその愛を注げば注ぐほど多胎妊娠しやすいのだという事実を、なるべく下品にならぬようヨファに説明した。

「な……えっ、それって……ッ」

「ヨファは嫌か？　俺は君との子なら何人でも欲しい」

「そっその言い方はずるいと思います！　…………だけど僕も、欲しいです。ベルクさんと似た熊族の赤ちゃん」

「いや、俺は君に似たヒト族の子が欲しいな。ああ、やはり双子が必要だ」


するとヨファは耳まで赤く染めながら、とても幸せそうに笑ってくれた。

「ヨファ……おいで」


こんな愛くるしい姿は反則だ。こんなものを朝から見せられて、抑えなど利くはずがない。

今日が休日で本当に良かったと心から思う。

俺はヨファの作った朝食で幸福に腹を満たした後、有無を言わせず彼を抱きかかえて寝室に戻った。

ヨファと共に在る日々は、何もかもが素晴らしい。

家族や仲間に恵まれて十分に幸福だった俺。

だが特別な愛と恋を知り、この上もなく幸せな人間になったのだ。


愛しいヨファ。

君を俺は『愛』している。

Fin.

僕らの『家族』

夢心地の中、自分の身体がとても温かいものに包まれている感覚にたゆたう。

それは、決して不快なものではなくて、どこかほっとするような安心感すら覚える。

僕の薄い背中に添えられた手のひらから感じるのは命の脈動。それが強い炎の力を源としていることを、徐々に覚醒していく僕の意識は感じていた。

ああ、そうだった。

僕の『半身』は精霊の存在に左右されることなく炎の力を常に強くその身に宿す。

炎竜の直系なのだ。

竜族というのは、僕達が住むこの世界《フエーネヴァルト》でも希少種でその生態は謎に包まれている……。いや、いたというのが正しい表現か。

僕の『半身』であるガルリスとその兄であるガロッシュさん、そしてガロッシュさんの伴侶であるユーキさんや、二人の子供であり竜族のシンラさんにより、秘されていた彼らの特性や生き方が徐々に明かされてきた。その貴重な情報は、一部の生物学者を大いに喜ばせているらしい。

そんなことを考えているうちに僕の意識はすっかり現実に戻ってきてしまい、目の前には僕をまるで卵を温めるように抱き締めて眠るガルリスの姿があった。

その燃えるように赤い頭の上には、なぜかそこを自分の寝床と決めてしまったクロの姿もある。

まだ、夜は明けていない。もう一度眠ろうかと一度目を閉じたが、僅かな喉の渇きと身体の火照《ほて》りを感じ、自然とため息が漏れてしまう。

僕はガルリスを起こさないようにその腕の中から抜け出し、寝台から素足で降り立つ。

そのまま窓辺の椅子に腰掛け、僅かに窓を開ければ夜風が火照った肌を撫でていく。

目の前のテーブルの上には水が入ったガラスのピッチャー。果実と香草が少しだけ沈むその水をグラスに注ぎ、水の精霊の力を借りて冷たく冷やして飲み干した。

果実水ほど甘くなく、果実と香草の風味を僅かに感じさせる冷たい水が喉を潤していく。

そして背後に感じる強い気配。

「目が覚めたのか？」

「ん？　ああ、ごめん。起こしちゃった？」

「お前が腕の中にいないといろいろともの足りないからな」

そう言いながら寝台の上にのそりと起き上がるガルリス。その上半身は裸で、たくましい胸元には竜族の証である竜玉が淡い輝きを見せている。

「僕はそんなに重たくないでしょ。それより、ガルリスも飲む？」

「いや、俺はいい。そういう問題じゃないんだよなぁ。お前の重みってところが重要だ。それにスイは温かいから抱いてると気持ちがいい」

「温かいのはガルリスのほうでしょ……。ん？　ちょっと待って、ガルリスって炎竜なのに寒さを感じるの？」

「お前は俺をなんだと思ってるんだ。炎竜だろうと氷竜だろうと温かいものは温かいし、冷たいものは冷たい。当然だろうが。今まで一緒にいて気付いてなかったのか？」

頭の上に器用にクロを乗せたままガルリスが僕へと苦笑いを向ける。

言われてみれば確かにそうなのだけど、冬場でも半裸で平気なガルリスが悪いと思うのは僕だけだろうか。

「しょうがないでしょ。竜っていう種族は謎に満ちてるんだもん。僕が生まれるまで引きこもってたのはそっちじゃないか。ガルリスが当然だと思ってても僕達にとってはわからないことのほうが多いんだからね」

「そういうもんか？」

「そういうもんなの。ガルリスの一族が姿を見せて研究に協力してくれてるから、謎めいた部分も少しずつは薄れてるけど。まだまだ、竜が特別な存在だってこと忘れないでよね」

僕はもう一杯グラスにピッチャーから水を注ぎ、それを飲み干す。

ガルリスはあまり深く物事を考えない。そして本能的な直感で的確な判断をくだす。それは時に僕達の常識外であることも多いのだ。

まぁ、僕……というか僕の一家にガルリスも常識のことを言われたくはないと思うけど。

「なんつうか、スイが言うと少し笑っちまうな。竜が特別な存在ってか。お前も十分特別な存在だろう。この世界にとっても俺にとっても」

「ちょっと、いきなり恥ずかしいこと言うのやめてくれる？　それに僕はそのことを自覚してるからいいんだって」

「なるほど、特別か……俺達竜族にとっては当たり前のことが多すぎてそれが普通じゃないってわからないのが難点だな。ああ、だけどな、一つだけ自覚したことはあるぞ」

「ガルリスがそんな風に言うなんて珍しいね。それで、いったい何を自覚したの？」

一呼吸置いてガルリスは僕の問いに答えてくれる。

「『家族』だ。家族の存在というか、家族という概念が俺達とお前達では全く違うんだということを最近特に感じてる」

ガルリスの深紅の瞳が片手でグラスをもてあそんでいた僕へと強く向けられた。ガルリスの時折見せるこの表情に僕は弱い。

元々精悍すぎるほどに精悍な顔つきのガルリスだけど、普段はわりと人なつっこさすら感じる。しかし、今はその赤銅色の瞳がしっかりと僕の瞳を見据え、その表情は鋭さを増す。

まさにそれは、生物の頂点に立つ『竜』の力強さを彷彿とさせる。

それは『半身』である僕にだけ向けられるもので、そのことに軽い優越感すら感じてしまう。

ガルリスは頭の上のクロを起こさないように寝台の上でヘッドボードに身体を預け、腕と足を組む。珍しい、これはガルリスが何か真剣な話をする時の体勢だ。

だけど『家族』か……。

ガルリスももしかして僕と同じことを考えているのか、それとも何も考えておらず、たまたまなのか……。

「なになに？　ちょっと面白そうじゃん。それって、僕が聞いても大丈夫な話なんだよね」

「ああ、今の竜族――特に族長である兄貴は、俺達が他の種族と交わることを望んでいるからな。何よりたいしたことじゃない。俺達が人に知られてまずいのは、この竜玉や『半身』という存在についてぐらいだ」

その言葉にグラスを持っていた手が自然と震えた。『半身』、それは僕とガルリスの特別な繋がり。生まれた時から己の命を僕と繋げてくれたガルリス。その繋がりは今も僕達を強く結びつけている。

生まれてすぐに仮の『半身』となってからは正直いろいろあった。というか、主に自分の行いを若気の至りと言ってしまっていいものかと、思い出して身悶えることもある。

だけど、今の僕とガルリスは真の『半身』だ。互いにそれを望み、竜族が持つ長すぎる未来を共に歩むことを決めた。

ガルリスに僕の恋心を告げるまでずいぶんと遠回りをして、ようやくたどり着いた今がある。

「そういえばその竜玉って確かに不思議だよね。どんな条件で色が変わるのか、どういう仕組みで竜族の力の源になっているのか、僕の好奇心を存分にくすぐってくれるんだけど、僕がずかずかと踏み入ってはいけない領域な気もするんだよね……」

だけど、そんな今更な気持ちを再び知られてしまうのが恥ずかしくてあえて話を逸《そ》らしてしまう。もとより、『半身』として強く繋がっている僕の強い感情はガルリスには丸わかりなのだろうけど。

その証拠に目の前の深紅の竜はどこかうれしげに笑っている。

「スイにならら教えてやってもかまわないんだけどな。お前は俺の『半身』なんだ。兄貴もユーキに聞かれたら答えるだろうし」

「いや、今はいいよ。本当に知りたくなったら教えて。その時は必ず来ると思うから……」

「その時ねぇ……」

ガルリスはその精悍な顔つきのまま片眉を僅かに上げる。こいつ……、わかって言ってるな……。

その時――、それはいつか必ず来るだろう。

ここ最近ちらつくガルリスとの未来。そこに見え隠れする、僕達と共に歩む小さな命の存在については、楽観的で享楽的《きょうらくてき》な生き方を望む僕ですらふと考え込むことがある。

ヒト族か竜族か……。どちらが生まれたとしても僕達の力を受け継いだとすれば、いろいろと考えなければいけないことは多い。

特に、もし竜族であれば僕は、親として竜族のことをもっと知らなくてはならない。

ヒト族だったからといって安心できるわけではないが、それでも竜は特別。


「話が逸れちゃったけど、それで家族がどうしたの？　んーと、とりあえず先にガルリス達竜族にとっての家族っていうのを聞いたほうがいいのかな？」

「そうだな。まず大前提の話としてだ。俺達竜族は『家族』という存在に対する思い入れがほとんどない。こういう言い方が合ってるのかわからんが愛着や執着ってもんを自分の子供や兄弟に対して持つことがない。竜族にとってその対象は伴侶に限られる」

「えっ、でもガロッシュさんとシンラさんやガルリスとの関係見てるとそんな風には見えないけど……」


「シンラはきっとユーキのおかげだな。ユーキが兄貴をうまいことシンラの親にしてくれた。あとは俺と兄貴の両親が……親父は典型的な竜族なんだがお袋が心配性でな。俺達は竜族の中では、わりと過保護に育てられたほうだ」

「ちょ、ちょ、ちょっと待って。ものすごく今更なんだけど、そういえば僕、ガルリスのご両親のこととか全然聞いてなかった。どうしよう。ご挨拶もしてないし、うわ最悪だ」

「挨拶なんてする必要ないぜ。どうせ世界中飛び回ってて見つけるのも一苦労なんだ。それにあっちはこっちのことなんて気にもかけてない。お袋はともかく親父はな。兄貴がユーキの件で死にかけてた時も帰ってこないんだからわかるだろ？」

ガルリスはそう言うけれど、どうして今の今までこのことに思い至らなかったのだろう。
結婚——つまり伴侶になると決めた時、もしくは正式に伴侶となった後に相手のご家族の下へご挨拶に行くこと。それはこの世界ではあまり馴染みのある文化ではない。だが、チカさんという異世界の人間から生まれ、異世界のことをいろいろ聞かされて育った僕にとってはして当然のことなのだ。

「あーだめ。今の話の続きはもちろんするけど、とりあえず近々ガルリスのご両親に一度会わせて。さすがに連絡手段ぐらいはあるんでしょ？」

「連絡手段か……。兄貴なら持ってるだろうが会ってもいいことなんてないと思うぞ？　特に親父」

「こういうのはけじめだから。というか僕が一度ご挨拶をさせてもらいたいの」

「……わかった。兄貴に頼んでおくが面倒くさいことになっても責任はとれないぞ」

「自分で言ったことの責任ぐらいは自分でとれるから。でも、きっとガルリスも巻き込んじゃうけど、それは先に謝っておくね」

「厄介事に巻き込まれる気まんまんかよ。まぁ、それがお前だから別にいいけどよ」

ガルリスの反応は正直意外だった。ガルリスはあまり人に対して強い感情を抱かない——僕に対して以外は。誰に対しても感情の振れ幅が少なく、正や負の感情をあまり見せないのだ。

そんなガルリスが、嫌っているわけではなさそうだが、ここまで苦手意識のようなものを見せる相手というのは珍しい。

それは肉親故の気安さなのだろうか。

「よし、話を戻すよ。それで竜族は家族——特に子どもに対する思い入れがあまりないと。それって愛情を持てないってこと？　子供を作るのは竜族という血を絶やさないための義務感？」

「愛情……か。ちょっと難しい質問だな。竜族自身が自由すぎる種族で自分本位、とにかく自由な意志で好きに生きているっていうのは知ってるよな？　俺も正直お前達に出会うまではそうだった」

「うん。前にチカさんからも聞いたし、ガルリスからも聞いてる。ただ伴侶は別なんでしょ？」

「そうだ。まぁその伴侶を見つけること自体が難しいから今みたいな事態になってるんだけどな。現存する竜族で伴侶を娶《めと》ってるのは多分数えるほどしかいないぞ」

竜族は獣人……という括りに入れていいのかすら怪しいほどに圧倒的な存在だ。人間よりどちらかというと超自然的な生物。

だからこそ、簡単に恋に落ちるということがないのだろうか。

確かにガロッシュさんもわざわざ自身の運命の相手を求めて一族の秘伝の術を使ったほどだ。その思考回路は僕達が理解しようとしてもできないのだろう。

いや、僕達というのは主語が大きいかもしれない。少なくとも僕は愛しい相手は自分の目で見極め、その上で相手を知って、恋に落ちたいと願うから。

そう言いながらも、僕とガルリスの関係はどことなくガロッシュさんとユーキさんの関係性に似ているような気もするのが不思議ではある。

と、まあそんな風にある意味特別な恋愛観を持つ竜族であるガルリスが自分を選んでくれたことにまた僅かな気恥ずかしさが生まれてしまう。

「本能っていうか、本人達がそれでいいならよそから口出しすることじゃないんだけど。少し寂しい気もするね」

「まぁ、俺や兄貴達を見て、他の竜族も考えが変わってきてるみたいだけどな。他の種族への興味というか、大事なものを見つけて得られる幸福というものに興味があるみたいでな……それでこういろいろと……聞かれもする」

相変わらずこの目の前の炎の竜は直球で愛を投げてくる。先ほど生まれた気恥ずかしさが形を変えて喜びへと変化し、僕は自然に微笑んでしまう。

「それならよかったじゃない。これから竜族もどんどん恋をして、伴侶を迎えて……。その先へと繋がれば希少種だなんて言われなくなるよ。きっと」

「まぁ話はそう簡単じゃないんだがな……」

珍しく歯切れ悪く言葉を濁した。もしかして、ガルリスは既に何か厄介事に巻き込まれているのだろうか。ただ、僕に相談してこないってことはそういうことで……。

僕はグラスに入った水を飲みながらあえてそれには触れず、話の続きを促す。

「あー、話が逸れまくってごめんね。それで、結局普通のっていう言い方もおかしいけど、典型的な竜族の子供はどうやって育つの？　子供に対する思い入れがないなら子育てって難しいと思うんだけど」

「そのへんにぽいっと放置されても俺達は普通に育つからな。放置だ」


　ちょうど口に含んだ水を思わず口から吹き出すところだった。


「ちょっと待って、いやおかしいでしょ。生まれた子供を放置って、そのへんの魔獣でももうちょっと生まれた子の面倒見ると思うんだけど」

「嘘じゃないぞ。実際問題俺達みたいな竜は生まれてすぐそのへんに、ぽんと放置されても本能なのかわからんが普通に育つ。むしろそうやって育ったほうが頑強に、力の強い竜として育つことも多い。シンラにはその代わりに俺が稽古をつけてやったな」

「いや、まじでありえないんだけど。その……竜が強いってのはわかるし、確かに僕はガルリスのことをよく知ってるから、生まれてすぐでも勝手に飲み食いして、魔獣に襲われても片手でぶん回してそうなイメージはあるけれども。あとシンラさんへ稽古をつけてたってのも初耳。あの真面目そうな人に無茶なことやらせたんだろうなって今脳内でその光景が再生されてる」

「俺を知ってるからってどういう意味だ、それ。ただ、まぁ間違ってはいないぞ。あと、シンラへの稽古は本人も望んだことだからな」

「そこは、間違ってて欲しかったよ。それでまぁ、それが竜族の考え方、在《あ》り方なのはわかったんだけど、アニムスはそれに何も言わないの？　竜族のアニムスって聞いたことがないし、多分獣人とかヒト族が多いはずだよね？」


　子を愛さない母はいない。チカさんから言われ続けたことだし、僕もそう思ってる。

　例え父親と生まれた子自身がそれを当然だと思っていても、産んだ子を放置なんてできるものだろうか？


「俺達竜族には、ここ数百年で数えるほどしか子供が生まれていないからな。実際のところがどうなのか俺自身も見たわけじゃない。ユーキと兄貴、シンラは特別だからな。ただ、聞いた話によれば、竜族の伴侶となり、子をなしたアニムスは最初はもちろん我が子を気にかけ、面倒を見ようとするものの、子のほうがそれを拒否……というかまぁいろいろと自由だからな。世話をされなくてもすくすく育つし、それを見てアニムスもただ見守るだけに落ち着くとは聞いた」

その言葉で多少納得……できた気もする。そもそも竜族の子に子育ては必要ないのだ。

生まれてしまえば、その時点で既に一人前。自然界の頂点に立つ生物は育つのに他者の手を必要としない。だけど、それではきっと育たないものもある……。

「お前が思ってる通りだ。竜族は家族の愛情っていうものを受けて育たない。育たないというか、生まれると同時に独り立ちするみたいなもんだから。お前達みたいに親や兄弟、家族からいろいろなものを学ぶ過程をすっ飛ばしてるんだろうな」

「すごくよくわかった。それがガルリスの言う家族という概念の違いってことなんだね。生まれた時点で既にその子は、親の竜族と対等な存在。竜族にとっては子供という存在は庇護《ひご》され、守られるものじゃないから僕達とは違うっていうことだよね？」

「ああ、そうだ。俺と兄貴は、多少は両親と関わり合いもあったが、兄貴がある程度育ったらすぐに族長の座を兄貴に渡して、両親は二人で自由によろしくやってるからな。他の竜族はもっと関係性は薄いと思うぞ。下手すれば話すまで自分の親だと気付かない奴もいるぐらいだ」

さすがにその言葉には絶句してしまう。

でも、どこか納得してしまう自分もいる。

「そもそも、俺の親父に子供に対する愛情があったかはわからないけどな」

「それは……、会ったこともない人に対して僕が何か言っても説得力はないと思うけどガルリスとガロッシュさんを見てたらきっとそんなことはないと思うよ。竜族の特異性がその間に入ってるからわからないだけで」

「いや、待て。逆にあの親父から愛情を受けてる自分を想像して少し鳥肌が立った」

強すぎるが故に、自由を望むが故に、愛情を受けて育たなかった子はどういう存在になるのだろうか。ガルリスとてはじめから今と同じガルリスだったわけではない。

竜族の中では、ガロッシュさんとの間に兄弟愛のようなものが育っていたのだろうけれど、それでも親子の間で育《はぐく》まれる親愛のようなものを理解できていなかった――いや、今でも理解できていないからこの疑問なのか……。

「というわけでだ。俺はスイ達が当たり前だと思っている『家族』の関わり方やその間で発生するものについて理解し切れていないと思う」

「そんなことはないと思うけど……」

「だから教えてくれ。お前達はどうやって育ったのか。お前は『家族』をどう思ってるのか。そこでは何が起こるのか、どうすればいいのか。俺はそれを知っておくべきだ」

深夜の他愛ない会話のはずが何やら思わぬ方向に事は進んでしまった。

ただ、今も僕を見つめるガルリスの深紅の瞳は真剣だし、きっとガルリスもガルリスなりに考えていることがあるのだろう。

ならば、僕もそれに真摯に応えなければいけないだろう。

ただそれには多少の問題もあるわけで……。

「もちろんガルリスの疑問には答えてあげたいんだけど、こういうのって言葉で説明できない部分も多いというか……僕が感じたことやひどく抽象的な話になっちゃうけどそれでもいい？」

「ああ、むしろお前の話が聞きたい。スイやお前の兄弟が幸せそうに育つ姿はお前の両親と一緒に見てきたが、それでも俺は第三者だ。わからないことだらけだからな」

「うーん、うちの『家族』を基準にしてしまっていいのか、ちょっと心配なんだけど……。これぱっかりはしょうがないか。僕も『家族』の正しい在り方なんてこんな形でしか語れないもんね」

僕は立ち上がり、別のグラスに水を注いでガルリスの座っている寝台に戻ってそこに腰掛け、グラスの片方を差し出した。

「長い話になるから、喉は渇いてなくても少しずつでも飲みながら聞いて」

「わかった」

素直にグラスを受け取るガルリスの身体の前の空いている空間に僕は自分の身体を滑り込ませる。背中にガルリスの熱を感じ、妙な安心感を覚えた。

「あのね。ガルリスはうちの家族を見てきたわけで、僕も自分の家族しかまぁ正直詳しくは知らないわけなんだけど」

「そうだろうな」

「うちの家族も決して普通じゃないんだよね。なんていうか、各々は自分や自分達をとりまく環境が普通だと思ってるんだけど、それは世間一般の普通じゃないというか。僕はその自覚があるし、アーデと、あとはリヒト兄もそのあたりはわかっている気がする」

「お前達の家族は普通じゃないのか？　師匠も坊ちゃまのご家族は皆幸せそうで何よりでございます、ほっほっほっほっていつも笑ってたぞ」

「それ、普通じゃない人筆頭の言葉だから忘れて」

「そうか。そういうものなのか」

そういうものなのだ。

僕はわりと早いうちに気付いたけど、アーデやベルクは学校に通うまではうちが普通だと思っていたようだし。ヒカル兄に至っては、もはや今となってはチカさん側に行っちゃったし……。

「うん。だけど普通じゃないとはいっても僕にとっては大切な家族で、その在り方が悪いことだとは思っていないよ。むしろ、こうして育ててもらって感謝もしてるし、何不自由ない幸せな子供時代だったと思う」

「ならそれでいい。それを俺は聞きたい」

ちらりと上を見上げれば、僕の顔を覗《のぞ》き込むような体勢になっているガルリスの顔が間近にあった。その頭からいまだ寝息を立てているクロを預かって自らの膝の上に僕は乗せる。小さな身体を撫でてやると気持ちいいのか寝息の中に、小さな鳴き声が混じるのが可愛らしい。

「わかったよ。家族の在り方はこうだ！　なんて偉そうなことは言えないけど、うちの家族の中で育った僕が、自分の家族をどう思ってるか、それなら教えてあげられると思う」

「それで十分だ。俺の家族はスイ、お前だ。だから、お前にとっての家族がどういうものなのかが一番参考になる」

「そうだ……ね。もう僕とガルリスは家族だもんね。こういう話、もっと早くにしておくべきだったのかもしれないけど、ちょうどいい機会なのかな。とりあえずじゃあ、うちの両親から」

「チカユキにゲイルとダグラスだな」

正直両親について語る必要はないのかもしれない。僕よりもガルリスのほうが両親との付き合いは長いわけだし。

ただ、僕達家族を語る上で欠かせない人達ではあるから簡単に。

「とりあえず、バカップルっていうのがふさわしい存在。バカップルっていうのは、チカさんの世界の言葉でお互いのことしか見えてなくて互いのことが好きすぎて、大好きで、相手が死んだら自分も死ぬぐらいの勢いで、自分達が周りから見たら少しおかしなことをしてても気付かないような人達のことね」

「まぁ、あいつらのことはよくわかってるつもりだ。俺から見ても不思議なことは多いからな。だが、それなら俺達もバカップルじゃないのか？」

「っ……いや……えっと。違うんだよ。僕がガルリスを好きでガルリスが僕を好きだと言ってくれるそれとは、あの人達は次元が違うの。例えばの話だけど、多分チカさんがこの世界の人間嫌い皆死んじゃえばいいのにって言ったとしたら、喜んで世界中の人間を殺して回るのがうちの父親達」

「……あいつら大丈夫なのか？」

ぐっ……。ガルリスの心底心配するように僕を覗き込む瞳が心に痛い。

「もしも、もしもの話だよ！　ちょっと過剰に表現はしたけどあの人達はそれぐらい互いに思い合ってるし、特に父さん達はチカさんを溺愛してるから」

「確かにゲイルとダグラスのチカへの気持ちはわかりやすいな。俺の腕を斬った時のゲイルの様子を見てもわかる」

「うっ……、それ思い出すとちょっといろいろとあれなんだけど……。ただ、チカさんを中心にゲイル父さんとダグラス父さん。アニムス一人にアニマ二人。しかもそのアニマは獣性がとんでもなく強ければ独占欲も強い存在。そんな三人が互いを尊重し合っている関係は子供の僕から見てもすごいことだと思う」

アニムスは数の少なさ故に複数のアニマの伴侶となることができる。これはこの世界の決まりだけど実際のところそういう関係を保てている人達はあまりいない。

獣性が強いアニマが愛したアニムスを他のアニマと共に愛するというのはそれほどに難しいことだ。チカさんの親友のミンツさんのところもアニムス一人にアニマ二人だが、あそこは静のパリスさんと動のグレンさんというバランスが非常にいい。稀な例の一つだろう。

だからこそうちの父親達のように熊と獅子の血が濃い二人がチカさん一人を巡って争わないのは奇跡にも近い。何より父親同士が互いを認め合っていて、チカさんを愛する自分ではないもう一人の相手をむしろ好ましく思ってすらいることは、正直この世界に存在する数多の不思議の一つだと僕は思う。

「なるほどな。ようはあいつらはおかしいってことでいいのか？」

「それは……、自分で言っておいてなんだけど、その一言で片付けてしまうのはどうかと思う……。家族の在り方として普通じゃないとは思うけど、それでもチカさんはもちろん、ゲイル父さんもダグラス父さんも僕ら子供達を分け隔てなく愛してくれている。それに間違いはないんだ。まぁ、多少の過干渉や過保護はあったりもするけどね」

「ああ、そうだろうな。俺がまず違和感を覚えたのは俺達竜族とは違いすぎるお前達の親子関係だからな」

「そうだよね。生まれたらほぼ放置なんていうことが当たり前だったら、うちの両親の子育てはだいぶ新鮮だったんじゃないの？」

「新鮮っつうか、なんでそんなことまでするんだ？　っていう疑問だよな。俺がスイのようなヒト族や獣人の赤子は何がどのぐらいできるかすら知らなかったせいもあるんだが」

手に持っていたグラスから水をまた一口。少しぬるくなっていたそれを再び水の精霊の力を借りて冷たくする。

うん、やっぱり冷たいほうが僕の好みだ。

「そうだろうね。というわけでうちの両親はそんな感じで、今ガルリスの話に出たヒト族と獣人の赤子っていうのが獅子族のリヒト兄とヒト族のヒカル兄。そして、ヒト族の僕」

「お前はともかくリヒトとヒカルは他の――お前が多分普通だと思う家で育った子供と同じに見えるけどな」

「僕はともかくっていうのは少し気になるけど……あの二人もいろいろとあるんだよ」

特別な家族の中で自分だけは違うと疎外感を感じ続けていたヒカル兄。

ヒト族の兄弟を獣人である自分が守らなければと黒獅子という伝説の存在である重圧に耐え続けたリヒト兄。

どちらも僕が尊敬し、大切に思う兄達だ。

だからこそ、そんな二人に子供のころ僕は何かもっとできたのではないかと悩む日もある。ただ、二人の兄は今どちらも大切な人を見いだし幸せになっているのだからそれでいいかと自分を慰める。

「ガルリスから見て二人ってどう見える？」

「そうだな。ヒカルはおとなしくて控えめだが誰にでも優しくていい奴だな。リヒトは責任感が強くて生真面目で、だがお前やヒカルを守ろうとする強さもあわせもってるいい奴だな」

僕の問いかけに迷うことなく答えるガルリス。

やっぱりガルリスは人の内面までよく見ている。その分析は的確だ。

「うん、ガルリスの言う通り。ヒカル兄はチカさんから博愛と自己犠牲の精神を一番強く受け継いでいると思う。性格というか精神性が一番チカさんに近いのはヒカル兄。リヒト兄は、両親三人から芯の強さを、そしてダグラス父さんの持つ王者としての威厳や気高さを受け継いでる。僕は……、変にひねくれちゃってる自覚もあるんだけど、受け継いだのはチカさんの力と容姿、ダグラス父さんの奔放《ほんぽう》さぐらい……かな」

「何言ってんだ。スイ、お前にはゲイルとダグラスとチカにそっくりなところがいっぱいあるじゃないか」


その言葉に驚いて手の中のグラスを落としかける。容姿はともかく、僕とチカさんやゲイル父さん、ダグラス父さんに共通点なんてほぼないからだ。


「何言ってんの。あの堅物だけど真面目な父さんと優しいチカさん。僕はそのよさをうまく受け継げなかったんだよ。さっきも言ったけどダグラス父さんの若いころの自由な恋愛感は多少……うん。あとはまぁ、『至上の癒し手』なんていう大層な力はもらっちゃったけど……えっ、ちょっと!?」

僕が言い終える前にガルリスにひょいと抱き上げられる。そしてくるりと一回転、ガルリスと真正面から向かい合う形で座らされた。


「お前は人のことはよく見てるのに、自分のことは何もわかってないんだな。まず、お前の頑固さ、何かをやり遂げると決めたら絶対にそれを曲げない強い意志。ゲイルにそっくりだ」

「そんなことは……」

「いいから聞け。それにお前はただ好奇心が強いだけだと言うが、自ら進んでもめ事に首を突っ込む。ようは、困ってる人を見過ごすことができない優しい人間なんだ。それはチカユキのそれとそっくりだぞ？　それに、人の懐《ふところ》への入り込み方、自分の魅力をよく理解し、それを使いこなす姿はまるでダグラスそのものだ」


ガルリスの飾らない言葉に。

思ってもみなかった言葉に。

一瞬で顔が、火がついたように熱くなる。きっと僕

の顔は今真っ赤に染まっているはずだ。

「ちょ、ちょっと。いきなり恥ずかしいこと言わないでくれる？　そんなわけ――」

僕の言葉はガルリスの唇で塞がれる。

口内をゆっくりと犯すような深い口づけ。

今日、身体を繋げたばかりだというのにその熱い口づけだけで僕の身体の奥はまたガルリスを求めるように疼いてしまう。

まるで前戯のようなその口づけから解放されたのは僕の身体から力が抜け切ったころ。

ようやく解放されたことで大きく息を吸うがどこか寂しさを感じる。

「なんでいきなり。びっくりするからやめてよね」

「ああいう時のお前は素直じゃないからな。余計なことを言う前に力尽くで黙らせてみた。お前がどう思おうと俺から見たスイはさっき言った通りだ。多分、チカユキ達もそう思ってるぞ？　今度聞いてみるといい」

「もっもう、バカじゃないの!?　そんなこと聞けるわけないでしょ！」

僕の反応に僅かに首をすくめるだけのガルリス。

最初のころに比べるとずいぶんとこの赤き竜に僕も翻弄されているように思う。

このままでは話にならないと僕は無理やり話を元の道筋へと戻していく。

「とりあえず僕のことは置いておいて」

「いや、置いておくなよ」

「いいから、置いておいて。まぁそんな感じで僕達、チカさんの子供達はどこかしら両親と似通ってたり受け継いでいるものがある。それは生まれ持ったものもあるんだろうけど、きっとそれだけじゃない。あの家庭の中で育っていく過程で、チカさんや父さんが僕達に与えてくれたものなんじゃないかと僕は思ってる。それをそれぞれが受け取って、考えて、自分というものを作り上げていったんじゃないかな」

「そうか、それが『家族』ってもんなんだな」

「いや、僕の完全な主観だし、そんなしみじみと言われるほど大層なもんだとは思わないけどね。ただ、僕達年の近い兄弟だけじゃなくてベルクやアーデを見てもそう思うのは確か」

愛に包まれて育ちながら、愛の有り様を理解することができなかったベルク。

熊族のアニムスであるという強いコンプレックスを抱えていたせいで愛に臆病だったアーデ。

見た目も性格も全く似てないように思えてどこか二人の抱えていたものが似ているのはやはり双子だからだろうか。

「ベルクはその見た目も、性格もゲイル父さんそっくりで真面目さや堅物さをそのまま受け継いでる。未来の伴侶に出会うまで愛を理解できなかったところまで似ているっていうおまけつき。アーデはゲイル父さんの子なのにダグラス父さんそっくりってところがまず不思議な存在だけど、医師としての志《こころざし》や精神はチカさんに一番近い。これは同じく医師の僕が保証するよ。あとは、熊族でアニムスっていうリカム婆ちゃんと同じ立場。それはアーデ本人にしかわからない重荷だったのかもしれない。ベルクとは違った形で愛に対して臆病だったからね」

「そういえばあの二人のことはお前もずいぶん心配してたよな。スイには珍しく空回りしてたこともあったように見えてたぞ」

「それはあの二人が落ち着くまで僕も……愛というものに対する悩みがなかったわけじゃなかったから。僕の命の恩人でその……好きな人は、半分ぐらい僕のせいで片腕がないし？　自分の優柔不断さというか素直になれないところがあの二人と少し被っちゃってたんだからしょうがないでしょ」

あの二人が愛や恋という問題に頭を抱えていた時、僕も同じように悩んでいた。

『番』ではない『半身』という存在。

好きなのにそれを伝えることができない、一番大切な存在だった愛しい竜《ガルリス》。

「ああ、それも家族の在り方の一つかもしれない」

僕のふとした一言にガルリスは首をかしげた。

「誰かが困った時には手を差し伸べ、共に悩み、自分が困った時には今度は助けてもらう。互いに支え合い、足りないところは補い合う。愛する人に対する想いの先の延長線上にそれはあるんだと思う」

今も僕とガルリスの間で可愛い寝息を立てているクロ。純粋にとても可愛いし、守ってやりたいと思う。これが子供に向ける愛情とは違うとわかっているけれど、それでもきっと……。

「そうだな……、そういえば四つ子はどうなんだ？」


ああ四つ子……。

レーベンとラント、そしてアマネとリク。

獅子族二人にヒト族が二人。

父さん達のような力のある獣人は子供ができづらいというのに……。

双子でも珍しいのにまさかの四つ子。

まぁダグラス父さんのチカさんへの愛は四つ子をなしてなお、衰えることを知らないからそれも不思議なことではない。


正直、四つ子達の更に下に、ゲイル父さんの子供が今から増えたとしても僕は驚かない……いや、そろそろ落ち着いて欲しいとは思うけどそれでも両親の仲がいいのはうれし……い。


「四つ子……四つ子ね。あの子達はまだまだこれからだからわかんないよ。ただ、ヒト族のリクがアニマなのは、ちょっと兄として気にかけてやるべきかなとは思うけど」

「リクはヒト族なのにやたらと元気がいいからな。だが、今スイがそう思ってること自体が家族だってことなんだろうな。少しだけわかったような気がする。俺が兄貴を助けようと思ったのも家族に対する愛ってやつなんだろう。きっと」

「いつも思うけどガルリスって本当に気持ちを素直に言葉にするよね。悪いことじゃないけど気恥ずかしくならないの？」


僕の問いかけにいったい何がだ？　と首をかしげるガルリス。

頭はいいのに、やっぱりこういうところはガルリスらしい。

　まぁそんなところが好きなんだけど。

「それで、少しはガルリスにとっての家族像っていうのは見えてきた？」

　僕は持っていたグラスの水を全て飲み干し、寝台横のテーブルへとガルリスから受け取ったものと並べてそっと置く。窓から入る月の光が僕の瞳と同じ色のグラスを淡く照らした。

「いや、わかったようなわからんような。結局家族を作ってみないとわからないってことがよくわかった。それで、スイは最初は一人っ子が希望か？　それとも双子か？　さすがに最初から四つ子はお前の負担が大きいと思うんだが」

　その言葉にガルリスの頭にクロを乗せ返していた手が止まる。

「それ、意味わかって言ってるの？」

「？　言ったままの意味だが？　竜かヒトか俺達の意志で選べないのはもどかしいが、どっちでもたいした問題ではないだろう？」

　あっこれ、わかってないし、知らないな。

　双子や四つ子ができる条件とその仮説……。

「僕も考えてないわけじゃないけど、ただそれはもう少し先かなって……。僕自身まだまだ未熟だし、何よりガルリスのご両親にご挨拶をしないとね」

「怖いのか？」

　ああ、もう察しがいいというのは、それはそれで本当に困る。

「僕が何か怖がってると思ってる？」

「お前は異世界人のチカユキの血を受け継いだ『至上の癒し手』のヒト族。そして、俺はまぁそれなりに珍しい竜族だ。一応長《おさ》の一族だしな。俺達の子がどんな力を持って生まれてくるのか、それを守ってやれるのか、チカ達のような家族になれるのか。不安がないほうがおかしいだろう。俺だって怖いぞ」

「っ！　ガルリスもそんなこと考えてるの!?」

「なんでそんなに驚くんだ？　当たり前だろスイ、お前と俺の子なんだぞ？」


お前と俺の子……。

うれしいはずのその言葉が今の僕には重くのしかかる。

ずっと考えていた。ガルリスが言ったように僕とガルリスの子は竜だろうとヒトだろうときっと普通ではいられない。

そんな子を僕は、チカさんや父さん達みたいに導いていけるのだろうか？

僕達兄弟のように本当に幸せだと思える人生を歩ませてやれるのだろうか？

たとえ、道を決めるのは子供自身だとしても、分かれ道にたどり着くまで手を引いてやるのは僕とガルリスの役目だと僕は思ってる。

だけど、本当にそんなことが僕にできるのだろうか？

好き放題に生きてきた。自分の興味があることに、周りのことなど気にせず首を突っ込んで。

まだまだ僕は子供でいたいのかもしれない。チカさん達の庇護下でいざという時の判断を他人に任せるという選択肢を持つ子供のままで。


「怖いけどな。大丈夫だぞ」

「えっ？」

「スイ、お前には俺がいる。そして、俺にはお前がいる。それにお前には……いや、俺達には既に『家族』がいる。まぁ、俺のところの『家族』はあてにならないから主にお前の『家族』だけどな」


思わぬ言葉だった。

ガルリスが家族の意味を聞いてきたこと。それが今ここへと繋がったのか……。


「それに何もすぐにってわけじゃない。お前がずっとそのことをどこか重荷に感じてるようだったからな」

「あっ待って、別にその、ガルリスとの子供が欲しくない……ってわけじゃないからね？」

「わかってる。お前は頭がよすぎるから一人でいろい

ろと先の先まで考えるせいでぐるぐると悩むんだって
のは、小さいころから見てるんだ、十分知ってる。そんなに焦るな」

「その発言はその発言でどこか問題があるような気もするけど……」

僕は力を抜きガルリスの胸へと、身体を委ねる。

そこからはもう自然な流れで、いつものようにガルリスの腕の中へとすっぽりと収まってしまう。

安心できる大好きな人の腕の中。そのぬくもりが何よりも愛しい。

そのまま僕は寝台へと寝かされ、ガルリスがクロをそっと本来のクロの寝床へと戻し、僕の上に覆い被さってきた。

「お前と俺には他の誰よりも長い時間が残されている。そんなに焦ることはないんだぜ。まぁ、お前の気持ちの整理がつけば俺はいつでもその準備はできてるけどな」

「……うん、わかった。ガルリス、あのね」

「どうした？」

「ありがとう。大好きだよ」

「知ってる。俺もだ」

それ以上言葉は必要なかった。

ごく自然に、それが当たり前だというように……。

月に照らされた僕とガルリスの影が一つに重なったのはそれからすぐのことだった。

Fin.

あとがき

はじめましての方もそうでない方も茶柱です。まずはこの本をお手元に迎えていただけたこと心より嬉しく思っております。本当にありがとうございます。

恋に焦がれる獣達シリーズ五冊目にあたるこの本は、チカとゲイルの子である双子の熊の恋とそれにまつわるそれぞれの悩みをメインテーマに書かせていただきましたがいかがでしたでしょうか？

ベルクとヨファのお話に関してはヨファ視点のお話も既にございますし、ベルク視点になってもなるほどいつもの茶柱の物語だなと安心して読んでいただけたのではないかと思っております。

一方で、その対となる双子の熊、アーデのお話も書き下ろさせていただきました。正直、このお話は難産も難産で書き上がるまでにかなり時間もかかった作品です。

受けであるアニムスのアーデが熊族であり、茶柱定番の不憫受けや健気受けでないというのが第一の難関でした……！　割と見た目も中身も男前（当社比）のアーデをどう動かして彼がどう恋をするのか、どんな相手と恋に落ちるのか、作者である私自身も手探り感が強く、何度も書いては消してを繰り返した覚えがあります。

そして攻めとなるアニマのゼルファですがこちらも茶柱定番のガタイ良し！　髭良し！　短髪良し！　筋肉もりもりマッチョで受けとの体格差良し！　というキャラからあえて外しつつも、スパダリ感は残して……と今まで書いたキャラクター達の中で珍しく書いている最中に中々自由に動いてくれなかったキャラでした。

ただ、書き終えてみるとアーデもゼルファもどちらも苦労した子ほど可愛いと申しますか、非常に愛着のわいたキャラになり、今では彼らの話をもっと書きたいと思っているほどです。

恋愛という事柄に対して、対照的に見えるアーデとベルクではありますが、書き終えてみるとその根っこにはどこか同じ部分があったように作者である私自身が感じている不思議な作品となりました。ただ、どちらについても苦労しただけあって皆さんに必ず楽しんでいただけると自信を持って送り出せる作品になったと自負しております。

スイのお話についてはスイとガルリスの今後について少しだけ触れたショートストーリーを描かせていただきました。スイがガルリスの両親に会ってからのお話、様々な竜族達の物語もまた恋けもの物語の一つとして書きたいなと夢は膨らむばかりです。

中々世情のざわつきも収まらないここ数年ですが、この本を読んでいる一時が読者の皆さんの安らぎタイムになってくれればと願ってやみません
これを書いている今は令和五年になったばかりなのですが、昨年は公私ともに本当に色々あり、慌ただしさやあまり良くない方向で思うことの多い年となってしまいました。どうか今年一年は落ち着いた年になることを願いながらこのあとがきを書いております。

また、いつも素敵な挿絵やカバーイラストを描いてくださるむにお先生やデザイナー様、この本の制作に携わってくださった皆様、いつも本当にありがとうございます。

そしてシリーズをここまで続けられているのも一重に読者の皆様のおかげです。心から感謝しております。

どうぞこれからも愛を与える獣達、そして恋に焦がれる獣達をよろしくお願いいたします。

令和五年　新年　茶柱一号

なんと！
コミックスでも
「愛けも」が読める…!!!
松基羊先生の手によるコミカライズで、
ダグラスが、ゲイルが、そしてチカさんが
大活躍しています！
もちろん
セバスチャンも
大ハッスル♥
大好評発売中！
BBCDX
「愛を与える獣達　上」
「愛を与える獣達　下」
松基 羊
[原作]茶柱一号
協力／DeNIMO

初出一覧

悩める熊と気高き翼	書き下ろし
『鋼のベルク』は愛を知る	書き下ろし
僕らの『家族』	書き下ろし

弊社ノベルズをお買い上げいただきありがとうございます。
この本を読んでのご意見、ご感想など下記住所「編集部」宛までお寄せください。

リブレ公式サイトで、本書のアンケートを受け付けております。
サイトにアクセスし、TOPページの「アンケート」から
該当アンケートを選択してください。
ご協力お待ちしております。

「リブレ公式サイト」
https://libre-inc.co.jp

恋に焦がれる獣達4
双子の熊の恋愛事情

著者名　茶柱一号

発行日　2023年2月17日　第１刷発行

発行者　太田歳子

発行所　株式会社リブレ
〒162-0825 東京都新宿区神楽坂6-46
ローベル神楽坂ビル
電話03-3235-7405（営業）　03-3235-0317（編集）
FAX 03-3235-0342（営業）

印刷所　株式会社光邦

装丁・本文デザイン　円と球

Printed in Japan
ISBN978-4-7997-5919-6